二見文庫

英国紳士のキスの魔法

キャンディス・キャンプ／山田香里＝訳

A Gentleman Always Remembers
by
Candace Camp

親愛なる読者の皆様

日本でまた拙書が翻訳出版されますことを、たいへん光栄に思っております。
拙書をお手に取ってくださるすてきな読者の皆様に、心から感謝を申し上げます。
この度の新刊を、どうか少しでも楽しんでいただけますように。
皆様の幸せを祈って。

心をこめて
キャンディス・キャンプ

英国紳士のキスの魔法

登場人物紹介

イヴ・ホーソーン	未亡人。司祭の娘。
フィッツヒュー(フィッツ)・タルボット	ステュークスベリー伯爵の異母弟
ブルース・ホーソーン	イヴの亡夫。元軍人
チャイルド牧師	イヴの父親
イモジェン・チャイルド	イヴの継母
ジュリアン・チャイルド	イヴの異母弟
オリヴァー・タルボット	ステュークスベリー伯爵。フィッツの異母兄
ロイス・ウィンズロウ	フィッツの異父兄。
マリー・バスクーム	バスクーム四姉妹の長女
カメリア・バスクーム	四姉妹の三女
リリー・バスクーム	四姉妹の四女
ヴィヴィアン・カーライル	公爵令嬢。イヴの友人。フィッツたち兄弟の幼なじみ
ハンフリー・カーライル	ヴィヴィアンのおじ
サブリナ・カーライル	ハンフリーの妻
シャーロット・ラドリー	フィッツたち兄弟のいとこ。ヴィヴィアンの幼なじみ
ネヴィル・カー	フィッツの友人
バーソロミュー・ルヴェック	フランス人冒険家
ウィリンガム大佐	イヴの亡夫の元上官
ゴードン・ハリントン	フィッツの従弟
プリシラ・シミントン	ネヴィルの婚約者
レディ・シミントン	プリシラの母親

1

あと数日で出ていける。イヴ・ホーソーンは早くも自由の心境を味わっていた。

そうすれば、わずか八つしかちがわない継母《ままはは》から説教されることもなくなる。言ったことをくだらないと思われ、唇を引き結んだしかめ面で見られることも。そして、相手がどんな男やもめでも独身男性でも、イヴを厄介払いできそうな縁談をやたらと押しつけられて、辟易《へきえき》することも。

二年前にイヴの夫が亡くなったとき、彼女は二十六歳だったが、独り身になっただけでなく財産もほとんどなくすことになった。ホーソーン家は懐に金を残す甲斐性《かいしょう》には恵まれない血筋で、伯爵家の三兄弟の次男坊を父に末っ子として生まれたブルースは、軍隊勤め以外の収入がなく、それだけで生活をまかなうのはことさらむずかしかった。かくしてホーソーン少佐の遺《のこ》したわずかばかりの金も、イヴは夫の借金を返すのにあてたうえ、家具や身のまわりの品まで売り払わなければならなかった。そんな彼女には、父親の家に身を寄せるしか生きるすべがなかったのだ。

八年近く結婚生活を送り、自分の人生と家庭を切り盛りしてきた身とあっては、いまさら親のすねかじりをするのもどのみち心苦しかったが、イヴの実の父親は数年前に再婚したため、父である〝チャイルド牧師〟のお情けに甘えるのみならず、継母の施しをも受けなければならないということなのだ。つまり、イヴにとっても継母にとっても、できれば避けて通りたい状況だった。

いま、イヴは笑みを崩すまいと心に決めて継母と向きあっていた。さいわいここ数日は、いつもの小競り合いもなく、なんとかうまくすごせていた。

「いいお天気ね、イモジェンお継母《かあ》さま」イヴが言った。「九月にしてはさわやかであたたかくて。ジュリアンも今日のお勉強はすませてしまったし。ラテン語がとてもよくできたこと、お聞きになった？」

言ったとたん、まずいことを口にしたとイヴは気づいた。たしかにイモジェン・チャイルドは、自分の息子が利発で高い教育を受けていることを喜んではいるのだが、自分自身はイヴがチャイルド牧師のもとで受けたような教育を受けておらず、そこがいつも劣等感のもとだった。だから、じつの母親である自分がジュリアンになにも教えることができないというのに、イヴが息子の教育を手伝っているという事実を思い知らされるとたまらないのだ。

「ラテン語でジュリアンがよくやっているのはわかっていましてよ」イモジェンはきゅっと口角を上げて答えた。「でも、お勉強を放りだして遊びにいってしまうのをやめてくれれば、もっといいんですけど」

腹違いの弟には勉強の時間と同じく遊びの時間も必要だと言いたかったが、イヴはそれほど愚かではなかった。だからこう言った。「でもジュリアンは遊んでいるのではありませんわ。自然の観察をしてるんです。動物……植物……そういったものに、秋の訪れがどんな変化をもたらすのか。それに、神がわれらのためにつくりたもうた世界の美しさと脅威を目の当たりにすることは、ジュリアンにとっても大切なことですわ、そうでしょう？」

イヴはイモジェンに愛らしく微笑《ほほえ》みかけた。信心深い継母は、こういう言い方をすればいっそう反論しづらくなるとわかっていながら。

そこで決着をつけたのはジュリアン本人だった。「いいでしょう、お母さま？」天使のような愛らしさで尋ねる。「イヴおばちゃまはもうあと数日でいなくなるんでしょ？　そしたら、もうそんなことできなくなるもん」

義理の娘がもうすぐいなくなると思うと、イモジェンの表情も明るくなり、彼女はため息をついて態度を軟化させた。「わかったわ。おばさまと一緒に行ってもかまいません、ジュリアン」そう言って、イヴに視線を移す。「でも、くれぐれもまた泥んこで連れて帰ってきたり、きれいなシャツを草のしみだらけにしたりしないでくださいね」

「汚さないよう、精いっぱい注意します」イヴは約束した。一日じゅう椅子に座りっぱなしでもないかぎり、幼い男の子が完全にこぎれいなままでいられるわけがないことを、継母に理解させようとするのは、もうあきらめた。

イモジェンがうなずき、きっちりと縦巻きにした髪の毛が顔の両側で揺れた。「よくおぼえておきなさい、イヴ。ステュークスベリー伯爵は、従妹《いとこ》たちのお行儀が悪くなるような世話係を探しているわけではなくてよ。タルボット家はイングランドでも名門中の名門。慎み深い女性のお手本を探していらっしゃるの。従妹さまがたの評判は、付き添い婦人としてのあなたの手腕にかかっているわ。責任は重いわよ。あなたのように若くて浮ついた人間を信用して、伯爵さまが後悔なさらないことを祈っているわ」

イヴはなんとか笑みを消さずにいたが、この時点ではちゃめっけとか好意あふれる表情というよりは、しかめ面に近くなっていた。「肝に銘じておきますわ、お継母さま、かならず」つばの大きなボンネット帽を取ってきてかぶると、イヴは腹違いの弟について家を出て庭を突っ切り、教会の庭と墓地も通り抜け、その先にある草原へと誘われるように入っていった。一目散に駆けてゆくジュリアンを、笑顔で見守る。異母弟はしゃがみ、草むらで動く虫を観察しているようだった。

イヴにとってはジュリアンを残していくことが唯一の心残りで、父の家を離れるうれしさも少し薄れてしまう。異母弟のおかげで、この二年を耐えることができた。ブルースを失った悲しみを、彼のあたたかな愛情が支えてくれた。継母のお堅い決めごとや、信心ぶった雰囲気でさえも、ジュリアンが小さな手で手を握ってくれ、微笑みかけてくれ、好奇心の強いスズメみたいに小首をかしげて質問してくれると、わずらわしく思えなくなった。子どもに恵まれなかったイヴはずっとつらい思いをしてきたが、ジュリアンの存在が心にぽっかりあいた穴を埋めてくれたのだ。

そんな異母弟を残していくのはつらかったが、あと二年もすればジュリアンも父親が通ったのと同じ〈イートン寄宿学校〉に送られる。そうなったらイヴは、熱意の行きすぎた父親と、愚痴ばかりの継母と、三人きりでこの家に残される。そんなことになったら、血も凍りそうな気がした。

だからイヴは、アメリカからやってきたというステュークスベリー伯爵の従妹の付き添い婦人の仕事に飛びついたのだ。幼いころから仲のよかったレディ・ヴィヴィアン・カーライルは、ステュークスベリー伯爵の束ねるタルボット家とも親しい。先日ヴィヴィアンから手紙が届き、伯爵がアメリカからロンドンに渡ってきた年若い従妹たちのために、付き添い婦人を必要としているということを知らされた。イングランド社交界への橋渡しとして最初に雇われた付き添い婦人は、どうやらさっぱり合わなかったらしい。ヴィヴィアンの手紙では、求められているのは家柄がよく、令嬢たちにとって姉やおばのようにふるまうことができ、令嬢を守りながら指導し——教えるのみならず、みずからがよい手本となり——ロンドンの社交シーズンを乗りきるために必要な知識をつけさせられる人物なのだという。ヴィヴィアンはすぐにイヴに思い当たり、タルボット家の本宅であるウィローメアまで行って伯爵に了解をとりつけるや、付き添い婦人を引き受けてはもらえないかとイヴに打診してきたのだ。
そしてイヴは友人に、喜んで引き受けたいと返事をした。その返答に対して伯爵本人から手紙が届き、過分なほどの俸給を提示され、迎えの馬車をよこしてウィローメアまで送り届けることを告げられた——じつに手厚い待遇だとイヴは思ったが、それはイヴの人柄うんぬんのおかげではなく、あきらかに彼女がレディ・ヴィヴィアンの友人だからこその扱いだった。

荷造りと旅の準備に与えられた期間は二週間。つまり迎えの馬車はあと二、三日のうちにつ着いてもおかしくない時期になっていた。ここ数日は異母弟の相手をするくらいしかすることもなく、イヴもそんな楽しい状況に思いきり浸るつもりでいた。だから継母の言いつけを頭から追いだし、異母弟について草原を抜けると小川へとおりていった。

ふたりはキタリスがじゃれあう姿を眺め、木から落ちた鳥の巣の残骸を調べた。ジュリアンは植物でも動物でも自然のあらゆるものに興味を示し、その質問にできるだけ答えられるようにと、イヴもがんばって読書した。この二年、これほどまでに蝶《ちょう》やらキジやらコマドリやらカバノキ、ブナノキ、カシノキの種類に詳しくなるとは思わなかったが、そういったことを勉強するのは楽しかった——ただ、そういう自然の驚異を自分自身の子どもと分かちあえたらどんなふうなのだろうと、ほんの少し胸が痛むのは否定できなかったが。

やがてふたりは町の東に流れる小川に到着し、川沿いに進んで大きな岩までやってきた。

ぶくぶくと岩々の上を流れていく浅い川を眺めて座っているのにちょうどいい。イヴはボンネット帽と手袋をはずして脇に置き、さらに散歩用のブーツと靴下も脱いだ。そしてスカートの裾をからげると、ジュリアンのあとから自分も川に入っていき、腰をかがめて、足のあいだを矢のようにすり抜けていく小魚を見たり、岩から岩へ跳び移るカエルを追いかけたりした。

イモジェンの小言など忘れて笑いあい、走りまわった。ジュリアンのシャツについた泥の筋はひとつではなかったし、ズボンの尻には盛大に水が撥《は》ねかかっていた。彼の手は汚れ、頬はまっ赤で、目はうれしそうに輝いている。そんな異母弟の姿に、イヴはつかまえてぎゅうっと抱きしめたくなったが、そうしないだけの分別は持っていた。

小川に入って立っていたとき馬のひづめの音が聞こえ、思っていたよりも道路の近くまで来ていたことがわかった。イヴは川岸に上がろうと向きを変えたが、そのとき小さなヘビが足もとを通りかかり、するりとかすめていった。道路も馬も忘れて思わず悲鳴をあげてしまったイヴに、ジュリアンが吹きだして大笑いした。

「ちょっと、笑わないで、ジュール！」イヴはむっとしたが、自分でも忍び笑いをせずにはいられなかった。真上にぴょんと跳びあがるなんて、さぞこっけいな姿だったろう。「なにもおかしくないでしょう」

「ううん、おかしかったよ」異母弟が反論した。「イヴおばちゃまだって笑ってるじゃないか」

「その子の言うとおりだな」うしろから声がした。

イヴは勢いよく振り返った。小川にかかった木の橋の上に優雅な黒の牡馬《ぼば》がいて、さらにその背には馬の毛色にも負けないほど黒々とした黒髪の男性がまたがっていた。馬も、男性も、息をのむほど凛々《りり》しかった。

まるで体のなかから空気が押しだされてしまったかのように、イヴはただ言葉もなく男性を見つめるしかなかった。馬上の男性が帽子をさっと取って頭を下げると、カラスの濡《ぬ》れ羽色のような黒髪が日射《ひざ》しにきらめいた。瞳の色は射抜かれるような明るいブルー。濃い黒のまつげに縁取られ、やはり黒の直線的な眉が目の上ですっと伸びている。馬に乗っていても背が高いことはあきらかで、仕立てのよい青の上着をまとった肩は広かった。にこりと彼女を見おろした顔にはえくぼができ、きれいに並んだまっ白な歯が覗《のぞ》いた。顔を合わせた人間すべてを魅了するのがなんら珍しくないような人だということは、ひと目でわかった。

「こんにちは」声も出せないでいるイヴに代わって、ジュリアンが愛想よく声をかけ、水を撥ねとばしながら川岸を上がって男性のほうに向かった。

初対面のその人は気負いのない優雅な身のこなしでしなやかに馬をおり、馬を橋から土手へと引いておりてきた。「今日は道中、〝ナイアス〟に会いたいと思っていたわけではないんだが……」そう言った彼は、讃《たた》えるような視線をイヴの全身にさっとめぐらせた。

イヴは突然、自分がどんな格好をしているのか思いだして赤くなった。ドレスのスカートを持ちあげ、ひざから下の脚がまる見えだ。ボンネット帽もなく、ピンからはずれた髪が幾筋も乱れ落ち、動きまわって暑くなったせいで顔も赤い。

「ナイアスって、なに？」ジュリアンが尋ねた。

「水の精だよ」男性が説明する。

「でも、わたしはちがいます」イヴはまっ赤になってスカートをおろし、揺すって元どおりにした。裸足《はだし》で帽子もないのはどうしようもない。靴も帽子も数ヤードうしろの岩に置いてきてしまった。彼女は両手を頭に持っていき、乱れた髪をなんとか元の場所へ入れこもうとした。

「半神半人の女性はかならずそう言うらしい」男性はなんのてらいもなく言い、笑顔でふたりのところへやってきた。「だが、あわれなわれら生身の男でさえ、彼女たちの真の美しさには気づいてしまうものなのだとか」

近くで見ると細かいしわが目尻にあり、あごのあたりはうっすらとひげが伸びかけているのがわかった。そういう不完全な部分すらも、かえって彼の格好よさをきわ立たせている。彼を見ているとイヴは胃のあたりが騒いで落ち着かず、さっきよりも急に暑く、空気も薄くなったような気がしてくるのだった。

「ばかなことをおっしゃらないで」イヴはつっけんどんな口調で言おうとしたが、どうしても口もとが少しゆるんでしまう。この男性の笑顔には、どこか人を惹《ひ》きつけるところがあり、気安くて人なつこかった。

「じゃあ、ほかにどう考えればいいというのかな？」彼は眉を片方つりあげ、青い瞳をきらめかせた。「水のなかで髪に金色の日光を受けて輝いている、こんなにも美しい生き物に出会ってしまったら。動物たちでさえも、あなたに近づきたいと思うだろうね」

「さっきのヘビみたいに？」ジュリアンが、ふふふと笑った。

「そのとおり」見知らぬ男性はまじめな顔つきでジュリアンにうなずいた。そしてイヴに向きなおる。「ほら、子どもでもわかるじゃないか。もっとも」首をかしげ、なにごとかを考える。「妖精ならヘビに悲鳴などあげず、野や川の生き物にはもっとゆったりと接するだろうけれどね」

「悲鳴だなんて」イヴは反論した。「それに、驚いたのはヘビの姿形じゃなくて感触のせいですから」表現力豊かに震えてみせると、ジュリアンも男性もくすくす笑った。

見ず知らずの相手とこれほど気安く話すなんていけないことだと、イヴにはわかっていた。たとえ、どんなに話しやすい相手だとしても。それほど魅力のある人というのは決まってろくでなしなのだと、イモジェンなら言うだろう。けれど今日のイヴは警戒心がゆるくなっていた。この二年は継母の基準に則《のっと》って生活するよう努めてきたし、これからは令嬢の付き添い婦人となって堅苦しくかしこまった人間にならなくてはいけない。だから今日一日くらいは、この短い時間くらいは、自分の意のままにふるまってみたかった。初対面のすてきな人に、少しくらい軽口をたたくくらいには。だって、だれかに知られるわけでもないでしょう?

「そうですね、ぼくがそばにいて、そういう危険からあなたをお守りするべきなのかも」男性が言い、えくぼを見せて笑みを浮かべた。「またどんな生き物が出てきて、やっつけなくてはいけなくなるかわからないでしょう? そうだな、家までお送りしたほうがいい」

「ご親切いたみいります、サー、でもそんなご迷惑をおかけするわけにはまいりません。あなただって、どちらかに行かれる途中なのでしょう」

彼は肩をすくめた。「急ぎませんので。妖精を助ける機会など、そうあるものではない。いや、妖精ならぬ、ご令嬢でもね」

イヴは疑わしげに片眉をつりあげた。「守ってくれる戦士なら、すでにいますわ」異母弟を見おろすと、少年はもう会話に退屈し、棒きれで地面を掘っていた。

「たしかに」男性の目が彼女の視線を追ってジュリアンにたどりついた。「ぼくでは太刀打ちできそうもないが」そしてまた彼女に視線を戻す。「ですが、そちらの戦士抜きで出かけることだってあるでしょう。だれか一緒にいてもいいというようなときが。だから、喜んでエスコートしますよ」

「あなたのご予定が遅れてはいけませんわ」イヴは視線を泳がせながら、彼の返事を待った。

「いや、もう目的地には到着したんです。さいわい、この先の村に立ち寄る予定でしてね」

「ほんとうにおやさしいんですね」イヴは慎み深く答え、まつげの下から上目遣いに輝くような表情を送った。すてきな男性を相手に媚《こ》びるようなまねをするのは、ずいぶん久しぶりのことだった。それがどんなに楽しいことか、忘れていた気がする。それとも、この人だから楽しいの？「村にしばらくいらっしゃるのでしたら、また偶然お会いするかもしれませんわね」

「そういうことなら、かならずここにしばらくいますよ」一瞬、彼の目から愉快そうな表情が消え、代わりにイヴのつま先を丸くしてしまうような熱っぽさがこもった。「お散歩中のあなたにどこで偶然お目にかかれるのか、教えていただけますか」

イヴの口から小さな笑い声がもれた。「そんなことを教えたら、ずいぶんことが簡単になってしまいませんか？」

彼が近づき、イヴは頭をのけぞらせて見あげなければならなくなった。「あなたを前にして簡単になることなど、ないと思いますが」

彼が手を伸ばしてくると、イヴは息を詰まらせた。頬にふれられるのでは、と思った。しかし彼はイヴの髪についた葉っぱをつまみあげ、そよ風に乗せて飛ばした。

前かがみになった彼が、声を落として言った。「妖精は、人間につかまったら身代金を払わなければならないんじゃないかな？」

イヴの背筋を興奮の震えが駆けぬけた。「み、身代金？」

「ええ。代価というか、罰金のようなものです。小説ではいつもそうなっているでしょう――願いをかなえるとか、贈り物をするとか……」

「でも、あなたに差しあげられるものなどありません」イヴはうしろにさがるべきだとわかっていた。こんな媚びるようなまねはやめるべきだと。けれども、なにかに捕らえられていた。明るい彼の瞳から目をそらすことができない。自分のなかに花開きつつある期待を、抑えられない。

「おや、そんなことはありませんよ、ぼくの妖精さん」

彼は身をかがめて、キスをした。

引き締まったあたたかな唇がふれた時間は、ほんのわずかだった。けれどもそのふれあいで、イヴの感覚に火がつき、いっきに目覚めた。突然、全身がぞくぞくして、すべてが意識に入ってきた――背中に当たる日射し、髪を乱すそよ風、草原から漂ってくる草の香り――すべてがめくるめく感覚と混ざりあい、熟成されて立ちのぼってくるかのように、いきなり強烈に体じゅうに広がっていった。

彼が頭を上げた。永遠のように感じられたその一瞬、イヴは彼を見あげることしかできなかった。驚きのあまり口もとを小さくOの字にひらき、目を瞠《みは》ったまま。

「あ――あの、帰ります」懸命に体を動かし、背を向けた。「ほら、ジュール、もう戻らないと」

まだ地面を掘っていた異母弟が顔を上げた。「もう?」

「ほら。まだ戻りたくないよね? まだほんの少ししかたっていないのに。会ったばかりなのだから、行かないで」男性も反対する。

「いえ、そういうわけには」イヴはあわてて後ずさり、ジュリアンのほうに手を伸ばした。

「せめてお名前だけでも教えていただけませんか」男性はあとを追うように一歩踏みだした。

「いえ――そんな、だめです、言えません」イヴは足を止めて彼を見たが、すさまじい感情のうねりにまだぼんやりしていた。

「では、自己紹介させてください」彼は優雅にあらたまったおじぎをした。「ぼくはフィッツヒュー・タルボットと申します」

イヴは血の気が引いて彼を食い入るように見つめた。「タルボット?」

「はい。村の司祭館に用がありまして。ですから、まったく怪しい者ではありませんよ」

タルボット! 司祭館! イヴはのどを締めあげられたかのような声を小さく発し、ジュリアンの手をつかんできびすを返すと、逃げるように立ち去った。

イヴはジュリアンを引っぱって小川沿いに走った。岩に戻って置いてあったものを取ったが、振り返る勇気はなかった。ミスター・タルボットが追いかけてこないことを祈るだけだった。

「イヴおばちゃま!」ジュリアンは言われなくても自分の靴と靴下を取った。利発な子なので、不測の事態が起こったとわかったのだろう。「どうなってるの? なんで走ってるの?」

彼は頭をぐるりとまわし、道路のほうを見た。

「さっきの人、ついてきていないわよね?」イヴは尋ねた。

「うん。彼なら馬を引いて道路のほうに戻っていってるよ」ジュリアンがひとつ息をした。

「あの人、悪い人なの?」

「え? いいえ、ちがうわ。そんなことは考えなくていいの」イヴは靴を履き、ジュリアンにも靴を履かせると、ジュリアンがついてこられるだけのペースでできるだけ速く草原を突っ切っていった。「たぶんあの人が、わたしをウィローメアに連れていくために来た人だと思うわ」

タルボットというのはステュークスベリー伯爵のファミリーネームだ。さきほどの男性は、伯爵が彼女を迎えによこした親戚かなにかにちがいない。靴も帽子も脱いで髪を振り乱し、小川ではしゃいでいた〝水の妖精〟が伯爵の従妹たちのために雇われた付き添い婦人だとわかったら、いったいなんと思われるだろう。ミセス・イヴ・ホーソーンというのが堅苦しい未亡人というより、見知らぬ男にキスまでさせるような浮ついた女だとわかったら?

「じゃあ、やっぱり悪い人だ」ジュリアンは下唇を突きだした。

イヴは異母弟を見おろして、無理やり笑みをつくった。「寂しく思ってくれてうれしいわ、ジュール。でもミスター・タルボットを悪い人だなんて思っちゃだめ。あの人はただ……ただ、伯爵さまのお使いをしているだけなのよ」

「でも、どういうことなの」イヴに引かれて駆け足になっていた彼は、息を切らしていた。

「もしあの人がおばちゃまを連れにきた人なら、どうしてあの人に自分がだれなのか言わなかったの？　どうして彼と一緒に歩いて家に戻らなかったの？」

「急いで帰ったら、あの人が司祭館に着く前に戻れるでしょう？　彼に会う前に着替えなくてはならないもの」

「ああ、そうか」

「服が乱れたり汚れたりしていたら、お母さまがどう思われるか、わかっているでしょう？　だからいつも、家に戻る前にあなたのシャツをズボンに入れたり、汚れを落としたりしているの。ミスター・タルボットもお母さまと同じように思われるでしょうしね」

「でも、あの人はすごくやさしそうだったよ。おばちゃまのことも好きみたいだったし」

「それは、わたしがだれだか知らなかったからよ。べつだん……これといった関係のない相手だと思っているあいだは、そう悪い印象を持つこともないけれど、若い娘さんたちをまかせようと思っている相手となると、事情は変わってくるのよ」

「よくわからないや」ジュリアンは顔をくもらせて彼女を見あげた。

「そうよね。もっと大きくなったらわかってくるわ。とにかく、次にあの人と会うときには、もっと大人で責任感のある人間らしくしていなければならないの」

「ナイアスじゃだめなの？」

「ナイアスなんて、ぜんぜんだめなの」ジュリアンの手を取り、イヴは駆けだした。

フィッツは彼女が走っていったあとも、長いあいだ立ちつくしてぼう然としていた。自分の名前を女性に教えたとたん、いきなり脱兎《だっと》のごとく逃げだされるというのは、ふだんあまりお目にかかったことのない反応だった。三十二歳になるフィッツヒュー・タルボットは、イングランドでももっとも結婚相手としては望ましい男性のひとりだ。ステュークスベリー伯爵の腹違いの弟で、母方の血筋は父方ほど高位ではないものの、母親と母方の祖父がフィッツに遺した資産を考えると、少々の欠点など補って余りあるというものだった。それだけでも彼は、妙齢の独身女性からもその母親からも好かれないはずがないのだが、さらに人なつこい性格、色気のある笑顔、天使でさえも陥落させそうな美貌にまで恵まれているのだ。

実際、フィッツ・タルボットを嫌いだという人間など、よほど腹を据えて探さなければ見つからないだろう。彼は伊達男《だておとこ》というのではないけれども身なりは完璧で、なにを着ても、肩の広いその引き締まった体軀《たいく》にまとわれると様になる。また国でも一、二を争う射撃の名手として有名で、乗馬の腕前も兄の伯爵ほどではないものの、なかなかすばらしいものを持っていた。そして粗暴な男ではないのだが、殴りあいとなると彼の助っ人《すけと》を拒む者はいない。そういうところが紳士仲間にも人気だったが、ダンスと会話のうまさでロンドン社交界の貴婦人たちにも同じようにもてはやされていた。

要するに、フィッツが完璧な結婚相手でない理由はただひとつ、彼自身が結婚にまったく興味がないということだけだった。しかし娘婿を探す母親たちにとって、そんなことはとくに大きな支障となるわけではなかった。自分の娘ならば、結婚に乗り気でないフィッツヒュー・タルボットをその気にさせられると、どの母親も思いこんでいたからだ。そういうわけで、フィッツの名前は媚びの笑みから打算の笑みまで、さまざまな笑顔で迎えられることしかなかった。

だからあえぎとも悲鳴ともつかぬ声を発せられ、きびすを返して逃げだされたことなどなかったのだ。でも、とフィッツは考える。ぼくは手ごわい相手だとよけいに燃える性質《たち》だ。とくにそれが淡い金色の髪と、嵐の海を思わせるような灰色がかったブルーの瞳の持ち主とあらば。

道路に出ると、フィッツはひらりと鞍《くら》に飛びのり、いま一度、馬を村の方角に向けた。急いで走らせたりはしなかった。ゆっくりとしたペースで進ませ、ゆっくり考えてみたかった。従妹たちの新しい付き添い婦人を迎えにいってくれと兄のオリヴァーから頼まれたときは、こころよく引き受けた。田舎でのんびりしていると退屈するし、マリー・バスクームの結婚式が一週間ほど先に控えているいま、女性陣にとってはこのうえなく楽しい予定がひしめいているだろうが、彼にはすることもない。だから出迎え役を仰せつかるのはやぶさかではなかった。とくに馬車を購入したうえ、〈タッタスルズ〉から競走馬バクスレーズ・ハートを手に入れたばかりなのだ。乗馬用の馬も用意しておけば、まちがいなく退屈な中年の未亡人をウィローメアに連れ帰るとき、ずっとふたりきりで馬車に閉じこめられなくてすむ。

しかし今回の旅は、がぜんおもしろみを増していた。翌日ウィローメアに戻るという予定どおりだと、なんともつまらなく思えてきた。従妹の付き添い婦人は、なにもそれほどすぐにウィローメアへ行かなくてもいいのだ。従姉《いとこ》のシャーロットやレディ・ヴィヴィアンがやってきて結婚式の準備を取り仕切ってくれているのだから、従妹たちにもじゅうぶん手が行き届いているだろう。

この近くで何日か宿を取り、村であの〝水の精〟を捜してみることにしよう。まずは司祭館へ行って未亡人に会い、数日後に出発すると話してこよう。一日か二日後にはまた、司祭館を表敬訪問しておかなければならないが、それ以外は自由に時間が使えるから、少しばかり彼女と楽しいおしゃべりが――いやもしかしたら、もう少し先のことまで――できるかもしれない。

フィッツは結婚を避けているが、だからといって女性を遠ざけたいわけではなかった。女性との関わりはごく慎重にしているため、道楽者と呼ばれるようなつきあいはしていないものの、女性とすごすのはまちがいなく楽しかった。それになんと言っても、田舎にひと月も女っ気なしで――少なくともロンドンで慣れ親しんでいたような関係という意味でだが――閉じこめられていたあとなのだ。しかし、あの〝ナイアス〟がいるのなら、おおいに期待が持てる。

彼は、持ちあげてくくったスカートから覗いていた、彼女のほっそりとした白い脚を思った。そして淡いピンク色の唇、まっ赤に染まった燃えるような頰、岩から岩へ飛びうつるたび、ドレスの下で揺れていたやわらかそうな胸のふくらみ……。結いあげられた髪からほどけた巻き毛は、太陽を受けて淡い金色に美しくきらめいていた。

そうだ、楽しいおしゃべりだけでは、とうてい物足りない。

フィッツは、どうやって彼女を捜しだそうかと考えた。もちろん、地元の酒場の主人などに特徴を話して尋ねれば名前はわかるかもしれないが、それは思慮深いやり方とは言えない。フィッツは、つねに思慮深く行動するほうだった。

あの男の子の世話係かもしれない。しかし、あのドレス、話し方、立ち居ふるまいは、どれをとっても貴婦人のものだった。とはいえ、貴婦人があんなふうに小川で水飛沫《みずしぶき》をあげているなど、ふつうはありえない。それに、一緒にいた子どもは？　彼女の子どもだろうか？面差しにはたしかに似たところがあった。だが七つか八つの子ども――と彼には思えたのだが――を持つには、彼女は若すぎる。せいぜい二十代前半ではないかとフィッツは思っていた。しかし見かけよりは年上なのかもしれない。子どもとはしゃぐ母親だっている。従姉のシャーロットがやんちゃな息子たちと遊んでいるところを見たこともあった。

おそらく彼女はあの男の子の家庭教師なのだろう。もっともフィッツの経験上、家庭教師があれほど美人で朗らかということは、めったにない。だからもしかしたら、あの少年の母親付きの小間使いかもしれない。専属の小間使いの場合、格下の召使いよりも女主人に近い話し方をすることが多いし、よく女主人からのお下がりのドレスを身につけていることがある。

しかしそんなふうにあれこれ推測はしてみても、だからといって彼女が見つかるわけではなかった。町で偶然会うことがあるかもしれないと彼女は言っていたから、おそらくふだんから散歩には出ているのだろう。しかしフィッツとて、日がな一日、村の通りをうろついているわけにもいかない。

考えにふけっているうち、気づくとフィッツは村のはずれまで来ていた。それどころか、いつのまにか教会さえも通りすぎるところだった。手綱を引いて馬を止め、古めかしくずんぐりとした四角い塔のある教会を見た。片側に墓地があったが、さっきはまったく気づかずに通りすぎていたようだ。もう片方には二階建ての家があり、あきらかに教会より新しいが、同じ灰色の石造りだった。まちがいなく、これが司祭館なのだろう。

ずいぶん陰気な雰囲気の家を見て、フィッツはここに住む未亡人が家と同じような感じでないことを従妹たちのために祈った。一瞬、このまま通りすぎてしまおうかと思ったが、やはり瞬時に考えなおした。この大きさの村では、よそ者がやってきたという知らせはすぐに司祭館に届くだろうから、司祭は自分のところにまっ先に顔を見せなかったと知れば軽んじられたと思うだろう。フィッツは自分が大勢の人間から、彼の責務だとされている仕事よりも自分のしたいことを優先させる無責任な人間だと思われていることは知っていたが、それでも社交上の礼儀をおろそかにしたと言われたことは一度もなかった。

それに――と、少し高揚した気分で馬からひらりとおりながらフィッツは考えた。これからの訪問を短時間ですませる口実なら、立派にある。馬をあずけて、宿も見つけなければならないのだ。道中の埃《ほこり》を払いながら、彼は大またで玄関ドアまで行ってノックした。部屋付きの小間使いがすぐに出てきて、フィッツを見ると紳士を見るのが初めてとでもいうように目を丸くしたが、彼がミセス・ホーソーンにお会いしたいと言って名刺を渡すと、てきぱきと廊下を案内して客間に通した。

すぐに細面でやせぎすの女性が入ってきた。顔の両脇に焦げ茶色の巻き毛を垂らし、残りはひっつめて白い室内帽に押しこんでいる。不機嫌そうなしわが顔に刻まれているので年齢もよくわからないが、髪に少しだけ白いものが交じっているので中年に差しかかったところかと思われた。紺色の平織りのコットン地でこしらえたドレスをまとい、白いモスリンの肩掛け《フィシュ》をかけて胸もとで結んでいる。

彼女が近づいてくるのを見ながら、フィッツの心は沈んでいった。かわいそうな従妹たち！　これでは、また新たにお堅い教育係を迎えるだけだ。あの快活なレディ・ヴィヴィアンがこのような女性を推薦したとは、驚きだった。しかし彼はつとめて愛想のいい表情を崩さず、腰を折って挨拶した。

「フィッツヒュー・タルボットです、奥さま。ミセス・ホーソーンでいらっしゃいますか？」

「わたくしはミセス・チャイルドです」彼女が言った。「ミセス・ホーソーンはわたくしの義理の娘でございますわ」

「お目にかかれて光栄です、奥さま」フィッツは差しだされた手を取り、あたたかな笑顔で見おろした。「あなたは学校を出られてすぐにご結婚なさったのでしょうね。お若くて、いくら義理でも娘さんがいらっしゃるようには見えません」

彼女の堅苦しい顔つきがやわらぎ、頬が染まった。どことなく媚びるような笑みが浮かぶ。

「とてもやさしいことをおっしゃってくださるのですね、サー」

「わたしはステュークスベリー伯爵の弟です」フィッツはつづけた。「ミセス・ホーソーンをウィローメアまでお送りするためにまいりました。兄から手紙が届いているかと思いますが」

「ええ、まちがいなく。いま召使いに申しつけまして、あなたのお越しをミセス・ホーソーンに知らせております」

彼女がソファを手で示したので、フィッツは腰をおろしたが、少なくともアメリカ人の従妹たちがこの女性と生活をともにしなくてもいいとわかって、ほっとしていた——つまり自分も、この女性と二日間も旅をしなくてもいいのだ。

ミセス・チャイルドはフィッツの向かいに腰をおろし、椅子の背もたれと同じくらいまっすぐに背筋を伸ばして——そう、背もたれにはもたれずに——ここまでの道中についてあらたまって質問をした。しばらくたわいのない会話を丁重に交わしたところで、廊下からぱたぱたとあわてた足音が聞こえた。すぐに、すらりと背の高い女性が入ってきた。ミセス・チャイルドと同じような、濃い色のいかめしいドレス。ねじって頭のてっぺんでひとつにまとめた、ブロンドの髪。

フィッツははじかれたように立ちあがった。いつもの冷静さも今回ばかりは鳴りをひそめた。服装はまるで変わっているが、まちがいなく、あの女性だ。きつくひっつめた髪は同じ淡いアッシュブロンドだし、瞳は嵐の海の色だった。

予想していた中年の未亡人というのは、なんと、彼の〝水の精〟だった。

2

イヴはかろうじて冷静な顔を装い、部屋に入った。しかし胸の内では、自分は浮ついた軽薄な女で、伯爵の従妹の付き添い婦人にはまったくふさわしくないとミスター・タルボットから非難されるのではないかとびくびくしていた。どちらかと言えば彼のほうが甘い言葉を口にしていたとか、彼のほうからキスをしてきたとか、そんなことは問題ではない。結局のところ、紳士がそういうことで責められることはないのだから。そして、付き添い婦人というのは一般の女性よりも高い身分に見られている。イヴは警戒のまなざしで部屋の奥にいる男性を見た。彼は驚愕《きょうがく》の表情を浮かべて、すでに立ちあがっていた。

「ああ、ミスター・フィッツヒュー・タルボットにあなたを紹介させていただくわね」継母がイヴに言った。「ステュークスベリー伯爵の弟君なんですって。ウィローメアまであなたをエスコートしてくださるのよ。伯爵さまも親切な計らいをなさるわね？」

伯爵の弟！　イヴは、彼が従弟《いとこ》のひとりだとか、もっと遠縁の身分の低い親族であればいいと思っていた。伯爵がどんな人間を雇おうと、ほとんど関心もないような立場の人であればいいと。

イヴは震えそうな笑顔を浮かべ、彼に手を差しだした。「ええ、ほんとうに、おやさしいんですのね。それに、あなたもお心が広くていらっしゃるわ、ミスター・タルボット」

「いえいえ、かえって光栄なお役目ですよ、ミセス・ホーソーン」ミスター・タルボットは驚きから立ちなおり、おだやかで慇懃《いんぎん》な表情に戻っていたが、鮮やかなブルーの瞳はきらきらと輝いて、彼の言葉にはべつの意味があるのではないかとイヴに思わせた。「大変うれしいお役目です」そう言い添えた彼の口もとがくっと曲がり、小さな笑みが浮かんだ。

イヴは彼の向かいに座り、警戒して彼を見た。この人はわたしをからかっているのかしら？　わたしのまずい行動をいつ明かすかとわたしをはらはらさせて、苦しめようとしているの？　いいえ、それはちがう……愉快そうな彼のまなざしは、獲物を追いつめるというよりは秘密を共有して楽しんでいるかのような表情だった。

「こんなに早くお着きになるとは思っておりませんでした、ミスター・タルボット」イヴは自分とは関わりのない話題を探りながら口をひらいた。しかし言ってしまってから継母が眉をひそめたのを見て、彼をとがめていると受け取られかねないような言葉を口にしたことに気づいた。「あ、いえ、もちろん、早すぎるということはまったくありませんけれど」あわてて言い添える。「ですから、あの……その……あなたがいらっしゃるとはまったく思っていなくて、馬車だけが来るのかと。ですから、ただ……」

イモジェンは刺すような視線をイヴに送り、それからミスター・タルボットに精いっぱいのあたたかな笑みを見せた。「ミセス・ホーソーンが申しあげたいのは、あなたさまはこちらにいらっしゃる道中を楽しまれたのでしょうねということですわ」

またしても彼の青い瞳はイヴのほうへ笑っているような表情を送り、それからイモジェンのほうに向いた。「ええ、そのとおりです。ですが、ごらんのとおり、わたしは馬でまいりました。最近、新しい馬を手に入れましてね。乗ってみたかったのですよ。あいにく、馬車のほうはまだ少し遅れておりまして」

「あの馬はすばらしいですわ」イヴが言った。イモジェンから困惑した目を向けられて、またもやイヴは失敗をしたと気づいた。「二階の窓から拝見しましたの」あわてて説明する。

いったい自分はどうしてしまったのだろう。これでは、社交の場で気を配りながら品位ある会話をしたことなどまったくないかのように思われてしまう。けれど、どうしてなのか答えはわかっていた。こうして落ち着きをなくしているのは、今日の午後ミスター・タルボットに子どもっぽい行動を見られてしまったからだけではない。彼自身のせいだ。目の前に腰かけた彼は、男らしい存在感をみなぎらせている。こんな空のように青い瞳で見つめられて、ハンサムな顔立ちに視線を釘付《くぎづ》けにさせられて、落ち着いてなどいられない。

「ありがとうございます、ミセス・ホーソーン」ミスター・タルボットは答え、会話の流れをイヴの失敗からそらした。「馬を見る目がおありなのですね」

ては いけませんものね」

「亡くなった夫は、馬が大好きでしたから」イヴはようやく地に足の着いた心地がした。「でも、故人を悪く言っ

「好きにもほどがありましたけど」イモジェンが口を引き結んだ。

「ええ」イヴは継母のほうにこわい顔を向けた。「そうですわ」

しかしイヴ自身、馬にのめりこむブルースにはしょっちゅう苦言を呈していた。借金取りが家の玄関にやってきて、ブルースがまた〝最高の血統の馬〟に手を出したと聞かされ、わっと泣きだしてしまったこともある。命がけで乗馬にのめりこむことで、ブルースはほかの欠点をすべてなかったことにできるとでも思っているかのようだった。それでも、継母に夫を悪く言わせるわけにはいかなかった。どんな欠点があったにせよ、やはり夫だった人には、お墓に入ったあとでも忠節を尽くさなければならないだろう。

それに、イモジェンが悪く言っているのは、イヴのほとんど知らない〝ホーソーン少佐〟としての夫に対してではなく、彼が無一文で死んでしまったせいでイヴがチャイルド家に居候しなければならなくなったからなのだ。

「正直に申しあげて、ミセス・ホーソーン、あなたのようなかたを付き添い婦人として迎えるとは想像していませんでした」ミスター・タルボットが話の流れを変えた。「当方としてはもっと、その、お年を召したかただと思っていましたので」

さっと彼に目をやったイヴは、胃のあたりが不安で締めつけられた。年齢を理由に、ウィ

ローメアに連れていくのをやめるつもりなのだろうか。「す、すみません、ミスター・タルボット。でも、わたしはこう見えて、なかなか有能なつもりなのですが」

「それは疑っていませんよ、責めているわけではないのです。うれしい驚きといったところでして」

「ミセス・ホーソーンは結婚してから長いですし、いまは未亡人ですが」イモジェンが言った。「見かけよりずっと年齢は重ねているんですよ」

イヴはなにも言わず、継母の言葉にただ奥歯を嚙《か》みしめて笑っていた。

そんなふうにもたついた会話がしばらくつづくうち、イヴは緊張がほどけはじめた。もしミスター・タルボットが午後の彼女のふるまいを明かすつもりなら、もう話しているだろう。ひとしきり話したあと、イモジェンはイヴをここから連れていってくれる男性には愛想よくしようと思ったのだろう、彼を夕食に招待した。

「ご親切にありがとうございます、奥さま」ミスター・タルボットが微笑み、お堅い継母ですら彼の笑顔の威力にはよろめかずにいられないらしいということが、イヴにもわかった。

「ですが申しわけない、あれこれと用事がありまして。今日の夕方には馬車も到着しますので、帰りの準備もしなければならないのです」そこでイヴに向きなおる。「もし大変でなければ、ミセス・ホーソーン、明日にでも出立《しゅったつ》したいと思っております。結婚式も近いので、できるだけ早くウィローメアに戻りたいのです」

イヴは口もとに広がる笑みを抑えることができなかった。「いえ、大変なんてことはありません。明日の出発でもまったく問題ございません」

問題ないどころか、荷造りは二日前に終わっていた。いますぐ出発してもいいくらいだ。

「よかった。では、これにて失礼して、仕事をすませて参ります」ミスター・タルボットは立ちあがり、優雅できっちりと非の打ち所のないおじぎをして丁重に辞去した。

イモジェンは彼が玄関ドアにたどり着くまでうしろ姿を見送った。「なんて礼儀正しい紳士でしょう。それに伯爵さまのお気遣いときたら。イヴ、ステュークスベリー伯爵にくれぐれもきちんとお礼を申しあげてね」

イヴは奥歯を嚙みしめたが、おだやかな口調で応えた。「はい、きちんとお礼を」

「あなたにとってはすばらしいチャンスだわ。立派なご一族よ。社交界でも最上級の人たちのなかに入れるのよ。ひょっとして、あなたに新しいだんなさまが見つかるかも」イモジェンはうっすらと笑みを浮かべた。

「わたしはだんなさまなんて探していません」

「独り身の女はだれだってだんなさまを探しているものよ。もちろん、結婚市場には若くて初々しいご令嬢がたくさんいて、未亡人には厳しいでしょうけれど。でもね、奥さまを亡くした方やご年配の紳士だってお相手を探していらっしゃるはずよ」

「わたしは伯爵さまの従妹のお世話をするために行くんです」イヴは指摘した。「彼女たちのことを第一に考えなければならないの」

「ええ、それはそうでしょうとも。でもね、あなたもわかっていると思うけれど、この付き添い婦人としてのお仕事はせいぜい一年か二年で終わりでしょう？　ご令嬢が結婚なさったら終わり。どうしたって、その先の将来のことも考えなければならないのよ」

「それはもちろん考えます」イモジェンの言葉に反論するより受けいれるほうが簡単だと、イヴにはわかっていた。自分の考えを言ったところで、言い争いになったり傷ついたりするだけだ。この家でうまくやっていくためには、イヴが譲らなくてはならないのだから。

最後の荷造りをして気を紛らわそうと、イヴは部屋を出ていきかけた。しかしイモジェンが一緒についてきた。もうすぐいなくなってくれると思えば前よりやさしくなれるのか、それとも最後にもう一度口やかましく言いたいのか、イヴにはわからなかったが。

「あまり出しゃばらないように気をつけてね」イモジェンが言った。「もの静かで従順でいることが肝心よ。自分を前面に押しだしたり、やかましかったり、目立とうとしたりする付き添いなんて、お呼びじゃないの。今日の午後、あなたはミスター・タルボットに無防備な笑顔を見せすぎていたわ。あのかたはなんとも思ってらっしゃらないでしょうけどね」

イヴは握りしめたこぶしを意識してひらいた。「笑顔はいつでも歓迎されると思いますが」

「笑顔も大胆すぎたら出しゃばりな女だと思われるわ。付き添い婦人にそんなことは求められません。ミスター・タルボットに言い寄ったりしたら身の破滅よ」

イヴは驚いて継母を見た。まさかさっきのことを知られている？　そんな、ばかな。「ミスター・タルボットに言い寄ったりなんてしていません」

「そうかもしれないけれど。あなたの笑顔は誤解されるわ。彼のようなかたには、すぐにつけこまれるわよ」

「お継母さまはミスター・タルボットをよいかただと思っていらしたのでは？」

「もちろんよ。まさしく紳士の見本というようなかただわ——ハンサムでチャーミングで、とことんおやさしくて。でも、わたしはうわさ話というのは嫌いだけれど、ミスター・タルボットについてはいろいろと耳にしているの」

イヴの好奇心がひどく刺激された。「どんなお話を？」

継母はゴシップに無関心なように見えて、じつはロンドンのいとことつねに連絡を取りあっていた。社交界でも詮索好きとして悪名高いうちのひとりだ。だからイモジェンはロンドンにいる人間に負けず劣らず、社交シーズンの醜聞には詳しい。

「そうね……」イモジェンの瞳が、他人の罪をあばくときのために取っておいたかのようなきらめきを見せた。「フィッツヒュー・タルボットというかたは、守銭奴が黄金をかき集めるかのごとく、女心を吸い寄せているそうよ」

「あれだけの美貌をお持ちですもの。女性の心をつかむのは当然だわ」

「そうねえ。でも結婚にはご興味がないのですって。結婚の対象となる妙齢のご令嬢とはダンスもなさらないそうよ。どちらかと言えば……経験豊富な女性がお好みだとか。あのかたのお名前が、ある未亡人や何人かの既婚女性のお名前と一緒に出てきたわ。それからもちろん、下々の女性とも――まあ、そういうことはほとんどの殿方がされているでしょうけれど」

「つまり、わたしは未亡人だから、ミスター・タルボットが下心を持ってわたしに言い寄ってくるとおっしゃるの？」

継母はこれ見よがしに肩をすくめた。「だから、勘違いされるようなことをするのは、くれぐれも気をつけなさいということよ。笑顔ひとつとってもね」

「そんなつもりで彼に笑顔を向けたことは一度もありません」イヴはむきになって言い返した。「それに、わたしたちは明日出発すると話していただけで、やましいことではないわ！」

「まあ、いやだ」継母は小さく忍び笑いをもらした。「そんなことはだれも言ってなくてよ。あなたは聖職者の娘でありながら少しだらしなく育ってしまったけれど、そこまで奔放なことをしているとは言ってないわ。でもね、ミスター・タルボットはこのあたりの人たちほどあなたのことを知らないの。だから……見境なく警戒心を解いてしょっちゅう慎み深さを忘れるあなたを、勘違いすることだってありうるでしょう」

「ミスター・タルボットに悪い印象を与えるようなことはなにもしません」イヴはきっぱりと言った。

「それはそうでしょう。でも賢いあなたにもひとこと言っておきたかっただけ」継母は互いに了承ずみだとでも言うようにうなずいた。「ミスター・タルボットはあれほど美男子で魅力的なかただから、女性などいつも思いどおりになってきたでしょう。女性のほうから身を投げだしてくるばかりだと、男性がとがめられることなどないでしょうし。二年も夫の愛情を受けていない女があの魅力を前にしては、ひとたまりもないわね」

イヴは唇を真一文字に引き結んだ。未亡人になる前もあとも、夫の愛情が足りないことにほとんど変わりのないことを、知りもしないくせに！

「あなたにはわからないでしょうけれど」イモジェンはつづけた。「あなたのお父さまはそんなことを忠告しようとお考えにならないほど神聖なかたですから、わたしがするしかないのです。よくよく注意なさって、イヴ。あのかたの戦利品のひとつで終わりたくはないでしょう？　この件でわたしの言いたいことはそれだけよ」

ふたりはイヴの部屋の前まで来ていた。イヴは継母に向かって無理に笑みを浮かべた。「ご忠告ありがとうございます。お気持ちはとてもうれしいですわ。ですが、お継母さまのおっしゃったとおり、多くのかたが未亡人について思い違いをしていらっしゃるわ。軍人の妻というものは、ひとりで生きていくことや、世間の冷たさを気にせず生きていくことを少しは身につけていますの。ミスター・タルボットに言い寄られてもはねつけることくらいできます――ほかの男性でも同じことです」おざなりにうなずく。「さあ、もうよろしければ、明日ミスター・タルボットがいらしたときにすぐ出発できるよう、準備をいたしますので」

イヴは自分の部屋にするりと入り、イモジェンに返答する余地を与えずドアを閉めた。明日になれば、継母の横やりなどどうでもよくなる。ドアにもたれ、ふたたび顔がゆるむにまかせた。明日、ここから出られるのだ。

イヴはドレスに留めつけた青いエナメルの時計のふたを開けた。七時四十五分。さっき時間を見てから、まだ五分しかたっていない。ため息をついてまたふたを閉じた。

ふだん、この時計を身につけることはない。かなり古風なつくりで、今日の装いにもそぐわない。それでもこれは夫からの最後の贈り物で、夫の死後、身のまわりの品のなかにまぎれていたのを見つけたものだった。ふたの内側に〝愛する妻へ〟と刻印があり、夫が死んだわずか五日後に迎えることになっていた彼女の誕生日のために買ったものだろうと思われた。高価な品だ。本体は金でつくられ、表は青いエナメル仕上げで楕円形《だえんけい》の小さな田園風景画を小粒の真珠がとりまいている。いつもなら、その時計も返品してお金に換えるはずだった。浪費癖のある夫がよく買ってきた高価な贈り物を、何度もそうしてきたのと同じように。

けれども、今回はどうしてもできなかった。これはブルースの最後の贈り物で、夫と自分との最後のつながりなのだ。たしかに彼との結婚はふつうの結婚ではなかったが、ブルースのことは愛していたし、彼にも愛されていたと信じている。だから、ほとんど宝石箱にしまいこんでいたとしても、この時計はずっと手元に残してあった。

しかし今日は身につけることにした。襟が高く、どことなく軍服調のボタンがついた紺色の馬車用ドレスに留めつけると、なかなかきまっていた。有能な職業婦人らしい雰囲気が出て、前日にフィッツヒュー・タルボットに与えてしまった印象をうまく覆すことができるかもしれない。いずれにしろ、こんなふうに一日じゅう移動ばかりでまわりに時計がないようなときには、役に立つ。

そう、まったく役に立つわ、とイヴはそっけなく考えた。こうして神経質に、ずっと時間ばかり見ているなんて。内心ため息をつき、ひざの上で手を握ると、腰を据えて辛抱強く待つことにした。

イモジェンを盗み見る。継母はあいかわらず背筋をぴしっと伸ばして聖書を読んでいた。彼女がどこかに寄りかかっているところなど見たことがない。そういう面を欠点のように言うなんていやみだとは思うが、なぜかいつもいらだってしまう。父が彼女の隣に座っていたが、彼は両手を組んで黙想にふけっていた。いつものとおり、父からは心がどこかよそにあるかのような、うわの空状態の雰囲気が漂っている。イヴは小さく笑った。きっと父は日曜の説教のことか、なんらかの神学上の意義でも考えているのだろう。親切で愛すべき人。だが、ほんとうの意味でだれとも完全には心を通わせない。たとえ家族と一緒にいても。かつては母が、家族のかすがいとなっていた。母が死んでからは、イヴと父はずっと疎遠だった。父は家庭のことはイモジェンにまかせきりで、娘とのやりとりまで妻を通じてしかしない。

ジュリアンがここにいてくれたら、とイヴは思った。ほんの数分でいいから、あの子とすごせたら。しかしどんな事情があったとしても、イモジェンは規則を曲げない。ジュリアンの勉強は、朝食後すぐ、七時三十分きっかりに始まる。だからイヴは、朝食で階下におりていく前に彼の部屋に立ち寄り、別れの挨拶をした。そのときのことを思いだすと、あの子を抱きよせたときに胸を突かれた喪失感が、ふたたびよみがえった。

外に馬車の音が聞こえ、イヴは悲しい物思いからわれに返って立ちあがり、窓辺に行った。優美な黒い馬車が停《と》まっており、よく釣りあった四頭の鹿毛の馬に引かれていた。そのかたわらには、すらりとした黒い牡馬にまたがるフィッツヒュー・タルボットの姿があった。

「いらしたわ」イヴが振り返ると、イモジェンがさもなにか言いたげなしかめ面をしていた。内心ため息をつきながらイヴは席に戻り、礼儀正しく慎《つつ》ましやかな表情を顔に貼りつけた。

数分後、フィッツヒュー・タルボットが大またで部屋に入ってきて、屈託のない笑顔と非の打ち所のないおじぎを披露した。明るいブルーの瞳と目が合うと、イヴはまたものどが詰まるような心地がしたが、落ち着いたよそよそしい表情を崩さずにいられてほっとした。ちょっと気がゆるめば、満面の笑みを返し、瞳を輝かせていたことだろう。この人に反応しないでいるのはひと苦労だ。継母の言ったとおり、ロンドンでは彼の戦利品が列を成しているのだろう。

「ああ、ミセス・ホーソーン」彼は父とイモジェンに丁重な挨拶をすませてから言った。

「ご出立の準備はできたようですね。よかった。申しわけないが、これからだいぶ長旅になります」そこでイモジェンに向きなおる。「おしゃべりもせずに出発することを許していただきたいのですが」

「まあ、そんな。事情はよくわかっておりましてよ、ねえ、あなた?」イモジェンは夫のほうを見た。

「えっ? あ、ああ、そうだね。長旅か、そのとおりだ」チャイルド牧師はぼんやりとした笑みを皆に向け、それから娘を見た。「ではな。寂しくなるよ」

牧師は娘を抱きしめ、背中を軽くたたいた。イヴも抱擁を返した。父の言葉に嘘《うそ》がないことはわかっている。しかし二十分もすれば書斎に戻り、また物思いにふけって、娘がいなくなったことも覚えていないにちがいない。

継母は愛情を行為で示すのをよしとしない人なので、彼女とは別れの抱擁もなかった。そっと手を伸ばし、きちんとしたふるまいをしなさいねと忠告したのが、イモジェンの挨拶のすべてだった。イヴは肩の荷がおりたような心地で家をあとにした。体から力が抜けるのを感じながら馬車へと歩いた。もちろん、付き添い婦人としての生活が四角四面なものだということはわかっている。雇い主の決めごとに従わなければならないし、令嬢たちにもそれを守らせなければならないだろう。ひかえめに、もの静かに、自分の考えはしまいこみ、つねに令嬢に付き添いながらも背景にとけこんでいなければならない。

それでも、継母のお情けにすがって暮らすのではなく、自活できるのだ。もうイモジェンの説教も小言も聞かなくていい。十六歳に戻ったかのような扱いをされなくてもいい。なにより、田舎に閉じこめられた生活から、また外の世界に出られる。パーティに、観劇に、にぎやかな催し。たとえその周辺でひかえているだけの身だとしても、それは胸躍る体験だ。

お仕着せ姿の召使いが馬車から飛びおりてドアを開け、昇降ステップを下げたが、彼女に手を貸して馬車に乗せたのはミスター・タルボットだった。

「よろしければ、最初しばらくはわたしが馬車にご一緒して、わたしの馬は馬丁にまかせてついてこさせようと思うのですが」彼が言った。

イヴは胃が締めつけられた。前日のふるまいを馬車のなかで説教されるのだろうか？　それとも継母が注意していたとおり、わたしを誘惑するつもりなの？

そんなイヴの気持ちが顔に出てしまったのだろうか、彼は小さく笑った。「旅のあいだじゅう、あなたのプライバシーには踏みこまないとお約束しますよ。ぼくはただ、少しご一緒してお互いを知ったほうがいいかと思っただけです」

「ええ、そうですね」イヴの頬はいまや恥ずかしさで桜色に染まっていた。あわてて馬車に乗りこんで着席する。つづいてミスター・タルボットが乗ってドアを閉めたところで、彼女は彼のほうを向いた。「わたしは少し驚いただけです。べつにいやだと言うつもりでは――ですからつまり、馬車を独り占めするつもりなんかじゃありませんでした。だって、あなたの馬車ですし」

まっ赤になってあせっているイヴに、彼の笑みが大きくなった。「いえ、じつは兄の馬車なんです。だからぼくたちのどちらも、なんの権利もないわけで」

彼の笑顔には勝てなかった。「そうね、そうですね」

その馬車は、イヴがそれまでに乗ったことがないほど豪華なものだった。座席の背もたれはやわらかな革張りでふかふかしていて、背当てのクッションもやはりやわらかかった。そばにあるポケットには寒いとき用にひざ掛けが入っており、革製のカーテンは空気と光を入れるために途中まで巻きあげられていた。なかは広く、彼女の座席とミスター・タルボットの座席にはじゅうぶんな空間があった。だがそれでもイヴは、とても居心地がいいとは思えなかった。

ひとつには、フィッツヒュー・タルボットを意識しすぎてしまうのだ。ふたりのひざが一フィートほど離れていても、距離などないに等しかった。彼はハンサムすぎるし、男らしすぎる。存在感が馬車のなかに充満している。男性とふたりきりで旅するなど、まったく慣れないことだった。そんなことをした相手は夫か父親だけだ。知らない男性が相手だと、まったく勝手がちがう。これほどせまい空間にいるのは、やたら意味深長で親しげだ。それともそんなふうに感じるのは、一緒に旅するのがこの人だからなのだろうか。この人にはなにかある。女性の気持ちをなんだか……いや、どんなふうに言えばいいのかはよくわからない。

わからないけれど、こんなにも意識してしまう。

もちろん、彼のうわさを聞いたことはあった。最初は彼の名前を聞いても伯爵と縁があるということくらいしか思わなかったのに、継母から彼は〝経験のある〟女性が好みだと聞いてから、それまで耳に入ったことのあるうわさ話がちらほらと思いだされてきたのだ。イヴはロンドンに住んでいたわけではないし、結婚後は社交界にも出ていない。ブルースが籍を置く部隊の駐屯地で暮らしてきたからだ。しかし社交界に友人が大勢いて、定期的に手紙のやりとりはしていた。だからステュークスベリー伯爵の弟を含め、都会の若い紳士の話はよく聞いていた――裕福で、貴族的で、日々に退屈していて、お気楽な毎日をすごし、放埒《ほうらつ》と言ってもいい生活を送っていると。ミスター・タルボットはよく言えば道楽者。イモジェンの話が正しければ、相手かまわずの生活がふつうで、結婚する気もない。つまり、だれかれかまわず口説き、未亡人や人妻を誘惑し、ことを終えれば傷ついた女心を残していくような人。

けれどイヴには、彼をやりすごす自信があった。言い寄られて困っても、うまくかわす方法をずいぶん昔に身につけた。たしかに昨日はあんなふるまいをしてしまったから、始まり方としてはよくなかった。ミスター・タルボットに見下されても不思議はない。思いだしただけでも身の縮む心地がする。いったい自分はなにを考えていたのだろう。いや、なにも考えていなかったにちがいない。司祭館を出られるという期待に胸がいっぱいで、浮かれていただけで。

でもそれ以上に、彼のほうはどういうつもりだったのだろう。おそらく彼は、わたしならいい火遊びの相手になりそうで、簡単に口説けて幾晩かの快楽を得られると思ったのだろう。そのいっぽうで、そんな女が従妹の付き添い婦人になることにあきれたのかもしれない。それを言うために、馬車に同乗したのかもしれなかった。それとも、感受性の強い若い娘たちをあずかる身としてわたしがいかにふさわしくないか、兄の伯爵に注進するつもりだろうか。はるばるウィローメアまで旅をして、伯爵にはねつけられて父の家にさっさと送り返されるだけだなんて、なんて屈辱的なことだろう！

彼がどういうつもりにせよ、いちばんいいのは彼を寄せつけないようにすることだ。イヴは肩をいからせ、両手の指を組んでひざに置いた。イモジェンのように背筋をぐっと伸ばし、彼を見た。

「ミスター・タルボット、昨日のわたしの行動は、ふだんのわたしのものとはちがうということを知っていただきたいんです。弟と一緒にいると、なんと言えばいいのか、いつもより……解放的になってしまって。でも、おあずかりするご令嬢たちの前では、あのようなふるまいはけっしていたしません。令嬢たちご本人に、そういったふるまいを許すこともありません」

「そうなんですか？　それは残念だな。昨日のあなたはとても楽しかった。いや、正直言って、ウィローメアの小川をあなたとふたり、あんなふうに散策したいと思っていたのですが」彼の瞳が楽しそうにきらめいた。

輝く瞳の魅力に気づかぬふりをし、イヴは取り澄まして答えた。「そのようなことは無理です。あなたの従妹のお嬢さまに付き添う身としては、男性と戯れるわけにはまいりません」

「なんとつれない」そう言いながらも、ミスター・タルボットは笑った。「でも、戯れなど喜んであきらめましょう。ぼくが考えていたのは、もっと……楽しいことですよ」笑顔はそのままだったが、彼の瞳と声音にある種の熱っぽさがこもったことはまちがえようもなかった。

イヴはまっ赤になった。顔をそむけたが、全身がかっと熱くなるのは恥ずかしいからだけでないことはよくわかっていた。意味ありげな彼の声音に欲望をかきたてられるものがあったことは、否定できない。結婚生活のなかで彼女は、もしかしたら自分は少しはしたない性質で、すぐ情熱的な気分になり、肉体に振りまわされているのではないかと思うことがあった。真の貴婦人ならば当然、彼の大胆な発言に全身をひそかにうずかせるのではなく、はねつけるものだろうに。

「ミスター・タルボット、ご冗談がすぎます」のどが詰まったような声になる。

「おや、こんなのは序の口ですよ」

笑いがこみあげてきたが、イヴは断固として抑えつけた。フィッツヒュー・タルボットを楽しい人だなんて思ってはならない。そしてもちろん、そんな気持ちを表に出してもいけない。彼女は咳払《せきばら》いをし、精いっぱいの冷たいまなざしを彼に向けた。「申し訳ありませんが、話がそれていますわ」

「そうだったかな？　それはすまない——なんの話だったっけ？　ウィローメアでどんなことをするか、考えていたと思うんだが」

イヴはかっとして、厳しい口調で言い返した。「できればそういう……おふざけや当てこすりはやめてください。はっきりおっしゃって——わたしが昨日、あるまじきふるまいをしていたことを、伯爵さまにお話しになるつもりなの？」

「そんな、まさか」彼の眉がけだるげにつりあがった。

イヴはほっとした。ミスター・タルボットについては心配なことがたくさんあるけれど、少なくともひとつは消えた。

「そんなばかばかしい意見を言ったところで、頭でもおかしくなったかとオリヴァーに思われるだけだ」そう説明する彼に、イヴの表情はゆるまずにいられなかった。「それに、オリヴァーはぼくがどう思おうと気にも留めないよ。決定権はあいつにあるんだから。ぼくはただ……」あいまいに片手を振ってみせる。「……人生を楽しむだけだ」

「どんな人でもそうしようとしていると思いますけれど」

「ぼくほど一生懸命にやってる人間はいないさ。実際、わざわざ必死で人生を楽しまないようにしている人間も大勢いる」彼は片眉をくいっと上げた。「怒らないでほしいんだが、ミセス・チャイルドは人生を楽しもうとしていると思うかい？」

イヴの唇から笑い声があふれた。「イモジェン？　いいえ、彼女の場合は必死で楽しまないようにしてると言って差し支えないと思うわ」

「ほらね。話の趣旨はわかるだろう？　だがぼくの兄は、人生を楽しまないようにしているわけじゃない。ただやらなきゃいけないと思いこんでることが多すぎて、兄にはなにも楽しむ暇がないのさ。もちろん」分別をはたらかせて言い添える。「おのれの責務を果たすことにも楽しみはあるとかなんとか、兄なら言うだろうけどね。ぼくに言わせれば、責務っていうのはいつも、友人と街にくりだそうとか競馬に行こうとかしているときにかぎって湧いて出て、結局、耳の不自由なジェラルドおじさんに会いにいくとか、名づけ親の音楽の催しに出席する羽目になるってことさ」

「それから、付き添い婦人を迎えにいくとか」

「おやおや、麗しいミセス・ホーソーン、そんなことはけっして言いませんよ。付き添い婦人のエスコートなんて、最高に楽しい仕事じゃありませんか」ミスター・タルボットの唇が官能的なカーブを描き、声は愛撫《あいぶ》を思わせるほど甘くなった。「とくに、付き添い婦人があなたのように美しい人となれば」

「軽妙洒脱《しゃだつ》な言葉のやりとりをしていたつもりだったのに、いつのまにか恋の駆け引きをしているみたいになってしまうなんて」イヴが言った。

「恋の駆け引き？　傷つくなあ」

「そうではないとおっしゃるの？」イヴの応酬が入る。「でなければ、なんだと？」

「美しきものを讃えているだけです」

彼の声は、イヴの内部を溶かしてしまいそうな熱をはらんでいた。ふいにイヴは、清く正しくいようとしたにもかかわらず、やはり〝恋の駆け引き〟に戻ってしまったことに気づいた。

イヴは必死で冷静な口調を保った。「耳に心地よいお言葉ね、サー。でも、いままで何度もそういうことをおっしゃってきたのでしょう？」

「これほど本気で口にしたのは初めてです」彼の視線がイヴの目もとから口もとにおり、彼の口もとがゆるんだ。

キスしたいのかしら、と思ったイヴは、自分がそうしてほしいと思っていることに気づいて愕然とした。彼が身じろぎし、彼女のほうに手を伸ばす。イヴの心臓がどくりと跳ねた。体がこわばり、かっと熱くなる。まるで崖っぷちに立たされたかのように、息を詰めてその先を待った。

3

イヴが期待に目を閉じかけたとき、ミスター・タルボットの指がボンネット帽のリボンに伸びて、結び目を一度引くだけでするりとほどいた。そのまま帽子を持ちあげ、彼女が腰をおろしている横に置く。

「ほら、このほうがいい。やっときみの顔が見える」

イヴは面食らって目をしばたたいた。帽子を取られたときに彼の指がかすめたところがちりちりして、思わず手袋をした手が頬に伸びた。彼はキスをしたかったの？　それとも、わたしのただの気のせい？　イヴは窓の外を見つめ、無理やりにでも平常心をかき集めようとした。

「わたしがお世話するご令嬢たちのお話を聞かせてください」しばらくのち、イヴはフィッツヒュー・タルボットに向きなおり、礼儀正しくよそよそしい表情をふたたび浮かべた。

「いまはふたりしかいないんだ。いや、つまり、姉妹は四人なんだが、ひとりは結婚してウイローメアを離れていて、もうひとりは挙式間近だから、きみが教育をまかされるのはふたりだけだ。彼女たちはぼくらの従妹で、アメリカで生まれ育った」

「結婚するのはどなたで、わたしがお世話するのはどなたですの？」イヴは尋ねた。

「次女のローズはアメリカ人と結婚して、すでにアメリカに戻った。長女のマリー――ほんとうはマリーゴールドというんだ、姉妹の母上が花好きでね――そのマリーがサー・ロイス・ウィンズロウと結婚する予定だ。彼はぼくとは父親違いの兄なんだが、従妹たちやタルボット家のほかの人間とは血がつながっていない」

「複雑そうなお話ね」

フィッツの口の端が上がった。「バスクーム姉妹の話となると、しょっちゅうそんな具合でね。でも、きみは姉妹が気に入ると思うよ。きみも乗馬が好きだといいんだが。姉妹が大好きなんだ、とくにカメリアが」

「ええ、好きです。でも、しばらくごぶさたしてますけれど」

「だいじょうぶ、すぐに勘は取り戻せる。ぼくらはほぼ毎日、乗馬に出かけるし」

「ぼくら？」イヴの鼓動が速くなった。「あなたが付き添いを？」

「だいたいいつもね。ロイスは結婚するので、いまはぼくが従妹たちに教えている」

「そうなの。では、あなたは……ウィローメアに残られるということ？」

イヴは、フィッツは残らないものだと思っていた。彼女を領地に送り届けたら、ロンドンへ行ってしまうのだと。フィッツヒュー・タルボットのような男性が田舎でくすぶっていることなどありえないだろう。招待状やクラブや洗練された美女たちのお誘いで引く手あまたのロンドンがいいにちがいない。

ミスター・タルボットの視線がイヴに留《とど》まり、彼はゆっくり、ゆったりと微笑んだ。頰に深いえくぼができる。「ああ。しばらくはウィローメアにとどまるつもりだ」

「まあ」イヴは彼のまなざしに絡めとられたような気がして、少し息苦しくなった。「あの――楽しいことでいっぱいのロンドンに戻られたいのではないかと思ったのですが」

「ご心配なく」彼女から視線をはずさず、意味深な含みのある声でフィッツは言った。「退屈などしませんよ。ウィローメアでもじゅうぶん楽しくすごせると思う」

イヴは彼を見返したが、どう返事をすればいいのかわからなかった。お金に困った冴《さ》えない未亡人が自分を売りこめるとしたら、世間の評判がいいという点しかないのだから、いまやわずかなスキャンダルも起こすわけにはいかない。恋の駆け引き――そして、それ以上のもの――に身を投じることなどできない。フィッツヒュー・タルボットがどれほどハンサムで魅力的であろうと。

イヴは彼から目をそらし、ひざで握りしめた両手を長いこと見つめていた。顔を上げたときには、彼はかしこまった表情になっており、彼女の声も淡々としていた。「すてきですね。あなたの従妹のご令嬢たちも、ウィローメアにあなたが滞在してくだされればお喜びでしょう」

彼の青い瞳が楽しそうに輝いたが、彼はまるで観念したかのようにまじめな顔で首をかしげた。「そんなふうに思っていただけてうれしいよ。ウィローメアのことをお話ししようか？」

断固とした拒絶を受けいれてもらえてほっとしたイヴは、彼が一族の領地について話をするのに耳を傾けた。タルボット家の歴史についておもしろい小話をいくつか聞き、さらに町や周囲の田園地帯についても楽しい話が盛りこまれた。彼は会話の達人で、無理なく世間話をしながらも人を楽しませるつぼを心得ている。いつしか気詰まりな空気は消え、イヴも肩の力を抜いておしゃべりしていた。

まもなく馬車は宿の庭に入り、休憩をとって馬に水を飲ませた。ふたたび道路に戻ったときには、フィッツは馬に乗って併走するほうを選んだ。

ひとりで自由に考えられるようになったイヴは、窓の外の景色を眺め、これからどんなことが待ち受けているのだろうと想像した。しかしそう時間もたたないうちに、景色よりもフィッツヒュー・タルボットのほうに目がいくことに気づいた。凛々しく馬にまたがっている姿は、目を向けずにいられるはずもない。長身ですっきりとした体軀、広い肩に引き締まった腰。力強さと優雅さが同居している。手綱を握った手や、鞍の両脇をしっかりと締めている筋肉質の太ももが、いやでも目に入る。

イヴはいらだたしげな声をもらして革のカーテンの留め具をはずしておろし、外が見えないようにした。これじゃばかみたい、とイヴは思った。馬に乗った美しい男性を見るのが初めてだとでもいうような反応をするなんて。ブルースは軽騎兵隊長だった。凛々しい騎手なら何人も見てきた。天使をも惑わせるような美貌を持った人はいなかったけれど……それでも立派な馬に乗った男性という、うっとりしそうな光景には慣れっこのはずだった。

イヴは座席の端に腰を落ち着け、反対側の窓から見える外に視線を定めた。前の晩によく眠れなかったせいか、いつしかまぶたが閉じていた。

昼食のために馬車が止まり、イヴは目を覚ました。休憩はありがたく、昼食後にミスター・タルボットが少し散歩をしようと誘ってくれて、それからまた馬車に戻った。彼は午後も朝と同じように、しばらく馬車に同乗したあと馬に乗り換えた。彼女にひとりになる時間をつくってくれているのはとても親切だったが、正直言って、彼のいない馬車の旅はとてつもなく退屈だった。

その夜に立ち寄った宿は広くて感じがよく、オーク材の床も磨きあげられていた。厨房《ちゅうぼう》から漂ってくる香りがイヴの食欲を刺激した。宿の主人はフィッツ・タルボットを見ると満面の笑みを浮かべ、終始なにやらまくしたてながら、早々と部屋に案内した。

イヴはすばやく手洗いをすませ、清潔なドレスに着替えて食事をするため階下に急いだ。食堂にはフィッツがいて、彼もまた清潔なシャツに着替えているのがわかった。今度は襟巻きを基本的な結び方にしている。

「ああ、ミセス・ホーソーン」フィッツは進みでて彼女を迎えた。「これはきれいですね。まる一日、旅をしてきたとはとても思えない」

「そっくりそのままお返しいたしますわ」イヴは目を輝かせて答えた。

「できるかぎりの手は尽くしたんだが、従者に言わせればまだまだ努力が足りないというところだろう。ぼくがひとりで旅をしたら、あなたの評価が下がりますといつも言われていてね。今回、評価にさほどの傷もつかず帰り着いたとあれば、きっと驚くだろうな」

ふたりは心のこもった食事の席につき、食べはじめた。「スティルスのやつ、今夜はいつになくがんばったものだ」フィッツが感想を言った。「きみの存在に刺激されたんだな」

「おいしいわ」イヴは彼をちらりと見やった。「宿のご主人はあなたのこと、よくご存じのようでしたね。昔から頻繁にこちらに立ち寄っていらしたのですか」

フィッツはうなずいた。「ああ、子どものころからね。母がリーズの実家を訪れるとき、一緒にこちら方面へ来ていたので。母が亡くなってからは、祖父が毎年、夏に従者をつけて送りだしてくれたよ」

「それは、あなたがひとりでは着替えもできないと思ってらっしゃるかた?」

「いや、まさか。昔の従者は従者というよりむしろ保護者のようなものでね。まったく食えないやつだった。図体《ずうたい》がでかくて逆らえないし、厳しいからちょっと悪いことをしたくても許してくれないし。父方と母方の祖父ふたりの意見が合うことがあったとすれば、思春期のぼくはしっかり制御しておく必要があるということだったね」

「そのとおりでした？」

「当然。ぼくは悪魔小僧だったから。さいわい、早いうちにこのえくぼができて」そう言って彼は自分の頰にふれた。「ぶたれて当然のことをしたときも、よく救われた」

「あなたがそんなにわんぱくだったなんて信じられませんけど」

「昔はいちいち反発してしまうほうだったから」フィッツは正直に言って、ふっと笑った。

「でもオリヴァーのような兄がいたら、そうなるのも当然だな」

「そんなに非の打ち所のないかたなんですか？」イヴは鋭く事情を汲《く》みとって尋ね、最後のひと口を口に入れて皿を脇に押しやった。椅子にもたれ、ワインをひと口飲む。

「まさしくね」フィッツはうなずき、察しのよい彼女に感心した。「オリヴァーくらいまじめで、堅実で、知的になろうったって無理だね。だからぼくは、役立たずになるほうに目を向けた。さいわい、そっちは簡単に手が届きそうだった」

明るい笑い声がイヴの口から飛びだした。「それは言いすぎではありませんか。だって、結局あなたは新しい付き添い婦人をウィローメアまでエスコートするお役目をこなしていらっしゃる」

「麗しきミセス・ホーソーン、きみのような美しいご婦人をエスコートするのは、煩わしいお役目とはちがう」

「あら、でもたしか、もっとお年を召したかただと思ってらしたんじゃないかしら。ですから、あなたのとっさのご判断はそれほど身勝手なものではありませんでしたわ」

フィッツはにやりと笑った。「たしかに。きみのことは中年のご婦人だと思っていたよ。なんと言われたか実際の言葉は忘れてしまったけれど、きみの年齢についていかにも誤解しそうなことをレディ・ヴィヴィアンは言ったんだ」

「ええっ、そんな」イヴは胃が痛くなった。「伯爵さまとお目にかかったとき、ひどいご不興を買ってしまったらどうしましょう」

「そんなことはないよ。兄は公明正大な男だから」フィッツの笑みがさらに広がる。「ほら、さっきも言っただろう、兄は――」

「非の打ち所がないと?」イヴが言葉を引きとり、にこりと笑った。「ほんとうに、年齢をご不満に思われなければいいんだけれど。父の家には戻りたくないんです」

「だろうね」フィッツは遠慮なく言った。「気を悪くしないでほしいんだが、ほんの数分いただけで、ぼくももうあそこにはいたくないと思ってしまったよ」いたずらっぽい目で彼女をちらりと見る。「ほんとうは結婚式のために急いで戻る必要はなかったんだ。一週間も先だから」

「少なくともわたしは、あなたがああ言ってくださってうれしかったです。でも父の奥さんを悪く言うなんていけませんわね。大人の女がふたり、ひとつの家にいるのはむずかしいものなんです。とくにイモジェンとわたしくらい性格がちがうと」

「ぼくも彼女を悪く言うべきではないとわかっているけど、あの家で暮らさなければならなくなったら、ぼくの人生も終わりだね」

「わたしも同じように思ってますわ、ときどき」イヴは瞳を躍らせて彼を見た。「わたし、ふだんはこんなに思いきったことは言わないのに。あなたって、とても悪い影響を与える人ね」

「よく言われるよ」

「まったく悪びれていないように見えますけど」

フィッツが微笑み、くだんのえくぼが頬に刻まれた。「悲しいことに、それも当たりだ」彼女のほうに身を寄せ、内緒話をするかのように声を低くした。「まともな男なら、きみのような美しい女性を前にして、悪い影響を与えたくないわけがないだろう?」

彼がまっすぐに彼女の目を見る。軽くふざけるような雰囲気が、熱さへと変わった。彼の表情にイヴはぞくりとし、急に息苦しさを覚え、自分をむきだしにされたかに思えた。まるで内面の奥まで覗きこまれ、手つかずで求められぬままそこにある、ひそやかな熱を見られたかのように。

「もうベッドに入ります」唐突に口にして、そして赤面した。貴婦人なら〝やすみます〟と言うべきところだった。〝ベッド〟という言葉は、そこからあらぬ連想をされぬよう、使わないものなのだ。

イヴはあわてて椅子を押しやって立った。フィッツも一緒に立ちあがる。「部屋まで送りましょう」

「いえ。だいじょうぶです。あなたはゆっくりワインを楽しんでください」

「女性が遠慮して席をはずす必要はないよ」軽い口調でフィッツは言った。「ぼくはポートワインなぞ飲まなくてもいいので。それよりはずっと、きみと一緒にいるほうがいい」

思わずイヴは彼を見あげたが、すぐに後悔した。もう目をそらせない。フィッツの瞳は深遠なブルーで、彼の顔が近づいてくるあいだにもどんどん引きこまれていった。彼はキスしようとしている。体を引いて離れるべきだということはわかっていた。

けれどもイヴはそうしなかった。

彼の唇はやわらかく、あたたかく、最初は軽く押しあてられただけだったが、やがてそのまましなやかに、執拗《しつよう》に動きだした。イヴの体に震えが走った。男性の唇にまともにふれたのは、ずいぶん久しぶりのことだ。結婚してしばらくすると、ブルースはキスさえもしなくなった。もうどんな感じだったかも忘れていた――いえ、ほんとうにこんな感じだっただろうか？

フィッツのキスはあたたかく、甘く、日射しでぬくもった蜂蜜のようだった。閉じた唇のあいだを舌でなぞられ、イヴの全身にうずきが走る。唇がひらき、彼の舌がすべりこんで奥へと突き進んだ。全身に熱がほとばしり、あまりの烈《はげ》しさにおののくほどだった。彼に溶けこんでしまいたい。彼に抱きつき、体を押しつけたい。全身を駆けぬけた快感に驚き、彼女は一瞬、よろめきそうになった。

けれども次の瞬間、われに返り、イヴは一歩しりぞいた。「だめ」手で口を覆う。自分の唇がやわらかく濡れて、彼とのふれあいでまだうずいているのがわかる。暴走しそうになる気持ちを抑えつけようとするあいだ、彼の顔を見ることができなかった。

「イヴ……」フィッツは一歩、近づいた。

「だめです」イヴが顔を上げた。「昨日、わたしがあなたの目にどんなふうに映ったのかはわからないけれど、わたしは〝安っぽい〟女じゃありません」

フィッツはかすかな笑みを浮かべた。「きみが安っぽいなんて、少しも思っていない。それどころか、きみはかなり手強《てごわ》いと思っている」ひと呼吸して、つづける。「だが、努力しがいのある相手だ」

イヴは自分の欲望の強さにあきれるほど驚いていた。いまさらこんな年で、こんなふうに感じることがあるなんて。ハンサムな顔や体軀にぽうっとするような、多感な乙女ではもうないのに。

しかし少なくとも、そんな感情を表に出さないだけの経験は積んでいた。イヴはあごを上げ、断固として冷ややかで厳しい口調を貫いた。「驚きました、ミスター・タルボット。あなたはお兄さまの庇護《ひご》下にある女性につけこむようなかたではないと思っていましたのに」

フィッツは鋭く、さっと頭を振った。「つけこもうなどとは思っていない。その気のない女性に無理強いしたことは一度もない」

たしかにそのとおりだろう。フィッツ・タルボットが女性に無理強いしなければならないなど、ありえない。女性は熟した果実のように、自然と彼の手に落ちていくのだろうから。

「きみが望まないことを無理やりさせるつもりはないよ」

フィッツは彼女の手を取った。イヴは手を引っこめなければと思ったが、できなかった。ただ見ているしかなかった。彼は視線を合わせたまま、彼女の手を持ちあげて、その指先にそっと口づけた。イヴの口が渇き、呼吸がのどで詰まる。彼はやさしく、ゆっくりと彼女の指を唇でなぞり、一本一本の指先に口づけていく。

「ほんとうに、ぼくにさわられるのはいやかい?」フィッツの声は低く、誘うようだった。

イヴの舌は、口のなかで貼りついたままのように思えた。震えているのが、きっと指先から彼に伝わってしまっている。必死で意志の力を振りしぼり、彼女は手を引いて彼から離れた。

「あなたは未亡人など格好の標的だと思っているのでしょう」イヴはきびすを返して彼と向きあい、頭を高く上げた。「だらしなくて身持ちが悪いと。でも、はっきり言います、わたしはちがうわ」

「ぼくは未亡人のことを……」フィッツは射るようなまなざしをそらすことなく、ゆっくりとたしかな足取りで彼女に近づいた。「ほかの女性よりとてつもなく魅力的だと思っている」視線をはずすことのないまま、足を止めた。「なかでもいとしいイヴ、きみのことは、だれよりも手に入れたいと思っているよ」

ふたりはもはや数インチしか離れていなかった。彼の体から発散される熱も、においも、イヴには感じとることができた。おなかの奥で、あたたかく強烈な欲望が花ひらく。内側にあるものすべてがやわらかくなり、彼を求めているのがわかる。気づかぬうちに、イヴの体は前にかしいでいた。

フィッツの腕が彼女をかき抱いて強く引きよせ、唇がおりて重なった。長く、激しいキス。まるで鉄のようにがっしりと彼女を抱きしめる腕は、やわらかな彼女の体を彼に刻みつけるかのようだった。イヴは一瞬、さがろうとしたものの、彼に飛びついて力のかぎりしがみついた。貪欲でしなやかな唇でキスに応え、彼の味わいとにおいと感触にのめりこむ。すべての感覚が彼でいっぱいになり、自然と体が彼にひらかれ、胸がふわりとふくらんでいくのがわかる。

フィッツが唇を離し、彼の荒い息がかすれた。数インチしか離れていないところでしばしイヴの瞳に見入る彼の瞳は、計り知れないほど深遠な青をたたえていた。彼は逆のほうに首をかしげ、角度を変えてふたたび唇を重ねた。ふたつの唇が重なっては離れ、そしてまた重なる。かたくなった彼のものが当たるのを感じ、イヴの中心もまた反応した。ああ、感じたい……知りたい……。

小さな悲鳴にも似た声をもらして、イヴは体を離した。フィッツの腕がほどけて彼女を放し、彼の体の両脇に下がった。彼は激情のみなぎった表情でたたずんでいる。欲望のにじんだ表情に、イヴはいまにも彼の腕にふたたび飛びこみそうになった。けれど、それを止めるかのように自分の体をきつく抱え、もう一歩うしろに下がった。大きく息を吸い、しゃがれた声で言った。「お願い……お願いだからこんなことをしないで。だめなの、どうしても、あなたのベッドには行けない。ほんの少しでもわたしを気づかってくれているのなら……どうか放っておいて」

イヴは身をひるがえしてばたばたと部屋を出ていった。彼はあとを追わなかった。

翌朝、イヴは朝食の席でフィッツと顔を合わせるのがこわかった。けれども彼はいつもと同じ、礼儀正しく魅力的で、前の晩の終わりがどんなふうだったかについては、ひとこともふれなかった。出発するときになると、フィッツはイヴに手を貸して馬車に乗せ、自分は馬にまたがった。イヴは落胆と、胸の痛みを感じずにはいられなかった。

もちろん、それこそ彼に望んだことなのだ――自分を放っておいてほしいと、わたしは言った。彼が不機嫌に距離を置いてくれたほうが、ずっと楽に生きられる。彼がそばにいると気持ちが揺れ、親しげにされるとよろめきそうになってしまう。

ひとりで馬車に座っていても、前の晩に自分がどうフィッツに反応したかを思いだすだけで頬が赤く染まった。未亡人のうわさを、自分で証明してしまったようなものだ——未亡人は摘みとられるのを待ちかまえ、簡単に相手の腕のなかへ落ちてしまう。嫁入り前の乙女とちがって夫婦の睦《むつ》みごとを知っているだけに、もう一度そういうことをするのに積極的なのだ、と。

イヴはやるせない思いで腕を組んだ。夫婦の睦みごとの悦《よろこ》びが生活の一部だったことなど、一度もない。座席に頭をもたせかけ、イヴは目を閉じた。結婚式の日の夜のことは、小さなことまでいとも簡単に思いだせる——緊張、期待と不安、キスと愛撫の始まり。そしてそのあと、悪態をついたブルースが転がるように彼女から離れたことも。

あのときは、なにもわかっていなかった。イヴはあまりに無知で、経験もなかった。ふたりで新婚夫婦の部屋に入ると、ブルースは着替えるために化粧室に行き、彼女はそのまま部屋で衣装を脱げばよかった。純潔の花嫁らしいまっ白なナイトガウンに着替えた。丹念な刺《し》繡《しゅう》入りの縁飾りが何重にもついたもの。そして髪をとかし、金色の雲のように肩にふわりと垂らした。それからベッドにのぼり、彼を待った。花嫁よりも着替えに時間がかかっているのはおかしいように思えたが、彼女にゆっくり時間を取らせてくれているだけだろうと思っ

た。ベッドに入ってきたブルースが、彼女と同じくらい緊張しているようだったのが、また
さらに妙だった。けれど彼はイヴに腕をまわし、イヴは彼にすり寄り、そしてふたりは言葉を交わした。少しずつ、彼女の緊張はほぐれていった。ブルースがキスを始めると、彼女の深いところでなにかくすぐったいような、うずくような、かきたてられるような感覚が生まれた。愛撫の手も動きだし、いつしかイヴは素肌にも彼の手を感じたいと思うようになっていた。緊張はほどけ、代わりにうっとりするような初めての快感を、もっと追いかけたくなっていった。

けれど、それがほかのなにかにつながることはなかった。キスは激しく、荒々しいまでになり、ナイトガウンはめくれあがって彼の手のなかに丸められ、きつく握りしめられていた。ブルースが彼女の夜着のなかに手を入れて必死にまさぐりはじめるよりも先に、イヴはなにかおかしな空気を感じとっていた。彼はまっ赤な顔をして、汗をかきながら、体を起こしていた。悪態をつぶやきながら、跳ね起きてベッドを飛びだし、手近にあったもの——ベッドのサイドテーブルにあった小さな置物——をつかんで投げつけ、それは暖炉のなかにぶち当たって粉々に砕けた。

イヴは泣いていた。なぜかわからないが自分がすべてを台なしにしたのだろうと思った。けれどブルースは、それなりに欠点もあるとはいえ、他人を責めるような人ではない。彼はイヴのほうを向いていた。その顔は自己嫌悪でこわばっていた。「ちがう、きみのせいじゃ

ない。ぼくが悪いんだ。いつでも、ぼくが」

彼の目に涙がにじんでいた。ベッドの端に腰かけていた彼は、両手の付け根を目に押しあてて、涙が流れるのをこらえていた。どうしたらいいのかわからない、なにがおかしいのかもわからないイヴは、ブルースの背中に抱きついて、そっとやさしい言葉をつぶやいた。だいじょうぶよ、またやってみればいいわ、次はなにもかも変わってくるわ、と。

「ちがうんだ」しゃがれた夫の声が返ってきた。「ぼくもそうなればいいと思っていた。きみはレディで、すばらしい女性で、だから同じようになるはずがないと、そう思っていた。きみを愛しているから、きっと変わる、変えてみせると思っていた。きみとなら、きっとできると……」ブルースは声を詰まらせたが、消え入るような小声で締めくくった。「きみにはひどいことをしたな、イヴ。すまない」

ブルースとのことを思い出すと、イヴの口からため息がもれた。顔を上げ、まばたきをして窓の外に目をやる。かわいそうなブルース。愛を交わせないことが、生涯、彼を悩ませた。もちろん、あの夜だって、完全にあきらめたわけではなかった。それからも何度もやってみようとしたけれど、結果はいつも同じだった――ブルースはいらだち、自分に腹を立て、そしてイヴの体はほてってうずきながらも満足できないまま取り残された。少なくとも、最初のうちはそんなふうだった。けれどもしばらくすると、ブルースが抱きしめてくれる、めったにあることでもない日が、どんどんこわくなっていった。しばらくすると、無関心しか感じなくなった。いや、どうせいつものようにどうにもならないのだという、憤懣《ふんまん》のようなものさえ感じていたかもしれない。

結局、ブルースは試みることもやめてしまい、結婚生活の最後の数年は兄と妹のような暮らしだった。互いに好意はあり、愛情に近いものですらあったかもしれないが、体のつながりはなかった。ブルースの行動すべてを、イヴは見てきた——金遣いが荒くなり、夜は同僚と飲みにいき、賭けごとに興じ、馬には無茶な乗り方をした——それは、男として務めを果たすことができない自分への怒りのあらわれだったのだろうか。男らしさを証明するような行為を進んでやり、賢明な男ならやらないようなことにもおそれることなく身を投じた。生まれるのが遅すぎて半島戦争に参戦できなかったことをいつも悔やんでいたが、ナポレオンを倒すにはかろうじて間に合った。戦争のない軍隊生活に、彼はじれていた。だから馬を舞いあがらせるように柵《さく》を越え、馬から投げだされて死んだとき、イヴは彼の死を悼んだものの、やっと彼は心の平安を手に入れたのだと思って、少し救われた気持ちになった。

自分自身のことについては、思いもかけなかったほどの〝欲望〟が自分のなかにあったことにイヴは気づいた。欲望が揺り動かされて目を覚まし、それに驚いた。誘うようにふれられると気持ちよくて、もっとしてほしいと思った。もし自分が望むのなら、欲望を満たすことは簡単にできたはずだった。でも、そんな形で夫を裏切ることは、イヴにはけっしてできなかった。たとえ彼女が愛人をつくるような種類の人間であったとしても、そんなことをすれば、付き添い婦人となって世間で独り立ちするという望みは絶たれるだろう。そういった職に就くには、評判にひとつでも傷がつけば無理だからだ。

　窓の外を見やると、イヴの視線は自然とフィッツに吸い寄せられた。彼女は窓枠に頭をもたせかけ、馬上の彼の姿に見とれた。広い肩、なにかに目をやったときの横顔。彼のことならいくらでも見ていられる。簡単に好きになってしまえる。彼の魅力に籠絡されずにいるには、相当の努力をしなければならないだろう。

　結婚式のあと、彼がウィローメアに長く残らないことをイヴは祈った。彼はきっと退屈して、ロンドンに戻るだろう。彼は人好きのする性質だけれど、イヴは彼の送っているであろう生活に幻想を抱いているわけではなかった。彼もまたロンドンで暇をもてあましながら暮らしている、若い独身貴族なのだ。いつでも新たな楽しみを追い求め、オペラの踊り子や、ボクシングの試合や、新しい狩猟クラブに通う人。いまは彼女に興味があって言い寄っているかもしれないが、彼女が応えなければ関心も失《う》せ、ロンドンに戻って、なにかもっとおもしろそうなことに目を移すのだろう。

　そう思うと、イヴの心はなんとはなしに沈んだ。

　宿でお弁当を用意してくれていたので、正午ごろに休憩して、湖水地方のすばらしい風景を楽しみながら食事をとった。丘がうねるように遠くまで広がり、眼下には黒い池《ターン》が光っていた。しかし、ふたりとも先を急ぐ気持ちがあって、休憩の時間は短かった。フィッツの説明では、ウィローメアまでもうあとわずか一時間ほどのところまで来ていた。

近づくにつれ、イヴの心には緊張と期待の両方が湧きあがっていった。慣れた道に入ってきたのか、馬がスピードを上げるのを感じた。小さな村をすぎ、ほどなくして馬車は細道に入った。イヴは背筋を伸ばし、窓に顔を寄せた。一列に並んだイチイの木々を通りすぎ、ひらけた草地に出る。右手に、あずまやのある小さな黒いターンや、ターンにかかった古風な趣の小さな橋が見えた。

しかし絵のように美しい風景も、イヴはひと目、見やっただけだった。彼女の視線は、前方に広がる邸《やしき》に注がれていた。大きくて四方八方に広がる、何様式ともつかない建物。必要に迫られたり、なにかの気まぐれで棟を増築したり、年月をかけて大きくなっていったとでもいうように、あるところは三階建て、あるところは二階か平屋しかないままに広がっている。建物全体は蜂蜜色の石造りだが、経年と劣化であちこち黒っぽくなっており、れんがで造られた部分もわずかながらあった。壁のひとつはほぼセイヨウキヅタで覆われて見えない。全体的な印象は、不思議なことに雑然としているというよりは、気どらずあたたかみがあって、なんとなく大きくなってしまったコテージが、茂みなどで土台が隠れて雰囲気がよくなり、両側に庭も広がってしまったという感じだ。ウィローメアは堂々としていながらも愛らしく、イヴはひと目で気に入った。

馬車が止まるとフィッツは馬をおり、手綱を馬丁に投げるように渡して、馬車に近づきドアを開けた。愛着とプライドがはっきりとあらわれた表情で彼は言った。「ウィローメアへようこそ。いかがですか?」

イヴは彼の手を取って一段ステップをおり、じっくりと全体像を眺めた。「すてきです」正直に答え、フィッツに笑顔を見せる。「こんなに美しいなんて。ここで成長期をすごされたんですか?」

フィッツはうなずいた。「ええ。ここで十七年ほどね。ときどきロンドンには行ったが」彼もきびすを返して邸を見た。「じつは、ぼくもここを眺めるのは大好きでね。なかへどうぞ。ステュークスベリー伯爵と従妹たちに紹介しよう」

差しだされた腕を取り、イヴは馬車寄せの道からきれいに手入れされた小さな芝生を通って玄関に行った。もうすぐ到着というところでドアがひらき、従僕がにこやかにおじぎをした。

「お帰りなさいませ、ミスター・タルボット」

「ただいま、ポール。兄上はいるかな?」

「おふたりともいらっしゃいます。だんなさまは書斎に、サー・ロイスもだんなさまとご一緒されているのではないかと思いますが。馬車が近づくのを確認しましてすぐ、だんなさまにはご報告を入れております」

「こちらはミセス・ホーソーン」フィッツは従僕に帽子と手袋を渡しながら言った。「しばらく滞在なさるから」

「いらっしゃいませ」従僕はおじぎをし、イヴのボンネット帽と手袋も受けとった。

男性がふたりやってきて、イヴは身をひるがえした。ひとりはあきらかにフィッツの兄だった。髪や目の色や体格がよく似ている。フィッツよりわずかに背が低く、胸と肩のあたりががやがっしりしていて、髪は焦げ茶色で瞳はグレー、顔立ちもフィッツに似ているが、完璧さにかけてはフィッツのほうが上だった。もうひとりも長身だが、髪の色はダークブロンドで、瞳はグリーン、やはりハンサムだが、フィッツやもうひとりの男性とは雰囲気の異なる顔立ちだった。

ふたりとも、笑顔でつかつかと近づいてくる。「フィッツ!」

「兄上、ロイス」フィッツは前に進みでてふたりと握手をし、イヴを振り返った。「ミセス・ホーソーンを紹介します。ミセス・ホーソーン、こちらがステュークスベリー伯爵と、サー・ロイス・ウィンズロウだ」

伯爵は少し驚いたような顔で彼女を見つめていたが、すぐにわれに返って一歩前に出ると、イヴにおじぎをした。「ミセス・ホーソーン、ウィローメアへようこそおいでくださいました。旅はお楽しみいただけましたか?」

「はい、とても楽しい旅でした、ありがとうございます」イヴは笑ったが、神経が張り詰めていた。伯爵はあきらかに、フィッツが彼女の外見に驚いたときと同じ反応をした。いったいヴィヴィアンはどんなふうにわたしのことを伝えていたのだろうか。

「ミセス・ホーソーン」サー・ロイスも腰を折っておじぎをした。彼も驚いたのかどうかわからないが、義理の兄よりはすばやく、うまくそれを隠していた。

「従妹たちもお目にかかれて大喜びでしょう」伯爵が言った。「すぐに呼びに——」

そのとき、上の階で耳をつんざくような悲鳴が響いた。

4

悲鳴につづいて、大音量の声が響きわたった。「パイレーッ!」

次の瞬間、犬が階段を飛ぶようにおりてきて、そのあとを若い女性が何人か駆けおりてきた。小型犬だが、まるでばねでもついているかのようだ。ぴょんぴょん跳ねながら階段をおりたかと思うと、玄関からの廊下をみごとなジャンプで横切っていく。毛の短い白い犬だが、黒いぶちがあちこちにあり、目のまわりも片方だけ黒い。黒い眼帯をしているように見えるから海賊《パイレーツ》なんて名前がついたのね、とイヴは思った。それに、口もとから鼻先にかけて斜めに傷跡があり、いつも唇が上がってにやりと笑っているかのように見える。

その犬は、口に白い絹をくわえており、白いレースとリボンがたなびいていた。どうやらそれを取り返そうと、大声をあげて必死で追いかけているらしい。訪問者に気がついた犬はそちらに突撃し、フィッツに飛びかかり、それからサー・ロイスの足もとでうれしそうにぐるぐる駆けまわった。サー・ロイスが犬をつかもうとしたが失敗し、パイレーツはイヴのほうへ向かってきた。イヴは両手をぱんと打ち、前かがみになって両腕で輪をつくった。するとパイレーツはそこにまっすぐ飛びこんだ。イヴは片方の腕で犬を抱えこみ、その同じ手で花輪をつかむと、もう片方の手で犬の腹をくすぐりはじめた。

パイレーツは目を閉じて口をだらしなく開け、なんとも心地よさそうに舌を出している。おかげでヴェールから口が離れ、その隙にイヴはすばやくヴェールを引いて取った。

「ああ、ありがとう！」女性のひとりが駆けよってヴェールを受けとり、ほっとして笑った。

「なるほど」伯爵が片方の眉を上げた。「これで心配はすべて解決しました。ミセス・ホーソーン、たしかにあなたはこの仕事にうってつけの女性です」

「だね」サー・ロイスも相づちを打って笑った。「パイレーツをうまくあしらえるなら、バスクーム姉妹などお手のものだ」

「それはどうも」先ほど口をきいたのと同じ女性が、また言った。かわいらしく、グレーがかったグリーンの生気あふれる瞳に、イチゴとクリームを思わせる顔色。髪は明るい茶色で、ところどころに日焼けした金色の筋が交じっている。

うしろにいる焦げ茶色の髪の女性と面立ちが似ていて、おそらく姉妹なのだろうとイヴは思った。姉妹はまだ三人がここに暮らしているとフィッツは言っていたから、ダークブロンドでグレーの瞳をした華奢《きゃしゃ》な女性が、姉妹のうちの残るひとりなのだろう。

「ミセス・ホーソーン、従妹たちを紹介させてください」伯爵が前に進みでたので、イヴの物思いはそこで終わった。「こちらがミス・バスクームです」

焦げ茶色の髪で、ブルーとグリーンが混ざったような色の瞳の女性を、伯爵が示した。では彼女がきっと長女で、一週間後に結婚するというマリーだろう。ハート形の顔に、意志の強さを感じさせる美しい顔立ちをしている。

「こちらがミス・カメリア・バスクーム」伯爵は、いちばんほかの姉妹と似ていない、グレーの瞳にブロンドの女性のほうにうなずいた。「それから最後に、こちらのお嬢ちゃんがミス・リリー・バスクームです」伯爵は無表情を装っていたものの、目の輝きから察するに、イヴからヴェールを受けとったこの令嬢が伯爵の言葉にどう反応するかは重々承知しているようだった。

「オリヴァー従兄《にい》さま！」抗議の声があがった。「お嬢ちゃんだなんて、子ども扱いはやめて。あと数カ月で十九になるんですから」

「すまない。そのとおりだな。もうおばあちゃんか」

リリー・バスクームは伯爵にしかめ面をしてみせると、イヴに向きなおった。「ヴェールの縁飾りをつけていたら、パイレーツがひょっこりやってきて飛びかかったの。もし破けていたら、マリー姉さまに殺されるところだったわ。引っぱって取ろうとせずに、口を離させたのは、とてもうまい方法でしたわね」

「引っぱりあいっこが大好きそうな子だったから」イヴは笑顔で応えた。「気をそらしたほうが正解かなと思ったの」

「わたしからもお礼を申しあげます」マリー・バスクームが前に出てイヴの手を取った。はっきりと真剣な声で告げ、しっかりと握手する。「取り戻してくださったのは、わたしのヴェールでしたから」

「お役に立ててよかったです」イヴはにこりと笑い、最後の令嬢と向きあった。カメリアの握手もマリーのと同じくらいしっかりしており、視線も迷いのないものだった。

「わたしのことは知ってるわよね」うしろの階段から声が届いた。

「ヴィヴィアン！」きびすを返したイヴは、階段の踊り場にいる友人を目にした。

赤毛の美女は声をたてて笑い、下まで階段を駆けおりて両腕を広げた。イヴも駆け寄って友を抱きしめた。

「ああ、ヴィヴィアン。会えてとてもうれしいわ。あなたにはお世話になったわね」

ヴィヴィアンは笑顔で友を放した。「お礼なんて、すぐに言えなくなるわよ。結婚式の準備のただなかに呼ばれて、こきつかわれるはずだから」

「早くもそうなってるわ」マリー・バスクームが言ってヴェールを持ちあげた。「ミセス・ホーソーンがパイレーツをつかまえて、わたしのヴェールを取り返してくださったの。お花のいくつかにはよだれがついてしまったけれど、それくらい直せるし」

「だから彼女は完璧だって言ったでしょう」ヴィヴィアンが返事をした。

「ああ、たしかに」伯爵がさらに前に出て、けげんな顔をしてみせた。「おかしいな。聞いていた印象では、ミセス・ホーソーンはもっと……年配の女性かと思っていたんだが」

「そうなの？」ヴィヴィアンの大きなグリーンの瞳が、無邪気そうに大きくなった。「どうしてそんなことになったのかしら」

「わからないか？」ステュークスベリー伯爵はそっけなくつぶやいた。

ヴィヴィアンは挑発的な目で彼をじっと見つめ返した。「わたしのお友だちだって言ったと思うけれど」一転、明るい声になってイヴと腕を組み、ふたりして伯爵に近づいた。「でも、そんなことはもうどうでもいいでしょう？　大事なのは、ミセス・ホーソーンがたしかに力になってくれる人物だってこと。年だって近いほうが、あの子たちも困ったときに頼りやすいでしょうし。そうでしょう？」彼女は従妹たちを振り返った。

「ええ、ほんとうに」リリーとカメリアが声をそろえてすかさず返事をした。

「ミス・ダルリンプルより、ずっといいわ」マリーもいたずらっぽく目を輝かせて言い添えた。

伯爵は大きく息をついた。「ああ、わかっている。判断を誤ったのがこのわたしだということも、よくわかっているさ。まったく、きみの言うとおりだよ、レディ・ヴィヴィアン」

「あなたの口からそんな言葉が聞けるなんて」ヴィヴィアンの瞳が楽しげにきらめいた。

またしても意味ありげに彼女を一瞥《いちべつ》したあと、伯爵は軽くイヴに会釈した。「ミセス・ホーソーンは立派に仕事を果たしてくださると信じているよ」

「ミセス・ホーソーンは旅でお疲れだろう」フィッツが口をひらいた。「少しおやすみいただいたらどうかな」

「そうだな。おまえの言うとおりだ」伯爵がうなずいた。「これ以上ここにお引き留めしてはいかんな」

バスクーム姉妹はイヴとヴィヴィアンのまわりに群がり、部屋まで案内しましょうと話していた。しかしそこで玄関にノックがあり、全員が振り返るなか、従僕がドアを開けた。

小枝模様のモスリンのドレスと丈の短いジャケットをはおった華奢な女性が、玄関のステップに立っていた。派手な帽子をかぶり、帽子の青い裏打ちはジャケットと色が揃《そろ》いで、大きく澄んだ青い瞳ともよく似合っていた。帽子の下に覗く楕円形の繊細な顔をブロンドの巻き髪が包んでいる。あごの下で、幅広の青いリボンをかわいらしい蝶結びにしていた。有体に言えば、美人だった。

彼女はまず、ドアの近くに立っていたフィッツを見た。「あら、フィッツ！　戻ってきていたのね！　あなたがいなくて、このあたりはとても退屈だったわ」

まばゆいばかりの微笑みを彼女がフィッツに向け、とっさにイヴはいらだたしさに襲われた。

「レディ・サブリナ」フィッツの挨拶もおじぎも、おざなりなものだった。

「村じゅうの娘さんがあなたに会いたくて胸を痛めていたことでしょうね」レディ・サブリ

ナは彼の袖に軽くふれた。「道中のお話をたっぷり聞かせていただきたいわ」

「残念ながら、話すことなどほとんどありませんよ」

そんな返答では会話をつづけるのもむずかしい。というわけで、美女はサー・ロイスに目を向けた。しかし彼には冷ややかに会釈しただけで、次は伯爵に近づいた。「ごきげんよう、ステュークスベリー伯爵。ちょっとお買い物をした帰りですの。レディ・ヴィヴィアンをお邸《やしき》まで送ってさしあげようかしらと思って」

視線がヴィヴィアンに泳ぎ、隣に立っているイヴに留まった。「あら」

美しい顔にわずかな変化が訪れた。急に、冷淡でかたい表情へと変わる。淡い水色の瞳がイヴの顔から体へと移り、ブロンドの髪から二年前に仕立てたドレスまで、彼女のすべてを読みとっていく。

「レディ・サブリナ、ミセス・ホーソーンをご紹介しましょう。ミセス・ホーソーン、こちらはレディ・サブリナ・カーライルです」ステュークスベリー伯爵が仲を取りもった。

「あら、そう」見下すかのような声色だった。「新しく雇われた付き添い婦人かしら」

イヴの隣でヴィヴィアンが身をこわばらせた。「ミセス・ホーソーンはわたしの特別なお友だちなの。何年も前からの」

「ミセス・ホーソーンにはしばらくお客さまとして滞在していただくんだ」伯爵がするりと割って入った。「結婚式が終わったら、従妹たちが寂しくなるだろうから、話を受けていただいて、皆とても感謝しているんだよ」

イヴは精いっぱいのやさしさをこめた笑顔をレディ・サブリナに向けた。「お目もじできまして光栄です。レディ・ヴィヴィアンのおば上さまにお会いしたいと、ずっと思っておりました」

イヴの隣で、ヴィヴィアンが笑いをのどに詰まらせたような音をたて、レディ・サブリナの顔つきが氷のように冷たくなった。ヴィヴィアンがあわてて沈黙を破った。「ありがとう、サブリナ。わたしのために立ち寄ってくださって。でも、ここでやらなければいけないことがまだたくさんあるし、お友だちともお話ししたくて。帰るときは伯爵が馬車で送ってくださるそうだから、あなたにご面倒をかけなくてもよさそうよ」

「そうなの。ええと……それなら、これでおいとましましょうかしら」

イヴは気づいた。だれも……伯爵でさえ、レディ・サブリナを引きとめようとも、お茶に誘おうともしていないことに。だからレディがさっさと身をひるがえして玄関を出ていくのを、イヴは戸惑いぎみに見ていた。

レディ・サブリナが帰ったあとには気まずい沈黙が流れた。伯爵が咳払いをした。「従妹どの、ミセス・ホーソーンを部屋に案内してさしあげてはいかがかな……」そう言ってイヴにおじぎをする。「あらためまして、ようこそわが邸へ、ミセス・ホーソーン」

「ありがとうございます、伯爵さま」

伯爵はあとの男性ふたりに向きなおった。「一杯やって、旅の埃《ほこり》を流さないか？　事業の代理人から手紙を受けとっているぞ、フィッツ。財務上の重要な件について返答が必要らしい」

　男たちがそろって廊下を進みかけたとき、フィッツが軽い調子で言った。「どんなに飲んだって、そんな話が楽しいわけがない。適当に返事しておいてくれないか、オリヴァー？」

ヴィヴィアンがイヴの腕を取った。「いらっしゃいな。あなたのお部屋、きっと気に入ってもらえると思うわ」ふたりが階段を上がりはじめると、バスクーム姉妹もぞろぞろとついてきた。ヴィヴィアンがイヴに身を寄せる。「ねえ、ここに着いて十五分もしないうちに、もうあなたはあの子たちの信頼を勝ち取って、伯爵をうならせ、一生の敵をひとりこしらえたわね」

「そんなつもりではなかったのに」イヴは抗議した。「そうよ、少なくとも敵が云々というところは。お嬢さまたちには気に入っていただきたいと心から思っているわ。だってそうすれば、伯爵さまにクビにされることはないもの」

「その心配ならいらないわ。あなたのことならわたしがよく知っているもの、イヴ。彼、あなたを迎えにやったことは生涯最高の決断だったって、すぐに思うはずよ」

「どうかしら。わたしの年齢に、だれもがひどく驚いているようだったわ。あなた、いったいなにを言ったの？」

「あなたの年齢なんて言ってないわよ。わたしはただ、あなたがどんなに賢くて大人か、それと、活発な令嬢ふたりをかならずうまく指導できるだろうってことを言っただけよ。そのとおりでしょう？」ヴィヴィアンはバスクーム姉妹を振り返って同意を求めた。

マリーが笑った。「ええ、ほんとうに。オリヴァーお従兄さまはミセス・ホーソーンのお年なんて、一度もお尋ねにならなかったわ」

ヴィヴィアンはうなずいた。「そうなのよ。彼の頭にあったのは、自分勝手な想像だけ。もし訊《き》かれていたら、彼女がわたしよりほんの数カ月しか年上じゃないってこと、ちゃんと話していたわ」

「ヴィヴィアンはうまくかわして、あからさまな質問をさせないものね」リリーが言った。

「そういうふうになりたいわ。わたしはいつもまわりくどくて不自然になっちゃうの」

「それは、下心が見え見えだからでしょ？」カメリアが言う。

「ちょっと、ふたりとも」マリーがいかにも妹ふたりの仲裁に慣れている口調で言った。「まだいらしたばかりのミセス・ホーソーンを、即刻まわれ右させたいわけじゃないわよね？」

「わたしなら、もう少しばかりけんかがつづきでもしないかぎり追いはらえませんよ」イヴが言った。

「よかった」マリーはいたずらっぽくにんまりした。「まだだれからもお聞きじゃないと思いますけど、お世話になる姉妹はあとふたりしかいないとはいえ、そのふたりがいちばん手強いんです」

当然、この言葉にリリーとカメリアからは激しい反論が返ってきたが、姉妹三人の会話はすぐに笑いあふれる気さくな言いあいへと変わり、それもイヴの部屋に着くなりおしまいとなった。リリーは仰々しいしぐさで勢いよくドアを開け、イヴを招きいれた。ほかの皆もつづき、全員がイヴの反応を待った。

イヴは部屋を見まわし、あっけにとられた。予想していたよりも広く、家具もすばらしかった。実際、実家で暮らしていた部屋よりもずっと立派だ。森の緑色をした天蓋付きベッドが窓と窓のあいだに置かれ、窓はふたつとも邸の側面にある庭に面している。座り心地のよさそうなウイングチェアが窓辺にあり、化粧だんすと、足付きの高いたんすと、衣装だんすは、イヴの衣服を入れてもまだまだ余裕がありそうだ。さらに小ぶりの書き物机と鏡台が用意され、暖炉のそばには快適そうな分厚いクッションが置かれていた。冬の寒い夜には、きっとあそこがお気に入りの場所になるだろうとイヴは思った。

「すてきなお部屋だわ」イヴは心からの感想を言った。

「ローズ姉さまが結婚してアメリカに戻るまで使っていたお部屋なの」リリーが話した。「レディ・ヴィヴィアンがオリヴァー従兄さまに、あなたにはすてきなお部屋をご用意しなくちゃだめ、子ども部屋みたいなところに押しこめたら承知しないって言って」

「そうしたらオリヴァー従兄さまがレディ・ヴィヴィアンに、それほど気になるのなら自分で部屋を決めたらいいだろうって、おっしゃったのよ」カメリアがつづけた。

「だから、そうしたの」ヴィヴィアンが締めくくった。「もちろん、ステュークスベリーはちょっと斜に構えてみただけなのよ」と、くすくす笑う。「ああいうふうでいいから、これからもしてほしいこと言ってくれるといいんだけど」

「あの、ほんとうにすてきなお部屋だわ、ありがとうございます」イヴは自分を取り囲む笑顔の輪をぐるりと見た。「まだあなたがたのこと、ほとんど知らないけれど、とても仲良くなれそうな気がします」

リリーは甲高い歓声を小さくあげて、イヴを抱きしめた。「わたしたちも同じ気持ちよ。オリヴァー従兄さまのおっしゃるとおりだったわ――あなたがいたらほんとうに、マリー姉さまがいなくなっても寂しくないかも。ねえ、カメリア姉さま？」

カメリアはうなずいた。妹のリリーほど大げさでも感情的でもないけれど、その表情から好意が伝わってきて、イヴは思いがけずじんとした。この姉妹は自分のことをよく知りもしないのに、イモジェンが見せたことがないほどの好意を抱いてくれているようだ。

「さあ、あなたたち」マリーが元気よく言い、リリーのウエストに腕をまわしてイヴから引き離した。「そろそろミセス・ホーソーンにヴィヴィアンとおしゃべりさせてさしあげないと、お気の毒よ。それにほら、わたしたちはヴェールを直さなければならないでしょう？」

マリーはイヴに微笑み、姉妹は列をなして部屋を出ていった。イヴは息をついて椅子に腰をおろした。急に疲れを感じた。「ふう、なんて一日だったのかしら」

「でもミセス・チャイルドと離れられて、旅をしてきた甲斐はあったでしょう」ヴィヴィアンは鏡台からスツールを引き寄せて座り、イヴと向きあった。「お願いだから、そうだと言って」

「そんなの、もちろんよ！」

イヴが手と顔を洗うあいだ、ヴィヴィアンは呼び鈴を鳴らして紅茶を頼んだ。数分後、イヴはナイトガウンに包まれて髪をとかし、ウイングチェアにすっぽり収っていた。ヴィヴィアンはその隣で足台クッションに腰をおろしている。

「ありがとう、ヴィヴィアン、いろいろと」イヴはまわりのものすべてを示すように大きく腕を振った。「あなたにはきっと想像できないくらい、わたしにとってありがたいことだったの」

ヴィヴィアンは少し赤くなり、なんとなくばつの悪そうな顔をした。「そんな、たいしたことじゃないわ、ほんとうよ。あなたが適任だっただけ。わたしはステュークスベリーに話をしてみただけだもの。ほんとうはもっといろいろしてあげたいと思ってるのよ、わかってるでしょう？」

「ええ」

るのよ」

「うちに来て暮らさない？」ヴィヴィアンがつづけた。「あのお邸、わたしだけじゃ広すぎるのよ」

「そんなお世話をかけられないわ。甘えすぎよ」

「そんなことないわ、ほんとよ」

「あなたのご厄介になるなんて、できないの。お友だち同士なのに、おかしいでしょう？　義理とか責任とか感謝とか、そういうものが絡むなんて。わたしたち、もう〈カバーブルックス女史女学園〉の同級生じゃないのよ」

ヴィヴィアンがくすくす笑った。「かもしれないけど。でも、あなたが継母と暮らさなきゃならないなんて、いやだったの。少なくとも、一度にひと月以上は滞在するつもりで遊びにきてちょうだいな」

「そうね、このお仕事が終わって、次のお仕事が始まるまでのあいだにでも」

ヴィヴィアンは盛大なため息をついた。「わかったわ。あなたを説得しようなんて、無理みたいね」

イヴは友人ににんまり笑った。「わかっていても、ぜったいにやめないのがあなたでしょう？」

ドアにノックの音がして、小間使いがポット入りの紅茶とカップふた組、さらにあたたかなスコーンまで載せたトレーを持って入ってきた。

「付き添い婦人がここまでもてなされるなんて、聞いたこともないわ」イヴは紅茶を注《つ》ぎながら言った。

ヴィヴィアンが肩をすくめた。「あの姉妹は使用人たちに好かれてるから。まあ、前の付き添い婦人はちがったけれどね。横暴で不愉快な人だったわ。クビにしろってステュークスベリーにかけあってもよかったんだけど、そんなことをしたら彼はよけいに意固地になると思って」

「そうなの？　あなたの言うことなら、殿方はたいていすぐに言いなりになるのに」

「彼の従妹のシャーロットとわたしは、子どものころに彼のことをからかってばかりだったから。シャーロットとわたしが仲良しだったことは知ってるでしょう。夏になるとわたしは、おじおば夫婦をよく訪ねていってたの。お邸がかなり近くにあるのよ。オリヴァーはわたしたちより七つか八つ年上で、いつもやたらとお堅くて責任感が強くて」

「気どりやってこと？」

「いいえ、そういうのとはちがうわ。あのころから彼にはユーモアのセンスもあったし。でもオックスフォード大学に行っていて、年上だったから、わたしたちなんてあまりに子どもで相手にできないと思ってたんでしょうね。わたしは彼に夢中であこがれていたから、よけいにひどいいたずらを仕掛けてしまっていたの」

「そうなの？」イヴは好奇心たっぷりの顔を友だちに向けた。「そんな話、初めて聞いたわよ！」

「だれにも言ったことがないから。そうね、自分でもあまり認めたくないし。ばかみたいだってわかってたのよ、あのころですら。あの年ごろで七歳の差は大きいわ。彼はわたしのこと、とんでもないはねっかえりだと思っていたし——まあ、ほんとうにそうだったけれど」ヴィヴィアンは潔く認めた。「そしてわたしは、彼がどんなにハンサムでも、お堅い石頭だってわかっていたもの」

「それで、いまは？」

ヴィヴィアンは驚いて友人を見た。「オリヴァーのこと？　わたしが？」小さく笑いをもらす。「まさか、いまだってばかな話にしかならないわ。わたしたちは正反対の人間で、これからだって変わらない。たしかに彼はハンサムだけれど、彼と同じ部屋にいたら五分もしないうちにわたしは彼を怒らせてしまうの。そしてわたしも腹を立ててしまう。こうして近くにいるなんて、ずいぶん久しぶりのことよ——彼、ロンドンにはほとんど来ないから——再会したとたん、また犬猿の仲に逆戻りよ」ヴィヴィアンは肩をすくめた。「彼のことは、子どものころから知っていてなじみがあるから好きなだけなんだと思うの。どういう人かは関係なく。もちろん、困ったときには頼れる人よ。でも、ロマンスの相手だなんて——」かぶりを振って、忍び笑いをする。「ぜったい、無理」

イヴは話題を打ち切って、スコーンを取った。「そう。じゃあ、世間の最新情報を聞かせて。だってほら、あなたの手紙のおかげでこの二年間を耐えてこられたんだから」

ヴィヴィアンは笑みを浮かべ、女ふたりの楽しいおしゃべりに興じた。

ひとしきり話し、ようやくイヴは手についたスコーンのくずを払って立ちあがった。「ああ、楽しかった。とはいえ、お茶を飲みながらあなたとおしゃべりするために雇われたわけではないものね。お仕事の相手のところへ戻らなくちゃ」

イヴが着替えると、ヴィヴィアンも席を立ってふたり一緒に部屋を出た。バスクーム姉妹を見つけるのは簡単だった。なぜならおしゃべりと笑い声が隣の部屋からもれ聞こえていたからだ。部屋にいた三人は、ヴィヴィアンとイヴがドアのところで立ちどまると顔を上げた。

「ミセス・ホーソーン！　レディ・ヴィヴィアン！」リリーが輝くような笑顔で挨拶し、近づいてヴェールを差しだした。「見て！　わたしが直したの。もうパイレーツのよだれがどこについたか、わからないでしょう」

彼女が差しだしたヴェールを、イヴはよくよく見た。「まあ、ほんと。とてもよくできているわ」

マリーも前に進みでた。「じゅうぶんおやすみになれましたか、ミセス・ホーソーン？　そんなにいつも妹たちについていていただこうとは、オリヴァー従兄さまも考えていらっしゃらないと思います」

「ありがとうございます、もうすっかり元気になりました」イヴは念押しするように言った。「結婚式のご予定について、ぜひお話をうかがいたいわ」

カメリアが目をくるりとまわした。「ええっ、またなの」

「しいっ」リリーが姉に言った。「姉さま以外、だれだって結婚式のお話は楽しいものなのよ。ドレスを見せてさしあげたら、マリー姉さま？」

ウエディングドレスが衣装だんすから出され、ほめ言葉や感激の言葉が交わされた。そのあと会場である教会や、式につづく披露宴会場の花や飾りつけについて、長々と会話がつづいた。

「招待客は大勢いらっしゃるの？」イヴが尋ねた。

「それほどでもないわ」ヴィヴィアンが代表して答える。

「わたしとしては多すぎるくらいです」マリーが反論した。「ほとんど顔も知らないかたばかりで」

「ロイスのご親戚でしょう。わたしの友人であるシャーロット・ラドリー――ご存じのとおり、バスクーム姉妹の従姉よ――と彼女のお母さまのレディ・シンシアでしょう」ヴィヴィアンは指を折りながら名前を挙げていく。「それからケント卿《きょう》ご夫妻」

「でもユーフロニアおばさまはいらっしゃらないのよね、助かったわ」カメリアが口をはさんだ。「サー・ロイスが姉さまと結婚してくださるなんて、ありがたいことですよとかなんとか、丁重なお手紙はいただいたけれど」

イヴが目を丸くした。「あのかた、そんなことを？」

「ええ」マリーのブルーグリーンの瞳がおだやかではなくなった。「一族のために〝身を挺《てい》して〟と、ロイスをほめていらっしゃいました」

「まあ。そんなことを書かれたあとでは、お顔を出せなくなったのでしょうね」イヴは想像した。

「そうなんです。もしいらしていたら、わたし、おだやかには話せなかったかもしれませんわ」マリーはイヴを見やった。「ユーフロニアおばさまをご存じなの？」

「レディ・ハリントンでしょう？」イヴはうっすらと笑みを浮かべた。「知ってますとも。一度でも社交シーズンを経験したら、レディ・ハリントンとは知りあいになるわね」

「なんでもかんでもご批判ばかり」ヴィヴィアンが言った。「でも招待しないわけにはいかないのよ。だってしなかったら、よけいに文句を言うのだもの。無視できないの」

「ああ、いやだ」リリーがうなだれた。「おばさま、社交シーズンにやってきてわたしたちに文句を言うのかしら？」

「まちがいなくね」ヴィヴィアンがうなずいた。「でも心配しないで。ほかの女性にもすべてもれなく文句をつけるから」

「あなたにまで文句を言ったことがあるの？」カメリアが疑わしげに言う。

ヴィヴィアンは声をあげて笑った。「いままでもよ」

「でも、あなたは公爵令嬢でしょう。批判などできない相手と考えていらっしゃると思っていたわ」マリーが言った。

イヴもヴィヴィアンも笑った。「レディ・ユーフロニアから見れば、批判できない相手なんていないの」イヴが断言した。「たぶん、ご本人はべつでしょうけど」

「少なくとも、うちの家系が旧《ふる》くからつづくものであることは認めてらっしゃるわね」ヴィヴィアンはひねくれた口調で言った。「うちの父は下劣な成りあがり者ではなかった――というのが、おばさまの評するケルトン卿でしょうね。たかだか二百年しか称号が継承されていない家柄だから。でもカーライル家は、おばさまに言わせると少々〝放埒《ほうらつ》〟すぎるんですって。言っておくけれど、同じように考えている社交界の人間はほかにもいるの。そして当然、わたしの髪の色は、おばさまの趣味でいくと恥さらしなのよね」

カメリアが吹きだした。「ばかばかしい！　ミセス・ホーソーン、あなたはどうでした？　あなたのことは、どんなふうに言ってたのかしら？」

「そうね……気どりすぎだって言われたかしら。司祭ふぜいの娘が、いくら父親の従兄が伯爵だからといって、どこかできちんと線引きしなければいけないとかなんとか。ああ、それに――」なにか思いだしてイヴの目がきらりと光った。「レモン汁で髪を洗って太陽にさらしたから、こんな淡い色になったんだろうって言われたわ。もちろん、そんなことはしてないけれど」

「それ、効くの？」リリーが尋ねた。

イヴはくすりと笑うしかなかった。「わからないわ。試したことがないから」

「ユーフロニアおばさまって、ほんとうに性悪ばあさんよね」カメリアがけんか腰にあごを突きだした。「あんなばあさんに好き勝手されちゃだめよ、リリー」

「されないわ——少なくとも、姉さまが一緒にいてくれれば」

「いるわよ。でも、舞踏会も夜会もなんでも、とんでもなく退屈なのよね」

「若い男性がみんな群がってきたら、おもしろくなるんじゃないかしら」イヴが言った。

「わたしに？　まさか、リリーならありうるけど」

「あなたたち両方ともよ」イヴは断言した。「自信を持って言えるわ。あなたたちはとても魅力的よ。伯爵の従妹でもある。それに生い立ちがロマンティックだわ。ふたりとも注目の的になるわよ。だからこそ伯爵さまは、付き添い婦人をつけたいとお考えになったんじゃないかしら。きちんとした準備もなしに渦中に放りこむようなことはしたくない、とね」

「ただわたしたちを苦しめたいだけかと思っていたわ」カメリアの顔が笑いかけで、少なくとも冗談半分なのだとわかる。

「まあ、おばかさんね、わたしたちのせいで恥をかきたくないのよ」リリーが言った。

「彼をかばうわけじゃないけど、あなたたち自身が恥をかかないようにという配慮からだと思うわ」ヴィヴィアンが話した。「彼が社交界であれだけ動いたり、気を配ったりすることは、ふつうはないの。あなたの行動をもとにだれかが彼に恥をかかせようとしても、あの人は唇の端をちょっと上げて、相手を無視しておしまいよ。だからほんとうに、あなたたちのためを思ってしているのだと思うわ」

「そうね、魚料理にどのフォークを使うかも知らずに格式ある晩餐会《ばんさんかい》に出なければならないとしたら、どんなに屈辱的かしら」マリーが言った。

「そのとおりよ」イヴが同意する。「失敗から学びなさいなんて言うけれど、前もってわかっているほうがずっといいじゃない?」

「まあ、それでもわたしはやっぱりここに残って馬に乗ったり射撃をしたりしてるほうがいいけど」カメリアがにべもなく言った。「そう言えば、射撃練習の時間よ、ヴィヴィアン」

「射撃?」イヴが目を瞠った。「あなたとヴィヴィアンは射撃の練習なんかしているの?」

カメリアが声をたてて笑い、ヴィヴィアンが説明した。「いいえ、わたしがカメリアに銃の撃ち方を教わっているの。彼女、射撃の名手なのよ。ナイフも使えるし」

イヴはびっくりして、自分がこれから世話をする相手を見た。

カメリアがため息をつく。「はい、はい、わかってます。ちゃんとした貴婦人がそんなことを知ってるなんて、おかしいって言うんでしょう」

イヴはくすくす笑った。「社交界の貴婦人たちには明かしたくないことかもしれないけれど。でも、わたしは感心したわ。そういうことができると、きっと……ひとりでいるときでも、おそれることなどないのでしょうね」

「そうなの」ヴィヴィアンが跳ねるように立った。「だから、わたしもそういうことができるようになりたいの。すごく上達したのよ。そうでしょう、カメリア?」そう言ってまたイヴに向きなおる。「あなたも一緒にどうかしら?」

「そうね、みんなで行きましょうよ」リリーも賛成した。

「じゃあ、帽子を取ってくるわ」イヴが言った。自室へと向かいながら彼女はひとり笑みを浮かべていた。ここでは毎日がつまらないなどということは、心配しなくてよさそうだ。

5

デスクに落ち着いて書類の束を見るオリヴァーを残し、フィッツとロイスは伯爵の書斎を出た。ロイスは半分血のつながった弟に楽しげな視線を向けた。「うまくやったな。まさかほんとうに代理人の手紙の処理をオリヴァーに押しつけられるとは思わなかった」

フィッツはくすりと笑った。「疑ってたのか？　なんだよ、ロイス兄さん、傷つくなあ」

「いや、少しくらい家のことを自分でやってみるのも、おまえのためにはいいんじゃないかと思ってな」

フィッツは眉をつりあげた。「なぜ？　ほかにやりたいことがたくさんあるのに？　オリヴァー兄さんはああいうことをするのが好きなんだよ、知ってるだろう？　とりあえずいやそうな顔をして、もっと家のことに関心を持てって説教したいだけさ。でも結局は自分がやることになるってわかってるんだ。それにオリヴァー兄さんのほうが、はるかにうまくやれる」

「それはそうだが……書類もろくに見ずに、だれにもごまかされていないって、どうして信用していられる？」

「オリヴァー兄さんがごまかしを？　頭でもおかしくなったのか？」

「いや、もちろんオリヴァーはそんなことをしないが」

「まあ、オリヴァー兄さんはぼく関係の実務書類もすべて目を通すから、なにかだまされていたら気づいてくれるよ。それに実際の取引はおじ上がやっているから、ぼくはただ金を受けとっていればいいのさ。ロイス兄さんと同じようにね。ロイス兄さんだって、エイヴリーおじ上が不正をはたらいているとは思わないだろう？」

「ああ、まさかな」ロイスは眉根を寄せた。「だが……その、おまえは自分の財産が気にならないのか？」

「馬をひと揃いとか新しい上着とか、なんでも気に入ったものが買えるだけのものがあるとわかっていれば、それでいい」フィッツは肩をすくめた。「それに、たっぷりあることはわかっている。そうでなければ、クラップやおじ上やオリヴァー兄さんから際限なく話を聞かされてるはずだ」にこりと笑う。「ぼくはロイス兄さんとはちがう。兄さんには兄さんの父上が遺した地所がある――邸も、土地も。だから祖父だって、ロイス兄さんやオリヴァー兄さんには財産を管理するための教育を施した。でも、ぼくが相続したのは金だけだ。母方の祖父がどんな人だったか、兄さんも知ってるだろう――貴族であることにこだわって、商取引なんかにはけっして手を染めようとしなかった」

「だが、おまえもいつかは自分の邸を持つだろう。地所だって。結婚したら」

フィッツはひねた表情を見せた。「相手はだれでもいいと思っているような女性に、結婚を申しこむっていうのもね」

ロイスは照れくさそうな表情をちらりと見せたが、それでも言い返した。「自分に合う女性と出会ったら、信念なんてあっというまにくつがえるさ」

「自分に合う女性ならいままでたくさんいたさ」フィッツは強い口調で返した。「というか、合わない女性なんてほとんどいないね」

「どういう意味で言っているか、わかるだろう——おまえにとってこの人だと思える、運命の女《ひと》だ。どうして独身でいたいなんて思っていたのか、不思議になるような相手だよ」

フィッツは兄にやさしく微笑んだ。「兄さんがマリーに出会えて、ほんとうによかったよ。世界でいちばん幸せになってほしい。心からそう思う。でも、ぼくの未来にそういう幸せな結婚があるとは思えない」

ふたりは話しながら外に出ると、しばし立ちどまってロイスが葉巻に火をつけたあと、テラスをまわって邸の側面へと向かった。バスクーム姉妹の姿が目に入って足を止める。レディ・ヴィヴィアンとミセス・ホーソーンも一緒で、庭園の向こうのひらけた場所にいた。標的の樽《たる》が置かれ、二十歩分ほど離れたところからヴィヴィアンとカメリアが交代で、樽を狙って撃っていた。かたわらに従僕がひかえ、決闘用のピストルを何挺も入れた箱を持っている。猟場管理人の手の者がひとり、そのそばで撃ち終わった銃の弾込めをしていた。

「おや。射撃の練習かい」ロイスがにこやかに言い、女性たちを眺めた――いや、もっと正確に言うと、彼が眺めているのは女性たちとおしゃべりしているマリーだった。

「一緒にやる？」フィッツが尋ねた。

「ぼくは見ているのがいいよ」ロイスがにやりと笑う。

「たしかに眼福だね」フィッツも同意した。「血のつながっている女性ばかりなのが悲しすぎる」

「ヴィヴィアンはちがうだろう」

「ああ。たしかに美人だけど、ぼくはもう少し繊細な感じの美女がいいな。紡いだ金糸のような髪をした……」

「ミセス・ホーソーンが気に入ったのか？」ロイスが興味津々で尋ねた。「従妹どのたちの付き添い婦人に手を出したら、オリヴァーに皮を剝《は》がれるぞ」

フィッツは顔をしかめた。「頼むよ。ぼくがいつそういう揉《も》めごとを起こした？」ロイスがなにか言おうと口を開けたところで、フィッツはすかさず言葉をつないだ。「ここ最近の話だぞ、まだ青二才だったころの話じゃなく」

「おまえはたいてい慎重だからな」

「いつもだ」フィッツは訂正した。

「だが……」ロイスは肩をすくめた。「手近すぎやしないか」

「彼女につけこむつもりはないよ」

「そりゃそうだ。いや、ただ、自分の邸でだれにも悟られないように逢瀬《おうせ》を重ねるのは、な。少々危険すぎる」

「あのね、兄さん、安全なことをして、なにが楽しいのさ？」フィッツはにやりと笑ったかと思うと、階段をおりて女性たちのほうに向かった。ロイスは嘆息して頭を振り、あとにつづいた。


それから数日、イヴは新しく世話をすることになった令嬢たちと、あきれるほど簡単に関係を築いていった。バスクーム姉妹は人なつこく気さくで、あっさりとイヴを迎えいれてくれた。イヴは結婚式の準備にどっぷり浸《つ》かり、縫い物をしたり、招待状を書いたり、マリーとともに司祭の奥方を訪問したり、さらに伯爵家の料理人と結婚式の宴についての相談に加わったりもした。

いろいろな面で勇敢で率直なマリーだが、貴族の妻という新しい役割をになうことに対しては、少し気弱になっていた。「故郷《くに》にいるだれに言っても信じないでしょうね」マリーはイヴに打ち明けた。「あちらではみんな、わたしのことを姉御肌のように思っているの。でも伯爵家の使用人が相手となると、みんなわたしなんか貴族の妻にふさわしくないと思っているのがわかるのよ」

「なにを言ってるの。ふさわしいに決まっているでしょう。この伯爵家ほど多くの使用人を使ったことはわたしもないけれど、基本は同じよ。弱気になっていることをけっして悟られないこと。自信を持った態度を見せなさい。あなたが主人だということを忘れてはいけないわ」

「こういうことに慣れていれば楽なんでしょうに」マリーはゆがんだ笑みを浮かべた。

「はったりをきかせるのが肝心だと思うわ」

挙式までの日々は飛ぶようにすぎ、毎日なにかしら、対応を迫られる問題が出てきた。伯爵のおばであるシンシアが娘のシャーロット――つまりレディ・ラドリーとともに到着した。ふたりにはシャーロットの夫であるラドリー卿と、手に負えないわんぱく息子たちが同行していた。しかしカメリアのおかげでわんぱく坊主たちは外であれやこれやと冒険を楽しむことができ、だれもが助かった。レディ・シンシアとラドリー夫妻は問題なかった。けれどもあいにく、身分の高さをやたらと鼻にかけているケント夫妻に同じことは当てはまらなかった。シャーロットや彼女の母親はイヴをヴィヴィアンの友人として扱ったが、ケント夫妻は最高位の召使いといったような位置づけで接し、なにか不満があるとたいていイヴのところへ言いにきた。

挙式前日の午後遅く、思いがけない客がウィローメアにやってきた。流れるように邸に入ってきて、いかにもなじみだといった風情で従僕に挨拶をした。

「こんにちは、ジョン」客が帽子と手袋を従僕にあずけたところで、イヴとリリーが廊下をやってきた。ふたりは大広間を飾るための太いリボンを何巻きも抱えていた。「いったいなにごとかな？　庭師も前庭に五人も出て、剪定《せんてい》や鋤《す》き掃除をしていたが」

「どなた？」リリーがイヴに小声で訊いた。イヴはぴたりと足を止め、瞳をきらきらさせて彼を見つめていた。

たしかにその客は目の保養となる男性だった。フィッツほどの美男子ではない――フィッツを基準に考えるのは酷というものだ――が、それでも目を奪われるにちがいない人だ。広く高い頬骨が際だち、瞳の色も珍しい金色がかった茶色で、髪も同じ色合いのキャラメル色だった。旅行用らしいくすんだ黄色の軽いコートは肩に幾重かのケープがついたものだったが、いまは脱いで従僕にあずけていた。コートの下は鹿革のひざ丈ズボン《ブリーチ》と、オリーブ色のカシミアの上着、そして折り返し部分の色がちがうロングブーツという出《い》で立ちだった。

「結婚式なのでございます、サー」

「結婚式！　こいつは驚いた、まさかステュークスベリーが足かせをはめようというのではなかろうね。フィッツからもなにも聞いていないが」

「いいえ、サー、だんなさまの従妹であるミス・バスクームのお式でございます」

「ああ、なんだ」訪問客は興味をなくしたようだった。「変人ゴードンの妹たちのだれかか？　くそ、とんでもない騒ぎに足を踏みいれてしまったというわけか。これは早々に退散──」

そのとき玄関ホールをぐるりと見まわした彼は、ちょうど入ってきた娘ふたりに目を留めた。両の眉がつりあがる。それからゆっくりと笑みが広がり、ふたりに深々と腰を折った。「これはレディたち、あなたのしもべでございます。どうか、あなたがたのどちらかが花嫁になられるなどとおっしゃってくださいますな。このように愛らしきお姿が独身令嬢の輪に拝見できなくなってしまうとしたら、まことに残念です」

リリーがくすくす笑って頰を染め、お返しに小さくひざを折った。「いいえ、サー、結婚するのは姉のマリーでございます」

「ああ、それはようございました。ですがフィッツからは一度も聞いておりませんでした、あなたがたのように麗しい従妹どのと……」そこで問いかけるようにイヴを見た。

「わたくしは従妹ではございません。このふたりの付き添い婦人でございます」イヴはできるだけ抑えた口調で言った。

「付き添い婦人？　まさか！」彼は芝居がかった調子で胸に手を置いた。「わたしの感覚がまちがっているのでしょうか」

階段からばたばたと足音が聞こえ、すぐにフィッツがあわただしく姿をあらわした。「ネヴィル！」満面の笑みを浮かべて階段の最後の数段を駆けおりる。「いま着いたのが、おまえの二頭立てのほろ馬車じゃないかと思ったんだよ。いったいこんなところでなにをしてる？　結婚式に出席しにきたなんて言うなよ」フィッツは手を伸ばして握手をし、もう片方の手でネヴィルの肩をたたいた。

「そんなわけないだろう。結婚式だってことも知らなかったのに。おれはいまやおまえの家のえんま帳に載ったのか？」

「おまえが出席したがるなんて、夢にも思わなかったよ」フィッツが応酬する。

「まあな、したいわけないさ」客は陽気に同意した。「いや、少なくとも、美しいゲストたちに会っていなかったら、と言っておこうか。まさか、こちらのお若い美人令嬢はゴードンの妹じゃなかろうな」

「いいや、まさか」フィッツはイヴとリリーを振り返った。「これは申しわけなかった。ミセス・ホーソーン、リリー、ちょっと紹介させてくれたまえ。さっきからにぎやかなこの男はぼくの友人で、ミスター・ネヴィル・カーだ。カー、こちらはミセス・ホーソーンとミス・リリー・バスクーム。リリーはアメリカからやってきた従妹のひとりでね。いつだったか話をしたことがあっただろう」

「ああ、聞いたとも。だが、おれは人の話を聞いちゃいないからな。ミス・リリーがこれほど魅力的な女性だということを、話しておいてくれればよかったのに」

　リリーはえくぼをつくって頬を染め、瞳を輝かせた。イヴが彼女の腕をがっちりとつかむ。

「お目もじできて光栄です、ミスター・カー。ですがあいにく、そろそろ失礼させていただきます。急ぎの用事がございまして」

リリーはしぶしぶながらイヴに引っぱられていったが、むっとした様子でつぶやいた。

「リボン飾りなんて、そんなに必要ないんじゃないかしら」

「あのね」イヴが当たり障りのない軽い口調を崩さずに言った。「あなたの従兄さんとご友人をふたりきりでお話しさせてあげるのが心遣いというものよ。それに、関心のないふりをしたほうが、いつでもあなたのためになるの」

「えっ」リリーは口をつぐみ、考えこんだ。

背後でネヴィル・カーが言っているのが聞こえた。「こんなふうに押しかけてすまない、フィッツ。ちょっと早急に逃げてきたかったんだ。おまえはここでのんびり暇つぶしをしてると思ったもので、歓迎してくれると踏んだんだが。ちょっと間が悪かったな。すぐ村に行って、宿で部屋を取るよ。明日ロンドンに帰る」

「ばか言うな。そんな必要はない」フィッツが反論した。「結婚式は明日だ、翌日にはほとんどの客が帰る。ここにいろよ。おまえが式に出てくれたらロイスも喜ぶ」

「結婚するのはロイスなのか?」ネヴィルの声が大きくなった。「なんてことだ！　そりゃもちろんいさせてもらうよ。こんな日が来るとは思いもしなかったな」

ネヴィルは向きを変えてべつの方向に離れたので、もうイヴにはふたりの会話は聞こえなくなった。あきらかにリリーも会話に耳をそばだてていたらしく、彼女はきらきらした瞳でイヴに向きなおった。

「ミスター・カーってハンサムよね？　どれくらいここにいらっしゃると思う？」

リリーの表情から察するに、あまり長くあってほしくないとイヴは思った。


翌日はよく晴れた明るい日で、やはり九月なのだと思わせる秋の気配がほんのわずかに漂っていた。結婚式には最高の日だ。にこやかに微笑むマリーも、あきらかにそう思っているようだった。

姉妹のそれぞれにマリーとふたりきりでお別れをさせようと思い、イヴは階下におりて大広間の仕上がり具合を確かめた。すべてがあるべきところに収まっているようだったが、花だけはその日の朝、庭師が切ってくることになっている。

「すべてととのいましたか？」

振り返るとサー・ロイスがドアを入ったところに立っていた。彼は奥まで進んできて、どことなくためらいがちに言葉を継いだ。「こんなところにぼくがあらわれて、縁起が悪いなんて言われないだろうか？　この一週間、やたらあちこちの部屋から追いはらわれて、〈アイヴァリー館〉に引っこんでいたほうがよかったのかと思いはじめているところなんです」

イヴは頬をゆるめた。マリーの未来のだんなさまはすてきな人だ。伯爵より気安い印象だが、フィッツほどのんきでもない。ちょっと頑固で愛嬌《あいきょう》のあるマリー・バスクームとは申し分なくお似合いだ。彼女と意見がぶつかったときでもしっかりと自分を持っていられる人だろうが、マリーのような強い女性といても力が抜けているというか、彼女のそういうところを誇らしくさえ思っているようだ。彼女の〝アメリカ的なやり方〟を変えさせようとはせず、笑って見守るくらいの余裕がある。妹たちにも、姉のようにぴったりの相手が見つかるといいのだが。

「ここはだいじょうぶだと思いますわ」イヴは答えた。「あなたが見てはいけないとされているのは、花嫁とドレスだけですから」そう言って部屋を手で示す。「いかがですか?」

「すばらしいですよ」ロイスはぐるりと大広間全体を見わたした。「いや、いまとても緊張しているから、こうして広間が見えるってだけでもびっくりしてる。結婚式当日にはひざが抜けそうになるなんて、だれも教えてくれなかったな」

「心配いりませんわ。あなたは立派にやりとげられます」イヴはくすくす笑った。「わたしの夫も昔、結婚式の日を迎えるよりは訓練を受けていない狩猟馬で高さ四フィートの柵を跳ぶほうが気楽だなんて、言っていました」

「同感だ。もちろん、ばかげた話なんですけどね。ぼくはミス・バスクームとこのうえなく結婚したいと思っている。けれど教会いっぱいの人々を前にして式を挙げると思うと、震えてしまうんです」

ロイスはゆったりとした足取りで広間を歩きはじめた。だれかに話を聞いてほしいという彼の気持ちを感じとったイヴも、並んで一緒にまわった。

「でも、ぼくを不安にさせるのはそれだけじゃないんだな」ロイスは思案顔で話をつづけた。「ほかの人間に対して自分が責任を持っているという事実。世界でもっとも愛する人の心、幸せ、安寧《あんねい》は自分の手にかかっているという意識なんだ」そこでイヴのほうに向いたロイスは、眉根を寄せていた。「それはとてももろいものです。もしなにか過ちを犯したら？　彼女を失望させてしまったら？　下手なことをしてしまったら？　もし彼女が〈アイヴァリー館〉で幸せになれなければ？　ぼくと一緒にいて不幸せになったら？」

イヴは彼の二の腕に手を置いた。「サー・ロイス、わたしはあなたやマリーにお会いして間もないけれど、あなたのお言葉をうかがっていたら、すばらしいお心の持ち主だということがわかります。仮に、つまずくことやまちがいをすることがあったとしても、これだけは申しあげられます。マリー・バスクームは一度失望したくらいでしおれるような、弱い花ではございません。強い女性です。くじけやしません。抱えこんだまま苦しむこともないでしょう。もしあなたと意見がちがったり、傷ついたりしたら、ちゃんと口に出して言うはずです」

ロイスはくっくっと笑った。「たしかにそのとおりですね」

「では、彼女は問題をそのまま放置しておくこともしませんわね。あなたに失望させられるようなことにはしないでしょう。そして、あなたもそうはさせない。あなたがたは愛しあってらっしゃるわ。信頼はしていらっしゃるでしょうか？」

ロイスはうなずいた。「命をかけてマリーを信じます。彼女もきっと同じことを言うでしょう」

「だったら、どんな障害に見舞われても、あなたがたが負けることはありませんわ」

ロイスは長々とイヴを見ていたが、やがて、ふっと笑った。「あなたのような奥方をお持ちだったとは、ご主人は果報者でしたね、ミセス・ホーソーン。ありがとうございました」

ロイスは彼女の手を軽くたたいた。「おかげで、またともに物事を考えることができそうです」

イヴは笑って手を体の脇におろし、向きを変えてロイスと一緒に広間を出た。「サー・ロイス、わたしはなにもたいしたことなどしていませんわ」

イヴは階段の近くでロイスと別れた。つかのまたたずみ、階上へバスクーム姉妹の様子を見にいくか、それとも厨房に行ってすべての用意ができたか確認したほうがいいかと迷った。

廊下にある細長いテーブルを見やる。そこには執事が毎日、おのおの宛の手紙を置くことになっている。いつものとおり伯爵宛のものが数通あったが、正方形の白い封筒が郵便物の山からはずれたところに置かれていて、その宛名が自分だったのでイヴは少し驚いた。

封筒を手に取り、つたない文字で自分の名前が書かれているのを見てとる。ジュールからにちがいない。半分血のつながった弟を思いやってイヴは口もとをほころばせた。赤い封蠟《ふうろう》を破り、手紙をひらく。紙面から飛びださんばかりに、太い大文字のアルファベットばかりが並んでいた。

よそ者め
ここから出ていけ

紙を見つめて立ちすくんでいた一瞬が、長々と感じられた。あわてて手紙をたたみ、悪いことをしたかのようにあたりを見まわした。いったいだれがこんなことを？ どうして？ イヴはまた紙をひらいてもう一度目を通した。手紙の内容が頭にしみこんでくる。太く大きく、直線的な文字。教育を受けていない人間か、子どもが書いたような字だ。けれど、子どもがこんなことをするはずがない。

封筒の表を見てみた。彼女の名前の下に書かれた住所のほかには、その手紙が郵便で届いたと示すものはない——切手もなく、紙もよれてさえない。テーブルの上にあったのだから郵便で来たものだと思っていたが、その日の朝、いつでもそこに置くことはできたはずだ。だれか地元の人間がやったにちがいない——よその土地の者が、わたしに出ていけなどとは言わないだろう。

脅されているというのではないが、まっ黒の文字にはあきらかに悪意が感じられて、イヴは少しこわくなった。急に自分が無防備でさらされたような気分になる。最初、使用人のだれかが書いたのだろうかと思った。けれど、彼らに反感を持たれるようなことをした覚えはない。これを書いた人物は、わざと文字をつたなく書いたのではないかと、イヴは思い至った。

まさか、この家のだれかがこんなことを？　そう思うと心臓がねじれるような心地がした。姉妹は親切すぎるほど親切だし、伯爵でさえそれなりにうちとけてくれているようだ。あの優雅な伯爵がこの手紙を書き、そっとテーブルに置く姿を思って、苦笑いした。ちがう。わたしをよく思わない人間はひとりしかいない。レディ・サブリナだ。いやみな短い文章を書きつけるサブリナの姿が、脳裏をよぎった。でも……一度ほんの短いあいだ会っただけで、彼女がわたしにそれほどの敵意を持つのもおかしいように思える。

姉妹のだれかが冗談でやったことかもしれない。リリーとカメリアは、いかにもいたずらをしそうなところがある。新しい付き添い婦人のことを気に入っていても、こわがらせたらとても楽しそうだと思ったのかもしれない。この手紙は少々、度がすぎているとも思えるが、リリーが好きで読んでいる本がいやでも頭に浮かんだ。危険な目に遭うヒロイン、幽霊、がちゃがちゃと音をたてる鎖。

どうしたものかとイヴは考えた。伯爵のところへ手紙を持っていくのは気が引けた。あらためて考えてみると、たいしたことでもない。伯爵に見せるだけでも恥ずかしいことかもしれない。フィッツのほうが相談しやすいが、彼に助けを求めてすがるようなことはしたくなかった。誘いでもかけているように勘違いされるかもしれない。そんなことを思って、イヴの頬が染まった。

それに、使用人が気分を害したのであれば、フィッツや伯爵を巻きこんだらもっと怒らせることになるだろう。それにリリーやカメリアを面倒に巻きこみたくもない。もし彼女たちがやったことなら、ただの冗談にしかすぎないだろう。そしてもしレディ・サブリナだとしたら、どれほどばかげているようでも、悪意からやったことだ。しかし、この手紙からは危険などなにも感じられない。

だからいちばんいいのは、知らぬふりを決めこむことだろうと、イヴは思った。だれがやったにせよ、イヴを困らせることが目的としか思えない。冷静で無関心な態度をつづければ、おふざけもやむだろう。考えれば考えるほど、そんなふうに思えてきた。手紙のことを口にもしなければ、いたずらを黙殺できる。

そのとき玄関にノックの音がして、イヴは跳びあがった。ドアのほうに向きなおったが、先にポールが客間から出てきて対応した。

ヴィヴィアンが流れるように入ってきて、つづく小間使いは薄紙で包まれた長い荷物を両腕いっぱいに抱えていた。ヴィヴィアンは従僕にボンネット帽と手袋をあずけ、玄関ホール越しに友人を見た。「イヴ、いたのね。ちょうどよかった。準備の進み具合はどう？」

「大広間は見てきたわ。厨房も覗いたほうがいいかどうか、考えていたの」イヴはたたんだ手紙をあわててスカートのポケットにしまった。

ヴィヴィアンがうなずいた。「それはわたしが行くわ。あなたはポーリーンをあなたの部屋まで連れていって。わたしもすぐに行くから」

それだけ言うと、ヴィヴィアンは厨房へと廊下を進んでいった。イヴは肩をすくめて身をひるがえし、小間使いを二階の自分の部屋へ案内した。小間使いが抱えている荷物に好奇心のにじんだ目を向けたものの、なにも言わなかった。部屋に入るとポーリーンは荷物をベッドの上に置き、覆っている薄紙を広げはじめた。なかからは、青みがかった薄緑色のシルクと淡い金色の透きとおった薄布でできたドレスがあらわれた。小間使いが慎重にそれを持ちあげてベッドの上に出すと、さらに下からもう一枚ドレスが出てきた。二枚目のドレスは水色のサテンと白いレースで仕立てられた、半袖のパフスリーブと四角いネックラインのものだった。

「すてき」イヴは手を伸ばして胴の部分のしわをなでつけ、袖のよじれを直した。「でも、どうしてヴィヴィアンは自分のドレスをここまで持ってきたのかしら？」

「こちらで着替えをされるとおっしゃいまして。お花の用意や本日の切り盛りをお手伝いしたいと」

「そうなの」

「ですから、わたくしもお連れになったのでございます。ドレスの着つけと髪の結いあげをさせていただくために」ポーリーンはなにごとか考えるようにイヴをちらりと見た。「よろしければ、あなたさまの御髪《おぐし》も結わせていただきます。こちらのお邸では小間使いはパーティの準備で皆忙しいでしょうから、あなたさまもお手伝いが必要だろうとお嬢さまがおっしゃられて」

「あら」ヴィヴィアンがここで着替えることにしたのは、いま最後に言われたことが理由のような気がした。「それに、どうしてレディ・ヴィヴィアンはドレスを二枚も持ってきたの？　結婚式のあとで着替える予定なのかしら？」

「あ、いえ、奥さま。そうではないと思います」

「二枚も持ってくるなんて、おかしくない？」

「それはなんともわかりかねます」急に小間使いは忙しそうにドレスをばさばさと振って、しわを伸ばしはじめた。「お嬢さまはご自分のお好きなようにされますから」

「いつものことね」

小間使いからはこれ以上なにも訊けないと思い、イヴは向きを変えた。ポーリーンは長年ヴィヴィアンに仕えていて、主人にとことん忠実なのだ。

そこでイヴはヴィヴィアンが数分後に部屋まで来るのを待って、尋ねた。「どうしてドレスを二着も持ってきたの、ヴィヴィアン？」

ヴィヴィアンは鮮やかな緑の瞳を友人に向けた。「あら、青いドレスはあなたのためよ。この一、二年はずっと喪服で通してきたのでしょうから、お式にふさわしい新しいドレスは持っていないだろうと思ったのよ」

「手持ちのもので間にあうわ、だいじょうぶよ」

ヴィヴィアンはため息をついた。「正直に言うけれどね、イヴ、そんなに痛々しいほど意地を張らなければいけないの？　もしもわたしが田舎に引っこんで二年間ロンドンでドレスを買えなくて、あなたから最新のドレスを一着あげると言われたら、喜んで受けとるわよ」

「そんな状況になったことがないから、簡単にそんなことが言えるのよ」イヴは言い返した。「買ってすぐに後悔したドレスをお友だちにあげようとするのが、どうしてそんなにいけないことなのかわからないわ。わたしには青色が淡すぎて、一度も着ることはないと思うもの。ほかにこれが似合うと思う人間はただひとり、サブリナしかいないけれど、彼女に自分のドレスをあげるなんてぜったいにいや——彼女だって受けとらないわよ。わたしの買ったドレスがすてきだなんて、ぜったいに認めないでしょうから。まさか、あなたも彼女と同じことを言わないでしょうね」

イヴは目をくるりとまわした。「とんでもない。とてもすてきなドレスだと思うわ。それはあなたも承知の上でしょう」

「ええ、そうよ。それに、あなたにぴったりのドレスなのよ。でも、あなたが意地を張って友人からの贈り物は受けとれない、わたしのたんすの肥やしになるほうがいいと思っているのなら、少なくとも、今回だけはこのドレスを借りてくれないかしら」

「ドレスならあるわ」

ヴィヴィアンは鼻にしわを寄せた。「今週のあなたを見ていて思ったのだけど。グレーとか茶色とか紺色のドレスじゃないでしょうね」

「ヴィヴィアン……わたしは付き添い婦人なのよ。目立ってはいけないの」

「そんなのわからないわ。そりゃあ、世話をしている相手より目立つのはいけないでしょうけれど、リリーもカメリアも美人だもの。ふたりならあなたに負けることはないわ。それにふたりとも性格もいいし。あなたがおしゃれしても気にしないわよ」

「それはわかっているわ。お姉さまのローズのドレスを使ってほしいって、すでにふたりから言われたんですもの。アメリカに持ち帰りきれなくて残していったドレスがトランクいっぱいあるからって」イヴは顔をしかめた。「だれもかれもわたしに服をくれようとするなんて、わたしはそんなにみすぼらしく見えるのかしら」

「まさか、ちがうわ。バスクーム姉妹はそういうことに敏感なのよ。自分たちがここにやってきたとき、ろくな服を着ていなかったという過去があるから。彼女たちが持っていたドレスは、かなり流行遅れのものだったわ。シャーロットとわたしですべてあつらえなおしたの。

あの子たちはやさしくて心が広いから、ほかの人も助けてあげたいのよ」

「その厚意を踏みにじるつもりではないのだけれど、昼用のドレスならわたしも何着か持っているし、ローズのドレスはわたしの年や立場には若すぎて」

「年ですって！」ヴィヴィアンの眉がきゅっとつりあがった。「なにを言うの？　あなたはわたしより半年、年上なだけじゃない。わたしもこんな年になっているのに、若すぎるドレスを着ていると言うつもり？」

「ばかなことを言わないで」イヴが顔をしかめた。「あなたが自分の都合のいいように人の言葉尻をとらえるのがうまいってこと、忘れていたわ。ヴィヴィアン……あなたはわたしの大切な親友でしょう……」彼女はヴィヴィアンのところに行き、友の両手を握った。「世間があなたに向ける目とわたしに向ける目には、天と地ほどの差があるわ。あなたは公爵の娘で、社交界を引っぱっていく人で、いまでもイングランドじゅうで最高の花嫁候補なの。あなたの装いや言動が一瞬で流行の最先端になり、だれもがそれに倣おうとする。でもわたしは司祭の娘で、未亡人で、付き添い婦人なの。わたしがあなたと同じ装いをしたりしたら、厳しくとがめられるわ」

「あなたこそばかなことを言わないで。あなたはまだ若いし、二年も喪に服したのよ。しきたりにうるさい人だって、そこまですれば文句はないはずよ。それにあなたは、社交界の決まりを守らせるためにうしろでひかえるだけの、ただの付き添い婦人として雇われたわけじゃないのよ。わたしという友人に頼まれて、力を貸してくれているんじゃないの。社交シーズンであの子たちの後見人を務めるわたしを手伝っているの。社交界デビューにきっちり間にあわせなくちゃいけないのよ。でないと、社交界でのわたしの信用もなくなるわ」

「いえ、でもね、ヴィヴィ……」

「それから――」ヴィヴィアンは容赦なくたたみかけた。「伯爵だって、従妹たちのためにそういう人間を必要としているの。壁にもたれて座っているような付き添いではなく、彼女たちと一緒に社交の場に出られる人間を。あなたはあの子たちの会話を導いてやって、失敗したらごまかしてあげなきゃならないの。たとえばカメリアが射撃を教えましょうかなんて言ったら、たわいもない明るい話に変えてしまうとか。わたしの言っていること、わかるわよね」

「ええ、もちろん」

「そう、それなら、そういうことをするためには、あなたはグレーのドレスを着て、まるでそこにいないかのように、ほかの人間のうしろで座ってちゃいけないの。あなたはあなたらしくいてくれなきゃ」

「そういうことをするためには、あなたのドレスを着なくちゃいけないのね？」イヴは愉快そうに片方の眉をくいっと上げた。自分の意思が流されてゆくのが感じられ、ヴィヴィアンもまたそれを感じとっていることがわかった。なんて弱いのだろうと思うけれど、水色のサテンと白いレースのドレスをまとった自分の姿を思い浮かべずにはいられなかった。

「ねえ、ちょっと訊くけど。やぼったい女に本気でファッションの相談をすると思う?」

イヴは目をむいた。「やぼったい女?」

「だって、あなたったら、わざとそうなろうとしているみたいなんだもの。今日、あなたが着るつもりのドレスはどこ?」

イヴは衣装だんすからドレスを引っぱりだした。まさしくグレーで、長袖で、飾りと言えば袖と裾と襟もとに細いひだがついているだけのものだったから、なんとなくしてやられた気分だ。

「正直に言うけれどね、イヴ、クエーカー教徒にでもなるつもりなの?」ヴィヴィアンは彼女からドレスを取り、ベッドの上のブルーのドレスと並べて置いた。そして友を振り返り、腕を組んだ。「さあ、言って。今夜はどちらのドレスを着る?」

イヴは二着のドレスを見やって、負けを悟った。無言でグレーのドレスを手に取ると、衣装だんすに押しこむように戻した。

6

結婚式はつつがなくはじまった。ロンドンの〈マダム・アルスノーの店〉に急ぎで依頼したウエディングドレスをまとうマリーは光り輝くようで、ブルーグリーンの瞳をきらきらさせてヴァージンロードを進み、サー・ロイスの隣に立った。サー・ロイスの顔が誇らしげで幸せそうで、先ほどの落ち着かなげな様子が消えているのを見てイヴはほっとした。リリーは頬を伝う涙をぬぐおうともせず、カメリアまでもが洟《はな》を一、二度すすっていた。イヴもまた、あふれんばかりの愛を瞳にあふれさせて見つめあっている新郎新婦を見て、胸がつまる思いだった。

式のあとウィローメアに戻った新郎新婦は、伯爵のオリヴァーを一族の長としてかたわらに伴い、客に挨拶していた。イヴは緊張してステュークスベリー伯爵を見やった。付き添い婦人にふさわしくない装いをして、不興を買ってしまっただろうか。そういう細かいことを気にする人のようだけれど。しかしほっとしたことに、伯爵はただ会釈をして、儀礼的な挨拶をしただけだった。口調にもとがめるような響きはなかった。やはりヴィヴィアンの言うとおりだったのだろう。

イヴは進んで、新郎新婦に祝いをのべた。マリーに抱きしめられたのが、ちょっとした驚きだった。

「あなたがここにいて妹たちを見てくださって、ほんとうによかった」マリーはイヴに言った。「妹たちを見捨てていこうとしているなんて思わずにすみますもの」

「見捨てていくなんて、もちろんそんなことはありませんとも」イヴは断固として言った。「寂しくなるのはまちがいないけれど、わたしもおふたりが幸せで忙しくしていられるように、全力でお手伝いさせていただきます。それに、ハネムーンからお戻りになったら、〈アイヴァリー館〉にもおじゃまできる距離にありますでしょう？」

婚姻の宴のために召使いたちは、ふだんの食堂だけでなく晩餐会用の食堂も開放した。小さいほうの食堂の倍の人数が腰かけられる長テーブルを誇る部屋だ。席次を決めるのは、ヴィヴィアンにとってももっともむずかしい仕事だった。マリーと妹たちはあてにできない。座席の優先順位がどうなっているか、説明しようとしても目はうつろだし、なにかまちがいをしてしまったらきっと傷つくだろうから。

イヴはせいぜい地主夫婦というような、さほど重要でない面々の席についていたが、正直言ってレディ・サブリナから遠く離れられてほっとしていた。レディ・サブリナは目が合うたび、冷ややかでわざとらしいまなざしを送ってくる。もしかしたらあの手紙を書いたのはレディ・サブリナかもしれない。しかしそう考えるや、サブリナがウィローメアの邸にこっそり入って、召使いや家の者に見とがめられる危険を冒しているところを想像した。やはりばかげている。動機だって、ほとんど知りもしない女にいやな思いをさせるくらいしかないはずだ。

ヴィヴィアンが言うには、サブリナは地元一の美女という評判をだれかに脅かされるのが耐えられないのだそうだ。今夜のサブリナを見て、イヴはなるほどと思った。祝いの席で、だれよりも――花嫁よりも――輝こうとしているのがわかる装いだった。少々やりすぎではないかと思う。まるで宮廷に出向くような格好だ。青いサテン地には淡いシルバーのラメをちりばめ、身頃から袖にかけて銀色のヴァン・ダイク（十七世紀にイングランドで人気を博した画家）が描かれ、裾にはぐるりとサテン糸で大輪の青いバラが刺繡されている。耳と首と手首にはダイヤモンドとサファイアがぎらついていた。

「頭にガチョウの羽根もつけてればいいのに」ヴィヴィアンがサブリナを見て皮肉っぽくささやいた。女王に謁見するときにかぶる帽子のことを言っているのだ。

あいにく、とイヴは思った。優美なドレスも高価な宝石も、今日のマリーの輝く顔《かんばせ》には太刀打ちできないということを、レディ・サブリナはわかっていないらしい。

宴のあいだ、イヴは地主の妻と会話をしているときでさえ、リリーとカメリアからずっと目を離さなかった。付き添い婦人としての務めを果たさなければと決心していた――たとえヴィヴィアンの説得に負けて付き添い婦人らしからぬドレスを着てしまったとしても。姉妹は楽しんでいるようだった。ふたりのあいだにネヴィル・カーが座り、見るたび彼らは笑顔でさかんにおしゃべりしていた――とくにリリーは。小さな不安がイヴの胸をよぎる。ミスター・カーはすてきな男性で、リリーはロマンティックなことに弱くて世間知らずだ。もう少し世慣れた女性なら、なんでもないただの甘ったるい言葉かけでしかないとわかるものを、真剣に受けとめてしまうかもしれない。

自分にあずけられている姉妹だけを見ていようとかたく誓ったにもかかわらず、イヴの視線はときおりフィッツの座っているところへとさまよった。十人並みの若い令嬢と居丈高な空気をまとった年配女性のあいだに収まったフィッツは、彼女たちの笑みを絶やさずにいるだけでなく、向かいの若い既婚婦人にも耳ざわりのいい言葉をかけていた。フィッツの笑顔に体が熱くなってしまったときのことを、イヴは思いださずにいられなかった。あのきらめく瞳が、どれほど自分だけに向けられているように思えたか。けれどもあきらかに、彼は会う女性だれにでも甘い言葉をかけていて――やはり相手の女性たちも皆、同じように喜んでぼうっとなっている。甘い口説き文句など表面だけのものだと、リリーはわかっていないのではと心配したけれど、同じ世間知らずがここにもいたなんて！

とにかくフィッツ・タルボットはまわりの女性すべてにいい顔をせずにいられない人なのだとわかってよかったと、イヴは自分に言い聞かせた。そんな彼の言うことをまともに受けとる女のほうが、愚かなのだ。

ダンスが始まると、リリーもカメリアもパートナーが途切れることがないのを見て、イヴはほっとした。さっとダンスカードに目をやって確かめたところ、同じ男性から正しいとされる回数以上のダンスは受けていないし、若い男性の合間に年配のやぼったい男性も何人か交っていた。

「あなたたち、大変な人気者ね」イヴはにこやかに言った。「でも従兄であるサー・ロイスとハンフリー卿に一度ずつダンスをとっておいたのは正解よ」リリーのカードにミスター・カーの名前が一度しか書かれていないことにも同じようにほっとしたことは、黙っておいた。彼の話題にはできるだけふれないほうがいい。

だれもが笑顔で見守るなか、まずはマリーとサー・ロイスがふたりだけで踊った。オーケストラが二曲目を奏ではじめると、ほかの客も大勢ダンスフロアに出た。イヴはリリーとカメリアがカントリーダンスに加わるのを見送った。伯爵は新婦の相手を務めており、サー・ロイスはヴィヴィアンと踊っている。フォーマルの黒いブリーチと上着でそこはかとない仰々しさが古めかしいハンフリー卿は、妻のレディ・サブリナを連れだしている。イヴが視線を泳がすと、フィッツはおばであるレディ・ケントと腕を組んでペアになっているのが目に入った。

そのあとも、フィッツは次から次へとレディをダンスフロアに連れだしていた。ばかなことをしているとわかっていても、気がつくとイヴの視線は彼へと戻っていた。ダンスの腕前は相当なものらしく、彼と踊った女性はだれもかれも――たとえいかめしいことこのうえない女性であっても――すぐに顔をほころばせ、声をあげて笑っていた。とてつもなく大切な言葉を聞き逃したくないとでもいうかのように、フィッツが相手の女性に頭を傾ける様子や、顔が笑みで輝く様子がイヴの目に映る。こういった女性のうちのだれかが、フィッツ・タルボットと甘い言葉の交わしあい以上のことまでしたのだろうかと、思わず考えてしまう。

そのとき地主が近づいてきて明るくダンスに誘われ、少し驚いた。もし若い男性だったら断っていただろう。ここは付き添い婦人が踊るような場ではないと思っていたから。けれども地主のような年配男性の誘いをむげに断ることもできず、彼の腕を取り、それから数分間は活発なカントリーダンスに参加した。ふたりはフィッツと彼の従姉であるシャーロットのペアと交わって踊ることになり、そのダンスが終わるとイヴと地主はたまたまフィッツとシャーロットと連れ立つようにしてフロアを出た。

「次のダンスをお願いできますか、ミセス・ホーソーン？」フィッツが尋ねるのをよそに、地主はおじぎをして妻のところへ戻っていった。

イヴの心臓の鼓動が速くなり、この誘いをどれほど自分が受けたいと思っているか顔に出たのではないかと、あわててうつむいた。「わたしがここにいるのはダンスをするためではなく、リリーとカメリアの付き添いを務めるためですから」

姉妹の姿を捜すように視線をめぐらせると、ふたりが伯爵とマリーと談笑しているのが見えた。フィッツが視線の先を追いかけ、そしてにこりと笑った。

「ふたりなら心配ないようですが」

「ええ、そうですとも」シャーロットが同意した。「今夜は親族がたくさんいるから、面倒なことにもならずにすむと思うわ。ぜひ踊っていらっしゃいよ、イヴ。お祝いですもの」

フィッツが手を差しだす。青い瞳がきらめくさまは、最高につれない女性でも笑みを浮かべてしまいそうなものだった。イヴは迷い、期待とせつなさで胸が締めつけられそうになったが、シャーロットが背中を押すように手を振った。イヴは向きを変えてフィッツの手に手を重ね、ともにダンスフロアに出ていった。何組もの男女がフロアに集うなか、遅まきながらイヴは、次のダンスがワルツだということに気づいた。思わず大広間の端を見やったが、フィッツがそれを止めるかのように彼女の視線をさえぎり、握る手に力をこめた。

「ああ、だめだ。気を変えてぼくをここに置いてきぼりにしないでくれよ」フィッツのえくぼが深くなった。「そんなことになったら、皆になんと言われるか」

「次がワルツだとご存じだったのですか？」イヴはとがめるような顔でにらんだ。

「あれ、そうだった？」フィッツが驚いたかのようにあたりを見まわす。「いてっ！」彼女に顔を戻して笑う。「ぼくの手をつねったか？」

「ええ、つねりました」イヴは挑むようにあごを上げた。「なにも知りませんって顔をなさったからよ。まったく、ミスター・タルボット、あなたってかたは……ええと……」

「金食い虫の道楽者？」フィッツは自分で言葉を選んだ。「何事もやりすぎの？」

イヴは忍び笑いをのみこんだ。「いいえ。わたしはどちらかと言えば、人をだますようなことをして、って言おうとしたんです」

「おかしなことを言うんだな。皆はせいぜい、どうしてきみがぼくとワルツを踊ることにしたんだろうって思うくらいだろう」

「べつにそんなつもりはありませんでした。お誘いを受けたときはワルツだなんて知らなかったから」

音楽が始まり、フィッツは彼女の手を取って、もう片方の手を彼女の腰に添えた。こんなことはなんでもないわ、とイヴは思った。これまで何度もほかの男性とワルツを踊ってきた。少佐の妻ともなれば大勢の部下がいて、ダンスの相手には事欠かなかった。けれど腰に手を添えられてダンスフロアをリードされて、動悸《どうき》が速くなったり体のなかがとろけそうになったことはなかった。だから、いまそんなふうに感じる理由はなにもないのに。

それなのに。

「きみの評判に傷はつかないよ」フィッツは断言して腰に添えた手にわずかながら力をこめ、フロアの上を舞いはじめた。

フィッツのダンスの腕前は相当なものだったが、それは驚くようなことではなかった。それでもイヴは、彼にリードされて縦横無尽にフロアをまわるうち、初めての心地を味わっていた。自分がこれほどいきいきと軽やかに舞うなんて、こんなに高揚するなんて、思ってもみなかった。彼を見あげる顔はいつもほころんでしまって、ロイスと踊っていたマリーが愛する人の瞳を覗きこみ、とにかく光り輝いて見えていたことを思いだした。でも、だめだ、自分がそんなふうに見えるわけにはいかない。マリーの輝きは愛情に裏打ちされたもの。けれども自分の場合は……ただ目がくらんでいるだけ。

違いはあきらかだった。目がくらんでいるだけなら、どれほど新鮮ですばらしいものに思えても長くはつづかない。それでもやはり、この一瞬はすてきだった。だからイヴはワルツを踊る喜びをすなおに受けとめ、体に音楽を満たし、フィッツのまなざしに体を熱くした。

しかしふと右を見て、リリーがネヴィル・カーと踊っているのを目にしたときは、盛りあがった気分がいくらか沈んだ。リリーの顔は明るく、瞳は輝いていた。まさしくおそれていたことが起きている。イヴもよく承知しているが、魅力的な美男子とダンスをすれば、そういうときに心を揺さぶられてもしかたがないものだ。イヴは年齢も経験も重ねているので、強くきに生まれた感情がいっときのものだとわかっているけれど、リリーはもちろんそうではない。

それ以降、イヴはリリーとネヴィルから目を離さなかった。ふたりがダンスフロアを離れたら、一緒に行動しようと思っていた。第三者の存在は、恋愛に絡む甘い言葉の応酬を抑制するのにもっとも効果的だ。しかしダンスが終わったとき、フィッツが彼女の手を自分の腕に絡ませ、開放されたテラスに抜けるドアへと歩きはじめた。

イヴは手を引き抜こうとしたが、フィッツは驚いた顔で彼女を見やった。「すてきな夜だ。テラスを散歩すればきっと気持ちがいいよ」

「いいえ、だめです。リリーとカメリアのところへ戻らなくちゃ」

「少しくらい離れていてもだいじょうぶ。ふたりともまだずっとダンスで忙しいと思うよ。それにシャーロットも言っていたように、ふたりを見ていてくれる親族なら大勢いるから」

イヴが頭をめぐらせると、リリーがマリーとロイス相手におしゃべりしているのが見えた。ネヴィルも彼女の隣にいたが、イヴが見ているうちにおじぎをして立ち去った。イヴはフィッツを振り返った。彼と一緒に行きたかったし、彼の言うとおりだ——少なくともいまのところ、リリーはほかの親族の目が届くところにいる。自分までがそばにひかえている必要はない。

イヴは観念し、ふたりそろってドアを抜けていった。テラスにはほかに数組の男女が、空気のよどんだ大広間から逃げだしてきていた。イヴとフィッツは庭へと広く目をやりながら、ゆったりと歩く。庭へおりるメインの通路沿いにたいまつが燃やされ、噴水やそのまわりにある湾曲した石のベンチを照らしている。

イヴには少し意外だったが、フィッツは庭におりようとは言わず、ただテラスに沿って歩きつづけた。足が進むにつれて宴の喧噪《けんそう》が遠ざかる。

「今夜はまた格別にお美しい」フィッツが言った。

イヴは肩をすくめ、笑ってやりすごした。「ドレスのおかげです。ヴィヴィアンがどうしても自分のを貸すと言って聞かなくて」

フィッツは横目でちらりと彼女を見た。「いいえ、ドレスのおかげなどではありえない。ドレスの華美さだけで決まるのなら、今夜の最高の美女はレディ・サブリナだろう。だが、現実にはそうでないことは、きみもぼくも知っている」

イヴは口もとをゆるめた。レディ・サブリナが彼に一蹴されるのを楽しく思うなんてたちが悪いと自分でも思ったが、止められなかった。今夜のレディ・サブリナはイヴを見るたび、どこにナイフを突き立ててやろうと考えをめぐらせているかのように思えた。

「もしそうだとしても、見た目が変わったのはやはりドレスのおかげにちがいありませんわ」

フィッツの口の片端が、くいと上がった。「たしかにそのドレスの色は茶色やグレーよりはきみに合っていると思う。きみがこの祝いの席を心から楽しめているのは、ドレスが変わったことと関係があるんじゃないかな。きみは自分のことより、他人のことにばかり時間をかけすぎている」

「あなたまでヴィヴィアンと同じようなことをおっしゃるのね。言っておきますけど、わたしはリリーとカメリアのお世話をするために雇われたんです」

フィッツは片方の眉をつりあげた。「花を生けるのも仕事のうちかい？　座席札を書くのも？　料理人や執事と相談するマリーを手伝うのも？」

「やることがたくさんあるんですもの。ほかの人たちが働いているのを、ただ突っ立って見ているだけなんてできないわ。ヴィヴィアンだって手伝ってくれていたでしょう」

「それはわかってる。それにこれまで見てきたきみという人間を考えると、きみならそうするだろうとは思っていたよ。だがきみは、いつも働かなくてはならないわけじゃない。ときには楽しんでもいいんだ」

「それならだいじょうぶ。いまだって楽しんでいるわ」ふたりはテラスの端まで来ていた。そこにはさらに、家の側面にある庭へとおりる階段があった。イヴは振り返ってフィッツに面と向かい、手すりにもたれた。「そんなふうにわたしの……幸せを考えてくださってありがとう。たしかに少し、楽しむことを忘れていたかもしれません」

「ミセス・チャイルドを拝見していたら、あの家で楽しむのはなかなかむずかしいように思えたが」

「そうですね。かわいそうなジュリアン」イヴはため息をついた。「弟のことだけれど──一緒に遊んでいるところをごらんになったでしょう」

「少なくとも彼にはすてきな姉がいる」

「ええ、でも、いまはあの子を置いてきてしまいました」

「それで、やさしいきみは心を痛めていると」

「ええ、もちろんです。どうしても、見捨てたような気がして」

「きみにはきみの生活がある。それになんと言っても、あの子はミセス・チャイルドの息子さんだ」

「ええ。それにあの子は来年から全寮制の学校に入れられますから」

「ああ。それでは、彼もまた逃れられるというわけだ」

「そうです。でも多くの男の子たちにとって、そういう学校はつらいものだと聞いたことがあって」

「ぼくはそうでもなかったよ」

イヴはくすくす笑った。「あなたはそうでしょうね」

フィッツが肩をすくめる。「まあね。ぼくはいやになるほど鈍いと言われつづけてきたよ」

「いえ、そういう意味では。あなたはただ……だれも知りあいのいないところでも、友人をつくっていけるかただということですわ。退屈な状況も受けいれて、それを楽しく変えていけるかた」

「それはしかたのないことでしょう。そうでもしなければ、退屈なだけになってしまう」

イヴは彼をにこりと見あげた。「そうね」

こんなにも簡単に彼の瞳に溺れてしまえる、とイヴは思った。彼の腕に抱かれる感覚、ふれる唇の感触が、こんなにも簡単に思いだせる。あの宿での夜を思いだすことだけはするまいと、イヴは自分に言い聞かせてきた。でもここに、フィッツとほの暗い月明かりの下にふたりきりでいると、その誓いを守るのはむずかしい。

彼がキスしたいと思っていることはわかっていた。テラスに出ようと誘われたときからずっと。ここで拒んでも、彼はきっと受けいれてくれるだろう。わたしがいやだと言うのに抱きしめたりはしない。でも心の奥底では、イヴは自分がほんとうはここを離れたいとは思っていないことを知っていた。彼にキスしてほしかった。抱きしめてほしかった。もう一度あのすてきな、激しい感情のうねりへと自分をかき立ててほしい。

そよ風がなでるように吹き、彼女の顔のまわりの髪を乱し、むきだしの腕をかすめていった。イヴは身震いした。

「こちらへ」フィッツが彼女の手を取り、邸の側面にある庭へおりる階段にいざなった。「もう少しあたたかいところがあるんだ」

月明かりのおかげで低木の茂みや植物に足を取られることもなく小径《こみち》を進み、邸の横壁と塀で囲まれた場所にたどりついた。フィッツは鉄の扉を開け、ふたりで小さな庭へとすべりこんだ。

塀の高さは四フィートほどあり、昼間は日差しに恵まれながらも、そこに生えた植物は風や寒さから守られていた。フィッツは邸の壁につけて西向きに置かれた低いベンチにイヴを案内した。足もとに生えた植物をよけながら進むうち、その植物から鼻を突くような強い芳香が空気に混じって立ちのぼってきた。もしかしてこれは……セージ？　それともローズマリー？

「ハーブ園だわ！」どことなくうれしそうなイヴの声が響いた。「ここはハーブ園でしょう」

フィッツの顔がほころんだ。「いい鼻をしているね。ここはうちの料理人が心から大切にしている場所でね。草木の実らない冬は乾燥ハーブでしのいでいるが、一年の大半はここで採れたもので風味付けをしているよ。ちょっと待って」彼は手を伸ばし、イヴが腰かけようとしていたのを制して上着を脱ぎ、ベンチに広げた。「どうぞ。きみのドレスを汚してはいけない」

「でもこれではあなたの上着が汚れてしまいます」

フィッツは肩をすくめた。「まあ、でも、ぼくがこの上着を着ていてもそのドレスを着たきみほど、見栄えはしないから」

イヴは腰をおろしながら笑わずにいられなかった。「あなたはなにを言われてもうまい返事を用意しているの？」

「努力はしているね」フィッツは愉快そうに同意し、彼女の隣に腰をおろした。

周囲に壁と塀があるのでほかよりもあたたかく、おまけにハーブの芳香がただよっていて心地よい。イヴは息を吸いこんだ。「なんてすてきな香りなの」

「気に入ってもらえてよかった。子どものころ、ぼくが好きだった場所のひとつなんだ――中世の都市や砦《とりで》、それから城にも見立てるのにおあつらえむきだったからね」

「目に見えるようだわ」黒髪で青い瞳の少年が、木の剣で攻撃をかわしている姿を想像し、イヴの口もとがほころんだ。

「ここは邸の女主人のひとりが何百年も前に冬用の庭としてつくったものでね。ぼくが若いころは秋の終わりに咲く、少し寒さに弱い草花が植えられていたんだが。いまの料理人が十年前にやってきたとき、ハーブ園にしたいと言ってね。神業《かみわざ》かと思うようなうまい料理をつくる彼女が田舎に住んでもいいと言うんだから、庭をひとつあてがうくらい安いものだったのさ」

フィッツは自分の手袋を脱いでイヴの手を取り、彼女のひじまである長い優美な手袋を押しさげた。イヴが驚いて彼を見やる。「フィッツ！」

「イヴ」彼はいたずらっぽく輝く瞳で彼女を見て、また彼女の手袋を脱がせはじめた。一本、一本、ゆっくりと。

「いったいなにをしているの？」イヴは少し息が切れていた。「無作法だわ」

「これくらい、ぼくにとっては序の口だけど」フィッツは親指と人さし指で彼女の指を一本一本なでながら、薄い鹿革の手袋を押しやっていく。ひとなでされるごとに、イヴの体に灼《や》けるような熱さが走る。

手を引っこめなければ、とイヴは思った。すぐに立ちあがって、ここから離れるべきだった。けれど彼女は座ったまま、手も取られたままで、手袋がはずされるのをじっと見ていた。しかもそうしているうち下腹部に熱が渦巻き、それが広がってくる。彼の手の動きはゆっくりとしていて悩ましく、手袋をはがすことに集中している。まるでそのことが――いや彼女が――この世でいちばん大切なものであるかのように。これくらい慎重に、そして一心に、身にまとうほかの衣服もこの手ではぎとられていくところを、イヴは想像せずにいられなかった。

フィッツは手袋を取ってしまうと、彼女の手を自分の手に乗せて人さし指で手の甲をなぞり、さらに指を一本一本たどっていった。

「上品な手をしている」フィッツは言い、彼女の手を口もとに持ちあげて、手のひらにそっとキスを落とした。

「フィッツ……」自分の耳にさえ、その声は弱々しく聞こえた。

「華奢で、白くて、やわらかくて」

イヴは自分のものよりもずっと大きな手に包まれた、自分の手を見おろした。ふたりの手は同じ向きに重ねられていた。わずかに色が濃くかたい肌をした彼の手に、白く繊細な手が指と指と合わせるように重なっている。

「イブニング用の手袋というのは、まるでもう一枚の皮膚のようにやわらかくてしなやかで、ひどくそそられるものだと気づいていたかい？　腕の半分ほどを覆った手袋は、上の端の部分はいまにもすべり落ちそうな風情でふんわりとゆるんでひだが寄っているのに、それでも落ちることはなく、袖との隙間にわずかばかりの肌を覗かせている。そんなものを見せられたら、男は気もそぞろさ。ぼくは今宵《こよい》ずっと、この手袋をはぎとることしか考えられなかった」

イヴののどもとに熱がせりあがってきたが、赤く染まった肌を暗闇が隠してくれた。彼の言葉とわずかばかりのふれあいだけで、これほどの欲望がはじけるなんて、ばかげていると思う。それでも彼女は、自分の心が打ち震えていることを否定できなかった。

フィッツがいま一度彼女の手にキスし、それから指の一本一本の指先にも口づけていった。肌にふれた彼の唇はベルベットのようであたたかく、イヴは抗《あらが》うこともできぬまま手を返され、手のひらにもキスをされ、さらにまた指先にそれぞれ口づけられた。それが終わるころにはイヴの息は浅く速くなり、脈は激しく打っていた。それがわかったかのように、フィッツの唇は彼女の手首のやわらかな内側へ移り、青く透けた細い静脈に当てられた。

イヴの口から小さなため息がもれ、まぶたがそっと閉じる。フィッツの唇はゆっくりと彼女の腕を上へと伝い、ひじの内側で舌先が留まり、くるりと弧を描いた。心地よさに溺れたイヴは、彼の唇が腕を離れてむきだしになった鎖骨へと移っても、頭を傾けて彼の動きを受けいれやすくしただけだった。

　彼の唇はくすぐるように彼女を味わい、柔肌の下にあるかたい骨を伝い、最後はイヴののどに行き着いた。彼の顔が一瞬にして熱を持って輝くのがイヴにもわかり、かすれた息づかいが聞こえた。いまこのとき、彼も自分と同じくらい強い思いに突き動かされているのだと思うと、イヴの胸に歓喜がよぎった。

「イヴ」彼女ののどもとにフィッツはささやきかけた。「すてきな、すてきなイヴ」

　かたくなだった自分が折れ、屈服し、とろけていくのがイヴにはわかった。フィッツが頭を上げて彼女の頰に手を添える。イヴは顔の角度を変えて彼のキスを受けいれた。ゆっくりと、長引かせるように、快楽を余すところなく互いに味わいつくす。ハーブの強い香りが彼のにおいと混じりあう。ほてった彼女の肌を、ひんやりとした夜気がなでていく。宵闇がふたりをくるんで包みこみ、外の世界からふたりだけを覆い隠した。

　もはやイヴは、自分がどうするべきなのか、これがいいことなのか悪いことなのかということなど、考えてはいなかった。彼女の世界はいまこの瞬間だけに集約されていた――この口づけと、この感覚に。欲望と熱い思いが身の内にせりあがり、彼からも同じものが響いてくる。口づけが深くなり、ふたつの唇がひとつになった。フィッツが彼女を引きあげてひざに乗せるほんの少しのあいだだけ唇を離した。イヴの背中に片腕をまわして支えると、ふたたび唇を重ねた。

イヴは彼の首にしがみついた。彼の空いたほうの手が彼女のウエストまで上がり、そこでとどまって少し指先に力がこもる。口づけが長く激しくなってくるうち、彼の手はさらに彼女の腹部をすべり上がってやさしくなで、ついには胸の丸みにたどりついた。イヴは驚いてぴくりと体をひねった。そこをブルースにふれられたことがないというわけではない――ただ、ふれるときにはたいてい必死な様子だった――亡くなった夫にふれられても、こんなふうに感じたことはなかった。

フィッツの長い指に、軽やかながらも迷いのない動きで胸を包みこまれたとき、イヴの全身に熱が押し寄せた。下腹部が重く、とろけたようになり、彼にふれられるのをいまかと待ちわび、胸の先端が小さなかたい蕾《つぼみ》のようにとがった。その先端に彼の親指がやさしく円を描き、いっそうかたくなる。そして彼の手が動き、ドレスの襟もとに忍びいった。突如、生の肌を感じたかと思うと、彼の指がすべるように動いて胸のやわらかなまろみを包んだ。その混じりけのない快感に、イヴは震えた。かすかな摩擦だけで体が昂《たかぶ》り、のみこまれるような気がする。そのとき彼の指先がかたくなった蕾に行き着き、イヴの口から小さな歓喜の声がもれた。熱がらせんを描いて全身を駆けめぐり、腹部に広がって彼女をこじあけ、どっとうるおいをほとばしらせる。

もう痛いほどせつなくて、イヴは無意識に腰を動かした。それに応えてフィッツもかたくなり、低いうめきをもらしてはじかれたように頭を上げた。フィッツが長々と彼女を見つめる。その表情は切羽詰まってけわしいほどで、薄暗がりのなか、ぎらついた瞳が彼女を見おろしていた。

「イヴ……イヴ……こんなことまでするつもりじゃなかったのに。ああ、きみには煽《あお》られすぎる、でもだめだ。いま、ここでは。見つかってしまう」

かつて何度も味わったのと同じ憤りと悲痛な思いが、一瞬にしてイヴを貫いた——また、こうしてわたしは打ち捨てられる。そして次の瞬間、くすぶる思いをかき消すように怒りが爆発した。イヴは彼の腕を押しやって立ちあがった。彼も立とうとしたが、彼女はきびすを返して瞳をきらりと光らせ、来ないでというように手を払った。

「やめて！」低く厳しい声音でひとことささやいた。「いや！」

イヴは背を向け、壁と塀に囲まれた庭を飛びだした。

7

イヴはテラスへの階段を駆けあがり、そこで止まって息をととのえた。うしろを振り返る。フィッツが小さく悪態をつき、あわてた声で待ってくれと言ったが、追ってはこなかった。それでほっとしたのか腹が立ったのか、イヴにはわからない。いや、いま自分がどんな気持ちなのかさえ、よくわからなかった。わかるのは、フィッツと庭に出たのが言いようもないほど愚かな行為だったということだけ。彼の言ったとおりだった——けれどもいち早くそういうことに思い至り、行為を途中でやめる冷静さを持っていたのが彼のほうだったというのは、しゃくにさわる。

まったく愚かだった。いったい自分はなにを考えていたのだろう。今宵はフィッツとワルツなど踊って、ロマンティックな結婚式にあてられて、どうかしてしまったのだ。これからの人生というものが頭から消えて、いまこの場のことしか考えられなくなっていた。もちろんフィッツはすぐにでも大きな悦びを与えてくれるだろうし、喜んでそうしてくれるだろう。でも、それで破滅するのは彼の人生ではない。わたしの人生だ。今夜は運がよかっただけで、悲惨な結末に終わっていたかもしれない。今後はフィッツにはっきりさせなければならない。ふたりのあいだにはなにもないということ――ロマンティックな庭の散歩でさえも、ないということを。

イヴはスカートをゆすって深く息を吸いこむと、邸の壁沿いに移動してそっと角から覗いた。テラスにはまだ数人の客がいたが、全員が反対側の端にいて、厩舎《きゅうしゃ》につづく側庭のほうを眺めている。イヴは角をすべるように曲がってテラスに戻り、ひかえめにほかの客と交じった。

客たちが見ていたのは、邸の東側にある垣根のすぐ向こうで演じられている寸劇だった。少し距離のある外庭にテーブルがしつらえられ、結婚の祝いにやってきた村人や領地内の住民のために軽食が用意されている。そのあたりは活気があって少し騒々しいほどで、笑い声や話し声や音楽が聞こえている。大勢の人間が踊っていた。しかし見る者たちの目を引きつけていたのは、にぎやかさではなかった。伯爵の使用人ふたりが、低い垣根を越えて庭に侵入しようとした背の低いやせた男ともみあっていたからだ。男は悪態をついて暴れていたが、使用人は意に介さず容赦なしに外へ引きずっていった。

「あれはだれ?」イヴが尋ねた。

彼女の前と横にいた男性が振り返って言った。「結婚の宴に忍びこもうとしたようですよ。花嫁に会いたいとかなんとか言って」

「バスクーム姉妹が絡むと、どうしていつもこういうことが起こるのかしら」イヴに答えた男性のほうに顔を向けた女性が言い、さかんに扇をはためかせた。

サブリナだった。

イヴは口をひらかずにいられなかった。「あの、レディ・サブリナ、伯爵さまの従妹たちは、垣根を越えようとする闖入者《ちんにゅうしゃ》とは無関係だと思いますが」

イヴに気づいたサブリナの目が、すうっと細くなった。「あなたはいらっしゃらなかったからご存じないでしょうけれど、わずか四週間前の舞踏会の折に、やはり庭に侵入した男をタルボット家の人間が引きずりだしたのよ」

「そんなことが?」近くに立っていた男性のひとりが言った。「なんと不可思議な!」

うしろから女性がひとり近づいてくる気配をイヴが感じた直後、ヴィヴィアンのこのうえなく冷ややかな声が響いた。「あら、レディ・サブリナ、たしかそれはあなたのところの舞踏会じゃなかったかしら? そして今日もあなたがいらっしゃるのね。もしかしたらバスクーム姉妹ではなく、あなたのせいであういうおかしな輩《やから》が駆けこんでくるのかもしれなくてよ」

イヴは笑いを嚙みころしながら友人を見やった。ヴィヴィアンはほんのわずかに唇の端を上げた薄笑いを浮かべ、サブリナを見ていた。

「それにしても田舎というのは退屈ですわ」べつの女性が愉快そうにのたまう。周囲の人々も侵入者を見るより、いまにも口げんかを始めそうな貴婦人ふたりの勢いに好奇心をくすぐられ、サブリナとヴィヴィアンに目を向けた。

サブリナの眉根がきゅっと寄せられ、イヴは彼女が痛烈な反論の言葉を意志の力でのみこむのを見たような気がした。「んまあ、レディ・ヴィヴィアン、あなたって話をねじ曲げるのがお好きね！　ご注意なさいませ、そのうちだれかがあなたのお話を真に受けるかもしれませんことよ」サブリナはイヴを見た。「それからミセス・ホーソーン。あなたがお世話をなさっているお子さまたちは、今夜いかがなさっているのかしら？　楽しく踊っていればよいのだけれど。あのふたりを放《ほ》ったらかしになさっているなんて、少し驚きましたわ」

「あのふたりにちゃんと人がついているところを見計らって、少し空気を吸いに外に出てきたのです」イヴは正直に答えた。

「そうですか。かわいらしいご令嬢たちだけれど、少々手にあまりますでしょう。お仕事が増えますわよ」サブリナの視線がイヴの手におり、大きく見ひらかれた。「あらまあ、ミセス・ホーソーン！　手袋を片方なくしておられますわ」

イヴは凍りついた。フィッツに脱がされた手袋のことをすっかり忘れていた。勢いよく立ってハーブ園から走って逃げたとき、落としたにちがいない。いま思いだして赤面したが、このやましさを夕闇が隠してくれることを祈るしかなかった。

「まあ。ほんとうですね」イヴは弱々しく話しだした。さもなにかを知っているかのようなサブリナの顔を前にして、一心不乱にもっともな言い訳を探す。正直言って、手袋をなくしたことに男性が関わっているとサブリナが邪推しても、不思議ではなかった。

「いったいどうしてそんなことになったのかしらねえ」サブリナが淡い色の瞳を躍らせて言葉を継いだ。「よければ、一緒にお探ししましょうか?」

イヴは痺《しび》れたようになって彼女に目をむいていたが、ヴィヴィアンが救いの手を差しのべた。「あら、サブリナ、ばかばかしい。イヴが手袋をなくすわけがないでしょう。置き忘れなんてありえないわ。少し前にパンチをこぼしてしまって、しみにならないように小間使いに渡したのよ。これから二階に上がって、お部屋に新しい手袋を取りにいくところだったのよね、イヴ? そうしたら、外でこの騒ぎが見えたものだから」彼女は肩をすくめ、離れた庭の軽食テーブルをあいまいに指さした。「でも結局、村人がパンチを飲みすぎただけだったようね」

「ええ。あの――では、わたしは失礼します」イヴはあわてて言った。「まったく、おかしなことですわね? それでは、失礼を、奥さま」サブリナに頭を下げて、立ち去った。

イヴがそそくさと大広間に入って通り抜け、その向こうの廊下に出ていくと、ヴィヴィアンもついてきた。ふたりして階段を上がりながら、イヴは残ったほうの手袋をさっとはずした。

友人に目を向けぬまま、口をひらいた。「助けてくれてありがとう」

「当たり前でしょう。ほかにどうしろって言うの？」ヴィヴィアンが答えた。「あのいけすかない女ときたら人のあら探しばかりして、嫌がらせに走るのよ。彼女こそおじさまの付き添いもなしにテラスでなにをしてたのか、訊いてやればよかったわ」

ヴィヴィアンはイヴに視線を投げたが、イヴが返事をしなかったので黙った。少し眉根を寄せてイヴを見ていると、彼女は抽斗《ひきだし》を探して二組目の手袋を出した。

「イヴ……」ヴィヴィアンは、手袋をはめたイヴに切りだした。「さっき、フィッツ・タルボットと踊っていたわね」

「ええ、まあね」イヴは軽い口調で答えた。「彼、とても上手ね？」

「ええ、それに魅力的よ。社交場のつきあいの機微だとか、衣装や馬のこと、あるいはしつこい求婚者の問題を抱えたときには、フィッツに相談すればまちがいないわ」ヴィヴィアンが間を置く。

イヴはため息をついてヴィヴィアンに向きなおった。「わかったわ。ええ、そうよ。わたしはさっき、フィッツと一緒に庭に出たわ。そこで手袋をなくしたの。わかってる、言わないで。わたしったらとんでもなく無謀でばかだった」

「いいえ、けっしてそんなことはないはずよ。フィッツはすばらしい人――エスコート役としては完璧ね。話はおもしろいし、ハンサムだし、いつでも楽しませてくれる。でもだれもが知ってることだけど、根っからの独身貴族よ。いま三十二歳だけれど、若い令嬢にちらとでも関心を見せたことなど一度もない。結婚なんて頭にないのよ。女性を利用するようなことはしないわ。それはぜったいにない。彼は、成熟して世慣れた女性と分別あるおつきあいをするだけなのよ」

「未亡人とか？」

「そう、未亡人とか。そういう人は後腐れがないでしょう。女優やオペラの前座で踊るバレリーナを相手にすることもあるわ。でも結婚はしないの」ヴィヴィアンは心配そうに眉根を寄せ、一歩イヴに近づいて彼女の腕にふれた。「ごめんなさい、あなたを傷つけるつもりじゃないの。でも彼のことであなたが傷つくのも見たくないのよ。そのほうが、はるかに長いこと立ちなおれないと思うから」

「ばかなこと言わないで、ヴィヴィアン」イヴはなんとか小さく笑ってみせた。胸の内ほどうつろな声になっていないことを祈る。「わたしは初心《うぶ》な小娘じゃないわ。ミスター・タルボットの考え方なら心得ているつもりよ。彼が結婚なんて考えていないのはよくわかってる。わたしにだって結婚する気はないわ。独り立ちして、うまくやっていくつもりだもの」

「ええ、わかってる。わたしはそんな石頭じゃない。あなたさえ幸せなら、あなたがフィッツと大人のいいつきあいをしようが、なにも言わないわ。でもあなたはきっと、ちょっと楽しむなんてことをするより、心を捧《ささ》げてしまいそうなんだもの」

「そんなこと、どちらもしないわ」イヴは断言した。「わたしはまじめで責任感ある女になるの。男性にも軽い遊びにも、まったく興味のない女に。つまり、まともな付き添い婦人にね」

「そんな、イヴ、だめよ！」ヴィヴィアンがおののいた顔をした。「あなたがそんな生き物になるなんて耐えられないわ」

女友だちの表情に、イヴはくすくす笑った。「たいていの人は、いまみたいな目標を聞いてぞっとすることはないでしょうけど」

「ほかの人はわたしみたいにあなたを知らないもの。あなたはわたしのいちばん大切なお友だちよ。あなたはいつも輝いていて、笑っていて、楽しそうだった。だから年月がたつうちにあなたが……しおれていくのがつらかった。あなたが人生に疲れていくのがいやだった。あなたがわざわざ輝きを失おうとしていると思うと――すごく気分が悪くなってくるの」

イヴはかすかな笑みを浮かべた。「でも、ぜんぜん目標どおりにいきそうもないわ。目標なんて、たいていうまくいかないものでしょう？」

「でも、愛をあきらめた生活にこもってしまうなんて……偏屈な老女にこき使われたり、おばかな若い娘たちを引率してまわったり、そんなことで残りの人生をすごしてしまうなんて、そんなのだめよ。あなたは美しくて、まだまだ若いわ。もう一度恋をして、結婚するのよ」

イヴはかぶりを振り、友人の胸を刺すかのようなせつない笑顔を浮かべた。「いいえ、それはないと思うわ。未亡人をベッドに誘うだけ誘って結婚する気がないのは、フィッツ・タルボットだけではないわ。夫が広大な地所でも遺して死んだのでもないかぎり、未亡人なんて連れ添う相手として望まれたりしない。男性は若くて手垢《てあか》のついていない女性のほうがいいに決まってるもの」

「まあ、なにを言うの。男性がみんな同じとはかぎらないわよ」

「そうかしら?」イヴは片方の眉をつりあげた。「あなたの口からそんなにしつこく結婚を勧められるなんて、少し変じゃないかしら。あなただって同じように結婚していないでしょ。それに、あなたの目に留まった殿方がいるようにも見えないし」

「目が留まるくらいなら、いないこともないわ。でも、心を奪われるような人はいないの」ヴィヴィアンは肩をすくめた。「いまはわたしの話をしてるんじゃないわ。わたしは結婚しなくてもじゅうぶん幸せに生きていける。ウルストンクラフト女史のフェミニズム思想にもすごく共感するわ。でもあなたは──妻となり母となるために生まれてきたような女《ひと》よ。愛することが自然にできる人。わたしとはちがって」ここまで言うといささか皮肉めいた口調をやめ、熱のこもった面持ちに変わった。「ああ、ほんの数カ月でいいからわたしのところに来て、暮らしてくれればいいのに。そうしたらほかの女性に付き添ってまわるより、もっとほかの可能性のある男性と出会えるのに。あなたにぴったりの男性と」

「いいえ、いいの、相手ならもう出会ったでしょう。再婚する気はないわ」

ヴィヴィアンはため息をついた。「ほんとうに頑固ね。でも、まあ、いいわ……とりあえずは。パーティに戻りましょ」

「わたしはもう少しここでやすんでいくわ。なんとなく疲れたから」

「自分の口が呪わしい。あなたを悲しませてしまったわね。ごめんなさい。わたしはなんて考えなしなのかしら。なにも言わなければよかった」

「おばかさんね。言いたいことをがまんするなんて、ヴィヴィアン・カーライルにあるまじきことよ。それにわたしは、悲しんだりしてないの。少しやすみたいだけ」イヴはちゃめっけたっぷりに微笑んだ。「部屋にこもって自分を憐《あわ》れんだりしないからだいじょうぶ。しばらくやすんだら戻るわ」

「いいわ、わかった」ヴィヴィアンはもう一度ためらいを見せたが、とっさに足を踏みだして友を抱きしめていた。「あなたは最高の女性よ。だれにも遠慮なんかしないで。わたしにも」

ヴィヴィアンは向きを変えて出ていき、イヴはベッドの端に腰をおろしてため息をついた。パーティに戻らなければならないのはわかっている。ひとつには、リリーとカメリアに付き添うのが自分の仕事なのだから。けれどそれよりも、部屋にこもっているのがいやだった。レディ・サブリナに――あるいはフィッツに――自分のせいで部屋にこもったなどと思われたくない。今夜のわたしはたしかに失敗してしまったかもしれないが、これくらい立ちなおれる。自分の目標を見定めて、もう迷ったりしない。これからフィッツには丁重に、ひかえめに、雇い主の弟にふさわしい態度で接することを心がけよう。それ以上の存在にならないのつづきを夢見ていたかった。

けれどもいまは……いまだけでいいから……。イヴはベッドの柱に頭をもたせかけて目を閉じた。庭でのあのすばらしいひとときを思いだし、もしかしたらあったかもしれない、あのつづきを夢見ていたかった。

ように。

フィッツは大広間のドアをくぐり、イヴを捜して視線をめぐらせた。どこにも彼女の姿は見えず、会場は込みあっていたので、人の群れを縫うようにゆっくりと進んだ。ドアに着くころには、彼女がいないことがはっきりした。さらに捜しにいこうかとも思ったが、愚かな思いつきだということは経験上よくわかっていた。向こうが会いたくないのなら、追いかけても状況は悪くなるだけだ。

オリヴァーが廊下を歩いていくのが見え、あとを追って兄の隣にすべりこむようについて小声で言った。「喫煙室にこっそりひとりで？」

オリヴァーは弟を一瞥したが、愉快そうなまなざしをしていた。「ふん、ひとりでいるなんて、いったいどうしたことだとでも言いたそうな顔だな」

「まあ、そんなところだよ」フィッツは悪びれもせずにやりと笑った。「少なくとも、ケント夫妻とジェソップ夫妻からは逃げてこられたんだ？」

「ああ、そうとも。オーケストラとヤシの鉢植えのあいだに追いつめられてたんだぞ。もうあのまま逃れられないかと思ったが。ありがたくもボストウィックに救われた」

「あいつはそういうところ、お役立ちだよね」

「これくらい大きな催しとなると、いつでもどこかしらでわたしが必要とされる問題が起こるわけだ。そんなとき——ちょうどおまえにつかまった、というわけさ。おまえと話をしなきゃならないことがちょっとあるんだ」

フィッツは顔をゆがめた。「おっと、まずいな」

オリヴァーはうっすらと笑みを浮かべ、喫煙室のドアを開けて足を踏みいれた。「いやな話じゃない。わたしはちょっとロンドンに戻らなくてはならなくなってね」酒の並ぶ棚にいき、デカンタのひとつからふたり分の酒を注いだ。「仕事だ。こちらに来るときも早朝に出てきたんだが、結婚式やらなんやらのおかげで、いくつかの用向きが差し迫ったことになってきた」オリヴァーは弟に冷ややかな一瞥をくれ、目をそらした。「それにだ、おまえの代理人のところにも立ち寄って話をする予定もある」

フィッツは手を伸ばして兄のグラスを取り、笑いを噛みころした。「兄さんならやってくれると思ってたよ」

「わたしが留守のあいだ、ここに残ってくれるか？」

「もちろん。言われなくてもそうするさ」

「よし。助かる。ヒギンズひとりにまかせてもだいじょうぶだとは思うが——形式だけでもおまえに報告できたほうがいいだろう。それに、なにか大きな決定事項ができたときには、権限のある人間がいたほうがいい。だが、なにも問題は起きないと思う。ただわたしは、いかにミセス・ホーソーンが優秀でも、彼女ひとりに従妹たちをまかせるのは心苦しいだけでね。今夜もああいうことがあったし――」

「ああいうこと？」フィッツの背筋が伸び、目が細くなった。「いったいどんなことがあったんだ？」

オリヴァーは弟の前の椅子に座りこみ、なんでもないというように片手を振った。「たいしたことじゃない。東の庭の垣根をよじのぼって、入ってこようとした輩がいたんだ」

フィッツの眉がつりあがった。「だれが？　なんのために？」

オリヴァーがかぶりを振る。「わからない、そのどちらも。あいにく話がわたしの耳に入る前に、従僕たちが男をたたきだしてしまった」

「地元の人間が酔っぱらってただけじゃないのかな」

「そうかもしれない……しかし、そこが少し気になるところで。だれも男の顔を知らなかったと言うんだ」

フィッツは目をむいた。「地所の人間じゃないと？　村人でもないのか？」

オリヴァーは肩をすくめた。「ジェムとバーティーにはわたしがじかに話をした。ふたりとも生まれたときからここに住んでいる。だが、その男のことは知らないと言った。やせ形で労働者ふうの着衣の、どこにでもいるような男で、しつこく花嫁に会わせろと迫ったらしい」

「そんなことを言ったのか？　マリーに会わせろと？」

「彼らの覚えているかぎりではな。だがそいつはたわごとを言いつのっていたらしい。あいにく、なにを言っていたか正確なところは思いだせないようだが」

「なんてことだ」フィッツは顔をくもらせた。「バスクーム姉妹と関係があると思うかい？」

「そうでないことを心から祈るよ。まあ、わたしの知る範囲では、悪人どもはすべて片をつけたはずなんだが。ミセス・ダルリンプルも、ローズとマリーをかどわかそうとした男も、その仲間だったやつも。もう悪党がうろついてるはずはないんだ」

「通りすがりに結婚の祝いを聞きつけて、ただで飲み食いしようとしただけなんじゃないだろうか」

「それで酔っぱらってしまって、花嫁を見ようと侵入をたくらんだ、か。まあそんなところだろうな。だが先月起きたあれこれを考えると、付き添い婦人をつけただけで従妹たちを放っておくわけにもいかない」

「ああ、たしかに。だいじょうぶだ。不審者やいつもとちがう出来事には、ぼくが目を光らせる。それにネヴィルもいるし」

「彼はどれくらい滞在する予定なんだ？」

フィッツは肩をすくめた。「どうも父親から逃げまわっているんじゃないかと思うんだ。一週間か……三週間か……六週間か。兄さんもネヴィルのことは知ってるだろ」

「ああ。あいつの隣にいると、おまえでさえ責任感あるきちんとした人間に見えてくるからな」

フィッツは攻撃の一手を黙殺して言った。「手を貸してほしいと言ったら滞在を延ばしてくれるさ。それに兄さんも認めるとおり、腕に覚えのあるやつが必要というときには役に立つ男だ」

「おいおい、そんなことにならないことを祈るよ。それから女性陣には黙っておくように。カメリアなど自分から完全武装しそうだからな」

フィッツはくすくす笑った。「ちがいない。それにヴィヴィアンも。いまはカメリアにいろいろ教わってるから」

「勘弁してくれ――武装したヴィヴィアン・カーライルだと？　銃を持ってなくてもじゅうぶん危険な女だぞ」

フィッツは長々と兄の様子に見入っていたが、こう言うにとどめた。「心配いらない。だれにもなにも起こらないよう、ぼくが気を配るから」

「ありがとう」オリヴァーはフィッツを見やって微笑んだ。「長いことここにいてくれて助かる。おまえに田舎は退屈だとわかっているんだが」

「いや、そうでもないかも」フィッツの口の端がくっと上がった。「いまだかつて思いもしなかったほど、田舎暮らしが楽しいことになりそうな気がしているよ」

8

数日後、ウィローメアは平穏な日常を取り戻していた。新婚夫婦は出発し、式に招かれた客も帰り、わずか一日後には伯爵のオリヴァーもロンドンに戻った。宴のにぎわいはすっかり消え、あとにはフィッツと友人のネヴィルだけが、イヴとバスクーム姉妹の残る二名についていることとなった。

日がたつにつれ、イヴはときおりあの不吉な手紙のことを考えたが、やはりだれが送ってきたのかはわからなかった。使用人のだれからも敵意や後ろめたさは感じられなかったし、リリーとカメリアが書いたのだとしたら、ふたりはじつにみごとな役者だ。玄関近くのテーブルを通りすぎるたび、また手紙が置かれているのではないかと目をやっていたが、あれから一度も届いていない。最後には、あれはたんなる奇妙な出来事だったのだと思うようになった。

おだやかな日常がつづいた。レッスンも以前のような大変さはなくなった。リリーとカメリアに立ち居ふるまいの指導をすることはまだあったが、耳にしたことのあるさまざまな話を聞かせたり、十年前の自分の社交界デビューの折に見たことを話したりする程度だった。「そのころとは事情が変わっていると思うかもしれないけど」イヴはおどけて言った。「断言する、服装と髪型以外、なにも変わっていないわ」

イヴは話がうまく、リリーとカメリアのどんな質問にも答えたので、議論の話題は幅広いものになった。オリヴァーが聞いたら目を白黒させるにちがいないものまで。しかしそのおかげで、あのひどいミス・ダルリンプルのときよりもはるかにたくさんのことを姉妹は吸収した。

午前中はたいてい肩ひじ張らずにすごせる二階の居間を使った。居間は美しい側庭に面しており、その向こうには小さな池《ターン》とあずまやも見えた。三人はおしゃべりしながら、ときには細かい針仕事も練習した。さらにイヴは正しい歩き方、立ち方、座り方、ひざを折る挨拶の仕方を実演してみせるだけでなく、殿方に言い寄られたときに扇を使って身を守る方法なども教えた。言うまでもなく、そういう知識はカメリアよりもリリーのほうがずっとありがたがったが、イヴが閉じた扇でしつこく言い寄る男の腹を鋭く突く方法を教えたときには、カメリアまでもが話に引きこまれていた。

「たしかに、それは役に立ちそうね」カメリアが扇を手に取り、それまでより興味のある顔で見入った。「痛めつけるにもってこいの場所が、男性の体には何カ所かありそうだわ」

イヴはくすくす笑った。「まあ、あなたってほんとうに血に飢えてるのね」

「血に飢えてるわけじゃないわ」カメリアは反論した。「わたしはただ自分の身を守りたいだけなの。姉さまや妹のことも。なのに、どうしてみんなそれを変だと思うのか、わからないわ」

イヴは首を傾けてカメリアの言ったことを考えた。「わたしたちが違和感を覚えるのは、あなたの気持ちではなくて、身を守ろうとする方法なのだと思うわ。あなたが社交界で会う貴婦人だって、みんな自分の身は守りたいと思っているの。ただ彼女たちは、うわさ話や服装や、ふるまい方のしきたりを武器に身を守ろうとしているだけ」

「しきたり！」カメリアはばかにしたように言った。「しきたりをどうやって武器にするっていうの？」

「そんな堅いこと言わないで、カメリア姉さま」リリーが言った。「もちろんしきたりは武器になるわよ。女性が男性とふたりきりにならなければ、評判を疑われる余地など生まれないわ。評判に傷がつかなければ、資産家の殿方に気に入られる可能性がずっと高くなるし。そうでしょう、イヴ？」

「そのとおりよ。財産と地位のある男性に娘を嫁がせるのは、母親にとって一生の衣食住と安全を娘に約束する最高の方法なの」

「あなたならそんな考えには悪態をつきまくると思ってたけど、リリー」カメリアが妹に言った。「愛ある結婚はどうしたのよ？」

「わたしの話だとは言ってないでしょ」リリーは言い返した。「愛ある結婚をする人は、幸せになるためにそうするのよね。幸せと安心とはまったくべつのものだわ」そこでイヴに向きなおる。「そうじゃないの？」

「ある程度の安心がないと、幸せになるのはむずかしいと考える人もいるわ」

「まあ、そうね」とリリー。「だれだって飢えたくはないものね。でも冒険することをおそれたら、わくわくできなくなるでしょう？　わたしはどきどきわくわくしたいの」

思わず口もとをほころばせたイヴは、ふいにせつない気持ちに胸を突かれた。「それなら、わたしたちは皆、全力であなたを守っていかなくちゃね」軽い口調で言ったが、心からの言葉だった。ネヴィル・カーに惹かれているリリーを心配する気持ちは、少しも消えていない。

殿方ふたりは、たいてい午後は客間で女性三人としばらくおしゃべりをする。さらに毎日午後はダンスか乗馬のレッスン、あるいは両方のレッスンがある。フィッツと友人のネヴィルは決まってそれらのレッスンに同席するので、リリーとカメリアはネヴィルと長い時間をすごすことになる。イヴはカメリアの心配はしていなかった。カメリアはネヴィルにもフィッツと同じように接している――もっともネヴィルに対しては、フィッツに抱いているような銃の腕前への敬意はないが。

ところがリリーは、ネヴィルの魅力にまいっているのが丸わかりだった。しかも悪いことに、ネヴィルのほうもリリーに関心を持っているような気がする。少女のあこがれにとどまっているあいだはいい。けれどももしネヴィルが思いを返したら、とんでもない不幸につながりかねない。

イヴは姉妹との会話の端々に、あまりに早いうちから心を許すのが危険なことや、殿方のなかにはただの戯れとして言い寄る人もいることや、特定のひとりに好意を見せないのが大事だということを、さりげなく差しはさんだ。「好意を抱いていることを、男性に悟らせてはだめ。相手はその好意にあぐらをかいたり、自信過剰になったりするわ。それに、うわさ話のたねにもなって、その殿方の心をつかもうとしているなんてふうに世間で言われるの。いいえ、もっとひどいことになる可能性もあるわ。そのあとで相手から求婚されなかったら、社交界の人間全員の前で恥をかかされることになるのよ」

とはいえ、力説しようとすればするほど説教じみてしまう。リリーも彼女の姉も、説教などを聞く耳を持たないことをイヴはよくわかっていた。とりわけリリーをネヴィルから遠ざけようとするような内容だったら、かえって逆効果になるだろう。

イヴはリリーとネヴィルがふたりきりになる状況をつくらないように心がけた。第三者がいれば、いないときよりも甘い言葉をかけづらくなるし、熱い気分が盛りあがるのはさらにむずかしくなる。そのために、イヴは図らずもカメリアの力を借りることになった。なぜなら姉妹はほとんど一緒にいるからだ。しかしイヴとて一日じゅうふたりに貼りついていることはできないし、リリーが偶然ネヴィルと鉢合わせてしまう可能性はつねにある。

ある晩、イヴのピアノに合わせてリリーとカメリアが歌っていたとき、リリーの視線が絶えずネヴィルに向くことにイヴは気づいた。彼のほうも淡い笑みを浮かべてリリーを見ていて、その瞳に浮かぶ光は、自分がフィッツに見つめられたときに一度ならずも目にしたものをいやでも思いださせた。どぎまぎしてしまう、フィッツのあの表情と同じだ。もしやリリーも、ネヴィルに対して同じ反応をしているのではないだろうか。

この状況をフィッツに話さなければならないと、イヴは思った。ほんとうはもっと早く相談するべきだったけれど、彼女はこれまでフィッツとふたりきりになるのを懸命に避けていた。乗馬やダンスのレッスンにくわえ、食事時や夜も毎日顔を合わせていたが、ほかに人がいればロマンティックな雰囲気になることはいっさいないし、甘い言葉のやりとりさえせずにすむ。さいわい、いつもリリーのそばに貼りついているという方法は、自分とフィッツの場合にとっても好都合だった。イヴはひとりで庭を散歩しないようにし、食事におりていくのもリリーとカメリアの声が廊下に聞こえてからにした。一、二度は廊下や階段でフィッツとすれちがうこともあったが、イヴは丁重な笑みと挨拶の言葉を向けるだけで、そそくさと足を進めた。いちばん大変だったのは、彼との時間を少しでも引き延ばしたいという自分の心と闘うことだった。それでも断固として自分の決意を曲げず、彼とは距離を置いていた。

しかし翌日の午後、乗馬で外に出たとき、イヴはわざと皆から遅れて馬を下げた。それを機にフィッツも馬を下げ、話をしにきてくれたらと思ったのだ。果たして彼が思いどおりに動いてくれて、イヴはちょっとした満足感を覚えずにはいられなかった。

「やあ、ミセス・ホーソーン」フィッツは笑顔だ。「きみとふたりきりで話ができるなんて、めったにないことだね」

「リリーのことでお話があるんです」イヴはこの会話を事務的なものにしようと、きびきびした口調で話した。

フィッツが眉をわずかに上げる。「そうなのかい？　リリーのどんなこと？」

「どうやら彼女は、あなたのお友だちのミスター・カーに好意を抱きはじめているようなの」

「ネヴィルに？」フィッツは肩をすくめた。「あいつは女性にもてるからな。でもけっして真剣にはならない」

「そんなこと、リリーにはわからないわ。若くて経験も浅いんですもの。彼が堂に入った軽い人だなんて知らないのよ。お世辞を言われて鵜呑《うの》みにしているの。社交シーズンで出会うのとはわけがちがうわ。社交界では大勢の男性が彼女の歓心を得ようとして、だれもが甘い言葉をささやいてくる。ミスター・カーだってほかの女性にも甘い言葉をささやいているところを目にして、リリーは自分にささやかれた言葉に特別な意味などなかったと気づくでしょう。でもここでは、長い時間をともにすごすから、彼の魅力的なところしか見えない。これまでもそういう事情を説明しようとしたけれど、言葉が感情に太刀打ちできるはずがないわ。彼女がミスター・カーに夢中になってのめりこむんじゃないかと心配なの」

フィッツは考えこんだようにイヴを見つめた。「どうしてきみはネヴィルを嫌うんだ?」

「そんなことないわ。ほとんど知りもしない人だし」

「それはわかってる。でもやはり、きみがあいつをよく思っていないという感じがするんだ」

イヴは一瞬ためらったが肩をすくめた。「わたしが耳にした話を考えると、たしかに好ましい人とは思えなくて」

「あいつのうわさは、かなり誇張されている。それを言うなら、ぼくのうわさも同じだが。ぼくも同じようなろくでなしだときみに話す人間は、少なからずいるだろうね」彼女が向けた視線を受けて、彼はくくっと笑った。「おやおや。ぼくもろくでなしだと言いたそうな顔だ」

「そんなことは言ってません」イヴは首を振った。自分の考えをずばりと言い当てられて、少々あわてた。「それに、いまはミスター・カーの話をしているのよ。彼は昔、賭け事に負けて、若い士官の奥さまを誘惑したことがあるんですって?」

フィッツはぽかんと彼女を見つめた。「なんだって? そんな話——」

「奥さまの名前はファニー・バートラム。ハリー・バートラム中尉の奥さまよ。バートラム中尉は六年か七年ほどのあいだ夫の部下だったから、奥さまも知っているの。だから……うわさのことも。彼女のうわさは、駐在先がどこに変わってもついてまわったわ。ある日とうとう、彼女はすべてを話してくれたの。結婚した当初は、ハリーとファニーはとても強い絆《きずな》で結ばれていた。でもそんなとき、だれが花嫁を最初に誘惑して落とせるかというような賭けがおこなわれて。賭けに勝ったのはネヴィル・カーだった」イヴはフィッツを見た。「思いだした？」

「なんとなく」彼は肩をすくめた。「ずいぶん昔の話だ。ぼくもネヴィルもまだ若くて愚かで、オックスフォードを出て自立したばかりだった。若いうちは思慮のないことをたくさんするものだよ」

「あなたは――」イヴは言いよどみ、もう一度話しはじめるにはつばを飲みこまなければならなかった。「あなたもその賭けに乗ったの？」そうかもしれないと思うとひどく胸が痛んだことに、イヴは驚いた。

「ぼくが？ まさか。いや、少しばかり金は賭けたかもしれないが――よく覚えていない。でもファニーを誘惑することはありえない。そういうのはぼくの趣味じゃない」

「ああ、そうだ、忘れていたわ。あなたは人妻は相手にしないのよね。未亡人のほうがお好きなんだもの。面倒がなくて」思ったよりも辛辣な物言いになってしまい、イヴはもう少し軽く楽しそうな口調でつづけた。「あなたは未亡人に誘いをかけることで有名だって、ヴィヴィアンから注意されたの。もう身をもって知っているということは黙っておいたけれど」

「ぼくはきみが未亡人だからキスしたんじゃない！」フィッツは憤慨したように言い返した。

イヴは片方の眉を表情豊かにつりあげた。「あら、そう？　たしかあなたは、未亡人はほかの女性より魅力的だと言っていたけれど。ちがうかしら？」

「いや、たしかに言ったが、あれはほめ言葉のつもりだった。きみを口説いていたんだ」

「大勢の未亡人とおつきあいしてきたというのはほんとうなの？」

フィッツは奥歯を噛みしめた。「ああ、ほんとうだ。でも未亡人に声をかけてまわっているわけじゃない。それに、未亡人と出会うたびに口説いているわけでもない」

「要するに、未亡人はあなたの好みの女性というわけね」

「それときみとは、なんの関係もない」いらだちが声にもにじんでいる。「未亡人だというだけで、きみを追いかけているとは思わないでもらいたい」

「そうね、それだけじゃないわね」イヴは頭を振った。「なんにせよ、どうでもいいことだわ。いまはあなたの話をしているんじゃなくて、ミスター・カーの話をしているんだから」

フィッツはもっと話をしたそうだったが、ため息をついて言った。「そうだ。何年も前のばかげた出来事の話をね。そんなにひどい話かな？　ファニーは奔放な性質だった。不義をはたらくのは時間の問題だったさ。ネヴィルと関係を持つのもだいぶ乗り気だったし。貞淑な女性の清らかさを踏みにじったというわけじゃないんだ」

「男の人だからそんなことが言えるんだわ！」イヴは彼をにらみつけた。「あなたの友人たちがおもしろ半分であのふたりの人生に仕掛けたこと、もしそれがなければどうなっていたかなんて、もうわからないのよ。もしかしたらファニーはやはり結婚の誓いを破ることになっていたかもしれないけれど、あんなに早くなくてもよかったはずよ。そして、あれほど公然と辱めを受けるような形でなくても。あのあと何年も、ふたりが行くところはどこにでもうわさがついてまわったわ。バートラム中尉の軍人としての経歴にも傷をつけることになった。結局、彼はインドへの転属を願いでたのよ」

「なんだっていうんだ！　ふたりの結婚をこわすようなことは、ぼくはなにもしていない！」

「ファニーを誘惑することには関わらなかったでしょうけれど、ふたりの結婚を壊滅状態にする手助けはしたわ――お金持ちで怠惰な若者だったあなたたち全員が。愚にもつかないことをねたに賭けをして、お酒を飲んで、博打《ばくち》を打って、ほかの人のことなんか気にもせずにだらだらして。女性の評判が地に落ちたらどうなるか、世間からどんなふうに言われるかなにも考えずに、自分たちが楽しければそれでいいのね！」

フィッツがびくりと体をこわばらせ、頬から血の気が失せた。手を伸ばしてイヴの手をつかみ、ぐいと引いて自分の隣に来させた。「やめろ！」低く厳しい彼の声は、静かなだけによけい凄《すご》みがあった。「きみに対するぼくの感情は、ファニー・バートラムに起きたこととは少しも関係ない。これまでに知っているどんな女性ともだ。これでもぼくは三十二年間生きてきたから、たしかにほかに女性は知っているさ。そのなかには未亡人もいた。ばかなこともやったし、身勝手なこともたくさんやった。だが、故意に女性を傷つけたことは一度もない。それに、きみが未亡人でほかの女性より面倒がないからという理由で、ベッドに誘いこみたいわけでもない。ぼくはきみが……きみだからほしいんだ」

一瞬、熱気がふたりのあいだに揺らめいた。鮮やかなフィッツのブルーの瞳が日射しのなかで刺すような鋭さを放ち、イヴはその場に釘付けにされたかのように思った。そのとき、前方から笑い声が聞こえ、凍りついた場の雰囲気がゆるんだ。フィッツは手をおろし、前方に目をやった。

「それはそうかもしれないけれど、それでもあなたがわたしをほしいと思う気持ちのなかに、〝面倒〟なものは含まれていないでしょう」

フィッツは一瞬、黙った。「たしかに結婚には興味がない。ぼくが求めているのは、互いに楽しめて自由でいられる関係だ」

「あいにくそういう関係においては、男性のほうが女性よりもずっと自由でいられるわ」イヴが痛烈な言葉を返す。

「つまり、きみの目標は結婚だと？」フィッツは尋ねた。

「結婚ならもうしたわ。だからといって、評判を落とすのを承知でひと晩あなたのベッドで浮かれたいとも思わないの」

フィッツが色っぽい笑みを浮かべた。「おや、そんな程度ですまないことは断言するよ」

「期間が短いか長いかだけのちがいでしょう」イヴは顔をそむけた。「また話がそれてしまったわ。ミスター・カーと、彼のリリーに対する影響について話していたのに」

「さっきの件は、もう何年も前のことだよ、イヴ」

「それでも彼は、感受性の強い若い娘のそばに置くには危険な人だわ」

「ネヴィルはリリーを誘惑などしない！」フィッツはショックを受けたような声をあげた。「そりゃあ、少しはだらしないところのあるやつだが。遊び人じゃない。それに彼はぼくの友人だ。ぼくの従妹の評判をけがすようなことはしない」

「それはそうでしょう。でもリリーの気持ちはどうなるの？　ミスター・カーのような世慣れた男性にとっては楽しい遊びでしかないでしょうけれど、リリーのように夢見がちな若い娘にとっては真剣な恋愛に思えるわ。あの子がどんな子か、どんな本を読んでいるか、あなたも知っているでしょう。彼女は人生には〝偉大な冒険〟や〝激しい情熱〟がいっぱい詰まってると思っている。男性のほうは楽しいだけでも、彼女は真剣な恋に落ちてしまうことはじゅうぶんありうるわ。あなたの手前、リリーの評判を傷つけないように配慮はしてくれるだろうけれど、結局は彼女がつらい思いをするのに変わりはないわ」

「つらい思いをさせると、どうして決めつける？　あいつも恋に落ちるかもしれないじゃないか。ネヴィルがリリーと恋仲になって悪いことなど、なにもない。彼は長男で、カー卿の跡継ぎで、資産もかなりのものだ。まあ、少し年は離れているかもしれないが、多くの場合は男のほうが妻より年上だ」

イヴは彼を見て、問いかけるように首をかしげた。「彼は婚約しているんじゃなくて？ヴィヴィアンがそう言っていたわ」

「まったくヴィヴィアンはおしゃべりだな」

「そうなんでしょう？」

「正式な婚約じゃない。少なくとも、ぼくが聞いているかぎりでは。だが何年も前から、あいつはプリシラ・シミントンに求婚するものだと世間では思われている。だからといって似合いのふたりというわけじゃないんだ」フィッツは苦々しげにつけ加えた。「だが結婚すればネヴィルも落ち着くと、カー卿が思っているから」

「レディ・プリシラのほうにもなにか言い分はあるんじゃないかしら」

フィッツは鼻息を荒くした。「正直、レディ・プリシラは結婚相手がだれだろうとあまり気にしていないようだ」ため息をつく。「まあ、とにかく、ネヴィルのことは注意して見ているよ。どうせ長くは滞在しないだろうし。いつもそうなんだ。すぐに退屈してしまう。田舎には気を紛らわせるものがないからね」

ふたりはそのまましばらく馬を駆った。熱い口論もおおかた鎮まり、初めてイヴは自分がフィッツに言ったことを思い返した。そして自分が境界線を越えてしまったことに気づいた。

雇い主の弟を、あんなふうにとがめるなんて。これまではフィッツと分相応な距離を取り、うまくやってきていた。けれども彼と話をしはじめたとたん、個人的な感情が転がりでてしまった。彼と一緒にいると、思慮分別など簡単に崩れ去ってしまう。

「ごめんなさい」ぎこちなくイヴは切りだした。「さっきのようなこと、言うべきではありませんでした。わたしはそんな立場じゃないのに。当時のあなたのこともミスター・カーのことも知らないわたしが、どうこう言えるものではなかったわ。リリーのことを心配するあまり、ぶしつけな態度を取ってしまって」

フィッツが振り返って彼女を見た。イヴのほうは前にある馬の頭にじっと視線を据えている。

「イヴ、こっちを見て」

しぶしぶ、イヴは彼のほうを向いた。フィッツの真剣な顔。いまはブルーの瞳ににこやかさも熱っぽさもない。「きみに謝ってほしいとは思っていないし、その必要もない。きみは自分の思ったことを言っただけだ。ぼくと話すときに言葉に気をつけることはないよ。きみがなにを言うにしろするにしろ、ぼくをおそれてほしいとか思っていないから。きみには……なにも無理強いしたくないし、つけこみたくもない」

「それはわかっています。わたしがおそれているのは――あ、あなたの気持ちじゃあないの」イヴは馬の腹を蹴って速歩《はやあし》で駆けさせ、驚いた顔のフィッツをうしろに残して、前にいるほかの皆に合流した。

乗馬から戻ると、邸は騒然としていた。執事のボストウィックがなにやら怒って気色ばみ、従僕に鋭く指示を飛ばしているいっぽう、家政婦のミセス・メリーウェザーと小間使い数名が、玄関ホールのベンチに青い顔で座っている二階の部屋付きの小間使いを囲んでいた。イヴと皆が玄関ドアをくぐったとき、玄関ホールにいた全員がびくりとして振り返った。だれが入ってきたのかを見てとると、ベンチに座る小間使いがわっと泣きだし、執事が大までで前に進みでた。

「ミスター・タルボット」

「どうした、ボストウィック？　いったいなにごとだ？」フィッツは召使いの集団を見まわした。

「邸に侵入した者がいたのです」低音でよく響くボストウィックの声が、言葉を紡ぎだした。

フィッツは目をむいた。「なんだって？」

「二階の寝室を出たところの廊下で、ジェニーが侵入者と鉢合わせまして」執事はベンチの小間使いを手で示した。

「こわかった！」小間使いは泣くのを一瞬やめてフィッツを見あげた。「あんなにこわい思いをしたのは初めてです！」

「邸に不審者？」フィッツの顔つきがけわしくなり、眉根がぎゅっと寄った。「これはどういうことだ？　いったいだれだったんだ？」

小間使いはかぶりを振った。「わかりません、だんなさま。ほんとうです」そう言って執事に恨みがましい目を向けた。おそらくボストウィックは、ジェニーの言うことをすぐには信じなかったのだろうとイヴは思った。

「見たこともない男だったと申しております」ボストウィックが言い、わずかに邪険な響きが混じった声でつづける。「ポールも知らない男でした。ジェニーが鉢合わせして悲鳴をあげると、男は階段を駆けおりて脇のドアから出ていったようです。一階の廊下を走りぬけるところをポールが見ておりました」

「その男のことをだれも知らないのか？」フィッツも疑わしげな表情だ。

信じられないという気持ちはイヴにも理解できた。侵入者をだれも知らないとは驚きだった。小さな村だから、住人は互いに見知っている。少なくとも顔くらいは。

「なにか盗《と》られたものは？」フィッツは執事から小間使いに目を移し、また執事に戻った。

「けがをした者は？」

「ジェニーもポールも、男はなにも持っていなかったように見えたそうです。盗まれたものもないようです、少なくともざっと確認したところでは」ボストウィックが答えた。「こわい思いをした以外、けがをした者もおりません」

「それなら、いったいその男はここでなにをしていたんだ？」ネヴィルが疑問を口にした。

「どうやら目当てのものを手に入れる前に、驚いて逃げたんだろう」フィッツは射るようなまなざしを執事に向けた。「人相風体は？」

ボストウィックの口がへの字に曲がり、ただでさえ石のような顔がしかめ面に見えた。

「はっきりとしたことはまだ聞きだせておりません」

「髪は茶色でした」ポールが言う。

「いいえ、ちがうわ！」ジェニーが頭を上げ、ポールをにらんだ。「砂色よ！　額は薄くなりかけていたけど、横は長めだった。それから――背は低かったです」

「いや、中くらいじゃなかったか。ぼくと同じくらいだ」ポールが返す。

「小柄だったわ」ジェニーは頑固に言い張った。

フィッツの片眉がぴくりと動いた。「服装では意見が一致するか？」

「黒っぽい服でした」

ジェニーもうなずいた。「茶色の上着とズボンでした」

「どんな服だ？」ふたりがけげんな顔をしたので、フィッツはつづけた。「つまり、紳士らしい格好だったか？　それとももっと質素なものか？」

「ああ」ジェニーの眉間がゆるみ、小さくくすりと笑った。「紳士ではありませんでした、だんなさま。庭師だとか猟場の管理人みたいな格好で。冴えない服でした」

「つまり……労働者の服装というわけか。小柄か中くらい。砂色か茶色の髪……」フィッツはふたりの話をまとめた。「ジェニー、正確にはその男とどこで鉢合わせした？」

「二階の廊下です、だんなさま。ミス・カメリアのベッドに敷くシーツを運んでいたときに会ったんです。わたしのほうに歩いてくるところでした」

「では、男はミス・カメリアの部屋の外にいたのか？」

「いえ、ちょうど差しかかるあたりでした。部屋と部屋のあいだあたり」

「ああ、それでは窓の前か」ジェニーがうなずいたのでフィッツは訊いた。「不届き者とはどれくらい距離があった？」

彼女がぽかんとしているので、カメリアが横から助け船を出した。「その侵入者のことを言ってるのよ、ジェニー」

「あ、すみません、だんなさま。いまのわたしとミスター・ボストウィックとの距離くらいです」

「じゃあ、十五フィートだな」

「だと思います。でもわたしが大声をあげたら、彼はわたしの横を駆けぬけて階段をおりていきました」

「裏の階段か？」

「そうです」

「おまえがやつを見かけたのはどこだ、ポール？」

それからいくつか質問をしたが、従僕のポールが悲鳴を聞きつけて邸の奥に走っていくと、侵入者が奥の通路を走っていくのが見えたとわかった。おもに使用人が使っている、せまい通路だ。さらにそこから脇のドアを出て、厩舎のある庭のほうに走っていったとのことだった。男とポールのあいだには距離があり、しかも見たのは背中だけで、あたりは薄暗かったという。フィッツはうなずき、ポールと執事を含む全員をさがらせて、ジェニーとほかの小間使いひとりだけを残した。ジェニーの手を握っているこの小間使いがいたほうが、ジェニーが落ち着くと思ったのだ。

「さて、ジェニー、侵入者のことを話しておくれ」フィッツは目線が同じになるようにしゃがみ、彼女に微笑みかけた。「ボストウィックもミセス・メリーウェザーもいない。きみにまだ話していないことがあったとしても、怒らないよ。ただほんとうのことが知りたいだけだから。その男が初めて見る顔だったというのは、まちがいない？」

小間使いもおおかたの女性の例にもれず、フィッツの笑顔には逆らえなかった。ジェニーはほんのりと頬を赤らめ、恥ずかしそうに笑みを返した。「ええ、それはもう、ミスター・タルボット。嘘じゃありません。ほんとうです。初めて見る顔でした」

「じゃあ、土地の人間ではないんだね？」

そんなことは考えてもみなかったようだ。小間使いは少し驚いたような顔で小首をかしげていた。「はい、ありえないと思います」

「男はきみになにか言わなかったか？」

ジェニーは眉をひそめた。「なにかつぶやいたかのようにも思いましたけど、よく聞こえませんでした。でもその様子からすると、悪態をついていたんじゃないかと。だって、わたしが鉢合わせしてしまったから計画がおじゃんになったわけで」

「ありうるな。男の顔について覚えていることはあるか?」

またもや小間使いは眉根を寄せて考えこんだ。「小柄で、さっきも言いましたように髪が薄くなりかけてました――前のほうが。だから額が広くて」

「砂色の髪だと言ったね。明るめかな、それとも暗め？」

「明るめだったと思います。なんというか――淡い部分が交じっていたような――白髪が出はじめているのかも。たぶん、そうです。それに、けっこうな年配にも見えました――顔のしわやなんかで」

「ミスター・ボストウィックくらい？」

「たぶん。いいえ、もっと上かも。ミスター・ボストウィックとは感じがちがいますけど。日に当たっているのか、もっと肌の色が濃くて。でもステッドリーほどではないです」庭師長の名を挙げた。彼はもう七十近く、顔はこんがりと日焼けし、干からびたリンゴみたいにしわだらけだ。

「男の目は見たか？」

「明るい色でした。ふつうに」

「青？」

「あなたさまのようなお色ではないです」ジェニーはまっ赤になってうつむいた。「グレーだったかも」

「顔立ちはどうだった？　目や鼻のつくりは大きかったか、小さかったか？　顔は細かったか？　あごは大きかったか？」

「こぢんまりした顔でした。目も小さくて、眉も髪と同じ明るい色でした。口もとは小ぶりな唇が真一文字に結ばれていて、まるで——ネズミみたいな感じ？」

「先日の夜の結婚パーティに忍びこもうとした人とよく似ているんじゃないかしら」イヴが言った。

　フィッツが鋭い視線を向ける。「きみも知っているのか？」

　イヴはうなずいた。「テラスに出ていたから」頰に赤みがさし、フィッツから目をそらす。あのときどうしてテラスにいたのかを思いだしたのだ。

「そんな話、聞いてないわ！」カメリアが文句を言った。「どうしてだれもなにも言ってくれなかったの？」

「マリーとサー・ロイスを祝う日に水を差さないよう、できるだけ穏便にとオリヴァーが言ったのでね」フィッツがおだやかな声で説明した。

従妹たちは疑わしげな顔を向けた。「ふたりが出立してからも、なにも言ってくれなかったじゃないの」リリーが指摘する。

「あら、だって、あのオリヴァー従兄さまだもの」カメリアが言った。「また〝保護者〟面してるのよ。わたしたちはか弱いから、ほんとうのことは聞かせられないと思ってるんだわ」

フィッツがくっくっと笑った。「そういう誤解なら、しばらく前に解いただろう。今度のはきっと、きみがポケットに銃をしのばせて歩きまわるのをやめさせたいからじゃないかな」

「あら、そんな悠長なことは言ってられないわよ」カメリアはもっともなことを言った。「不審者がうろついているのなら、それなりの準備をしなくちゃ」

「まさしく、そうしようと思っているさ」フィッツは断言した。「オリヴァーもぼくも、結婚式の日のことはその場かぎりの事件だと思っていた……通りすがりの人間が祝いの宴にありついて、酔っぱらったんだとね。だが、同じ男がまだうろついているのなら……」イヴに向きなおる。「結婚式の日の男が、ジェニーの会った侵入者と似ていると言ったね？」

イヴは肩をすくめた。「暗くて明かりもあまりなかったからよく見えなかったけれど、小柄でそういう感じの服装だったわ。それに長めの明るい色の髪で、顔だちもこぢんまりしていた。同一人物かどうかはわからないけれど」

　フィッツはうなずいた。「偶然の一致にしてはできすぎだ」彼はネヴィルに向きなおった。「一緒に邸のまわりを調べて、そいつが侵入したという証拠を探そう」そこで、さっと女性陣に向く。「ジェニー、きみとティルダは使用人用の談話室に戻りなさい。料理人にうまいお茶でもいれてもらって、神経をやすめるといい」

　小間使いたちが行ってしまうと、フィッツはイヴと従妹たちを見た。「いまの話を聞いたかぎりでは、ここではもっと気をつけなければならないようだ。乗馬に出るときは、ネヴィルかぼくに付き添いを頼むこと。いや、それより、邸からあまり遠くにふらふらと出ないほうがいい」

「またなの！」リリーがうめいた。

「そうよ、フィッツ従兄さま」カメリアも言った。「わたしが銃を持ち歩くわ。それでじゅうぶんじゃないの？」

「いや、だめだ。きみの射撃の腕がすばらしいことはわかっている。でもぼくはオリヴァーから、きみたちの身の安全を託されたんだ。だからなにも起こさせるわけにはいかない。それに、きみも」意味ありげな視線をイヴに投げる。「ミセス・ホーソーン、きみもひとりで出歩いたり、あずかっている令嬢をひとりで出歩かせたりしないように。頼りにしているよ」

「庭でおしゃべりするのもだめなの？」イヴは困惑していた。「庭なら安全でしょうに」

「ひとりではだめだ。そうだろう、不審者は今日、邸のなかまで入ってきたんだ。庭なんかにいたら、やすやすとつかまる。なにごとも起こさせるわけにはいかないんだ。きみたちのだれにも」

「まるで牢屋《ろうや》にいるみたい」カメリアが不満を言った。

「牢屋でも居心地はいいはずだが」フィッツは答え、ため息をついた。「わかった。ふたり一緒に行動するなら、まあいいだろう。庭には警邏《けいら》の者を置いて、夜も警護を立てる。しかし、なにかほかに不都合なことが起こったら、テラスより外には行かないように申しわたすしかなくなる」

リリーはため息をつき、カメリアはくるりと目をまわしたが、ごねることはなかった。フィッツは自分の指示に皆が従ったことに満足した様子で、言葉を継いだ。「さあ、レディたちはなくなったものがないか、ご自分の部屋を確認していただきましょうか。ネヴィル？われわれは邸のまわりを調べにいこう」問いかけるように友を見るとネヴィルはうなずき、男性ふたりはおじぎをしてその場をあとにした。

イヴは姉妹について階段を上がった。侵入者の件で見せたフィッツの反応に、彼女はいささか驚いていた。気にかかる問題であるのは当たり前だが、これほど過保護になるとは思わなかった。彼女はリリーやカメリアのようには自分でなんでもすることに慣れていないが、フィッツの指示には少し引いた。あれではまるで、脅迫でも受けたようなありさまだ——侵入者はなにもしていないのに。どちらのときも。皆を無理やり屋内に閉じこめておくようなやり方は、いきすぎであるような気がした。

イヴと姉妹は別れてそれぞれの部屋に戻った。イヴは鏡台まで行ったが、そこには小さな宝石箱が載っていた。そうはいっても、値打ちのあるものなどひとつしかない。宝石箱を開ける。箱のまんなかに、ブルースから贈られた小さなエナメル細工の懐中時計が入っていた。イヴはそれを手に取り、ひんやりとした表面をなでた。

もちろん、ウィローメアにごろごろしている高価な品に比べたら、価値などないに等しい品だ。侵入者も、わざわざ彼女のささやかな宝飾品を盗ろうとは思わなかっただろう。いくら時計でも。それを狙って侵入をくり返す泥棒もいないだろう。それでも、だれの目にもふれる鏡台の上に置かれた宝石箱の、それなりに価値のある品を残していくというのはわけがわからなかった。毎日身につけるようにしたほうがいいのかもしれない。けれどもそれは少し面倒だ。比較的丈夫な生地を使った馬車用ドレスとちがって、繊細なモスリンやキャンブリックの昼用ドレスには引っかかりやすい。それに、ほぼどの部屋にも時計のあるこの邸では、べつだん時計を身につける必要はなかった。

いちばん上の抽斗《ひきだし》を開けてナイトガウンを取りだし、それで時計をくるむと、白い木綿のナイトガウンのかたいボールができあがった。それをまた、抽斗に入ったほかの服の下に戻す。そのとき、紙切れが手にふれた。結婚式の前に受けとった短い手紙だ。あのあと彼女は、手紙を夜具の下に押しこんでおいたのだ。

それを引っぱりだし、ひらいてもう一度目を通した。不安がじわりとこみあげる。やはりフィッツに見せるべきかもしれない。けれどそう思いながらも、ためらった。フィッツがこれを見たら、ますます女性陣は邸から出してもらえなくなるだろう。そうなったらリリーとカメリアに恨まれる。それにイヴ自身、そこまで縛りつけられるのはいやだった。

きっと、この手紙と今日の不審者は関係ないだろう。あるはずがない。手紙をよこしたのは彼女を知る人物にちがいないが、マリーの結婚パーティに侵入しようとした男に見覚えはなかった。侵入しようとしたふたりの男が別人だという可能性もあるが、ジェニーが人相風体について話したことから考えると、やはり同一人物のようだ。そう、だから手紙は不審者とは関係ない。だからフィッツに見せる必要はない。それにフィッツを私的なことで近づけないほうが、万事うまくいくだろう。

9

フィッツは兄のデスクの椅子に腰かけ、華美なペーパーナイフを手持ちぶさたにくるくるとまわしていた。心が動揺している。こういうことはあまりないし、愉快でもないのだが。まず心を乱されているのは、前日に邸に入った侵入者の件だった。これまでウィローメアに忍びこんだ人間はいない。フィッツヒュー・タルボットは臆病者ではないから、やせた男がひとり邸に押しいったくらいで危機感を持ったりはしない。しかし驚いたし、気にくわないことではある。ウィローメアは若いころの彼にとって要塞のようなものだった。強靭《きょうじん》で、何者をも寄せつけない要塞。その神聖な場所に入りこんでけがすことなど、だれにもできないはずなのだ。

イヴと従妹たちに対する猛烈な庇護欲が湧きあがった。彼女たちはきっと不審者におののいていることだろう。いや、正直なところ、おののいているのはイヴだけかもしれない、とフィッツは考えなおした。バスクーム姉妹がいったいなににこわがるのか、よくわからないが、邸に泥棒がいたという小間使いの話ごときではまったく影響はないだろう。しかしイヴがこわい思いをしたと考えるだけで、自分がこぶしを握り、不審者ののどを締めあげてやるところを想像するにはじゅうぶんだった。今回、彼女はたまたま外にいたが、邸内にいるときに男が入ってきたかもしれないのだ。彼女が鉢合わせしたかもしれないのだ。

自分のいるときに、イヴと従妹たちにこのようなことが起きたというのが、なんともしゃくにさわった。それ以上に腹立たしいのは、侵入者がだれなのか、いったいなにが目的だったのか、そのあとどこへ行ったのか、さっぱりわからないことだ。

ジェニーの話を聞いたあと、ネヴィルと一緒に邸のまわりをくまなく調べたが、侵入経路も退路も皆目わからなかった。脇の勝手口付近の土に足跡がいくつか残っていたが、男のあとを追って召使いが飛びだしていったために、どれが不審者の足跡なのか判別できない。もちろん、どちらに逃げていったのかもわからない。庭にひそんだのかもしれないし、厩舎のある庭を駆けていったのかもしれないし、反対側の木立とその先の道路のほうに行ったのかもしれない。

ジェニー、そして次にポールが大声をあげるまで、ほかの召使いはだれも侵入者に気づかなかった。そしてジェニー以外は、男の人相風体もよく見ていない。庭師はなにも見ていないし、厩舎の馬丁もまったく気づかずで、あまりにいらだったフィッツは、おまえたちは目端の利かないたわけ者だと思いきり悪態をついたほどだった。ふだんはおだやかな気性のフィッツにしては珍しいことだ。しかしそんなことをしても、結局はなにもわかっていないという事実は当然、変わりようがない。フィッツは町でよそ者を見かけていないか探るために邸の者をひとり村に行かせ、今後は警戒するよう全員に申しわたした。

しかしなんとも手の打ちようがないのは悩ましいもので、フィッツは午前中ずっと、不審者の正体をあばく方法はないものかと考えていた。もちろん、それだけを考えていたわけではない。気づくとしょっちゅう、前日のイヴとの会話や、彼女になじられたことに意識が戻っていっていた。

彼女の言葉に、いまだに胸がうずく。イヴはぼくのことを、怠惰なごくつぶしだと思っている。ファニー・バートラムの貞操を賭け事のねたにした青二才と変わらない、思いやりのない役立たずだと。賭けのことを知っていたのは否定できないし、友人たちと一緒になって笑ったりもしたが、それは何年も前の、まだぼくが若くて愚かなときの話で、いまはもうあのころの自分とはちがう。自分の愉《たの》しみのために他人の人生を考えなしに引っかきまわす人間ではない。

あれはほんとうに胸にこたえた――彼女や彼女の評判がどうなろうと、ベッドに誘いこむことができればいいと思っている、と言われたも同然だった。自分が愉しむためだけに彼女の人生をもてあそんでいると、本気で思われているのだろうか。

自分の快楽を考えていなかったと言えば、嘘になる。イヴのそばにいると、どんどん彼女がほしくなる。彼女の笑い声、微笑み、うれしそうに輝く顔に、すっかり魅了されている。

廊下やほかの部屋から彼女の声が聞こえただけで、気分が明るくなって、顔を見ようと捜しに出てしまう。彼女は得も言われぬほど美しくて、魅惑的で……最高にそそられる。

晩餐の席でも、客間でも、本音を言えば彼女がいたらどこでも――いつしかその姿を眺めていた。そして彼女とベッドをともにすることを考えてしまう。ほっそりとしなやかな裸体を組み敷いているところを思い浮かべる。あの輝く淡い色の髪が、自分の枕に滝のように広がっているさまを。彼女のにおい、味わい、感触を思いだすと、彼女を求める思いは日々、切羽詰まったものになっていった。こんなふうに近くにいるのに手に入れられない状況は、男を狂気に駆りたてるのにじゅうぶんだった。

女性がほしくなって追い求めること自体は、もちろん珍しいことでもなんでもなかった。彼女は美しい。しかし、さっさと体だけ自分のものにしたいわけではなかった。彼女とは愛を交わし、ともにすごし、ずっとそばにいたい。その思いに、フィッツは自分でも驚いた。それまでは、わかりやすい単純な欲望以上になにをイヴに求めているのか、あまり考えたことがなかったからだ。しかし彼女となら数日――いや数週間以上でも、関係を持ちたい。イヴとなら、どこまでのことができるか突き詰めるのに何カ月もかかりそうだ。

フィッツは自分の快楽だけを考えているのでもなかった。彼女にも悦びを与えたいし、幸せな気持ちを同じように返したい。そういうことになったときの影響は、自分よりも彼女のほうがはるかに大きいことはわかっているが、ふたりの関係を表沙汰にするつもりはない。

慎重に行動する。ふたりが男女の関係にあることは、けっして外にもらさない。彼女を世間のさらし者にはしない。

大きくため息をついて、フィッツはペーパーナイフをまわす手を止め、ナイフごとデスクに手をついた。いや、そんなものはおためごかしだ。もちろん自分から世間に明かすことはないが、どんなに隠そうとしても自然ともれてしまうのは重々わかっている。使用人は口さがない。恋人同士で交わされる表情に周囲は気がつき、うわさが立つ。火のないところにでも、つねに煙は立つ。そしてゴシップは、イヴのような立場の女性にとって、真実と同じくらいの破壊力を持つ。

世間からそしりを受けるだけでなく、彼女のような女性がありつける唯一の仕事への道も閉ざされる。情事のうわさが立っていた付き添い婦人など、だれも雇わない。そして相手がフィッツであるということが、さらに事態を悪くするだけだということもわかっていた。彼は結婚市場で注目の人物であり、有名すぎて、どんな関係を持つにしてもまわりが黙って放っておくわけがない。

フィッツは眉根をぐっと寄せて椅子を押しやり、立ちあがって部屋をうろうろしはじめた。これは自分勝手なのだろうか？　みずからの欲望だけを追い求め、イヴのことはなにも考えていないことになるのか？　たしかに最初は、彼女がどうなるかなど考えもせずに動きだしてしまった。彼女を傷つけないように努力することは、実際に彼女を守れることとはちがう。

確実に彼女を守るというのなら、その方法はただひとつ、彼女と関係を持たないでいるしかない。だがもちろん、そんなことはとうてい受けいれられない。フィッツは顔をゆがめて足を止めた。

「地球になにかされたのか?」愉快そうな声が書斎のドアのほうから聞こえた。「加勢してやろうか?」

フィッツは振り返った。ネヴィル・カーがけだるげな雰囲気をまとってドア枠に肩をもたせかけ、銀の片眼鏡を襟の折り返しからぶらぶらと垂らしていた。

「なんだって?」フィッツがぽかんとした表情を返した。

ネヴィルはフィッツの前の台に置かれた地球儀を指さした。なるほど、フィッツはけわしい顔で考え事をしながら、無意識のうちに地球儀をにらんでいたのだ。彼はふっと口もとをゆるめた。

「いや、いい。考え事をしていただけだ」

「昨日、ここに押しいったやつのことか?」

「えっ? あ、ああそうだ。まったくもって腹立たしい。どうやって捕まえたらいいのかわからないんだからな。入って座れよ。紅茶か? コーヒーがいいか?」

ネヴィルは首を振った。「ヒビッツが二階までコーヒーを持ってきてくれた」

フィッツはよく知っていた。ネヴィルは彼の言うところの〝原始的な時間〟に起きて、無理して食事をとったりしない。代わりに十時まで寝て、強いブラックコーヒーを従者のヒビッツに部屋まで運ばせ、それから服を着て、正午少し前にようやく世間へと飛びだしてくるのだ。

「おかしいよな」ネヴィルはデスクの前にある二脚のウイングチェアのひとつに腰をおろした。

フィッツも友人の向かいに座る。とりあえずほかの心配事は置いておき、前の晩に頭を悩ませていたもうひとつの問題に意識を向けた――従妹と親友のことだ。イヴの話を聞いてから、彼もリリーとネヴィルを夕食とその後の夜の時間に注意深く見ていた。イヴの話はほんとうだと気づかざるを得なかった。リリーとネヴィルは一緒にいてとても楽しそうだ。リリーの灰色がかったグリーンの美しい瞳はほとんどネヴィルからそれることがなく、ふたりが互いに顔を見て微笑んだ回数など、いつしか数えきれなくなっていた。

あきらかにリリーの思いは一方通行ではなかった。ネヴィルはカメリアやイヴとも話したり、甘い言葉さえかけたりしていた――ネヴィルは女性に話しかけるときは美辞麗句抜きにはできないのだ――が、リリーに話しかける回数も、リリーを見るまなざしも、ほかのふたりのときとはちがう。リリーは彼が自分のほうを向くといつも顔を輝かせるものだから、ネヴィルもつい言葉をかけてしまうのだろう。

なんとはなしに袖から糸くずをつまみとり、フィッツは言った。「レディ・プリシラは元気か？　最近、彼女には会ったのか？」

ネヴィルの口もとがこわばった。「もううんざりだ」

フィッツの眉がつりあがった。「求婚者のせりふとは思えないな」

「ふん」ネヴィルは面倒くさいというように両手を振った。「プリシラがうんざりだと言っているんじゃないぞ。実際、彼女にはあまり会っていないんだが、会ったときはいつでも変わらず感じがいいよ。おれの行くところ行くところに湧いて出るのは、母親のほうだ。だから逃げてきたのさ。最初はロンドンから逃げた。そうしたらかわいそうなプリシラを引き連れて、マルヴェリーまで追ってきたよ。もちろん、家に逃げ帰るなんてへまをしたなと気づいたけどさ。レディ・シミントンとおれの親父《おやじ》は結託して、昼となく夜となく追いかけてくるんだ。早く結婚の予告を出したいのさ。〝なにをぐずぐずしていらっしゃるの？　プリシラも二十五歳間近なのですよ。あちこちでうわさになりかけていますわ〟ってね。夢にまで出てくるようになっちまったよ。とうとうおれは飛びだしてきた。さしものレディ・シミントンも、湖水地方までは追いかけてこないだろうと思ってね」

「どうかな。レディ・シミントンは、こうと決めたらもうだれにも止められない人だからね」

「それくらい知ってるさ」ネヴィルは苦々しげに言った。「そこが最悪なんだ。残りの人生、あのご婦人に縛りつけられるのかと思うと」

「プリシラは？」

「ああ、プリシラは問題ない。おとなしいもんだ。おれがなにを言おうがなにをしようが、あまり関心はないみたいだな。足かせでつながれるのが耐えられないのは、母親のほうだよ」

フィッツはかすかな笑みを浮かべた。「まあ、避けようと思えば避けられるだろう」

「どうすれば避けられるかわからない。妻の母親から逃げられると思うか？」

「プリシラも母親から逃げるのを楽しんでくれるかもしれないぞ」

「勝手に思ってろ」

「プリシラに求婚する腹は括《くく》ってるんじゃなかったのか」

「そうだよ。いや、そうだった。家を出てくる前日の朝、求婚しようと心を決めてはいたんだ。うるさくせっつかれるのにうんざりしてたから。だが、そのあと居間におりていったら、プリシラがいた。とうとうそのときが来たんだと思った。でも、おれは動けなかった。彼女も動かなかった。おれの頭に浮かんでくるのは、これから死ぬまで、プリシラとマルヴェリーに縛りつけられるんだという思いだけだった。カー卿夫妻として。走りまわる子どもたちがいて。いや、血も凍るかと思ったよ。だからおれは彼女にちょっと出かけると言って、いとまごいをした。そして身のまわりのものをまとめて飛びだしたんだ。ヒビッツがいてくれてよかった。でなきゃ、親父とレディ・シミントンにつかまってたよ」

「じゃあ、プリシラと結婚するつもりはないのか？」

ネヴィルはため息をついた。「いや。取り消すことはできない。もう何年も、おれは彼女に求婚するとまわりじゅうが思ってるんだ。親父の言うことは正しい。もしおれが求婚しなければ、彼女は社交界の連中全員の前で恥をかくことになる。彼女も、社交界も、おれが求婚するものと思っている。それに、おれには地獄のような務めがある——結婚して跡取りをこしらえなくちゃならない」肩をすくめる。「プリシラならほかの女と遜色なく務めを果たすだろう。いや、たいていの女よりうまくやれる。少なくとも彼女は、おれがなにをしようと、どこへ行こうと気にしない」

「おれの知ってる女たちとはちがうように思えるが」

「おれの知ってる女ともちがう」ネヴィルは小首をかしげて考えこんだ。「プリシラは変わってるんだ。なにを考えてるのかわからない。だが、おれのことが特別好きなんだという感じもしない。礼儀正しくて、やさしいとは思うが、ときどき同情してるような目をしておれを見る。彼女もおれと同じように、あまり結婚に気が向いてないんじゃないかって気がするんだ」ひとつ間を置く。「すごく妙な感じじゃないか？　いままで会った女の大半は、結婚して子どもを持つことにしか興味がなかった。でもプリシラは、不思議なことに母性が薄い。おれの姉が生まれたばかりの下の子を連れてても、プリシラがかまってあやしてるところなんて見たことがない。まあ、しかたがないのかもな。まっ赤で、やかましくて、しょぼくれたメドフォードにそっくりなんだから」

「かわいそうな坊主だな」フィッツは憐れみたっぷりに言った。

「いや、もっと悪い――女の子なんだ」

フィッツは笑った。「そりゃあ、母親でもあやすのはひと苦労だ」

ネヴィルがため息をつく。「いずれあそこに戻らなくちゃならない。そして求婚だ。いつまでたっても気が重いよ」

「求婚はやめたほうがいいんじゃないか。当事者のふたりともが乗り気でないみたいだし」

「まあな。でも、いまさら取りやめにはできない。それに、プリシラはおれにはじゅうぶん合ってる、それはたしかだ。まとわりついて愛情たっぷりの奥方だと、ぜったいにもっとひどいことになる。それに彼女に恥をかかせたら、親父に縁を切られる。レディ・シミントンには帽子の留めピンで串刺しにされそうだ」

「めちゃくちゃな結末だな」フィッツは、さも気の毒そうに言った。「おれなら、ロンドンに戻るが」

「戻るもんか。おまえがこんなめちゃくちゃな状況にみずから飛びこむなんて、ありえない」

「いいや、戻るさ。おれは責任感ある男だから」

ネヴィルは優雅に片方の肩を上げてみせた。「おまえは責任をとる必要なんかないだろう。

おまえにはステュークスベリーがいる。でも、おまえなら周囲に追いこまれることもないんだろうな。おまえはまちがったことをしないし、もしくはとっくの昔に、自分のことは放っておいてくれと言えてるんだろう」

「レディ・シミントンにそんなことを言うと思ってるのか？　おれはとんでもなく勇気のある人間だと思われてるんだな」

「まあ、そこまではしないか」

ふたりはつかのま沈黙していたが、フィッツが口をひらいた。「おまえが帰るとなったら、姉妹が悲しむだろうな」そこでひと息置く。「とくにリリーは」

言いながらネヴィルをちらりと見やると、ネヴィルは背筋を伸ばして目を細めた。「そういうことだったのか？　リリーの話がしたくて？」ネヴィルは、ははっと大笑いした。

「おまえは彼女にずいぶんかまっているだろう」フィッツはおだやかに返事をした。

「お次は、どういうつもりだったかとでも訊くのか？」ネヴィルの瞳がきらめいた。「おい閣下、断じて言うが、リリーを誘惑するようなことはけっしてない。すばらしいお嬢さんではあるが、なんと言ってもまあ、おまえの従妹だ」

「おまえが彼女を傷つけるようなことはしない、というのはわかっている。でなければ、いまもぜんぜん別の話をしているだろうからな」フィッツの言葉にネヴィルの眉が跳ねあがったが、フィッツは真顔でつづけた。「だがもちろん、おまえにかまわれているのをリリーがおまえと同じ気持ちで受けとめていないかもしれない、と思ったことはあるはずだ。彼女はまだ十八で、世間をよく知らない。甘い言葉やほめ言葉にも慣れていない。おまえがただのひやかしですることも、愛情のあらわれだと受けとるかもしれない。昨夜の彼女を見ていて、どんな目でおまえを見ているかわかったよ」

「いきなりこんなふうに従妹の心配をしだして、いったいどうした?」ネヴィルの瞳にはまだ楽しげな光が宿っていた。「ああ、なるほど。あの美しいミセス・ホーソーンか」フィッツが無言なので、ネヴィルは図星だったかとうなずいた。「残念ながら、おれはミセス・ホーソーンに気に入られなかったようだ。彼女がおれに不信感を抱いているのはわかったよ」

「彼女は従妹たちの教育係としてここにいるんだ。リリーの恋心が芽生えるのを見すごすわけがない」

「で、彼女の目からすると、おれはろくでなしというわけか?」

フィッツはひと呼吸置き、慎重に言った。「彼女の夫は陸軍少佐だった。彼女はファニー・バートラムと知りあいだったんだ」

ネヴィルは長いあいだ、わけがわからないという顔で目を丸くしていた。「いったいだれ……ああ」そして、わかったという顔つきになった。「なんてこった、あれはもう十年は前のことじゃないか」

「あのあと、ファニーが彼女になにか打ち明けたらしい。思うに、おまえは悪者だったんだな」

「だろうな。なるほど、どうりで彼女には無様なほどに気に入られなかったはずだ」ひと呼吸して言い添える。「だが、ファニーも乗り気だったんだぞ」

「知ってる。おれも彼女にそう言った。だがイヴ――ミセス・ホーソーンは――事後の結果しか見ていない……しかもファニーの側からの話だけだ。過ちの責任を転嫁できる相手がいれば、そいつのせいにしていくらでもくよくよできる」

「ま、お美しいミセス・ホーソーンには安心していただいてくれ。おまえもな」ネヴィルはにやりと笑い、立ちあがった。「リリーをけがすつもりはない。おれがかまいすぎだというのなら、ひかえることにするよ。心配するな、おまえの従妹に対してはよく考えて行動する」くくっと笑い、ゆったりとした足取りでドアに行き、そして振り返った。「フィッツ・タルボットがそんな落ち着いた男になるって、だれが想像しただろうな？　ステュークスベリーが目の前にいるのかと錯覚しそうだったよ」

フィッツが友人に顔をしかめてみせると、ネヴィルは流れるようなおじぎをひとつして出ていった。フィッツは立ちあがり、部屋に視線をひとめぐりさせた。べつにすることはない。兄がいなくなってから、どうして毎朝こうして書斎に来ているのかわからない。財産管理の仕事を実際にするわけでもあるまいし。オリヴァーだって彼にそんなことを期待していないのはわかっている。管理代行人のヒギンズがほぼすべての仕事をやっているし、ヒギンズの権限や能力を超えた問題が持ちあがっても、オリヴァーが戻るまで保留にしておけばいいのだ。

フィッツは向きを変えてドアに歩いていった。しかし、ちょうど廊下に一歩出たとき、ヒギンズがこちらに歩いてくるのが見えた。片手に帽子を持ち、もう片方の手に帳簿を抱えている。

「ミスター・タルボット」ヒギンズが慇懃にうなずいた。「毎週金曜、先にステュークスベリー卿が事務所にいらっしゃらなかったときには、ご報告に伺っているのですが」

そういえば、ふだん兄は管理代行人の事務所にほぼ毎日立ち寄り、いろいろと確認をしていた。「ああ、ぼくが役目を怠っていたというわけだな?」

「いいえ。そういうことではございません。ただ、今週の状況を、その、あなたさまにご報告さしあげようかと思っただけでございます。お差し支えなければですが。それか、ステュークスベリー卿がお戻りになられるまでお待ちしたほうがよろしいでしょうか」

代行人は礼儀としてそう言っているにすぎないと、フィッツにはわかっていた。オリヴァーがいないときに自分がウィローメアにいるという数少ない機会に、財産管理の仕事をする気配など、いままでちらとも見せたことがない。あきらかにヒギンズも、フィッツは報告など手を振って断ると思っているはずだ。この男もおそらく、フィッツが怠惰で自分勝手だと思っているのだろう。イヴにそう責められたように。彼は怠け者で無関心だから、兄の伯爵が気にかけていることや小作人の問題などどうでもいいのだと。

「待つ必要はない。いま見よう」口から言葉が出たとたん、フィッツは後悔した。しかしヒギンズを書斎に招きいれながら、自分が驚いたのと同じくらい驚いた代行人の顔が見られたことには少なくとも満足していた。


執事がヴィヴィアンとサブリナの到着を告げたとき、イヴはリリーとカメリアとともに客間にいた。驚いて顔を上げたイヴは、女性ふたりが入ってくるのを見て思わず笑いそうになった。サブリナの笑みはガラスのように冷たくもろそうで、ヴィヴィアンの顔つきときたら、機嫌の悪い五歳児をいやでも思い起こさせるものだった。

サブリナはバスクーム姉妹に一見うれしそうな顔で挨拶し、イヴにはほとんど顔を向けることもなく、さらりと〝ごきげんよう〟のひと言を投げた。「すっかりごぶさたしてしまいましたわね」彼女はリリーとカメリアに話しかけた。「ヴィヴィアンが今日の午後はあなたがたを訪ねる予定だと知って、とても喜びましたのよ」かわいらしいえくぼをつくり、ちゃめっけのある視線をヴィヴィアンに投げる。「ヴィヴィアンにはだいぶ無理を言ってしまったかもしれないわ、かわいそうに。でも、バスクーム姉妹を独り占めするなんてずるいわよ、って言いましたの」

「この一週間、来ようと思えばいつでも来られたでしょう」ヴィヴィアンが指摘した。「ハンフリーおじさまとわたしがいないあいだに」

「え？　どちらかに行ってらしたの？」イヴが尋ねた。

「どうしてお顔を見かけないんだろうって思っていたの」リリーが言葉を継ぐ。「カメリア姉さまとわたしのほうから、〈ハルステッド館〉に行かなきゃならないのかしらって」そこで口をつぐんだ。どうやら、当の〈ハルステッド館〉の女主人がいる前で少しはしたない発言をしたと気づいたらしく、イヴに申しわけなさそうな顔を向けた。「いえ、その、〈ハルステッド館〉に伺いたくないという意味ではないんです」

「遠くまで行ったの？」すかさずイヴが取りなすように口をはさんだ。

「ペックおじさまのところに行っただけ。彼はおじいさまの従弟だから、わたしにとってはなにに当たるのかよくわからないけど」ヴィヴィアンは間を置き、いたずらっぽく笑ってつけ加えた。「家族の務めってところね」

「もう、ヴィヴィアンたら、ペックおじさまをそんなに悪く言わなくてもいいじゃない。おじさまの耳が不自由なのはどうしようもないのだし」サブリナが慈愛に満ちたやさしい笑みを見せた。

ヴィヴィアンも負けじとおだやかに答える。「あなたはおじさまが大好きなのに、一緒に行くのを取りやめたときは驚いたわ」

「もちろん、行けたのならハンフリー卿とご一緒したのだけど、例のごとく気がふさいでつらかったんですもの」

「そうよねえ」ヴィヴィアンはサブリナに面と向かった。「まあ、なんにせよ、わたしがいやなのは、おじさまの耳が聞こえないことじゃないの。すきま風だらけのお邸に住んでいながらものすごいけちんぼうで、十一月に入らないとどの部屋にも火を入れさせないものだから、毛皮の縁取りのある上着やらショールやらにくるまって動かなくちゃならないことよ。晩餐の席でさえ。会話の内容ときたら、石炭からキャベツにいたるまで、なんでもお金がかかるとかいう話ばかりなの、お金なんて腐るほど持ってるくせに」

「あのね、ヴィヴィアン」サブリナは口をとがらせた。「そこまで品のない言い方をする必要があるかしら？」

「言い得て妙だと思うけど？」ヴィヴィアンが言い返す。「それにいまは、気心の知れた人たちしかいないんだし。カメリアもリリーも気にしないと思うわよ」

「もちろん、気にしないわ」姉妹が口をそろえた。

サブリナは口の端だけで笑った。「でも、社交界の客間での会話術を指導してらっしゃるミセス・ホーソーンの努力に、水を差すのではなくて？」

「ミス・バスクームとミス・リリーは、家族や友人のあいだでの会話とたんなる知人との会話のちがいは、理解していると思います」イヴが答えた。「でも、ご親切ありがとうございます、レディ・サブリナ。ふたりを心配してくださって」

「それに」ヴィヴィアンが言い添える。「ふたりは、わたしのふるまいとあなたのふるまいを比較もできるのだし」

サブリナはヴィヴィアンに鋭い視線を向けたが、文句のつけどころを見つけられなかったのか、黙っていた。小さな沈黙がおりた。珍しくサブリナがいることで、ふだんはおしゃべりの絶えない面々にぎこちなさが生まれていた。

「晩餐会をひらくのよ」少しして、話題が見つかってほっとしたという面持ちでリリーが口をひらいた。「イヴ——ミセス・ホーソーンが、そろそろだいじょうぶそうだからとおっしゃって」

「そうなの？」サブリナが驚いたような顔をしたが、すぐにあわてて笑みをつくった。「でも、すばらしいわ。付き添い婦人さまの言うとおりね。失敗をおそれることなく社交術を実践できる、絶好の機会だわ」

イヴは奥歯を嚙みしめることしかできなかった。ヴィヴィアンが、サブリナは人をほめながら傷つけるのよと言っていたけれど、それがどういうことなのか、やっとわかってきた。

「そうでしょう？」カメリアが明るく同意した。「射撃や乗馬と同じよね。腕を磨くには練習あるのみ」

イヴは顔がにやけるのをうつむいて隠した。やはり、カメリアから棘《いばら》が矢のように跳ね返った。バスクーム姉妹の図太さがあれば、社交界であれどこであれ、どんな場面でも無事に切り抜けられそうだ。

リリーはうれしそうに晩餐会の計画を話して聞かせ、サブリナにはどんな料理を出すのがいいか丁重に尋ねたが、献立はすでに決まっていることをイヴは知っていた。リリーには先刻のようなうっかりもあるが、会話術の妙を体得しつつある。会話を一種のゲームのようなものと考える力は、他人の評価に頓着しないカメリアの性質と同じくらい、今後役に立つものだろう。

話の途中、ヴィヴィアンがイヴに言った。「ねえ、先週話したあの……本だけど、借りてもいいかしら？」

「もちろんよ」イヴが微笑んだ。「皆さま、ちょっと失礼いたします……」

イヴは姉妹を見る勇気もなく、ヴィヴィアンと一緒に部屋を出た。ヴィヴィアンもイヴと同じ気持ちを味わいながら、イヴの腕に腕をかけてつぶやいた。「リリーとカメリアをサブリナと一緒に放っておくのはいけないってわかってるけど、もうあと一分たりともがまんできそうになかったんだもの。ほんとよ。まだ帰ってきて一日しかたってないのに、早くもペックおじさまのすきま風だらけのお城のほうがましだと思えてきてるくらい」

イヴはくすくす笑った。「お城はそんなにひどかったの？」

「最悪よ。みんな、ペックおじさまを訪問するのをいやがってるけれど、ハンフリーおじさまは馬で半日のところに住んでいながらなかなか訪問できなくて申しわけないと思ってらっ

しゃるの。行ってよかったわ。ハンフリーおじさまに喜んでもらえたみたいだから。行き帰りの道中でお話もたくさんできてよかった」そこでため息をつく。「でも、なんの問題もなくお元気というわけでもないみたい。少し心が沈んでいらっしゃるだけかもしれないけれど。アマベルおばさまのことをたくさん話してらしたわ。もちろん、サブリナはおかんむりだったけどね」

「ふたりめの奥方にとって、つらいところなのはわかるわ」

ヴィヴィアンは肩をすくめた。「そうね。でも、それで彼女に同情するなんて思わないで。亡き妻の亡霊とともに生きるのがいやなら、まだ喪に服している男性と結婚なんてしなければよかったのよ」

イヴは微笑んだ。「あなたの感じ方を変えろなんて言わないわ。それこそ、あなたの最高の魅力のひとつですもの——愛する人のことは、無条件で徹底的に大切にするところは」

ヴィヴィアンも微笑んだ。「そんなふうに思ってくれてうれしいわ。もっと残念な言い方をされたこともあるのよね……血の気が多すぎる、とか」

「すぐにも家に帰ったほうがいいんじゃないかしら、レディ・サブリナから離れるために」

「おじさまに、あと一週間いると言ってしまったの。そうしたほうがあなたにも会いに来られるし、わたしが帰ったらおじさまも寂しがるわ。サブリナと結婚したことがまちがいだったって、おじさまはわかってしまったんじゃないかと思うの。そうなのよね、それが結婚の

むずかしいところよね。もしまちがいをしてしまったら、残りの人生ずっとそれを背負っていかなきゃならないんですもの。うちの両親みたいに。父が再婚しないのは、きっとそのせいよ」ヴィヴィアンはぶるっと身を震わせた。「そんなの耐えられないわ。まあ、サブリナならあと一週間くらい耐えられると思う。ときどき逃げだしてあなたに会いに来ればいいんだもの。次のときは彼女には内緒で、乗馬に出ると見せかけて馬車を呼ぶわ。それに、今日のこの訪問でサブリナも懲りたんじゃないかしら。来る途中、ずっと言いあいをしてたんだから」

イヴの顔がほころんだ。「そうなの？　思いもよらなかったわ」

ヴィヴィアンがふふっと笑う。「皮肉はよして。ここに着いたとき、わたしはものすごい形相だったはずよ。わたしの髪型に始まって、くだけすぎた言動にいたるまで、延々二十分も批判されるのを聞かされたのよ。ここに到着したときにふたりともまだ命があったのが驚きだわ」

部屋までやってくると、イヴは視線をめぐらせた。「どんな本がいい？　あなたが読んでないものなんてあるかしら。何度も読んだものばかりじゃない？」

「それはいいの。見つからなかったって言えばいいわ。もしくはリリーの本でも持っていけば。読んでる途中のものでなければ、だいじょうぶよ。ねえ、こっちに来て。一緒に座って、これまでのことを話してちょうだい。フィッツとはどんなことがあった？」

「どんなって、なにもないわ。なにかなくちゃいけないのかしら?」

ヴィヴィアンは目をくるりとまわしてイヴのベッドの端に腰かけ、隣を手でたたいた。

「ねえ、だれに向かって話をしてると思ってるの? この一週間、フィッツとなにもなかったなんて言われて、わたしがはいそうですかと信じるとでも?」

「だから、なにもないわ。少なくとも、ふたりきりになっていないし」イヴはベッドに腰をおろし、友のほうを向いて、両脚を抱えた。「顔は何度も合わせたわ――そうね、毎日。でも姉妹のことを話したとき以外は、なるべくふたりきりにならないようにしていたの」眉をひそめた友を見て、イヴは眉をつりあげた。「どうしたの? 注意するように言ったのは、あなたのほうよ」

「わたしはべつに、周囲に壁を築いて、そんなオールドミスみたいなひっつめ髪にしろと言ったわけじゃないわ」

イヴはくすくす笑い、無意識にうなじのシニヨンに手を持っていった。「べつに壁を築いたりしてないわ。それに、節度ある髪型をしてなにか問題があるとも思えないし。見てのとおり、ローズが置いていったドレスをおとなしく着ているのだから、やぼったいわけはないし――とにかく、それほどの大罪ではないわ」

ヴィヴィアンがにこりとした。「そうね、でも小さな罪にはちがいないわ」そう言って友の腕に手をかけた。「ずっと考えていたの。フィッツのことをあんなふうに言ったけれど、それがよかったのかどうかわからない。彼のことは好きよ、嘘じゃない。彼は変わらないだろうなんて、そんなことは言えないわ。それに、あなたが自分でそう望むのなら、楽しんじゃいけないなんて理由もない。だれにもばれやしないわ。フィッツならとことん慎重に行動するのはまちがいないから」

「いいえ、あなたの言ったとおりよ。わたしは男性と気軽におつきあいできるような性格じゃない。フィッツが急に変わるなんて甘い考えで、自分をごまかすつもりもないし。わたしの心は決まっているわ」

ヴィヴィアンは鋭く息を吸いこんだ。「でも、そうじゃなければと思っているんでしょう？」

イヴが驚いて彼女を見る。口をひらいて友の言葉を否定しようとした。しかしため息をつき、うなずいた。「そうよ」

「彼のことが好き？　もう心を奪われてしまったの？」

「いいえ。あ、いいえ、彼のことは好きよ。嫌いなところなんかフィッツにはないわ。愛しているわけではないけれど。でも……」前かがみになり、話すそばから声が小さくなる。「ああ、ヴィヴィアン、キスされたときのあの気持ちといったら！」

ヴィヴィアンの瞳が大きく見ひらかれ、もしかして言動ほどには世慣れていないのではないか、とイヴに思わせた。「それって、つまり――彼と――」

イヴはかぶりを振った。「キスはしたわ。でも、それだけ」そこから先の行きすぎた行為は、なかったことにした。ヴィヴィアンにすべてを話す必要はない。「でも、あんなふうに感じたことはなかったの」

「えっ」ヴィヴィアンはひと呼吸置いた。「ホーソーン少佐が相手のときも？」

イヴは頬を赤らめた。夫婦のあいだにあった問題について、だれにも言ったことはなかった。ヴィヴィアンにさえ。そうするのはブルースへの裏切りのように思えたし、そういう意味では中身のない結婚ではあったにせよ、夫を心から愛していたので彼をさらし者にするようなまねはできなかった。それに、いくら親友でも、そんな話をするのは恥ずかしすぎた。だからヴィヴィアンにはずっと、ふつうの結婚だと思わせたままで、いまさらヴィヴィアンと同じように経験がないなどとはとても話せなかった。

「ええ」イヴは声を小さくし、顔をそむけた。「あのころでさえなかったほど。なんだかあまりにも——心を引きずられてしまったの」顔を上げてヴィヴィアンを見る。「あなたはそんなふうに感じたことはある？」

「ないわ、悲しいことに」

「結婚式の夜にテラスであなたに見つかったとき、少し前にフィッツとハーブ園にいたの。あのとき——わたしはたしなみどころか常識まで忘れてしまったのよ。もしだれかが来ていたら、身の破滅だったわ。でも、フィッツが思いとどまってくれたの」

「それはいい兆候だわ。つまり、彼は思慮深くて慎重で、あなたを世間のさらし者にはしないということよ」

「いくら慎重になってもだめなこともあるわ。あなたも知ってるでしょう？　でも肝心なことは、彼が慎重なのにわたしがそうではなかったということ。彼といると、自分が自分でなくなるの。というより、なってはいけない自分になるのかもしれない。いえ、そんなことはいいの。大事なのは、フィッツヒュー・タルボットは危険だということ。彼には近づいちゃいけないの」

「それはかなりむずかしいんじゃないかしら。ウィローメアはだだっ広いところだけど、でも……」

「わかっているわ」イヴは顔をしかめた。「これまでうまくやってきたと自分に言い聞かせているけれど、ほんとうのことを言うと、ずっと苦しいほどに試されていたわ。フィッツの姿が見えないときは、一日がつまらなかった。彼が部屋に入ってくると、急に部屋全体が明るくなって」

「ふうん。そういう感じならわたしもわかるわ……サブリナが帰ったときとか」

イヴは友人の言葉に頬をゆるめた。「そうね、そんな感じ。でも、もっと強いの」ため息をつく。「ここに来ることを引き受けたときは、こんな問題が起こるとは思ってもいなかったわ。いまはとにかく、伯爵さまが戻っていらしたらフィッツが退屈して、ロンドンに戻ってくれればいいと思うだけ」そう言うイヴの表情は、あまりうれしそうには見えなかった。

「ほんとうはあなたがそんなことを望んでいないように思えるのは、どうしてかしら？」

「あなたがわたしを知りすぎているからよ」イヴはつらそうな目でヴィヴィアンを見た。

「身のためにならないものを、どうしてほしがってしまうのかしら？」

「さあ」ヴィヴィアンが物言いたげな表情を浮かべた。「でも、タルボット家の男性がそういう部類に入ってしまうのって、不思議じゃない？」そう言い、ベッドから飛びおりた。

「みんなのところに戻ったほうがいいわ。こんなに長く本を探しているなんて、言い訳できなくなるわ」

ヴィヴィアンの言葉に湧いた好奇心を抑え、イヴは友人のあとからドアを出た。

10

ヴィヴィアンとイヴが階下の居間に戻ったとき、バスクーム姉妹にフィッツとネヴィルが加わっていた。サブリナはやたらとネヴィルに愛想を振りまき、その向かい側ではリリーがこわい顔でサブリナをにらんでいた。

しかしイヴの見たところ、ネヴィルは甘い言葉を返してはいなかった。それどころか、彼女とヴィヴィアンが入っていったとき、彼はいそいそと立ちあがって腰を折った。「これはミセス・ホーソーン、レディ・ヴィヴィアン。どうぞ、おかけください」そう言って、自分が座っていた、サブリナの椅子とは直角の位置に置かれた椅子を手振りで示した。

イヴは瞳を輝かせ、勧められるままその椅子に腰をおろした。そしてネヴィルは暖炉前のフィッツのところに移った。フィッツは皮肉っぽい表情を友に向けてから、イヴとヴィヴィアンにおじぎをした。

「これはおふたかた。お越しいただいて光栄です。レディ・サブリナから〈ハルステッド館〉のお庭の美しさについてうかがっていたところですよ」

「そうなの、だからミスター・カーに、そのうちぜひいらしてごらんになってと申しあげていたの。でももちろん、ウィローメアのお庭にはかないませんけれど。ミスター・カーはこちらで忙しくされているようですし」

「そうなの、毎日乗馬に出かけているのよ」リリーが言った。「お庭を散歩したり」

サブリナはネヴィルに、まつげの下から見あげるような視線を送った。彼とは数フィートは離れており、しかも彼が背後に当たる位置にいることを考えると、なんとも感心する行為だ。「でしたら、わたくしにもここのお庭を案内してくださるかしら、ミスター・カー。こちらのお庭もさぞや美しいのでしょうね」

「それはいいわ」リリーが椅子からぱっと立ちあがった。「これからお庭に出ませんか？お花はほとんど散ってしまいましたけれど、それでもすてきな眺めをお見せできると思いますわ、レディ・サブリナ」

イヴは笑いを嚙みころした。どうやら思っていたより、リリーは来る社交シーズンの戦いに向けて態勢をととのえているようだ。フィッツを見やると彼の目がきらりと光り、思わず忍び笑いをもらしそうになった。

どうやら全員が庭を見たいようだ、ということになった。姉妹は帽子をかぶらないことが多いが、秋のやさしい日射しが顔にあたたかくて心地よく、ほかの女性も帽子をかぶらずに外へ出た。サブリナでさえも帽子を置いた。おそらく帽子の陰になった顔など、日射しの下で輝くリリーの表情に負けてしまうと思ったからだろう。

イヴは少し離れたところで、ゆっくりと皆のあとについて歩いた。サブリナがいるのだから、リリーがネヴィルと一緒にいても心配はない。ふと気づくと、フィッツも長い脚をイヴの歩調に合わせ、皆から遅れて歩いていた。

ずいぶん前方に離れてしまったほかの面々を見やってから、フィッツが言った。「今朝、ネヴィルと話をしたよ」

「え？」イヴは彼を見あげた。彼はまっすぐ前を向いていて、表情はうかがえない。

「リリーとの会話には細心の注意を払うと約束してくれた。彼女の評判に少しの傷もつけるつもりはないと言っていたよ」イヴが口をひらきかけると、すかさずフィッツはつづけた。

「リリーの気持ちも問題だと言っておいた。それについても慎重に行動すると約束してくれた。やつは彼女のことを気に入ってるとは思うが、それ以上のことにはなりえないと心得ている。レディ・プリシラにはまだ求婚していないそうだが、いずれするつもりらしい。もう撤回はできないと考えている」

「そう」

「だから、あいつを信じるよ。彼は友人だ。それに言ったとおり、リリーには好感を持っている。彼女を傷つけやしないさ」

「ありがとう。大変なことをお願いしてしまって」

「やつの意向を確かめるなんて、なんだかまぬけな気分だったけど」フィッツはにやりと笑った。「それに、急にお堅い部分を見せてしまったから、この先からかわれるんだろうなあ」

「お疲れさまでした」

「あまりに偉ぶったものだから、あのあとステュークスベリーの財産管理代行人と話までしてしまったよ」

「あら、まあ」イヴはにこりと笑った。「とんでもない勇気ですこと」

「ああ、笑っていいさ。だが、たしかに大きな賭けだった。報告を聞きはじめて数分もたたないうちに、退屈で死にそうになったよ」

　イヴは吹きだした。

「ひとかけらの興味もないものについて、あんなにあれこれ聞かされたのは初めてだった。わめいて頭をかきむしりださなかったのが不思議なくらいだ」フィッツが肩をすくめる。

「どうやらぼくはきみの言ったとおり、軽薄なろくでなしだったようだ」

　イヴは困惑ぎみに彼を見た。「そんな、どうかわたしの言ったことを本気にしたりしないで。あのときは頭に血がのぼっていたの。あなたが思いやりのないひどい人間なんかじゃないことは、わかっています。報告を聞くのが楽しくなかったからって、なにも悪くないわ。帳簿や家の管理をおもしろいと思わない人だっている。それだけでほかのことまでだめだなんてことには、ならないわ」

「そうだな、たとえばダンス。そして世間話。そういうことなら、ぼくは得意なんだが。人と会うのもね。名前や称号をまちがえることは、ほぼないな」

「それって、たいした能力よ。パーティを主催する女主人にとっては救いの神ね」

「ふうん。そうかな。それから、もしぼくがリリーとカメリアの荒くれ王国の住人だったとしたら、射撃の腕は役に立つかな……まあ、娯楽のない国はちょっとごめんこうむるけどね」

「同感。でも、やはりあなたの銃の腕前は、侵入者騒ぎがあったあとでは頼もしいわ」

「列挙していけば、役に立つものにひとつくらい行き当たると思っていたよ」フィッツはにんまりと笑った。「管理代行人の話を聞いて、重要なことがたくさんわかった」

「ほんとうに？」

「ああ。ウィル・ブランキンシップの娘が病気だとか、カーターの未亡人の雌鶏《めんどり》があまり卵を産まないとか」

「まあ」

「あと、だれかのところの納屋の屋根をふき替える必要があると言っていたが、ああもう、どこだったか思いだせない。いちばん重要だったのは、ティム・ウィットフィールドの奥さんに新しく息子が生まれたってことだ」

「あら。それは重要だわ」

「ああ。なにかしたほうがいいな。だがオリヴァーならいざ知らず、ぼくはなにをすればいいのかわからない。代行人はこちらがわかっているものと思ってるから、訊けなかった。父親に祝いを言わなきゃならないとは思うんだが、あまり自信がない。見にいったほうがいいんだろうか？　それもやりすぎのように思えるし」

「父親にお祝いを言ったほうがいいけれど、母親と赤ちゃんを訪問するのはどちらかと言えばお邸のレディの役目ね。もちろん食べ物の詰めあわせバスケットをお土産に、赤ちゃんのものもなにか持って、あやしに行くのよ。ここではリリーとカメリアがお邸のレディということになるかしら」イヴの顔が明るくなった。「彼女たちにとって、これはいい機会だわ。将来結婚すれば、かならずしなければならないことですもの。必要なものを料理人と家政婦に用意してもらいましょう」

「すばらしい。きみたち三人はぼくがエスコートしていこう。ぼくがウィットフィールドに祝いを言っているあいだに、きみたちは赤ん坊をほめそやす、と」

イヴはフィッツににっこり笑った。彼と午後をともにすごせると思うと、たとえふたりきりでなくても、このうえなく幸せだと思った。それが顔に出ていなかったことだけを祈る。

彼女は前方に目をやった。「いけない。置いていかれてしまったわ」

「えっ？　ほんとだ」フィッツが彼女の視線を追い、肩をすくめた。「心配する必要はないさ。われらがロミオとジュリエットにとって、サブリナはできすぎの付き添い婦人だ」

「あのふたりをそんなふうに言わないで。リリーが聞いたら、舞いあがって理性が吹き飛ぶわ」

「おいで」彼がイヴの手を取り、べつの道へといざなった。「きみに見せたいものがある」

興味を引かれ、イヴは彼について木々の生い茂る並木道を歩いていった。何度か曲がったところで、左右に高い生け垣のある場所にするりと入りこんだ。そこは緑の回廊だった。両側の生け垣はフィッツよりもゆうに一フィートは高く、生け垣と空以外はなにも見えない。緑の回廊から枝分かれした道を、フィッツは迷うことなく右へ、左へと曲がってゆく。

「迷路ね！」イヴは大きな声をあげた。「かなり古いものみたい」

「少なくとも百年はたつね。オリヴァーとロイスとぼくが子どものころは木も草もぼうぼうで荒れ放題だったけど、すごく楽しい遊び場だった。オリヴァーの代になってきれいに剪定させたものだから、だいぶ本来の姿に戻ったよ。中央の部分には新しく手が加えられてね。見せてあげよう」

また曲がって、うねる道をたどると、迷路の中央部に出た。

「まあ！」イヴは歓声をもらした。「あなたの言ったとおりね！　すてきだわ！」

イヴはくるりとまわって、小さな円形の空間を眺めた。緑の生け垣が高くそびえ、外の世界からふたりを遮断するように取り囲んでいて、まるで緑の小部屋にいるような気がする。小さな池の両側に石のベンチが置かれ、池では二匹の大きな金魚が水面にゆるやかな波を立ていた。

「とても心がやすらぐわ」

フィッツはうなずき、彼女を見おろした。迷路を進んでいるときから彼が手を放していないことに、イヴは気づいていた。彼の親指がゆっくりと彼女の手のひらに円を描き、イヴの腕に心地よい震えが走る。やめて、と言うべきだった。手を振りほどくべきだった。もっと前に、そうしておくべきだった。

「きみの言ったことをずっと考えていた」フィッツの声は低く真剣で、このときばかりは愉快そうな響きもなかった。「きみを傷つけるようなことはけっしてしない。今朝、もうきみを追うことはやめようと思った。きみの気を引いたり言葉を尽くしてベッドに誘ったりするようなことは、どんなにそうしたくてもやめようと。だがいまこうしてきみを見ていると……離れていたほうがいいんだというどんな立派な理由も、忘れそうになる」

わたしも――イヴの頭にまず浮かんだのは、そんな言葉だった。けれども理性がはたらいて、それが口にのぼることはなかった。

フィッツが手をのばし、彼女の頬をゆっくりとこぶしでなでた。「きみの肌はサテンのようだ。客間に座ってきみを見ていると、ときどき考えてしまう。ふれたらどんなだろう、どんなにすべすべでやわらかいのか、って」

「フィッツ……」イヴの声が震える。「だめよ」

「わかってる。わかっているんだ」彼は両手でイヴの顔を包んだ。「ばかなことはしちゃいけないと。でもきみといると、キスすることしか考えられない。だからきみは、そんなことは望んでいないと言ってくれ」

イヴは口をひらいたが、言葉が出てこなかった。「できないわ。だって、わたしの気持ちはあなたも知って――」

それ以上の言葉は、勢いよくおりてきた彼の唇でふさがれた。彼にキスされると、いつものように熱いものが押し寄せる。イヴの体は熱を帯び、胸が苦しくなって痛みさえ感じるほどだった。フィッツと離れたあとはいつも、あれほど反応したのは気のせいだったと自分に言い聞かせてきたけれど、彼にキスされたとたん、そんな記憶も現実の前に色あせてしまう。脚のあいだに熱が生まれ、フィッツに自分を押しつけたくなる。締まった彼の筋肉や、硬い骨が自分の肌にめりこんでくるのを感じたい。

フィッツの両手が彼女の腰におり、ぐいと引き寄せた。イヴは両手を彼の腕にかけ、そのまま上にすべらせ、上着の下にある引き締まった筋肉をなぞっていった。じかに彼の肌にふれたらどんなだろう。裸の彼を見て、ふれるのは。自分の欲望に身をまかせたらどうなるの？　彼と一緒に地面にくずおれて、自分を解放したら？

いいえ。そんなことはまともじゃない。

イヴは体を引き、半ば顔をそむけた。「だめ。お願い、フィッツ、だめなの」イヴは口に手を当てた。ふっくらとした唇は濡れていて、彼のキスでほんのりと腫れてやわらかくなっている。

「わかっている。きみの言うとおりだ」フィッツはさっと身をひるがえし、池をにらんだ。

「ほんとうに……ほんとうに決めたの？……こういうことはもうしないと？」つかのまの沈黙のあと、イヴは軽い口調だが真意を確かめるように尋ねた。

「ああ、もちろん。きみに言われたことをずっと考えたんだ――世間でのきみの評判のことか、スキャンダルというものがきみにどれほどの破滅を呼ぶのか、とか。どんなに慎重に行動しても、うわさというのは立つものだ。そして、たしかなことをだれも知らなくても、広まっていく」彼はまたイヴに向きなおった。「ぼくはきみを傷つけるようなことはしない。イヴ、それだけは知っていてほしい。自分の愉しみだけに気を取られてきみを利用するなんて、どんな形であれ、ありえない」

　イヴが彼を見返すそのブルーグレーの瞳は、やさしく輝いていた。「うれしいわ……そんなにわたしのことを考えてくれて」

「そりゃあ、考えるさ」フィッツは早足で彼女のそばに戻り、その両手を握った。「だれにもきみの陰口はたたかせないと約束する。やつらもぼくとは決闘したくないだろう」フィッツのブルーの瞳は、かつて見たことのないような輝きを放っていた。

　かすかな笑みがイヴの唇に浮かぶ。「でも、まさかそういう人たち全員と決闘なんてできないでしょう？」

フィッツは得意げな笑みを返した。「決闘までいく勇気なんか、だれにもないさ」そこで愉しげな表情が消えた。「だが、女性には打つ手がない。女性の口は止められないから」

「そうね。あの――そこまで考えてくれてうれしいわ」イヴが間を置く。「でも……ここはロンドンからは遠く離れているわ」

フィッツの目が細くなる。「イヴ、いったいなにを言ってるんだ？」

「くだらないことよ」イヴは頭を振った。「ばかなことを言ってるわ。こんなこと、考えてもいけないのに」

「ああ、そうだ」

ふたりは長いあいだ、見つめあって立ちつくしていた。それから、ふたたび抱きあう。ふたつの体がきつく絡みあい、唇が激しくぶつかった。おかしくなっている――イヴはそう思いながらフィッツの首にしがみつき、つま先立ちになって口づけた。わたしったらとんでもなくおかしいわ。

若い女性の笑い声が風に乗ってふわりと届き、イヴもフィッツも凍りついた。つづいてすぐに、低く重々しい男性の声も聞こえた。ふたりは離れ、イヴはきびすを返してさらに数歩遠ざかった。神経がけたたましい叫び声をあげている。顔も赤いにちがいない。

「どうしてこんなこと」イヴは小さくうめいた。指で髪をかきあげる。

フィッツが近寄り、乱れたひと筋の髪を彼女の耳にかけてやった。ふれられた瞬間、全身を貫いた震えをイヴは抑えきれなかった。

「きれいだ」フィッツが低い声で告げる。

イヴはヘアピンを抜き、彼がふれたばかりの髪を留めなおした。「あの、どうかしら――？　わたし――」この動揺を、どう言いあらわしたらいいのだろう。激しく熱い快感の奔流が、まだ全身でどくどくと脈打っている。「いま見られたら、ひと目でなにをしていたか悟られるんじゃないかしら」

「だいじょうぶ。そんなにすぐには来ないよ」フィッツはささやくように言った。「ネヴィルもここの迷路はよく知らない。しばらく迷わせてやろう」

「ヴィヴィアンだったら？」

「そうか！」フィッツの顔がゆがんだ。「昔シャーロットと遊びに来ていたから、彼女ならよく知ってる。だが、もうずっと昔の話だ。どれくらい正確に覚えているか」

「ヴィヴィアンを見くびるのはまずいと思うわ」

フィッツはうなずいた。「たしかに。きみは座って、静かな池でも眺めていてくれ。ぼくがこっちから迎え撃ってやるから」

またリリーの笑い声が聞こえた。今度はもっと近く、つづいてネヴィルの声がする。「また行き止まりだ！　ミス・リリー、きみの道案内はひどいもんだな」

その言葉に女性のやさしげな声が答えたが、内容ははっきりしなかった。フィッツはイヴに向かってうなずき、彼女はベンチのひとつにさっと腰かけ、池を泳ぎまわる魚を見つめて、乱れた心を鎮めようとした。フィッツはゆったりした足取りで出ていった。

少しして、彼の笑い声が聞こえた。「レディ・ヴィヴィアン！　カメリア！　時間がかかりすぎだぞ。ミセス・ホーソーンとぼくは、もうずっと待っているんだ」

「ここに入ったのは十二年ぶりなんだもの」とヴィヴィアンの声。「でもあとの三人も捜しにいったほうがいいわ。レディ・サブリナは、カメリアとわたしの行く方向ではまちがってると言ってたから、あとの三人はそれぞれ自分の思うほうに進んでいったの」

すぐにヴィヴィアンとカメリアが迷路の中央部分に入ってきて、イヴと同じベンチに座った。ヴィヴィアンはなにかを見定めるかのような目をイヴに向けたが、なにも言わずに池の美しさをほめただけだった。カメリアは、サブリナがネヴィルを自分とふたりきりの方向へ誘いこもうとし、そのたびにリリーが断固、阻止していたことを話した。残る三人をフィッツが池まで案内してくるころには、女性三人はすっかり話しこんでいた。

リリーは顔を紅潮させ、見るからに瞳をきらきらさせていた。対してサブリナの目を見るとおもしろくなさそうで、彼女はいつもの甘ったるいしゃべり方を維持するのも大変なようだ。少なくともいまのサブリナはリリーにいらだっていてイヴを見やる余裕もなく、ありがたいことに、イヴとフィッツが別行動をしたことに対して指摘したりはしなかった。

しばらくのあいだ、池やまわりの自然の美しさを愛《め》でたあと、一行はフィッツが先導役となって帰路についた。またもやリリーとサブリナが、ネヴィルの隣の座をあの手この手で争う。カメリアはあきれたように目をまわし、後方に下がってヴィヴィアンやイヴと足並みをそろえた。イヴはあとのふたりでおしゃべりをしてくれているので助かっていた。彼女の思考は、どんなに自分が愚かだったか、そしてもう少しで自分の評判を地に落とすところだったことばかりに戻っていくからだ。もしフィッツと熱く抱きあっているところにレディ・サブリナが来ていたら、いったいどうなっていたかと思うと、血も凍りそうだ。このまま自分の欲望に溺れつづけていいわけがない。フィッツとは距離を取っていなければだめだ。彼と関係を持つつもりはないと、はっきり本人に言わなければならない。そうしなければ、世間での自分の評判と、今後仕事に就く可能性をすべて失うことになりかねない。

そしてはっきり言えば、彼女にはもっと失うものがある。きっと彼女は、いとも簡単にフィッツに心を奪われる。火をつけられて、恋に落ちてしまう。かつてイヴは愛した人に心を捧げたが、熱い激情が満たされることはなかった。今度は欲望こそ満たされるだろうが、相手はけっしてわたしを愛してはくれないだろう。そんな男性にもう一度心を捧げるつもりはない。

邸に戻ると、サブリナとヴィヴィアンは馬車で帰り、残る面々はそれぞれに散った。バスクーム姉妹とネヴィルは娯楽室に向かったが、フィッツは廊下の先にある兄の書斎に向かったことにイヴは気づいた。カメリアがいれば、数分くらいは付き添い婦人がいなくてもだいじょうぶだろう。

イヴは身をひるがえし、ぱたぱたとフィッツのあとを追った。

イヴが書斎に入ったとき、彼はちょうどデスクについたところだったが、彼女を見ると跳ねるように立ちあがった。

「イヴ」彼の顔がゆるむ。「入って。管理代行人が持ってきた帳簿から、これで逃れられる。さあ、どうぞ、かけて」

「いえ、けっこうです。あまり長くはお時間を取らせませんから」イヴは両手を前で握りあわせ、デスクをはさんで彼と向かいあうように立った。はっきり言わなくては。「さっき起きたことは、わたしのせいです。あんなことを言ったり、したりするべきではなかったわ」

「べつになんの害もなかった。だれにも見られていないし、訊かれてもいない」

「今回はそうだったけれど、次もこんなに運がいいとはかぎらないわ」

「だいじょうぶ」フィッツはデスクをまわりこんで彼女の手を取り、あたたかな目で彼女の顔を見おろした。「これからはもっと用心する。だれにも知られはしない」

イヴは手を引いた。「そんなことを言ってるんじゃないわ。だれにも知られないからって、やっていいことにはなりません。わたしは軽いおつきあいをするつもりはないの。でも、あなたが望んでいるのはそういうことでしょう？　そうでしょう？」

「軽いつきあいだなんて思っていない」フィッツは言ったが、いまやさしげな表情は消え、彼はさらに一歩うしろにしりぞいた。「きみは、それ以上のものがほしいと言っているのか？　結婚でもしてくれと？」

「ちがうわ」イヴの瞳が光った。いまの彼の行動が、彼女への気持ちをあらわしている……そう、彼のほうには気持ちなどない。彼のほうはあきらかに、イヴに心を奪われる心配などしていないのだ。「わたしだって結婚など望んでいない。わたしが言っているのは、あなたは自分が愉しければそれでいいと思っていることよ。自分の欲望さえ満たされればいいんでしょう？」

「満たされるのはお互いさまだと思うよ。保証する」

「いっとき楽しいからって、それに将来をすべて賭けるつもりはないわ」イヴは声を荒らげた。「わたしは自分の力で生きていくつもりなの。リリーとカメリアの付き添い婦人としていい仕事をして、将来もそういう仕事をつづけていくの。父の世話にはなりたくないし、どんな男性にも頼りたくない。そして、数週間だけあなたを楽しませたくもないわ」

フィッツの唇が真一文字に結ばれ、ブルーの瞳に鋼鉄のような冷たいものが光った。彼は小さくうなずいた。「いいとも。きみがそうしたいと言うのなら」

そうしたいわけでないことは、イヴにはわかっていた。けれどもそれ以上に、こうするしかないのだということもわかっていた。彼女も小さく頭を下げると、背を向けて部屋を出た。

頭ががんがんしているのが、廊下を歩きながらでもわかった。こんなときにネヴィルと姉妹の陽気でにぎやかなゲームに加わるのは、耐えられそうにない。バスクーム姉妹が絡むと、かならず場がにぎやかになるのはしかたがない。少し後ろめたさを感じながらもイヴは階段へ向かい、少しのあいだ冷たい布を額に載せて横になったら、そのあとはまた付き添い婦人の仕事に戻るからと、自分に誓った。カメリアがいてくれるからリリーとネヴィルだけにはならないし、ネヴィルもリリーに言い寄らないと約束してくれたらしい。

階段に近づくと、イヴの視線は自然と玄関ホールのテーブルに向いた。あの手紙が届いてから、毎日このテーブルを確認するようにしている。あれ以来なにも届かないので胸をなでおろしていたが、それでも確認はつづけていた。

今日は、白い正方形のものが一通、テーブルに載っていた。思わず足を止めたイヴの心臓が、激しく打ちはじめる。これが自分宛だと思う理由などない。マリーかローズが妹たちに手紙を書いてよこしたとか、伯爵がフィッツになんらかの書状を送ったとかいうほうが、よほどありうる。それを言えば、ほとんどの郵便物は伯爵宛なのだが。それでもイヴは、胃のあたりが苦しくなるのを抑えられなかった。無理やり足を動かしてテーブルに近づいていった。

イヴの名前が、白い正方形の表面に書かれていた。今度は前のようなごつごつした活字体ではなく、まっ黒で勢いのある男性的な文字だ。かすかに震える手で封筒を手に取ったイヴは、また階段に向かった。だれがいつ歩いてくるかもしれないここで、手紙を開ける気にはなれなかった。二階の自分の部屋まで持っていきながら、見てみたらなんの害もない手紙かもしれないと考えていた。問題なのは、彼女に手紙をよこす男性と言えば父親くらいしか思い当たらないことだ。この手紙の宛名は、クモの脚みたいに細くて流麗な父の筆跡とはちがっている。もちろん、夫の友人の男性がお悔やみの手紙を送ってくれたこともあったが、夫が亡くなったのはもう二年前だ。任務でインドに送られた士官からの手紙も、さらに古いものばかりだった。

部屋に入るとドアを閉め、よくよく手紙を見てみた。先日のものとちがい、これはちゃんと投函《とうかん》されていた。はっきりと消印が押してある。裏面の封蠟のデザインもちがうが、イニシャルとか兜《かぶと》とか独特なマークとかではなく、より一般的なもので判然としない。

そんなことをしていても、読むのをずるずると先延ばしにしているだけだと、イヴは気がついた。垂れ蓋の下に指をくぐらせて封蠟を破る。封筒を開けて、目を通した。

ミセス・ホーソーン

時計は危険だ。始末しろ。捨ててしまえ。さもないと真実が明るみに出て、おまえは苦しむことになる。おまえの夫の名は地に堕ちる。あの男はおまえが考えているような人間ではなかった。時計は汚辱にまみれている。少佐をけがすだけでなく、おまえをもけがすだろう。

おまえの友より

イヴは手紙を食い入るように見つめた。心がぐらついていた。これはどういうこと？　ブルースがなにか厄介ごとに関わっていたの？　名が地に堕ちる？　そんなばかな。ブルースにどんな欠点があったにせよ、彼は立派な人だった。〝任務ひと筋〟が代名詞のようなものだった。たしかに人に言えないようなことはあった。夫としての務めを果たせないことがその最たるものだった。けれどもそれは個人的なことで、影響を受けていたのもわたしだけだ。面目がつぶれるようなことに、ブルースがわざわざ首を突っこむなどありえない。

夫からの最後のプレゼントがなぜだか厄介ごとの証拠だという話も、やはりばかげている。イヴは手紙をベッドに放り投げ、時計をしまってある鏡台に行った。時計を取りだして腰をおろし、じっくりと調べてみた。美しくエナメル細工を施されて真珠が飾られた表側と、華美な彫り物がされた裏側をなでてから、蓋を開け、その裏に刻まれた銘を読む。〝愛する妻へ〟さらに時計の機械部分を覆った板の下に親指を入れ、なにか隠してあるのかもしれないと思ってこじあけてみた。しかしふつうに歯車がまわっているだけだ。

また時計を閉じると、イヴは考えこんだ。二通の手紙はまるで感触が違う。なかに書かれていた内容まで。最初の手紙は、ただ出ていけと言っていただけだ。しかし今回は、時計を処分しろと要求し、亡くなった夫まで非難している。けれどどんなにちがいがあろうと、書いた人間は同じだろう。ふたりの別個の人間が匿名で彼女に手紙を送るというのはあまりにも考えにくい。

わけがわからない。イヴは目を閉じた。一瞬、時計と手紙をつかんで階下のフィッツのもとへ走ろうかと思った。けれど、そんなことができるわけがない。ついさっき、男性には頼らないと豪語したばかりで。もう自分と関わってほしくないとフィッツに言った、その舌の根も乾かぬうちに。

しかも彼は伯爵の弟だ。こんな手紙が届いたことがステュークスベリー伯爵の耳に入るのは困る。もしわたしがスキャンダルに関わっているとすれば、そんな人物に従妹の世話を託したくはないだろう――たとえスキャンダルに関わっているかもしれないという可能性だけの話にしても。スキャンダルの内容を知らないとはいえ、とんでもないときに災難が降りかかってくるかもしれない事実は変わらない。伯爵がそんな危険な賭けをするわけがない。従妹たちの大切なお披露目《ひろめ》を成功させなければならないというときに。

イヴは慎重な手つきで時計をナイトガウンでくるみなおして抽斗に戻し、二通目の手紙を一通目の下にすべりこませてやはりナイトガウンをかぶせた。窓辺に行ってたたずみ、外の景色を見つめる。

近くにいるどこかのだれかが、わたしに手紙を書いた。それがだれなのか、なぜなのか、想像もつかない。わたしになんらかの害を与えたいのか、それとも害からわたしを守りたいのか、それすらもわからない。友人であれば、もし時計の問題を知っているのならわたしに直接、話しにくるだろう。もちろん、差出人がスキャンダルを知っていることをわたしに知られたくないというのなら、話はべつだけれど。もしかすると差出人本人が関わっているのかもしれない。その場合は、ブルースの名誉を守りたいのと同時に自分の名誉も守りたい

――いや、自分の名誉のほうが大事ということもありうる。

あるいはただ時計がほしくて、わたしから手に入れるために手のこんだことをしたのかもしれない。しかし、その可能性はあまりになさそうだと認めざるをえなかった。盗めばすむことなのだから。そうなると、やはり先日ウィローメアに侵入した男に話が戻っていく。いまではやはり、ふたつの事件はつながりがあるのではないかと彼女には思えた。

問題なのは、なぜなのかということだ。そして、いったいだれが？　そしてもっとも重要なことは、自分ひとりでどうやって立ち向かえばいいのかということだ。

11

翌日、イヴはリリーとカメリアに付き添い、赤ん坊が生まれたという小作人の妻を訪問した。リリーは赤ん坊に会うのをとても楽しみにしていた。カメリアはそれほどでもないようだったが、邸を出て馬に乗れる機会はいつでも歓迎した。エスコートにはフィッツとネヴィルがついた。フィッツはオリヴァーの小作人である父親に祝いを述べるためだが、ネヴィルは皆が出かけるのならウィローメアにいるのもつまらないと言ってついてきた。

イヴはフィッツの存在を痛いほど感じていた。丁重に接してくれるが、その態度には以前はなかった他人行儀な空気が漂っている。馬に乗ったときもイヴに並ぶことはなかった。いつもはじょじょに後方に下がっていってふたりになるのだが、今日のフィッツはカメリアの隣に並んでいる。もういっぽうではリリーとネヴィルが並び、イヴはそのふた組にはさまれる形となっていた。会話からあぶれることはないけれども、欠かせない存在というわけでもない。その一団にいて、それでいて一員ではない——初めて付き添い婦人らしい心地を味わっていることに、彼女はなんとなくうろたえた。

ときおり、フィッツのほうに視線が向くのを抑えられなかった。明るいブルーの瞳、ととのった横顔、馬にまたがる優雅な姿に、心の底から揺さぶられる。かまわないでくれという彼女の要望を聞きいれてくれたいま、いっそう彼に惹かれているのが、なんとも皮肉に思えた。ふと気づくと夢見心地で彼を見つめていて、あわてて目をそらす。あきらかに、彼は平気でイヴをたんなる知りあいとして扱っているのだから、それと同じようにできるはずだと自分を叱咤《しった》した。

母子の訪問はとどこおりなく進んだ。リリーは赤ん坊をほめそやし、抱っこしていいか尋ねて母親を喜ばせた。リリーもカメリアも落ち着いたもので、その親しげな様子には気負いもなく、帰る段になるとミセス・ウィットフィールドも彼女の母親も、ふたりはアメリカ人であっても真の貴婦人《レディ》だとうなずいていた。

帰りは、野原を迂回《うかい》するように走っている道をたどった。一行がにぎやかにおしゃべりしながら草地を横切っていたとき、急にカメリアが馬を止めて、前方の木立の上を指さした。

「見て！」

全員が言われるままに顔を上げた。こちらに向かってふわふわと、大きく色鮮やかな気球が下にかごをぶらさげて近づいてくる。

「まあ！」リリーが声をあげ、瞳を星のように輝かせた。「いままで絵でしか見たことがなかったのに」

まぶしい太陽を手でさえぎりながら、皆が眺めていると、鮮やかな青い気球はどんどん高度を下げて近づいてくる。いまでは乗っている人影も見え、右往左往しているのがわかった。彼は、かごからなにか物を落としているようだ。

「なにをしてるのかしら？」カメリアが口にした。

「底荷《バラスト》をおろしているんだろう」フィッツが言った。「前に見たことがある。高度が下がってきているから、重量を軽くして気球を上げようとしているのさ。木立に突っこむのを心配しているんじゃないだろうか」

「なるほど」ネヴィルが言ったとき、かごが木立のてっぺんをかすめていった。

一同が息を詰め、木立をかすめたかごを緊張して見つめているなか、イヴはわれ知らずフィッツのほうに馬を向けていた。気球の人影はもはやバラストをおろすのをあきらめ、なにやらロープを引っぱっているようだ。迫ってくる大きな物体に、イヴの馬もほかの馬同様、落ち着きなく跳びはね、彼女は手綱を強く引いてどうどうと牝馬《ひんば》をなだめた。

気球はなんとか木立を避けたが、数フィート離れたところに一本だけ立つオークの木はよけられなかった。吊《つ》りかごが枝にぶつかり、気球の勢いでさらに引きずられて枝葉のなかへと突っこむ。かごはひっくり返り、枝葉のなかをさらに落下した。乗っていた男性ははじき飛ばされ、枝のあいだをまっ逆さまに地面まで落ちた。

リリーが悲鳴をあげ、ネヴィルが悪態をつく。フィッツは気球のほうに馬を駆り、あとの者たちもつづいた。柳で編まれたかごは枝葉に引っかかった状態で止まり、片側はつぶれて不安定にかしいでいる。ロープが何本か切れて垂れさがり、何本かはまだ絹製の気球についたままだが、気球部分はしぼんで草の上で平らになっていた。

フィッツは馬から飛びおり、地面に倒れた人影に走った。男性はまだ動かず目も閉じられ、片脚がおかしな方向に曲がっている。男性のそばにフィッツがひざをついたとき、イヴは息を凝らした。

「息はある」フィッツが言った。

「よかった」イヴはほかの皆と同じように馬からすべりおり、フィッツと男性のところに駆けよった。

「だが意識はないようだ。ここの傷から出血しているな」フィッツは言い、イヴを見あげた。

「それからぼくの見たところ、脚が折れている」

イヴはポケットからハンカチを出してフィッツに渡し、彼の隣にしゃがんだ。フィッツはハンカチをたたんで出血している傷口に押しあてた。負傷した男性を全員が食い入るように見つめる。男性の肌はよく日に焼け、角張ったあごには黒い無精ひげが生えていた。くせっ毛らしい黒髪はぼさぼさだ。男性が意味のよくわからないうめき声をもらし、頭を動かした。全員が身を乗りだす。ぱっと男性の目がひらいた。髪と同じくらい濃い色の瞳が、一瞬、ぽかんと全員を見つめる。

「なんだ、どうした？《モン・デュ》」そうつぶやき、また目を閉じる。

「フランス人？」カメリアが言って、やはりひざをついた。

男性がまた目を開け、起きあがろうとしたが、頭を手で押さえてもう一度うめく。それからフランス語でまくしたてはじめた。

「なんて言ってるの？」とカメリア。

イヴはフィッツを見た。学校で習ったフランス語は、使わないのでほとんど忘れてしまっていた。せいぜいこれはフランス語だということがわかるくらいだ。

フィッツも彼女を見返して肩をすくめた。「フランス語はずっと苦手でね。だれかのことを尋ねているように思うんだが」

一同は頭上で木に引っかかっているかごを見あげたが、だれも乗っていない。

「だれかほかにいたということ？」イヴが訊いた。「その人はどうなったのかしら？」

今度はネヴィルが言った。「たぶん、気球のことを言ってるんじゃないかな。ずっと〝ぼくの美人さん〟と言ってるけど、女性のことではないと思う。こわれたのかと訊いているんだろう」

ネヴィルはたどたどしくもフランス語で男性に話しかけた。男性はまたもや興奮して矢継ぎ早に長々とまくしたて、苦しげに起きあがった。ネヴィルの表情はうつろだ。洪水のようなフランス語は、あきらかに彼の理解力を超えていたらしい。

「気性の激しいやつなのかな」ネヴィルが意見を言った。

フィッツはフランス人の胸に手を当て、ぐいと地面に押し戻した。「ああ、気持ちはわかるが、横になっていないとだめだ。けがをしてるんだから。起きたらけががひどくなるぞ」

男性はひと声うめくとしゃべるのをやめ、どさりとあおむけになって目を閉じた。ネヴィルがまたたどたどしいフランス語を口にするが、男性はかぶりを振った。

「いや、いや。もう、いいです」気球の男は頭に手を伸ばした。「ええと——なんて言うのか——ちょっと待ってください。頭が、その——」彼は小さいながらも爆発音をまねた音を出し、両手を大げさに離してみせた。

「頭が痛むのね」カメリアが横から口をはさむ。

「そう《ウィ》。どうも《メルシー》。あの子はどうなってる？　ぼくの気球は？」

全員が、しぼんでぐにゃりとした巨大な絹地の塊を振り返った。

「あの。いや、あいにくしぼんでしまった」フィッツが話しだす。

「よかった。それならいい。飛んでいってないなら——」彼はものが浮くような動作を両手でした。

「ああ。そうですね。ムッシュー……」

「ルヴェック。バーソロミュー・ルヴェックです」彼はまたひじをついて起きあがろうとした。「起きないと。この目で確かめて——」

「いや。気の毒だが無理だと思う。おまけに頭にひどい切り傷があって、動くとひらいてしまいそうだ。それに脚も痛めたんじゃないのかな」

「いや、いいんだ。それより——吊りかごが——」また男性がひじをついて起き、今度はフィッツも手の力をゆるめた。しかしルヴェックと名乗る男性は半分ほど起きあがったところで青くなり、またへたりこんだ。「ああ。だめだ。ちょっと……やすみます」

フィッツは立ちあがってネヴィルに向きなおった。「邸まで戻って、何人か召使いと馬車を呼んできてくれ。彼を乗せる板が必要だ、ドアをはずしてもいい」

「わたしも一緒に行くわ」リリーが名乗りでた。「包帯を取ってくる」

イヴは反対しようとしたが、やめておとなしくしていた。リリーとネヴィルをふたりきりにしないよう気をつかっていることがリリーに知れると、まずそうだ。付き添い婦人を避ける手だてをさらに考えるようになるだけかもしれない。それに、いまはいそいで邸に戻って救援を呼びにいくだけなのだから、甘い雰囲気になどなりそうもなかった。イヴもついていくと言ったら、少し変だろう。包帯を取りにいくくらいのことで、助けは必要ない。

だからこう言うにとどめた。「ミセス・メリーウェザーに、ムッシュー・ルヴェックのお部屋を用意してと伝えて」

リリーとネヴィルは馬で駆けてゆき、残った三人は腰を落ち着けて負傷したフランス人と待つことにした。彼はそわそわと首を伸ばしたり、しょっちゅうフランス語でひとりごとを言ったりしていた。フィッツが上着を脱いで、少し震えていたルヴェックにかけてやると、彼はかすかに笑みを浮かべた。

「ありがとう《メルシー》。すこしさむいです」フランス人はそのことに自分でも驚いているようだった。

イヴはフィッツに身を寄せ、小声でささやいた。「彼、大丈夫かしら？」

フィッツが眉根を寄せて振り向く。「そうだな――」急に動きが止まり、彼の瞳になにかがひらめいた。だが、それはすぐに押しやられた。

その瞬間、イヴは自分の顔が近すぎることに気づき、硬直してまっ赤になった。「あ――ごめんなさい」

立ちあがってうしろにさがる。するとフィッツも勢いよく立ちあがって彼女につづいた。しかし態度も口調もぎこちないまま、低い声でこう言った。「ぼくにはなんとも言えないが。脚の骨折とあの傷以外に大きな損傷がなければ、だいじょうぶだと思う。でも、体の内側にどんなダメージを受けているかわからないからね」

「そうね」気詰まりなあまりそのまま黙りこんだイヴは、フランス人のそばに座っているカメリアを見た。

「フランスからずっと気球で来たの？」

男性はうなずいた。「ええ《ウィ》、パリから。パリは知ってますか、マドモワゼル？」

「いいえ。わたしはアメリカから来たの」

「ああ、いつか行ってみたいところです」

フィッツは身じろぎし、フランス人のところへ戻った。イヴはそのまま動かず、ふたりのあいだにできた距離をひしひしと感じていた。これからはずっとこんな調子なのだろうか。そう思うとずきりと胸が痛んだが、断固としてそれを抑えこもうとした。

「それはつまり、気球でアメリカに行くってことなの？」カメリアは感じ入ったような声で尋ねた。

「ええ、そうです！　もう行った人がいるんだ。今回ぼくはイギリス海峡を渡ってスコットランドへ北上しているんだけどね」彼の表情が沈む。「いや、し、て、た、だね」

「すごくおもしろそう」カメリアはつづけた。「熱気球に乗ってみたいって、ずっと思ってたの」

「ちがう、ちがう」ルヴェックは困ったような顔をした。「熱気球じゃない。それはもう古いんだ。ぼくのはガス気球。水素。ずっといいやつ。制御がきく」

「カメリア、ムッシュー・ルヴェックにあまり質問しないほうがいいんじゃないかしら」イヴが口をはさんだ。

「いえ、いいえ！」ルヴェックが反対し、片手を大げさに振りまわした。「話すのはいい。気がまぎれて――」

「痛いの？」イヴが気の毒そうに尋ねる。

「え？　いや、ちがいます」フランス人は肩をすくめ、脚ならだいじょうぶだと身振りで伝えた。「ぼくの美人さん――気球が気になって。ええと、なんて言うのかな、やぶれはあります？」彼は首をひねった。

「ないと思うわ」カメリアが明るく言った。「気球の部分は枝にぶつからなかったもの。かごが引っかかったときに、気球がしぼんだの。野原でぺちゃんこになってるわ」

「よかった。それならよかった」彼はフィッツに顔を向けた。「たたむときは、ものすごく気をつけてください」

「ぼくが？」フィッツは片方の眉をつりあげた。

「ええ《ウィ》。すごく大事なことなんです。あれは絹織物をゴムでコーティングした生地だから」

「心配しないで」カメリアがすかさず言った。「わたしが見張っていてあげるから。気球と吊りかごは納屋に入れればいいわ。ね、フィッツ従兄さん？」

フィッツはため息をついた。「ああ、そうだな。このまま放っておくわけにもいかないし」いぶかしげに木を見あげる。「だが、吊りかごがどうなってるかはちょっとわからないな」

「そんな！　こわれたのか？」ルヴェックはうめき、身をよじって木を見あげようとした。

こんな感じのまま、一同はネヴィルが救援隊を連れて戻ってくるのを待っていた。カメリアはびっくりするほどフランス人をなだめるのがうまかった。彼の乗り物をどうするかについての指示によく応え、言われたとおりにするからと念押しし、それから気球の操縦についてもっと質問をして彼の気をそらした。

ほどなくしてネヴィルとリリーが戻ってきたが、馬なので馬車と召使いより先に着いた。リリーが包帯と水を持ってきたので、ルヴェックの傷の洗浄をはじめた。

ネヴィルはネヴィルで、粗布のザックから彼なりの〝驚き〟の一品を取りだし、高々と掲げた。「処置のあいだ、薬代わりのブランデーがあったほうがいいかと思ってね」

ルヴェックの黒い瞳が輝いた。「うわあ！　メルシー、ムッシュー」瓶を受けとり、口をつけて飲む。

イヴがルヴェックの傷に包帯を巻きはじめ、フィッツがすかさず手伝った。ありがとう、と言うようにイヴが彼を見やると、彼は笑みを返し、一瞬、以前のような気安さが戻ったかに思えた。

ルヴェックは思う存分、薬代わりのブランデーをあおっていたが、ネヴィルにもどうだ、と瓶を突きだした。ネヴィルは彼の隣に腰をおろし、差しだされた瓶からひと口あおると、フィッツに差しだした。

フィッツは目をくるりとまわして断った。「彼をかついで馬車に乗せるとき、ひとりくらいはしらふでいたほうがいいだろう」

ネヴィルもルヴェックもそんな心配はどこへやらで、馬車が到着するころには、ふたりともフランス語で仲良く歌を歌っていた――どうやらネヴィルのフランス語は話すよりも歌のほうがうまいようだった。

理解不能な歌をがなりたて、いもしない合唱隊の指揮をするネヴィルに、リリーとカメリアはくすくす笑っている。さすがにイヴも頬をゆるめずにはいられなかったが、小さなため息をもらした。「こういうのをステュークスベリー卿が従妹の外出として想定していたとは、とても思えないわ」

「あら、オリヴァー従兄さまって、ほんとうはそれほど堅苦しくないのよ」リリーが言った。「くつろいでいるときなんか、けっこういい感じなの」

「ルヴェックも、馬車にかつぎあげるときは酔ってたほうがいいね」フィッツが口をはさんだ。「姉妹がフランス語がわからなくて助かるよ」

イヴはかすかに微笑んだ。「痛みをやわらげるためにお酒の力を借りるということは知っているわ。軍隊でよく使われる方法なの。ただ、あなたが仲間に加わらなかったから驚いただけ」

「自分でもびっくりだよ」フィッツはにやりとした。「ぼくはつまらない男になりつつあるのかもしれない。早くオリヴァーが戻ってきてくれないと、責任ある人生にどっぷりはまって取り返しがつかなくなりそうだ。」

骨折の処置に慣れている馬丁頭が従僕や馬丁に指示を飛ばしながら、皆でルヴェックをかつぎあげ、持ってきた板に乗せた。かなり気を遣ったにもかかわらず、ルヴェックの日焼けした顔は青ざめ、白目をむいていた。

「はまったほうがいいんじゃないか」ネヴィルはフィッツの言葉にひとこと言って立ちあがり、袖口を直した。

イヴが見たところ、ネヴィルは先ほどルヴェックと歌っていたときほど酔っぱらってはいないようだった。彼はなんとなく目をきらめかせて、彼女ににこりとした。「けが人は元気づけていてあげないとね？　フィッツに言わせれば、ぼくは全キリスト教徒のなかでもいちばんのちゃっかり者なんだろうな」

一同は邸に戻り、執事の監督のもと、けが人を二階の最奥の部屋に運びいれた。ルヴェックは邸に戻るあいだずっと起きていたが、灰のような色をした顔と額に浮かんだ玉の汗からすると、もう一度気を失ったほうがましだと考えているのだろうとイヴは思った。

医師が到着してけが人を診察したところ、皆が予想したとおり、ルヴェックの脚は折れているということだったが、医師は明るくつけ加えた。少なくとも折れたのはひざから下で大《だい》腿骨《たいこつ》ではないし、一本しか折れていない、と。

「不幸中の幸いだ。これくらいでよかった。脚が縮むのを防ぐのも簡単にすむ」そう言うと、医師は女性たちを部屋から追いはらい、折れた脚を引っぱってもとの位置にはめる手伝いをフィッツとネヴィルにさせた。

「なによ！」部屋を追いだされて自分たちの部屋に向かっているとき、カメリアがむくれた顔で言った。「脚の骨を戻すところくらい、見ていられるのに」

「それはすごいと思いますけど、でも、わたしはできれば見たくないわ」イヴが答える。

イヴの言葉を後押しするかのように、閉じたドアの向こうから大きな悲鳴が聞こえ、悪態としか思えないフランス語がつづいた。

「わたしも」リリーが身震いして賛成する。

カメリアでさえ顔色が悪くなったように見えた。「でも……耐えられないと思われたなんてくやしいわ」

イヴはくすくす笑いながら、自室の前で足を止めた。「そうでしょうね」

数分後、手を洗って、ローズが残していったモスリンのドレスのひとつに着替えて部屋を出たイヴは、廊下を歩いてくるフィッツに会った。

「けが人の具合はどうかしら？」

「眠っている。医者が痛み止めをくれたから、少なくともネヴィルがまた今夜も彼を酔いつぶす必要はないな。ドクター・アダムスの話では、脚が治るのに少なくとも六週間から八週間はかかるらしい。ギプスがずれないようにずっと安静にしていなくちゃならない。でないと変な形でくっついてしまうからね。これから二カ月もフランスの客が寝泊まりするなんて、オリヴァーがなんて言うか」

「そうね。でも彼がここに突っこんできたのはどうしようもないことだったし」

「ああ。それでもなんとなく、もしオリヴァーがここにいたら、こういうことは起こらなかったという気がしてならないんだ」

「彼が風を起こしているとでも？」イヴが軽口をたたいた。

フィッツは横目でちらりと見て笑った。「そういうこともあるんじゃないかな。オリヴァーがいると、物事がスムーズに運ぶ」少し明るい顔になってつけ加えた。「だがバスクーム姉妹が来てからは、オリヴァーも試練の連続らしいけど」

「カメリアがムッシュー・ルヴェックのお守り役を引き受けてくれたから、助かるわ。彼女、気球の旅にとても興味を持っているようなの」

「体を動かしたり危険が絡んだりすることならなんでも、彼女は興味を持つからな。だから、あのふたりは一緒にしておくのがいちばんいいと思う。気球の話で盛りあがるだろうからね」フィッツがイヴに顔を向けた。「これでカメリアも、恋のときめきに胸を痛めるようになると思うかい？」

イヴは肩をすくめた。「いままでだれかをそういう目で見たことはなかったと思うけれど」

フィッツは小さくうめいた。「彼の身上調査をしなければならないな。既婚者あるいは頭のおかしなやつじゃないことを確かめておかないと――まあ、気球に乗るくらいだから多少おかしいのはしかたがないだろうが。生まれの卑しい、いかれたフランス野郎にカメリアがよろめくようなことになったら、オリヴァーに殺される」

「そんな特徴が三拍子そろうことはないと思うけれど」

「は！　カメリアが彼に惹かれたら、もっととんでもないやつだと判明しそうな気がするよ」

それから数日がたつうち、イヴはフィッツの冗談のような言葉も的を射ていたかもしれないと思うようになった——少なくとも、カメリアがフランス人に惹かれるという点では。カメリアは約束どおり、召使いたちと馬で出かけ、大きな気球を巻いて運んだり、木に突っこんでこわれた吊りかごを回収したりする作業を監督した。さらに毎日、かなりの時間を使ってルヴェックに本を読み聞かせたり、気球やその器材をどうしたのか質問に答えたり、その合間にカメリアのほうから質問したりした。

最初、イヴはカメリアの厚意と寛大さに甘えてしまったが、日がたつにつれて、ルヴェックの世話は召使いたちの手にゆだねたほうがいいのではと思うようになった。リリーとネヴィルのことでカメリアに付き添い婦人のような役目をしてもらい、すっかり頼っていたことにあらためて気づいたのだ。カメリアがけが人の部屋にしょっちゅう行くようになると、姉妹のレッスンも早めに切りあげたりして、そのためリリーに自由な時間が増えてしまう。以前なら空いた時間は本を抱えるようにして読んでいたリリーだが、いまでは読書よりネヴィル・カーと話をしているほうが多くなった。

イヴはリリーとネヴィルに、カメリアと一緒にルヴェックの部屋でゲームやおしゃべりをしたらどうかと勧めたが、長時間そこにいると期待することはできなかった。リリーもネヴィルも、気球の話ばかりではすぐに耐えられなくなるからだ。正直言って、イヴにもその気持ちはよくわかった。ルヴェックが気球操縦術の細かい点についてうんちくを語りはじめると、彼女もまぶたが重くなる。そうは言っても、リリーとネヴィルがほかの人間も交えた場にいると思って安心していたところ、三十分後にはふたりきりで散歩に出たとわかると、がっくりしてしまうのだ。

そんなふたりを追いかけて割りこみ、おじゃま虫になるのもいやだった。けれども最近はフィッツもほかの件で忙しくしていることが多く、ふたりへの対応はイヴがしなければならない。彼に避けられているのはわかっていた。以前は彼女のいるところに降って湧いたようにあらわれていたのに、いまでは彼女がそばに行くとどこかへ消えてしまう。もちろん、それこそ彼女が望んだことなのだけれど。そして少なくともそうしてくれたほうが、顔を合わせたときにかならず漂う気まずさを味わわなくてすむのだ。

問題なのは、あいにくイヴがフィッツといたくないとは思っていないことだった。ほんとうは彼と話したいし、彼を見ていたい。正直な気持ちを言えば、彼にもう一度キスしてほしい。もっと悪いことに、彼がいないからといって、彼を求める気持ちがなくなるわけではないらしい。フィッツのことをいつも考えているし、夜は夢にまで見てしまう。寝ても覚めても、彼のことを思うと体が熱くなる。それなのに、彼のほうにはそういう問題はなさそうなのが、しゃくにさわる。彼ときたら、いくら時間がすぎようと、少しも彼女に会いたいとは思わないらしかった。

少なくとも、カーライル夫妻を招いての晩餐会があったおかげで、イヴはリリーの——そして自分自身も——気をまぎらわすことができた。晩餐会当日にサブリナから手紙が届き、ハンフリー卿が思わぬ客を迎えたため、その客も一緒に連れていきたいと書いてあった。客は男性だったので、なんの問題もない。男女が同数になってありがたいくらいだ。しかしサブリナが客の名前を言い渋るわざとらしさが、なんとも腹立たしかった。イヴは手紙を手に二階に上がって姉妹に話をしようとしたが、カメリアしかおらず、しかも彼女は思いがけず横になっていた。

「だいじょうぶ、カメリア?」イヴは部屋のなかへと進んだ。「具合が悪いの?」

「いいえ。少し疲れただけ」カメリアが答える。「バーソロミューに本を読んであげていたんだけど、それで少し眠くなっちゃった」ひじをついて起きあがり、にこっと笑う。「彼も疲れたみたいで、眠ってしまったわ。だからわたしも横になろうと思って」

サブリナが客を連れてきたいと言ってきた話を聞くと、カメリアは眉をひそめた。「どうしてお客さまがだれだか言わないのかしら?」

「さあ。彼女はつねに注目の的になりたい人だから、ちょっとしたことでもそうなのかもね」イヴはいったん言葉を切り、さりげなく訊いてみた。「妹さんはどこ？　一緒にいるのだと思っていたけれど」

「たしかにいたわ。しばらく本を読んでいたけど、庭を散歩してくるって言って」カメリアは鼻にしわを寄せた。「わたしがバーソロミューと一緒にいるのが気に入らないんじゃないかしら」

「あの、あなたはムッシュー・ルヴェックがだいぶお気に入りのようだけど」

カメリアは肩をすくめた。「おもしろいもの。けがが治ったら、気球に乗せてくれるって言ったの。すごく乗りたいわ。あなたはどう？」

イヴは微笑んだ。「わたしは地面に足がついているほうがいいわ」

「木の上をふわふわ浮いて通りすぎていくのって、すばらしいでしょうね。でも」堅実なところのあるカメリアが言い添える。「ちょっと乗り心地は悪そうだけど。寒かったり、風で経路をはずれたりすることもあるだろうし。それでもやっぱり楽しいでしょうね。少なくとも一度くらいは。それに、ものがどう動くかを知るのが、わたしは大好きなの。蒸気機関車を見たことがある？　わたし、見てみたいの」そこでため息をつく。「見たいものが、山ほどたくさんあるのよ」

「そのうち見られるわ」

「どうかしら。ときどき無理かなって思うの。まずわたしは若すぎるし、そんなときにここへ来てしまった」

「ここが嫌いなの？」イヴは驚いて尋ねた。

「ううん、そうじゃないわ。ここは大好きよ、でも……」少し眉根を寄せる。「ばかみたいなことを言ってるのはわかってるんだけど、みんながどんどん離れていってしまうような気がして。最初はローズ姉さま、次にマリー姉さま。あのふたりがいつか結婚するのは、前からわかっていたわ。恋に落ちるタイプだもの。そして今度はリリーがミスター・カーに夢中みたいでしょう。だからあの子も結婚するんじゃないかと考えずにいられないの」

「リリーはミスター・カーと結婚したいの？」イヴの胃がきゅっと縮んだ。おそれていたよりもっと深刻な事態になっているのだろうか。

「いいえ。あの子はそんなことは言ってないわ。でも、いつもミスター・カーの話をしているの。ネヴィルがああした、こうしたって。でもミスター・カーがいなくても、あの子はいつかだれかと結婚するわ。そうなるはずよ。リリーは結婚するタイプだもの。そう思わない？」

「そうね」イヴはうなずいた。「でも、あなただって結婚すると思うわ」

「ええ、そうかもしれない。わからないけど。わたしはあの子みたいにうっとりとはならないから」

「だれもが〝うっとり〟するわけじゃないでしょう」

「少なくとも、リリーほどは、ね」カメリアはにんまりと笑ったが、笑みはすぐに消えた。「ときどき、わたしだけがここにひとり取り残されるのかなと思うことがあるわ。わたしとステュークスベリー卿だけが残されて。そんなの、彼もうれしくないでしょうし。きっと彼は、わたしのしたいこともするな、見にいきたいところも行くなって言うわ。わたしはそのたびに反発しなくちゃならない。ううん、べつにそれがいやだってわけじゃないんだけど……おかしなものね。前はそんなこと思わなかったのに。たぶん、いつもきょうだいがいてくれたからだわ。わたしは勇敢だと思われているけれど、ひとりぼっちになることを考えたら、すごくこわいの」

「そんなの当たり前よ」イヴは身を寄せてカメリアを抱きしめた。「だれだってひとりにはなりたくないわ。でも、それほどわびしいわけでもないと思うわ。ステュークスベリー卿は話の通じないかたではないようだし、あなたもきょうだいに会えないわけじゃない。ヴィヴィアンもいるし、わたしもここにいるわ」

「いてくれるの？」

イヴは微笑んだ。「もちろんよ。あなたは結婚するまで、付き添い婦人が必要でしょう？」

「わたしも結婚すると思う？」

イヴはうなずいた。「あなたはとてもきれいだし、人に好かれるわ。レディ・サブリナのところでダンスがあったとき、パートナーに不自由しなかったでしょう」

「ダンスは楽しいわ。でも、だからって結婚することにはならない。ダンスのときに知りあった男性は、みんな退屈だったわ」

「でも、男性なら世間にはまだまだたくさんいるわ。それに、いまのあなたは少し気分がすぐれないのでしょう。少し昼寝でもしたら、あとでもう少し明るい気分になれるかもしれないわ」

「そうね」カメリアは笑って横向きになり、イヴは薄い掛け布団を足もとから取ってかけてやった。

部屋を出たイヴは廊下を歩きながら、フランスからの客のところへ寄らなければと思っていた。廊下のなかほどまで来たそのとき、白いものがちらりと目の端に移り、イヴは立ちどまって外を見た。

あの小さなハーブ園にリリーとネヴィル・カーがいた。ネヴィルはリリーにかぶさるように身をかがめている。キスをしたり抱きあっているわけではなく、ただ見つめあっているだけとはいえ、ふたりのその姿勢には大きな意味がこもっていた。

イヴの心臓が激しく打ちはじめた。心配していたことが起きてしまった。リリーとネヴィル・カーは、恋をしているのだ。

12

イヴはハーブ園に走っていこうとしたが、思いなおした。厳しい女主人のようにリリーを叱りつけ、ふたりを引き裂くようなまねはしたくない。きびすを返して自室に戻り、帽子と手袋と上着を手に取った。そして簡単な裁縫セットからはさみを取りだす。歩きながら外に出るための身づくろいをし、裏手の階段を駆けおりてテラスにおり、邸の側面にある階段へとまわる。そこからのんびりと散歩するくらいの足取りに変え、ハミングしながら近づいていく。これでネヴィルとリリーが離れて、なんでもないようなふりをする時間稼ぎになってくれればいいのだけれど。

歌をくちずさみながら開いた門を抜けたイヴは、さも驚いたように足を止めた。「リリー！　ミスター・カー。ごめんなさい。こちらにいらっしゃるとは思わなかったの」

リリーはイヴがフィッツといたときに座っていたのと同じベンチに腰をおろしていて、とっさにあのときのことがイヴの頭をよぎる。ネヴィルはリリーから二フィートほど離れた場所に立ち、両手を前で握りあわせていた。ふたりはいっせいにイヴに顔を向けた。リリーはなにも知りませんといったように目を大きく見ひらいていたが、顔はまっ赤だった。

「ミセス・ホーソーン」ネヴィルがひざを折った。

リリーが跳ねるように立つ。「ごきげんよう。ミスター・カーがハーブ園を案内してくださっていたの」

「すてきでしょう？」イヴは言った。「わたしもとても気に入っているの。ラベンダーがないかと思って見にきたのよ。かわいそうに、カメリアの具合が悪いの。少し頭痛がするみたい。だからラベンダーが効くといいと思って」

「えっ！」リリーが目を丸くした。「カメリア姉さまが病気なの？」

「疲れているだけとは言っているけれど。でもそんなの、いつものカメリアらしくないでしょう？　あまり眠れないとか頭痛がするとか、そういうことがあるんじゃないかと思うのよ」イヴはあたりをさっと見た。「さあ、見てみましょう。ラベンダーはどこかしら」

「申しわけないんだが……」ネヴィルが丁重にうなずいてみせた。「ぼくはフランスの客人のところへ行って様子を見てくるよ」

「それはありがたいですわ」イヴはにこりと笑い、うなずいて見送った。彼が行ってリリーに向きなおると、リリーは警戒するようなまなざしをしていた。「ラベンダーは奥の壁際ね。でも残念ながら、もう花はないわね」

そちらに向かうとリリーもついてきた。先ほど言ったとおり、花はもうついていなかった。

「もしかしたら、家政婦のところにラベンダー水があるかもしれないわ。たいていわたしも持っているのだけど、いまは切らしていて」

「ほんとうに、このために外へ出てきたの？」リリーが尋ねた。

イヴは眉をつりあげた。「なんのこと？」

リリーは少しあごを上げた。「もしかしたら、ネヴィルとわたしを捜しにきたんじゃないのかと思ったの。わたしたちがここでふたりきりだったから」

「あら。でも、あなたとミスター・カーはなにもやましいことはしていないでしょう？　それでも、ロンドンの社交界に出たら、どんな理由であれ男性とふたりきりになるのはもっと慎重になったほうがいいわ。残念ながら、人は口さがないものだから」

「ばかみたい！　そんなしきたりなんて大嫌い！」

「世間は若い未婚女性にはとても厳しいの。わたしもそういう人たちの前で神経をすり減らしたものよ。でもね、それがわたしたちの生きている世界なの。それにあなただって、お騒がせ者扱いされたいなんて思わないはずよ。〈アルマック舞踏会〉から閉めだされたくはないでしょう？」

「死ぬほど退屈なところだって、ネヴィルが言ってたわ」

「そのとおりよ。でも、それでもみんながあそこに行きたいと思っているの」イヴはひと呼吸置いた。「ミスター・カーはすてきな人ね」

「ええ、そうなの」リリーの無防備な顔が、さらに明るい輝きをまとった。「あなたには好かれていないって彼は言ってたけれど、そんなことはないわって言っておいたわ」

「彼のことはよく知らないから。もちろん、うわさなら聞いているけれど」

リリーが不審そうな顔を向けた。「これから彼の悪いところを言うつもりね?」

「悪いところ? いいえ、そうじゃないわ。それどころか、おおかたの人はおめでたいと思っている話よ。ミスター・カーは、もうすぐレディ・プリシラ・シミントンに求婚すると言われているの。もう何年も前から結婚は決まっていたそうよ」

「ええ」リリーのかわいらしい顔がくもった。「彼から聞いたわ。わたしに嘘はつきたくないからって。彼がどんなに誠実な人か、それでわかると思わない?」リリーの瞳が輝く。「ごまかすことだってできたのに。わたしは知らないことなんだから。でも悲しいことよね——愛してもいない人と結婚しなければならないなんて。しかも、お父さまに命じられたというだけで!」

「たしかに、とんでもなく理不尽に思えるわね」

「あなたならわかってくれると思っていたわ」

「わかるわよ。親が子どもにそんな押しつけをするなんて、いちばん理不尽だと思うわ。それに、そんな状況で幸せな結婚ができるとも思えない」

「彼は相手のことをちっとも愛していないの。ええ、そうなのよ」

「でも紳士として、最後まで責任を取る義務があるわ。相手の女性は何年も彼を待っているのよ。いまさら取りやめになったら、彼女は笑いものにされるわ」

リリーは顔をそむけた。「わかってる」少し声がかすれていて、目には涙が光ったようにイヴには見えた。「なんてひどい話かしら」

「気の毒に思って当然よね」イヴは慎重に言葉を選んだ。「あわれな状況だと思うわ。ミスター・カーだけでなく、レディ・プリシラにとっても」

リリーの目が大きく見ひらかれた。「でも、彼女はミスター・カーと結婚するのよ」

「ミスター・カーの心がレディ・プリシラにないように、レディ・プリシラの心だってミスター・カーにはないかもしれないわ。でも、もし彼女が彼を愛していたら、相手から愛されていないのを知っていて結婚しなければならないのは、なんてつらいことでしょう」

「それなら、どうして彼女は彼を自由の身にしてあげないの？」リリーの声に少しいらだちがよぎった。「彼に愛されていないとわかっているのなら、どうして彼と結婚したいなんて思うの？」

「オールドミスなんてレッテルを貼られたい女性はいないわ」イヴは冷めた口調で言った。「でも、結婚の取りやめは、それよりももっと世間の目には恥と映るの。実際に正式な婚約をしていなかったとしても、捨てられたも同然だと思われるの。彼女は捨てられたのだと——いいえ、捨てられたも同然だと思われるの。実際に正式な婚約をしていなかったとしてもね。スキャンダルになるでしょうし、非難されるのはおもに男性側であっても、女性側も世間のうわさに苦しまなくてはならない。憐れみの目を向けられるのは、さげすみの目を向けられるのと同じくらいつらいものよ」

「そうかもしれないわ。でもそんなことをする世間は、とても心がせまいと思うけれど」

「そうね、あなたたち姉妹ならけっしてそんなことはしないでしょうね。でもたいていの若い女性はあなたたちほど……」

「お騒がせ者じゃない？」リリーが自嘲ぎみに言う。

「自立心がない、って言おうとしたの」イヴは腕を伸ばし、いとおしそうにリリーと腕を絡めた。「ミスター・カーとレディ・プリシラはつらい状況にあるとは思うけれど、わたしが心配しているのはあなたのことよ。あなたにはつらい思いをしてほしくないの。あなたは彼に結婚してほしくないと思っているんじゃなくて？　でも、それはたぶん現実にはありえないことだわ」

「ええ、それはわかってる。ネヴィル――ううん、ミスター・カーとわたしは、ただのお友だちよ」無意識のうちに、小さなため息がリリーの口からもれた。「そのほかに、なりようがないでしょう？」

その夜、イヴはいくぶん不安の混じった心持ちで晩餐会におりていった。リリーとカメリアにとってパーティの主催者として経験を積むのはいいことだが、できれば客にサブリナは入っていてほしくなかった。リリーとカメリアが晩餐会に費やした努力を、サブリナはこきおろすような気がするのだ。姉妹のどちらも、いまは万全の態勢ではない。リリーはイヴと話したあと、見るからに気落ちしているし、カメリアもいつになく不安げで元気がない。サブリナが毒気のあるほめ言葉を口にすれば、いっそうしょげてしまうかもしれない。

晩餐会の前に客が待機する小さな控えの間に入っていったとき、姉妹はすでにいて、機嫌もよさそうだったので、イヴは安心した。カメリアの頰は上気し、瞳は輝いている。リリーもいつもの明るい彼女に戻ったようだ。

イヴの視線は自然とフィッツに移った。彼はイヴが入ったとき立ちあがっておじぎをしたが、近づくそぶりは見せなかった。小さな胸の痛みを感じながらイブはリリーとカメリアのほうに足を踏みだしたが、行き着かないうちに執事がカーライル家の到着を告げた。イヴは身がまえ、いままさに入ってこようとする一団に目をやった。驚きのあまり目を丸くして、イヴは口をぽかんと開けた。

ハンフリー卿夫妻のうしろ、ヴィヴィアンの隣にいた男性は、ぴんと背筋が伸びて茶色の髪で、こめかみあたりに白いものが交じっていた。鷹《たか》のような鼻に、角張ったあご。部屋に視線をひとめぐりさせただけで、瞬時にすべてを見てとったようだ。イヴに目を留めた彼の瞳が輝き、笑みが浮かんだ。

そのとき、ハンフリー卿が紹介の言葉を述べた。「古くからの友人、ウィリンガム大佐です」フィッツに言うと、大佐がフィッツに向きなおって一礼した。「大佐は先日ランカスターにいらっしゃる道すがら、偶然うちに立ち寄られましてね、しばらく滞在してはいかがかとお誘い申しあげたんですよ」

「おじゃまでなければよろしいのですが」大佐はきびきびと言った。

「いいえ、とんでもございません。このような田舎では、お客さまはいつでも大歓迎です。さあ、従妹たちを紹介させていただきましょう」

フィッツはカメリアとリリーから紹介を始め、大佐はふたりにおじぎをした。しかしフィッツがイヴの紹介をしようとしたとき、大佐は顔をほころばせて彼女に近づいた。「こちらのお美しい女性のご紹介は必要ありません。ミセス・ホーソーンとわたしは古くからの友人でして」

「ごきげんよう、大佐」イヴは手を差しだしてにっこり笑った。「うれしい驚きですわ。お目にかかれて光栄です」

「こちらこそ、親愛なるミセス・ホーソーン。あなたがウィローメアにいらしていることはハンフリー卿から伺っていましたので、あなたに会わずしては帰れないと申しあげたのですよ」

「ご足労いただいて、ほんとうにありがとうございます」

大佐がイヴの手を取ってその上にかがみこむのを見て、フィッツが目を狭めた。「こちらにふたりもご友人がおられるとは幸運なかただ、大佐。ミセス・ホーソーンとはどのようにお知りあいになられたのですか」

「夫のホーソーン少佐が大佐の部下でしたの」イヴが説明した。

「すばらしい男でした。あれほど勇敢な男はほかに知りません」ウィリンガム大佐は賞賛するように頭を振った。

「ええ。ブルースはつねに勇敢でした」

「さあ、最後にお会いしてからどうなさっていたのか、聞かせてください」ウィリンガム大佐はほかの面々からイヴを少し離した。「カーライル家の客人がだれなのか黙っておいてくださいと、わたしからレディ・サブリナにお願いしたのですよ。あなたを驚かせたくてね」

ヴィヴィアンが好奇心もあわらわに自分と大佐を見ていることに、イヴは気づいた。サブリナも同じように見ていたが、彼女の視線には毒気まで感じられる。イヴは内心ため息をついた。大佐がイヴを知っているというだけでなく、イヴにまた会いたいと言ったことを、サブリナが好意的に受けとめたはずがない。サブリナは紳士の注目を自分だけに集めておきたいタイプだ。ウィリンガム大佐がイヴにやさしいのは亡くなった彼女の夫が大事な部下だったから、ということも彼女には関係ない。自分を崇《あが》めてくれるべき男性がイヴと楽しげにおしゃべりしている、というふうにしか見ないのだ。

しかしイヴは、大佐をサブリナの手にゆだねるつもりはなかった。大佐はずっとよい友人だった。とくにブルースが亡くなってからは。人が亡くなったときにしなければならないことをあれこれ引き受けてくれ、おかげで葬儀もやりおおせたようなものだ。大佐の妻もその四年前に亡くなっており、だからイヴの悲しみはよくわかると言ってくれた。

なにか手伝いましょうという申し出のほとんどを、イヴは断った。自分の服をまとめたり、ブルースの遺品を整理したりするのは自分ひとりでやりたかった。悲しいときに人に寄りかかるタイプではなかったから。けれども大佐の力添えは親切心のあらわれであり、おかげで効率よくことが運んで、イヴはずっと感謝していた。

「あいにくですが、お話しして楽しいことはほとんどしておりませんわ」イヴはようやく答えた。「父の家に戻っておりました」

「だが、いまはここにおられる。次の社交シーズンではロンドンに行かれるそうですね」

「はい」イヴが付き添い婦人に身をやつしていることを、サブリナが嬉々《きき》として語ったにちがいない。「ありがたくもステュークスベリー卿が、従妹であるご令嬢たちの初めての社交シーズンに向けて、付き添い婦人として雇ってくださったのです。レディ・ヴィヴィアンが後見人を務めることになっております」

「そうなんだってね。あなたとハンフリーの姪《めい》が友人同士だとは知らなかった」

「学校が同じだったんです。最近は、あまり会えていなかったのですけれど」

「そうでしょうね」大佐はかすかな笑みを浮かべた。「軍にいると、任務で移動ばかりだから」

「あなたは、そういうことにも慣れていらっしゃるのでしょうね」

「あなたがこんなに元気そうでうれしいよ。こちらのご令嬢のお手伝いをする仕事は、あなたに合っているんでしょう」

「そのようにおっしゃってくださるなんて、おやさしいんですね。でも、たしかにここでの生活は楽しいですわ。それはそうと、あなたはこの二年、いかがおすごしだったのですか？」穴でも空きそうな強い視線に気づかぬふりをして、そのままふたりでおしゃべりをつづける。

　もし振り返っていたら、こちらを見ているのがサブリナだけではないのを知って、イヴは驚いたことだろう。フィッツもまた奥の壁にもたれてイヴと大佐をじっと見つめていた。ゆがんだその顔はあまりにけわしく、晩餐会に出ていたほかの客はだれも彼に近寄ろうとしなかった。

　あの男とあんなに長く、イヴはいったいなにをしているんだ？　大佐は彼女の父親と言ってもいい年齢だ。それくらい彼女にもわかるだろうに。イヴがあんな男に興味を抱いているはずがない。だが大佐のほうは、あきらかにイヴに興味を持っているのが見てとれる。一団から彼女を切り離すかのように、うまく部屋の隅に誘導してふたりきりになってしまった。

彼女も世間の評判を気にするのなら、あの男といい雰囲気になっているところを見られたらまずいということくらい考えればいいものを。

もしフィッツがいつもの自分だったら、自分がばかなことを考え、滑稽なことをしていると気づいたことだろう。しかし彼はいつもの彼ではなかった。そんなふうにおかしくなって、もう何日にもなる。芽生えかけたふたりのロマンスをイヴが終わらせたいと言ったのは気に入らなかったが、彼女の判断が正しいことくらいわかっているから、なんとなく後ろめたかった。彼女とフィッツのことがうわさになれば、彼女のほうがはるかに苦境に立たされる。どんなに気をつけても、どんなに召使いたちが忠実であっても、なにかがもれる可能性はつねにある。自分は紳士に徹し、彼女を追いかけるのはやめると決めたのだ。なんにせよ自分は、彼女が思っているような浮ついた無節操な人間ではない。彼女にその気がないのに誘惑するようなまねは、けっしてしない。

しかし、こんな傷ついたようなおかしな気持ちを味わうとは、思ってもいなかった。彼女はいとも簡単にぼくをあきらめられそうだ。自分の仕事を淡々と進め、笑い、おしゃべりし、忙しくしている。ぼくがいなくてもまったく平気そうなのが、痛いほど伝わってくる。それなのにぼくのほうは……。

イヴのそばにいるとぎこちないし、落ち着かない――女性の前でぎこちなくなったことなど一度もないぼくが！　彼女を見るとキスや愛撫を思いだしてしまう。キスや愛撫を思いだすと、また彼女を抱きしめたくなる。彼女が近くにいるといつでも欲望が頭をもたげるから、彼女に会いそうな場所を避けるようになった。だが、どうせ四六時中、彼女のことを考えてすごすのだから、まったく意味のないことだった。オリヴァーの書斎や喫煙室で物思いに――正真正銘の物思いに――ふけることさえあったし、皆と顔を合わせないようにして仕事に打ちこむことで問題を忘れようともした。とはいえ、兄は日々の仕事からも慰めが得られると言っていたが、こんな死ぬほどつまらないことに没頭してどうしてそうなるんだと、兄の気持ちは理解できなかった。

そしていま、ぼくはこうしてたたずみ、彼女を眺めて、彼女にふれたいのにかなわないでいる。彼女がどこぞの軍人と戯れているのを見せつけられて、胸が張り裂けそうになっている。こんなのはうんざりもいいところ、理不尽の極みだ。頭のなかのどこか遠いところでは、こんなことはばかげているとわかっているのに、熱い鉄を胸に押しつけられたような嫉妬を抑えることができない。うなりにも似た低い声をもらし、フィッツは壁を押しやって離れ、部屋を横切って人々のところへ歩いていった。

「ミセス・ホーソーン、大佐」

イヴはうしろから聞こえたフィッツの声にびっくりして跳びあがった。振り返ると、フィッツが決然とウィリンガム大佐に微笑んでいたので、また驚く。もっとも、歯をむきだしにしているその顔を、笑顔と言っていいのかどうかはわからなかったが。

「フィ――いえ、ミスター・タルボット」イヴは愛想のいい声をつくった。「どうぞ、一緒にお話を」

「それはどうも」フィッツは大佐に顔を向けた。「ミセス・ホーソーンのご友人にお会いできて光栄です。お近くに駐屯されているのですか」

「ああ、いえ。休暇中でして、ランカスターの親戚を訪ねる途中だったのです。この機会にハンフリー卿にお目にかかろうと思いまして」

「ミセス・ホーソーンがここにいるとわかって、うれしい驚きだったことでしょう」

「ええ、まさしく」

「おひとりですか？　ミセス・ウィリンガムはご同道されなかったのですか？」フィッツがつづけた。

イヴは目を瞠った。まったくフィッツらしくない。人好きのするのんきさがぜんぜん感じられない。顔はこわばり、大佐の顔を凝視している。これでは、ほとんど尋問しているようなものだ。

「わたしはやもめでしてね。妻は何年も前に亡くなっております」

「それはお気の毒に」

ウィリンガム大佐はぎこちなく頭をこくりと動かして、悔やみの言葉を受けとった。

「夫が亡くなったときに、大佐はとてもよくしてくださったの」イヴは会話をもう少しおだやかな方向へ持っていこうとした。この紳士ふたりはどうもうまくいかないようだが、そう不思議なことでもない。フィッツとウィリンガム大佐はまったくタイプがちがう。そもそもフィッツが彼と話そうとしたことからして、驚きだった。

「そうなんですか?」フィッツの瞳が、品定めするかのように大佐に向けてきらめいた。

「わたしはできることをしただけですよ」大佐は謙遜して言った。「少佐はとても優秀な部下でしたから」

「でしょうね」フィッツはうなずいた。「では、その、ミセス・ホーソーンとは何年もご親交をつづけてらしたのでしょうか」

「いいえ、もうずいぶんと連絡は取っていませんでした」イヴが口をはさんだ。フィッツの態度は礼儀を欠いていると言ってもいい。

そのときヴィヴィアンと彼女のおじが会話に加わってくれて、ほっとした。「ほらほら、殿方のおふたりさん、ミセス・ホーソーンを独り占めはさせませんことよ」ヴィヴィアンが言う。「わたしだって彼女に会いたかったんですから。ハンフリーおじさま、狩りを開催なさろうと考えてらっしゃること、フィッツに教えてさしあげたら」

ヴィヴィアンは巧みにイヴを一団から遠ざけ、紳士三人をあとにした。

「ありがとう」イヴは女友だちに言った。「なんだかとても気まずかったの。フィ――ミスター・タルボットの態度がかなりおかしくて」

「見ていてわかったわ。われらがフィッツは、きっと恋敵《こいがたき》のにおいを嗅ぎとったのね」

「えっ？」イヴが友を見やる。「いったいなんの話？」

「フィッツはウィリンガム大佐に少しやきもちを焼いてるのよ」

イヴは目を丸くしたが、やおら言った。「ばかなことを言わないで。やきもちだなんて。どうしてやきもちなんか焼く必要があるの？」

ヴィヴィアンは答えず、言わずもがなの表情を返すだけだった。

「フィッツ・タルボットはわたしになど興味はないわ」イヴはにべもなく言った。「この数日、もしあなたがここにいたら、いかにそんなことがありえないかわかったはずよ。食事時以外は顔を合わせないし、そのときは皆が同席しているわ。わたしに会いにくることなどまったくないし——」イヴは急に口をつぐんだ。

「それじゃあ、大佐を追いはらおうとしてるようにしか見えなかったフィッツは、ひねくれ者ということなのかしら？」

「あのね、ヴィヴィアン……」

ヴィヴィアンは眉をつりあげた。「なにも気づいてないとでも思ってた？　ねえ、わたしの大切なイヴ、この方面にかけてはわたしは達人なのよ。公爵の娘ともなると、男性がしょっちゅう名乗りを上げにやってくるの」

「でも、これはわたしの話で、あなたの話じゃないわ。フィッツがあっさり手を引いたってことは話したでしょう？　それはとてもありがたいことだって、あなたにも言ったし。それにウィリンガム大佐がわたしを……？　そんなこと——ばかげてる。わたしの父親と言ってもいい年齢なのよ」

「女性のなかには、堂々として威厳のある男性が好きという人もいるわ。それに十五歳の年の差なんて、男性は気にしないものよ。ねえ、わたしのおじとサブリナをごらんなさいな。あそこはもっと年の差があるでしょう」

「ええ。でも、わたしはレディ・サブリナじゃないわ」

「ほんとね、ありがたいことに」ヴィヴィアンはイヴをいとおしそうに抱きしめた。「でも、大佐のことはほんとうになんとも思わないの？　わたしでも少し勘ぐってしまったわ。彼に会って、あなたがとてもうれしそうだったから」

「古い友人に会えたからうれしかったのよ。それに思いがけないことだったし。でも……」イヴはかぶりを振った。「大佐に特別な気持ちはないわ。お友だちというだけ」

「じゃあ、フィッツは？」

「彼もお友だちよ」疑わしげなヴィヴィアンの顔を見て、イヴはつづけた。「ほかになにがあるっていうの？　彼に気をつけてって注意したのは、あなたよ」

「ええ、わかってるわ」ヴィヴィアンはあとに残してきた男性の一団を振り返った。「でも、フィッツがいつもとはちがうように思うの。女性に対してこんなふうにふるまう彼は、見たことがないわ。あなたに迫るのをやめたことだって、彼らしくないもの」

「これまでの女性たちのときとちがって、興味をなくしたのよ、きっと」

「興味をなくしたというのとはちがうと思うわ。今回は、自分の欲望より相手の女性を大切にしているのかもしれない」

ヴィヴィアンの言葉で、イヴの心にどうしようもなく希望が湧いたけれど、やはり断固としてそれを抑えつけて首を振った。「いいえ。そんなふうに考えるのは無謀もいいところよ。リリーにも現実を見なさいと話したところなの。わたしもそうしなければね。彼を好きになることはできないわ。いいえ、好きになってはいけないのよ」


その日の夜は、ゆっくりとすぎた。晩餐会は長々とつづき、サブリナは自分を場の中心に据えつづけた。ヴィヴィアンやウィリンガム大佐やネヴィルがほかの話題——たとえば草原に不時着した気球乗りとか——に持っていこうとするたび、サブリナはすぐにどうにかして自分の話に戻した。やたらと甘ったるい言葉かけをし、まつげをぱちぱちさせ、フィッツやネヴィルだけでなくウィリンガム大佐にまでさかんに扇をはためかせた。そんな妻の行状をハンフリー卿がどう思っているのか、イヴには想像がつかなかった。正直に言えば彼はおおかた退屈そうで、大佐と昔の話になったときがいちばん生き生きとしていた。しかしたちまちサブリナの口がへの字になり、夫に向ける顔がけわしく不機嫌になったので、ハンフリー卿はみるみるおとなしくなって黙りこんだ。

このときばかりは、フィッツも会話をはずませようとはしていなかった。サブリナが媚びるのも無視し、ほとんど両側にいるヴィヴィアンかハンフリー卿と話をしていた。イヴはイヴで、自分が面倒を見るべき姉妹にほぼ意識を向けていた。隣にいるリリーが、ネヴィルに媚びるサブリナを見て怒りを募らせるのがわかる。向かいにいるカメリアはといえば、時間がたつにつれて元気がなくなっているようで、皿の料理をつつくばかりでほとんど食べていない。姉妹のどちらも晩餐会の成功など気にもしていないが、たしかにサブリナが会話を独占している状態では、姉妹主催の晩餐会などと呼べないことはイヴも認めずにいられなかった。今宵よかったと言えるのは、サブリナが媚びるのに忙しくて、姉妹のほうには毒を吐いていないということだ。

食事のあと、女性たちは音楽室にさがり、男性はポートワインと葉巻を楽しむのにやたらと時間をかけていた。ふたたび女性陣と一緒になるのを避けているだけではないかと、イヴには思えた。それも無理はない。サブリナがピアノを弾きはじめ、やっとのことで男性たちが戻ってくると、彼女はネヴィルに狙いを定め、楽譜をめくってほしいとねだった。それに対してネヴィルはリリーに声をかけ、自分の隣に来て一緒に歌を歌おうと誘ったのだ。彼がサブリナを出し抜いた巧みな手腕に、イヴは顔がゆるみそうになったが、サブリナの顔つきから察するに、のちのちリリーに向けてこの意趣返しをするのはまちがいなさそうだった。

ウィリンガム大佐はその機に乗じてイヴの隣の椅子に腰をおろしたが、フィッツがやってきてその反対側の椅子に陣取り、またもや会話に入ってきた。ただしもう尋問のようなまねはしなかったのでイヴもほっとしたが、フィッツがいるとどうも場がぎこちなく、会話も堅苦しくなった。

ほどなくしてイヴは、早く夜が終わってほしいと思いはじめた。疲れたし、カメリアは座ったままいまにも眠ってしまいそうだ。なにか病気になったのではないかと心配になる。それでも、客を残して二階に上がるわけにもいかず、サブリナにはまだまだ帰ろうとする気配がなかった。けれどもとうとう、サブリナの意向も訊かずにヴィヴィアンが席を立ち、丁重にいとまごいの手順を踏みはじめた。ありがとうとさようならをひととおり告げたあと、客はようやく帰っていった。

イヴはさっさとカメリアをベッドに入れた。疲れているだけだとカメリアは言ったが、額にさわってみると熱く、イヴがあわてて世話を焼いてもカメリアは文句も言わなかった。カメリアはおとなしく服を脱いでベッドにはいあがり、濡らして絞った冷たい布をイヴに額に載せてもらった。

「明日にはよくなってるわ」カメリアは目を閉じた。

「ええ、きっと」イヴが見守るなか、カメリアはたちまち眠りに落ちていった。

眉間にしわを寄せてイヴは部屋を出た。ふだん、カメリアはとても健康で丈夫なものだから、具合が悪いとなると心配だ。イヴは廊下を突っ切ってリリーの様子を見にいった。カメリアが熱を出したのなら、妹であるリリーにも同じ不調が出るのではないかと思ったのだ。ドアをノックしようと手を上げたまま、イヴは固まった。なかからリリーの泣き声が小さく聞こえてくる。あまりにあわれでイヴは胸が詰まり、ノックをすると返事を待たずにドアを開けた。イヴが入ったときリリーはベッドにうつぶせに横たわっていたが、振り返ってもぞもぞと起き、目をこすった。

「ああ、リリー……」イヴが駆け寄り、ベッドにいるリリーのそばに腰をおろした。リリーはイヴに抱きつき、イヴの肩に頭を寄せてしとどに涙を流した。イヴが背中をやさしくたたき、なだめる言葉をつぶやいていると、やがてリリーの涙も引きはじめた。

リリーは体を離し、顔をぬぐってイヴに泣き笑いを見せた。「ごめんなさい、泣くつもりなんかなかったのに。ただ――彼女があんまり腹立たしくて」

「レディ・サブリナのこと？」イヴはびっくりした。リリーの涙がサブリナのせいだとは思ってもいなかった。

リリーがうなずいた。「そうよ、ネヴィルにしなだれかかるみたいな、今夜の様子ときたら！　わたしははらわたが煮えくり返る思いだったけど――彼女がピアノを弾いてるとき、ネヴィルはわたしに一緒に歌おうって誘ってくれたでしょう？　やさしいわよね？」

「ええ、そうね」

リリーはひとり笑い、夢見るような目をした。しかしそこで背筋を伸ばし、話を戻した。

「ひどかったわ、彼女の態度――もう夫のある身だっていうのに。さっき、もうやすもうと思って二階に上がってきながら、彼女に言ってやりたかった言葉を考えていたの。でも……わたしが怒る筋合いなんてないんだって、気がついて。ネヴィルはわたしのものじゃないし、これからわたしのものになることもないのに」

またリリーが泣きだすことはなかったが、その顔があまりに打ちひしがれていて、イヴはリリーの手を両手で握りしめずにはいられなかった。「かわいそうに、そんなつらい思いをして。ミスター・カーがここに来なければよかったのに」

「そんなこと言わないで!」リリーは目を大きく見ひらいた。「もしそうだったら、ぜんぜん彼のことを知らずにいたのよ、そのほうが悲惨だわ」

それはどうだろうとイヴは思ったが、賢明にも黙っておいた。

「どうにもならないってわかってるの」リリーは悲嘆に暮れた様子でつづけた。「でも、せっかくオリヴァー従兄さまが今年の社交シーズンにデビューさせてくださっても、無駄になってしまうかもしれない。カメリア姉さまは夫を見つけるかもしれないけれど、わたしはもうネヴィルほどの人には会えないと思うの」

「社交シーズンまでには、まだ日にちがあるわ」

けた。

「時間がたっても、彼への気持ちは変わらないわ」リリーが澄みきった大きな瞳をイヴに向

そんな言葉に反論するほど、イヴも愚かではない。「今回の社交シーズンで首尾よく夫を見つけろなんて、だれも思っていないわ。あなたは若いのだから、パーティを楽しめばそれでいいの。楽しいことはたくさんあるわ——ダンスに、お芝居に、オペラに、新しいドレス」

リリーはうなずいた。「ええ、そのどれもこれも、すごく楽しいだろうとは思うわ。オリヴァー従兄さまがしてくださったことはなんでも、うれしいとしかお伝えしたくない。でも……」声がとぎれ、彼女のまなざしに影が差す。

イヴは身をかがめて、リリーをぎゅっと抱きしめた。「あまり心配しすぎないで。少し眠ってちょうだい。明日の朝にはなにもかも少しはよく見えてくるはずよ。小間使いはどこ？呼び鈴で呼びましょうか？」

「いいえ。わたしが上がってきたとき、そこの椅子で眠ってしまっていたから、もうベッドに入らせたの。ドレスの留め金はカメリア姉さまにはずしてもらうわ」

「わたしがしましょう。カメリアはもう眠っているの、かわいそうに。なにか病気じゃないかと思うのよ。あなたは気分が悪かったりしない？」

リリーは首を振った。「いいえ。今夜のカメリア姉さまはけっこう元気だと思ったけれど。

でも、少し熱っぽいだけじゃないかしら?」

イヴはリリーのドレスの背中に並ぶ留め金を手早くはずし、部屋を出た。自分の部屋に行きかけて足を止め、すばやくきびすを返して、軽やかに階段を駆けおりた。

階下は暗かったが、廊下のなかほどでひらいたドアからもれる明かりで、じゅうぶん進むことができた。ドアに近づくにつれ、イヴの足は遅くなった。手前で足を止め、男性の話し声がしないかと耳を澄ませる。書斎に入ってみたらフィッツとネヴィルが話をしていた、というような状況は困る。

なにも聞こえないので忍び足で近づき、ドアの前で止まった。フィッツがオリヴァーのデスクにつき、前に酒のグラスを置いて、見るともなしに暖炉のほうを見つめていた。その顔はどこか……苦しそうだ。

イヴは胸が締めつけられ、とっさに一歩、なかに入ってしまった。「フィッツ?」

「イヴ!」はじかれたように立ちあがった彼は口もとをほころばせ、彼女のほうに近寄った。

「入って。どうぞかけてくれ」

彼に手を取られ、イヴは暖炉の前に並んだ椅子へと引かれていった。彼から酒のにおいがしたが、酔っているような様子はない。彼の手はしっかりとしているし、瞳にも輝きがある。

「顔が見られてうれしいよ」フィッツが言った。「でも、きみはなにか困った顔をしているようだ」

「カメリアの具合が悪いの」

「ほんとうに？」彼の眉が驚きにつりあがる。

「ええ、熱があるのだと思うわ。でも、そのことでここに来たのではないの。心配しているのはリリーのことよ。どうやらミスター・カーに恋をしてしまったみたい。さっき、リリーが部屋で泣いていたの」

フィッツはため息をついた。「リリーは感情表現が豊かだからな。ほんとうに心を奪われてしまったんだと思うかい？」

「わからないわ」イヴは正直に言った。「彼女はドラマティックな状況が好きだから。悲劇のヒロインを楽しんでいる部分が少しはあるのかもしれない。でも、彼女もほんとうに好きなんだと思うの。さっき、リリーは今年の社交シーズンは無駄になるかもしれないと言っていたわ。ミスター・カー以外の男性を好きになることはできないって。若い娘というのはそういうことを言いながら、二カ月後にはべつの殿方に夢中になるものだとはわかっているけれど、でも……」

「あいつはリリーの不都合になるようなことはしない。ちゃんと彼女を大切に思っている。言い寄ることはしないと約束してくれたし、ぼくはあいつを信じている」

「そうかもしれないわね。でも今日の午後、わたしはあのふたりがハーブ園でふたりきりのところにいあわせたの」イヴが頰を染めて顔をそむけた。同じ場所で自分たちのあいだに起きたことを思いだしたのだ。

フィッツが口をひらくのに一瞬の間があって、彼もまた結婚式の夜のことを考えていたのではないかとイヴは思った。わたしの唇が彼のキスを受けてひらき、彼にふれられて肌が熱くなったことを思いだして、彼の血も熱くなったのだろうか？

「そうか」フィッツの声が少しかすれていることを考えると、やはり彼も忘れていないのだろう。「それでふたりは――」

「いいえ」イヴはあわてて取りなした。「他人から疑われるような体勢ではなかったわ。でも人目につかない場所で、ふたりきりだった。その様子からは……熱い思いがにじんでいたわ」

その言葉がイヴとフィッツのあいだで宙に浮く。ふたりの内面を暴きたて、心をゆさぶってくる。フィッツの視線がイヴの視線をとらえた。イヴは目をそらせなかった。彼のまなざしには、イヴの内側をとろけさせてしまうなにかがある。彼のひざの上で丸くなり、その胸に頭をもたせかけて、彼の腕で抱きすくめられたいという危険な欲望に、気づかされてしまう。

「ときには」ささやきのような声しか出なかった。「若い娘にとっては、キスと同じくらい言葉が力を持つことがあるわ」もはやリリーのことではなく、自分の話をしているのだとイヴにはわかっていた。「ふたりのあいだになにも起こるはずがないとわかっていても、それでも望まずにいられない。心にふれてほしくてたまらないのよ」

「彼も同じように思っているのかもしれないよ。これだけ近くにいて、思いが強くなっていかないはずがない」フィッツは彼女に身を寄せた。「いつも相手が目の前にいて、ほしくならないわけがない。部屋に入って、彼女の香水に鼻をくすぐられたり。とんでもなくばかげたことにも脈が速くなったり。たとえば、彼女の手袋がひっそりと地面に落ちているのを見つけたりとか」

イヴは思わずつばを飲みこんだ。いま彼が言ったことに、まるで腕をなでられたかのようにどきりとした。イヴは目をそらし、胸の内を駆けめぐる激情を見せまいと闘った。

「会いたかった」フィッツが言った。そんな簡単なひとことで、イヴの全身に震えが走る。

「この数日、きみのそばにいられなくて……」

「わたしのせいじゃないわ！」イヴはかっとした。「わたしを避けていたのはあなたでしょう。わたしが部屋に入っていくと、あなたは出ていく。まるでわたしが害虫かなにかみたいに」

フィッツは目をむいた。「ぼくがやりたくてやっていたとでも？」

「そうとしか思えないわ。どうやらあなたは追いかけっこには飽きたようだし」いやみな言い方だとわかってはいたが、それくらいやってもおかしくないと思えた。わたしのことなど取るに足りない存在だとでもいうように、何日も放ったらかしにしておいて、いまさら香水だの脈が速くなるだの甘い言葉を口に乗せるなんて。またそれにあっさりと反応してしまう自分に、イヴはいっそう腹が立った。

「きみがそうしてくれと言ったから、そうしたんだ」フィッツの瞳になにかが光り、彼は突然立ちあがった。暖炉のほうに一歩踏みだし、勢いよく振り返る。「誘惑するなときみが望んだんだろう。ぼくと男女のつきあいはできないと言ったのは、きみだ。世間の評判を落とすかもしれない危険は冒せない、と。あれは本気じゃなかったのか？　たんなる手管だったのか？」

「いいえ！」イヴもすっくと立ちあがった。怒りと同じくらい、後ろめたさで胸が痛む。たしかに、距離を置いてほしいと言った。けれども心の奥底では、ほんとうは、そうしてほしくないと願っていたのでは？「ちがうわ。手管なんかじゃなかった。あなたと関係を持つことはできない。けれどそれは、二度と会いたくないという意味じゃなかった。友人にさえなれないということでは……」

「友人？　なるほど、きみにとっては簡単なことなのかもしれないが、ぼくにとってはとんでもなくむずかしいことだよ。ぼくになにをしろと言うつもりなんだ？　きみと一緒に座って、ダンスをして、おしゃべりをして、それできみを求めるな、と？　どうすればそんなことができると言うんだ？　ぼくはきみを見るだけで――」フィッツが言葉を詰まらせ、火かき棒をつかむと暖炉に押しこんだ。

黒く焦げた薪《まき》が砕け、ふたたび炎を舞いあがらせ、赤く光って火花を散らす。フィッツは薪をつつきつづけた。「大佐はどうすればいい？　彼がきみに言い寄るのを見ても、気にするなというのか？」

「言い寄る！」イヴは目を丸くした。「ウィリンガム大佐は言い寄ったりなんかしていないわ」

「ああ、そうだろうね」フィッツがくるりと向きなおり、乱暴な手つきで火かき棒を元の場所に戻した。「きみは亡くなったご主人の上官としか思っていないかもしれないが、あいつがきみを見るあの目を、きみたちふたりが離れたところで笑っておしゃべりしているところを、ぼくは見ていたんだ」

イヴはこぶしを握った両手を腰に当てた。「いまのわたしにはだれかとおしゃべりする自由もないの？　それとも大佐相手にかぎってのこと？　いったいだれと話をしちゃいけないのか、名簿でもこしらえて――」

彼女の言葉は途中でとぎれた。フィッツがひとこと悪態をつき、すばやく一歩踏みだして彼女の手首をつかみ、引き寄せたかと思うと唇がおりて、激しい口づけでふさいだからだ。

13

キスされて驚いたりはしなかった。それどころか彼の唇がふれたとき、この瞬間を待っていたのだとわかってしまった。どれほどまちがったことだろうと、どれほどばかげたことだろうと、わたしは彼にキスしてほしかったのだ。熱い体を押しつけてほしい、鉄のようなたくましい腕に抱きすくめられたい。もはや理性も道理も、体の奥から湧きあがってくる欲望にはかなわなかった。

イヴの両手が彼の肩にかかった。押しやるためではなく、しがみつくために。フィッツに持ちあげられて抱きすくめられると、どくどくと脈打つ欲望がイヴに伝わった。不謹慎だとは思いつつも、その感覚を堪能《たんのう》する。ふたつの体がこのままはじけて溶けて、ひとつの激しい焔《ほむら》になってしまうのではないかと思うほどに、唇の離れる間もないくらい口づけあう。

まるで血管のなかで火が躍るようだった。ただひたすらに、もっと感じたかった。もっと明々と燃えあがりたかった。狂気の沙汰だと脳がささやいていたけれど、イヴは耳をふさいだ。彼に口づけ、舌を絡め、彼の胸や上着の下に手をすべらせて、サテンらしいベストの布地をなでる。もっとほしい。彼の肌に、じかにふれたい。慎みなどかなぐり捨てて追い求めたい。

奥深いところでイヴは、こうなったのは自分が今夜ここへ来たからだとわかっていた。もっともらしく取り繕った理由など、どれもごまかしにすぎない——少なくとも、本心のほんの表面だけをすくいとったものだ。今夜、わたしはフィッツに見られていることを感じていた。ヴィヴィアンにどう否定をしようと、彼のまなざしの奥にひそむ嫉妬や欲望を感じていた。そしてその欲望が、燃えあがって現実のものになってしまえばいいと思っていた。このふたりを焼きつくさんばかりの業火に引きずりこんでほしいと。

フィッツが彼女の名をつぶやき、両手を動かして彼女の体のやわらかな丸みを探っていく。ドレスと下着の布地を通してでさえ、彼の両手の熱さが伝わり、イヴは身震いした。胸の先端がかたくなる。フィッツは抑えきれない声をもらし、上着を脱いで放りだした。イヴの指が彼のベストのボタンをもどかしげにはずしたが、それでもまだ足りなかった。彼女はズボンのウエストからシャツを引っぱりだし、裾から手を入れてなめらかな腹部とさらに上の胸まで手をすべらせた。

彼女にふれられてフィッツの体が小さく震えた。彼の指がイヴの腰に深く食いこんで、彼女を抱きよせた。むさぼるような口づけを交わすあいだにも、イヴの手はシャツの下で動きまわり、たくましい筋肉や丈夫そうな骨の直線や曲線をたどり、サテンのような肌ざわりや、ごわごわした縮れ毛や、男性的なかたい乳首の感覚にどきどきした。フィッツが悪態をついて離れ、自分の髪をかきあげた。「だめだ。このままつづけていたら、やめられなくなる」

「わたしはやめたくないわ」

フィッツがうめきをもらし、瞳が光った。「そんなことを言わないでくれ。踏みとどまるのはここでぎりぎりなんだ。いま、きみが行ってくれないと……」

「わたしは行きたくないわ。わたしを見て」イヴは一歩近づき、フィッツの真正面で止まった。わずか数インチのところで。そして彼の目に見入る。「わたし、前に言ったことはすべて撤回するわ。明日の朝になっても、これからのことを後悔したりしない。心を決めたの。年をとって干からびて、自分が手に入れられたはずのものや経験できたはずのものをなにも知らずに終わるなんていや。知りたい、感じたい、手に入れたいの……」あいまいに手を振る。「すべてを。なにが起きようと、自分があきらめてしまったものを悔やんで残りの人生をすごしたくない」

フィッツが彼女を見た。彼の体はこわばり、ブルーの瞳は熱く燃えている。「イヴ、よく考えて……」

「もう考えたわ。わたしはあなたがほしいの」イヴの両手が彼のシャツに伸び、布をぎゅっとつかんで自分のほうに引き寄せたかと思うと、つま先立ちになって唇を重ねた。

フィッツの腕が鉄のような力強さで彼女をかき抱き、唇が押しつけられた。もう止まらないとでもいうような、いくら味わっても足りないとでもいうような口づけだった。イヴは体に火がついたかと思った。彼の欲望の火が彼女の全身をなぎはらい、彼女の炎をさらに煽るかのようだ。

イヴの手がふたたびフィッツのシャツの下にもぐり、筋肉のついた背中を下へとなで、背骨のくぼみをなぞっていくと、ズボンのウエストに行く手を阻まれた。そこで両手は彼の体の脇に戻り、あばら骨をなぞり、胸へとまわった。彼の体が見たい。素肌をこの手で感じたい。彼の体を唇と舌で探っていきたい。そんなことを思うイヴの脚のあいだにはうずきが生まれ、熱くぬれて、かつて感じたことのない荒々しいまでの欲望が脈打っていた。

もどかしげな音をたてて唇を離したイヴは、彼のアスコットタイに両手をかけた。フィッツが一歩うしろにさがってベストを肩から脱ぎ、首まわりのタイを指でまさぐる。もつれてでもいるのか悪態をつき、ようやく引き抜いた。シャツを頭からばさりと抜き、また彼女に近づくと、ドレスの背中にいくつも並ぶ小さなボタンに指をかけた。

まさに自分のしたいことができる状況に置かれたイヴは、両手で彼にふれ、むきだしになった上半身を一心に見つめながら、彼の胸板に指をすべらせた。胸の中央でV字形に生えた毛を指先に絡め、男性らしい平らな乳首を爪の先でかすめた。そこがかたくなるのを見て胸がどくんと打ち、脚のあいだのうずきが増した。イヴは大胆にも身を寄せ、彼の肌に唇をつけた。

フィッツがびくりと動き、指が彼女のドレスに食いこんだ。イヴは体を引きかけたが、彼がかすれた声で言った。「いや、いい、そのままで」

唇で彼の胸をたどるイヴの上に覆いかぶさるように、フィッツは体を丸め、指では彼女のドレスのボタンをまさぐっていた。ときおり彼の口から小さな吐息やうめきがもれ、彼の指がイヴの背中に食いこむ。ふと彼の動きが止まったかと思うと、彼女を引きあげてふたたび思いだそうとするかのように、深く口づけた。そんなふうだから彼女のドレスのボタンをはずすのに時間がかかったが、ようやくはずし終えるとドレスを押しさげ、彼女の足もとに丸く落とした。あわただしい手つきでペチコートのひもをほどき、それも落とす。

「次は」フィッツの目は劣情でまぶたが重くなっていた。「ぼくの番だ」

手を伸ばし、シュミーズのリボンをほどき、サテンの結び目を引っぱった。襟もとが少したわみ、ふっくらとした胸がさらにあらわになる。フィッツは両手を彼女の胸の上に広げてゆっくりと下へすべらせ、シュミーズの内側まで指先をもぐらせて、布地を下げていった。

敏感な胸にフィッツの指先がふれ、引っぱられた布地が胸の先端をかすめた。そんなちょっとした感覚にさえもイヴは煽られ、さらに脚のあいだに熱が集まった。目を閉じ、頭をのけぞらせて、その快感に身を投じる。フィッツの手がすべすべの彼女の胸をなで、ゆるんだシュミーズを腰から下へと押しさげる。一瞬、腰で布が引っかかり、力を入れて下げると少し破れる音がした。しかしふたりとも気にも留めなかった。

フィッツは彼女の胸をなで、とろけた表情の顔を見おろした。彼女が唇から舌先をのぞかせると、フィッツの体が震え、欲望がいや増した。それでも彼は動きを速めることなく、指先で彼女を愛でていく。彼女の胸がふくらみ、かたい中心が突きだす。イヴはわなないた。熟れた乳首のうずきがひどくよくて、それでももっと、もっとほしかった。のどで息が詰まり、一瞬、戦慄に全身を貫かれる。もしや、またこんな状態のまま放りだされるのでは……? こんなに高まって体のなかがうずいて、かつてないほど狂おしく求めているのに、満たされぬまま終わってしまうのでは……?

そのときフィッツが身をかがめ、片方の胸の先端を口にふくんだ。イヴの全身にかっと熱が走り、過去のおそれも思いもどこかへ追いやられた。ふいに、イヴはむきだしの情欲、ありのままの快楽だけの存在になった。彼の舌の動きひとつ、唇の動きひとつごとに、激情がほとばしる。

フィッツは身をかがめて彼女を抱きあげた。そして暖炉の前へと運んでいく。イヴのペチコートを広げ、粗ウールのラグが肌に当たらないようにしてから、彼女をそこに横たえた。そばにひざをつき、丈長のドロワーズのひもをほどいて引きおろし、彼女の太ももからふくらはぎへと抜いていく。さらに彼女の足を片方ずつ持ちあげて室内履きを脱がせ、ガーターベルトをそれぞれはずして、靴下の下に手を差しいれてずりおろしていった。

フィッツはかかとに体重をあずけ、薪の燃えさしよりも熱く輝く瞳で彼女を見おろした。赤い火が白い肌を照らしている。胸の先端は彼の口の愛撫でふくらんで赤くなり、濡れていた。彼の視線にさらされてさらにかたくなり、つられるように彼女の腰もまた揺れて両脚をこすりあわせている。フィッツは立ちあがり、あっというまに残りの服を脱ぎさった。

彼の分身がはじけて自由の身となり、質量を増して震えていて、イヴの視線はそこに引きつけられた。口が少しひらいたが、すぐに息を吸いこんで下唇を噛む。イヴは目をそらすことができなかった。彼が自分のなかに入ったときのことしか考えられない。こんなことは、いままでなかった。まったく未知の感覚だった。おそれのような、はやる気持ちのような、うねる興奮が全身にたぎる。体が彼を求めてうずく。脚のあいだのせつなさが広がり、どくどくと脈打つ。それでもなお、いまだ経験したことのない痛みや、裂けてしまうかもしれないことに考えが及んで、突如イヴは思った。フィッツにちゃんと話しておけばよかった、説明しておけばよかったと……。

けれどそのとき、フィッツがまた彼女のかたわらに来て、ひざで彼女の両脚を割って体を入れ、彼女の体をひらかせた。腕を彼女の両脇につき、上からのしかかるように身をかがめてキスをする。イヴは両腕で彼の首にしがみついた。唇が重なったとたん、不安はどこかにかき消えた。キスをしながら、フィッツの手が彼女の体をすべりおり、隅々まで探っていく。脚のあいだにある小さな茂みにも指を絡め、イヴがとっさに両脚を閉じると、なだめるようにひらかせた。彼の唇に笑みが浮かんでいるのが、イヴにはわかった。

彼女の体でいちばん湿ったところにフィッツの指が伸び、なでられ、まさぐられ、ひらかれると、のどの奥からどうしようもなく声がもれてくる。自分の反応が恥ずかしくてイヴはまっ赤になったが、彼の指に翻弄されすぎて、羞恥に震えることもできない。が、欲望にのみこまれているのは、彼とて同じこと。彼女の脚に当たる彼の分身は、かたく、切羽詰まって、どくどくと絶え間なく脈打っている。イヴはそこを自分の手で包みたかった。自分の手のなかで彼が大きくなって脈打つのを感じたい。手ざわりと重みをたしかめたい。けれど、いくら熱に浮かされた状態であっても、そんな大胆なことができるはずもなかった。

フィッツの唇が離れ、移動して彼女の耳たぶをついばんだ。悦びに打ち震えるイヴを、彼の唇と舌が探っていく。そのあいだもずっと、彼の両手はイヴの脚のあいだでうごめきつづけ、太ももからふくらはぎまでなでてはまた熱い中心に戻ってくるのだった。フィッツの手が下へ下へ、胸から腹部と移動するにつれ、イヴの声がかすれる。彼の手を追うように体がしなり、内側のうずきに耐えかねてほとんどしゃくりあげていた。彼の背中にしがみつき、両脚を広げる。

その脚のあいだに身を置いたフィッツの顔には、まぎれもない欲望がにじみでていた。体の位置を定めると、深く、彼女のなかへ押しいった。痛みが走り、イヴはびくりとして思わず小さな声をもらした。フィッツが凍りつき、信じられないという顔で彼女を食い入るように見つめた。

「イヴ！」低くかすれた声で言う。フィッツが両手で下に敷いたペチコートをつかみ、体を引きはじめる。

しかしイヴはあわてて両脚を彼に絡め、引き留めた。「だめ。やめないで。お願い……」

一瞬、フィッツはためらったが、下で身をよじらせるイヴを見て観念してうめき、いっそう深く彼女を貫いた。イヴが小さく息をつく。痛みが潮のように引いてゆき、彼に押し広げられ、満たされているという深い充足感が取って代わった。こんな気持ちになるとは思ってもいなかった。ぽっかり空いた部分が埋め尽くされる感覚。自分でも気づいていなかった虚空が、きっちりと満たされる感じ。

彼女のなかでフィッツが律動を始めた。リズムを紡ぎながら出入りをくり返すうちに、イヴは下に敷いたペチコートにしがみつき、せりあがってくる荒々しいまでの欲望をなんとか逃がさずにはいられないほどの快感に襲われた。思わずすすり泣くような声が出る。いったいなんなのかわからないけれど、なにかがほしい。それを一心につかもうと体内の熱が上がり、欲望の激しさで体が砕けそうになる。

そして、ほんとうに砕けた――イヴとフィッツは同時にはじけ、フィッツはかすれた声でひと声叫ぶと彼女の首に顔をうずめ、震える体を重ねあわせた。イヴの体にも鮮烈な快感が響いたかと思うと、あらゆる方向に広がってびくびくと全身がわななき、それが彼をもわななかせた。

一瞬にして世界は消え失せ、その快楽だけが残った。このはじけるような至福、目のくらむような、完全無欠の至福だけが。


フィッツは彼女の上にくずおれた。ふたりとも汗だくの体で抱きあい、口にする言葉もなく、やすらぎの霧のなかを漂う。長いあいだそんなふうに満ち足りたまま動けずにいたが、ようやくフィッツが彼女から転がりおりた。

イヴに腕をまわし、そばに抱き寄せる。イヴは彼の肩に頭をあずけ、あたたかなけだるさの海をたゆたった。彼はイヴの腕をなでたあと、身をかがめて彼女の頭にキスを落とした。

「わからない」フィッツがぼそりと言う。「どうして話してくれなかった？　聞いていたらもっと……ちがうやり方をしたのに」

イヴはかぶりを振った。「会話のなかで話題にするようなことではないもの。わたしは未亡人だけれど、でも一度も――」口をつぐんで赤面する。

フィッツは片ひじをついて起きあがり、彼女の顔を見おろした。「どうして？　きみのご主人はいったいどうして――」イヴが目を閉じて顔をそむけたので、彼は口をつぐんだ。

「きみに恥をかかせるつもりはなかった。訊かなければよかったね」

「いいえ、いいの。驚くのも無理はないわ。でもね、わたしにもわからないの。夫のブルースにもわかっていたのかどうか。ただ夫はどうしても……婚姻の床入れを完全にすませることができなかった。わたしとならちがうんじゃないか、ちがっていてほしかったと言っていたわ。でも、だめだったの。どうしても最後までできなかった。若いころの事故の後遺症ではないかと考えていたみたい。でも、ほんとうにわたしにもわからないの。夫はほとんどそういう話をしなかったから。わたし相手でも」

「察してあまりあるな。それほどきみの近くにいながら、できないなんて——どうかなってしまいそうだったろう」フィッツはイヴの顔をなでた。「ほんとうにすまない。そうと知っていたら、こんなふうにはしなかったのに。経験のある女性だとばかり思っていた。まさか無垢《むく》な体だとは」

「無垢と言っていいのかどうか」イヴはきらめく瞳でにこりとフィッツに笑いかけ、彼のうなじで両手を組んだ。「いまはもう、まちがいなくちがうわね」首を伸ばして彼の唇に羽根のようなキスを落とす。「うれしいわ。これでよかったの。これ以外に、もう考えられないわ」

官能的な笑みがゆっくりとフィッツの口もとに広がり、彼は身をかがめてもう一度キスをした。今度はもっとゆったりと。頭を上げて横になり、彼女を見てその顔を人さし指でなぞる。額を伝い、鼻筋を通って、唇をかすめた。

「ぼくがきみを守る」フィッツは断言した。「これからは、とにかく慎重に行動しよう。きみのことでかけらほどのうわさも立たないようにする」

「こっそり迷路で逢い引きというのもなし？」イヴが甘い声で尋ねる。

「だめに決まっているよ。客間で意味ありげな視線を交わすのもだめだ。図書室に飛びこんでちょっとキスというのもなし。ぜったいにだれにも知られていないというときでもないかぎり、ふたりきりでは会えない」そう言うと、フィッツはドアを見やって小さく悪態をついた。しなやかな動きで立ちあがり、大またでドアに行くと鍵をまわした。振り向いた顔はけわしかった。「こういうのも、もうなしだ。いつだれが入ってくるかわからない」

イヴは思わずくすりと笑った。「とんでもないものを見せてしまうところだったわね」

フィッツが憂いをふくんだ笑みを返す。「たしかに」ふたたびイヴの隣に腰をおろし、彼女をかき抱いた。「これからはもっと気をつけなくちゃならない」

イヴはフィッツの頰に手を当てた。「そうね。明日から」

「ああ」フィッツの瞳が深い色をたたえ、彼の体がまたかしいで唇が重なった。「明日から」


翌朝目覚めたイヴは、しばしベッドの天蓋《てんがい》を見つめて口もとをほころばせていた。脚のあいだは痛いし奥のほうにも慣れない鈍痛があったが、痛みよりもうれしさのほうが強かった。おなかに手を当て、前夜に思いをはせる。

あのあともう一度愛しあい、横になったまま恋人同士の睦言を小声で交わしていたが、最後には起きあがって服を身につけた。フィッツが廊下を覗いて召使いがいないことを確認し、イヴは忍び足で自室に戻った。全身が歓喜でふつふつと粟《あわ》だっているような状態で、とても眠れそうにないと思っていたのだが……。

しかし驚いたことに、ほとんどすぐにイヴは眠りに落ち、ひと晩ぐっすり寝入って、今朝は少し遅いくらいに目が覚めた。起きあがって伸びをし、カーテンを開けて朝の日差しを入れた。そのときやっと、小間使いがいつものとおりにカーテンを開け、紅茶のポットを持ってきていないことに気づいた。いつもより寝すごしてしまったのも無理はない。

イヴは長袖で上品な小枝模様のモスリンの丸襟ドレスを選んで身につけた。初めてまとったときにフィッツがほめてくれたものだ。そのあと少しばかり時間を使って、いつものひっつめた髪型ではなく、もう少しやわらかな髪型に結った。羽根のように軽い巻き毛を顔の横に細く垂らし、鏡に映った自分を見る。

いつもとちがっているかしら？　表情を引き締めて大まじめな顔をしようといくらがんばっても、頰がゆるんでしまう。どうしてこんなに機嫌がいいのか、だれにも訊かれなければいいけれど。清潔なハンカチをポケットに忍ばせると、軽やかに部屋を出た。階段まで半分ほど廊下を進んだところで、カメリアのことを思いだした。

ちくりと後ろめたさを覚えながら、イヴは身をひるがえしてカメリアの部屋に向かった。こんなに浮かれて、具合が悪くて伏せっているカメリアのことを忘れるなんて。

ドアを小さくノックし、わずかに開けてなかを覗いた。カメリアがベッドのなかで身じろぎし、こちらを向いた。

「イヴ?」カメリアの声はかすれている。

「ええ、そうよ、わたしよ」イヴはベッドの脇まで近づいた。「ジェニーは紅茶を運んできてくれた?」

カメリアはかぶりを振った。その顔は紅潮し、イヴが体を伸ばしてカーテンを開けようとすると、眉根を寄せた。

「だめ、開けないで。明るいと目が痛むの」

「カメリア……」イヴはカメリアの額に手を置いた。熱くて、目も熱っぽく潤んでいる。

「のどが痛いわ」

「かわいそうに」イヴは洗面化粧台にあった布を濡らし、絞ってカメリアの額に載せた。

呼び鈴で小間使いを呼び、カメリアに紅茶とトーストを持ってこさせようと思ったとき、ドアが勢いよくひらいて、階下付きの小間使いであるベッツィが飛びこんできた。

「申しわけございません、お嬢さま。今朝はジェニーの体調が悪くて、ミスター・ボストウィックのお言いつけでわたしがお世話をしにまいりました」小間使いはそこで息を吸い、間を置いて初めてカメリアを見た。「あらまあ、あなたさまもお加減が悪いのですか、ミス・カメリア?」

「ええ、そのようね」イヴが答えた。「悪いのだけれど、紅茶とトーストを用意してくれないかしら。少しは食べられるかもしれないわ」

「はい、かしこまりました」

小間使いが行ってしまっても、イヴはカメリアの顔をぬぐいつづけ、布を水に浸しては絞るということを何度かくり返した。数分後にふたたびドアがひらき、こんなに早くベッツィが戻ってきたのかと驚いて、イヴはとっさに振り返った。しかしすべるように静かに入ってきたのはリリーだった。

「カメリア姉さまの様子を見にきたの」そう言って近づく。「ああ大変。カメリア姉さま、やっぱり具合が悪そうだわ」

「昨日よりひどいわよ」カメリアは、どこかふだんの快活さを残した口調で妹に言った。

リリーがおびえたような目でイヴを見る。「姉さまはどうしちゃったのかしら？」

「わからないわ。あなたはどこも具合は悪くない？　小間使いもひとり、具合が悪くなったらしいわ」

リリーはかぶりを振った。「いいえ。わたしはだいじょうぶ」

イヴは濡れてひんやりとした布をたたみ、カメリアのまぶたに当てた。「今朝になったらよくなっていると思っていたのだけど。お医者さまを呼んだほうがいいかもしれないわ」

カメリアがうめき、リリーが代弁した。「姉さまはお医者が嫌いなの」

「医者なんかいらないわ」カメリアがベッドからぼそりと言い、あごに力をこめた。

「いまは目を覆っているから、少しカーテンを開けるわね。あなたの様子をもっとよく見たいの」イヴがカメリアに言う。

カーテンの端をめくるように開けると、光がひと筋、床に差しこんだ。ベッドまでは届かなかったが、赤らんだカメリアの顔がはっきりと見えるくらいは明るくなった。イヴはベッドまで戻ってカメリアの上に身をかがめた。髪の生え際に出た赤い斑点に目が吸い寄せられる。あごのあたりにも同じようなものが出ていた。

「まあ、これは」いっそうイヴは顔を寄せた。

「なに？」リリーが不安そうな顔をした。

「どうしたの？」カメリアが布の端をつまんで持ちあげ、イヴを見た。

「心配しないで。これならだいじょうぶ」イヴはなんとか落ち着いたふうを装ってにこりと笑った。姉妹をおびえさせてはいけない。「ちょっと……はしかにかかっただけだと思うわ」

14

二十分後、イヴはリリーを引き連れて階下におりていった。その前にふたりはカメリアをなだめすかして紅茶を少し飲ませ、トーストを少しかじらせた。そしてまた眠るという約束を取りつけてから、見張り役のベッツィを残し、朝食のために下におりた。

「わたしたちも力をつけておかなければね」食堂に向かいながら、イヴはリリーに言った。「たぶんジェニーも同じ症状だと思うわ。もしかしたら、ほかにも具合を悪くする人が出てくるかも」

「カメリアはだいじょうぶなんでしょう?」リリーが心配そうに顔をしかめて尋ねる。「はしかで命を落とす人もいるって聞いたわ」

「健康で体力もあるあなたのお姉さんのような人は、ふつうそんなことはないわ」イヴは答えた。「命まで落とすのはもっと体力のない人たち——幼い子どもや、ご老人や、栄養不足の人や病気だった人。でも、ごまかすのはよくないわね。子どものころにかかるより、大人になってからかかるほうが重症になりやすいの。残念ながら、これから二週間ほどはだいぶつらいことになると思うわ。よく気をつけて経過を見てあげて、熱を下げておかないとね。できればスープやオートミール粥《がゆ》を食べてもらったほうがいいわ」

イヴはリリーのウエストに腕をまわして抱きしめ、カメリアがはしかごときに負けるわけがないわ、とにっこり笑って保証した。

ふたりが食堂に入っていったとき、フィッツはほぼ空になった皿を前にして、まだテーブルについていた。ネヴィルがいるのもおかしくないくらい遅い時間だった。男性ふたりは執事からなにやら話を聞いていたが、ふだんは動じない執事の顔も不安げにしわが寄っていた。

フィッツはイヴとリリーが入ってくるとそちらを向き、顔を輝かせた。「これはイ——ミセス・ホーソーン」そのまなざしはあたたかく親しげだったが、すぐに目をそらし、従妹に視線を移した。「リリー、ご婦人がたがみんな具合を悪くするんじゃないかと、心配していたところなんだ。ついいましがたボストウィックから、召使いにもはしかで倒れる者が出ていると聞いてね。いったい何人だ、ボストウィック？」

「給仕係と、流し場係と、二階付きの小間使いと、家政婦です」重々しいため息をつく。

「まあ、そんなに」イヴが言った。「ミセス・メリーウェザーもだなんて。容態が重くならなければいいのだけれど」家政婦の年齢を考えると、命にまで関わるかもしれない。

「だいじょうぶだと思います」ボストウィックが言った。「ですが、あいにく彼女がおりませんと、邸のなかがうまくまわっていかないかもしれません。混乱を前もってお詫《わ》びいたします、フィッツさま。ですが、やはりふだんどおりの仕事を維持するのはむずかしいかと存じます。もちろん、維持できるよう精いっぱい務めさせてはいただきますが」

「詫びる必要はないぞ」フィッツが気楽な様子で答えた。「できるだけのことをしてくれればいい」

そんな会話のうちにネヴィルがリリーをテーブルにつかせ、いまはフィッツが同じことをイヴにしていた。彼が椅子を押すとき、肩に指先がふれるのをイヴは感じた。振り向くとフィッツはもう離れていて、慎重にふるまうことにしたのだったと思いだす。

その点では、最初からうまくやれていなかったのではとイヴは思った。しかしリリーとネヴィルを盗み見ると、ふたりは彼女を見るのではなく互いを見つめている。イヴは思わず安《あん》堵《ど》の息をもらした。

「きみたちふたりはもうはしかをすませていてくれるといいんだが」フィッツがイヴとリリーに言った。「どうやら、ある程度広まってしまっている。先日、管理代行人のところに行ったとき、たしか娘がふたりとも体調を崩していた」

「わたしは大昔にすませたわ」イヴが言った。「でも、どうやらカメリアはあまり運がなかったようね。いま二階で様子を見てきたところなの。熱があって、赤い発疹《ほっしん》も出ているわ」

ネヴィルがむずかしい顔でリリーに向いた。「きみはすませていないのか？」

「赤ちゃんのころにかかったと母からは聞いたけれど、自分では覚えていないの。カメリア姉さまが同じときにかからなかったなんて変よね。でも、まだかかっていないのなら、いまごろはもうカメリア姉さまからうつっているはずよね?」リリーは眉間にしわを寄せ、周囲の顔を見まわした。「体じゅうに発疹が出るなんて、いやだわ」

「あいつはどうなんだ?」フィッツが訊いた。「あの気球乗りは? うつったのなら、ちょっと運が悪かったな」

イヴはあえぐように息を吸った。「どうしましょう! ムッシュー・ルヴェックのことをすっかり忘れていたわ。カメリアが伏せっているのだから、彼はずいぶん放っておかれているはずよ。朝食のあと、様子を見てきます」

「わたしが本を読んであげるわ」リリーが申しでた。「カメリア姉さまは気球のいろいろな話をぜんぶ聞いてあげていたけれど、あれってものすごく退屈なんだもの」そう言って鼻にしわを寄せる。

「ぼくも行こう」ネヴィルが言った。「ゲームでもしようじゃないか。気球以外の話をしたっていいし。べつの話題を振れば、彼もあれでなかなか楽しいやつだよ」

「彼とお話をしたの?」イヴは驚いた。

「何度かね。ブランデーのボトルをひとりで空けるわけにもいかないので」

「だが、ネヴィル、まさか……」フィッツは椅子にもたれてさりげなく言った。「まだここにいるつもりじゃないだろうな?」

「だめ！」リリーがぎょっとして叫んだ。「帰っちゃだめ！」

ネヴィルは探るような目で友を見つめた。「どういうことだ、フィッツ？　おれを追いはらうつもりか？」

「長居するつもりはなかったんだろう？」フィッツはつづけた。「それに、ここはいまやはしかが出て、言うまでもなく危険だ。おまえはもうかかったのか？」

「わからない」ネヴィルが答える。

「じゃあ、急いだほうがいい。うつりたくはないだろう？」フィッツの瞳には挑むような光が宿っていた。

「そりゃあ、もちろん。だが、あのフランス人が興奮して英語を忘れたときには、だれが意思の疎通をはかるんだ？　おまえのフランス語ときたら昔からひどいものだし。だめだ、おまえが困っているときに放りだしていくなんて」ネヴィルの金色がかった茶色の瞳が楽しそうにきらめいた。

「おまえの気持ちはありがたくいただく」フィッツの唇が皮肉っぽくゆがむ。「だが考えてもみろ。おまえの従者だって倒れるかもしれないんだぞ」

「従者はなしですますしかないだろうな」ネヴィルはさも高潔な犠牲を払おうと言わんばかりの顔をしていた。

「食事が質素になるのもやむをえないな。もはや四品は出せないだろう。火も入れられないかもしれない。シーツ類もアイロンなしだ」

ネヴィルは肩をすくめた。「それくらいがまんできる。こんなときにおまえを見捨てていくと考えるなんて、おれをどんなやつだと思ってる？」

「将来をまじめに考えるやつ」フィッツは冷ややかに返した。「だが、危険を冒すのを黙って見すごすわけにはいかない。もしおまえがはしかにかかったりしたら……」

「いや、もうかかっているかもしれないぞ」ネヴィルが指摘した。「もしそうだったら、そのときはどうなる？　旅の道中で発症するなんてとんでもなく厄介だ」

「そんなことはさせられないわ、フィッツ従兄さま」リリーが一生懸命な様子で身を乗りだす。「みすぼらしい宿でひとり病に倒れるなんて、とんでもない」

「ああ。たしかにみすぼらしいことになりそうだ」

「病気をいっそう広めてしまうかもしれないし」イヴもため息混じりに認めた。「ほかの人たちを危険にさらすのは軽率ではないかしら」

「まあ、そういうふうに言われると、ネヴィルにはとどまってもらうしかないな」

「やっぱり、おまえはやさしいなあ」ネヴィルがものやわらかな口調で言う。

「これくらいしかできないがな」

「わかってる」くくっと笑うネヴィルに、フィッツは苦笑するしかなかった。

朝食後、イヴは二階のムッシュー・ルヴェックの部屋を訪れた。ノックすると

「どうぞ《アントレ》！」と返ってきて、イヴは足を踏みいれた。フランス人は枕にもたれてベッドで半身を起こし、自分のすぐ横にトレーを置いていた。

「ボンジュール、ムッシュー」イヴはフランス語の知識を総動員した。「お加減はよろしいようですね」

「メルシー。だいぶよくなりました」

「なにかご用がおありじゃないかと思って来ました。朝食は運ばれているようですけれど」

「ええ、そうなんです。じつにイギリスらしい朝食で。でも、いつもの――ジャンヌでしたか、彼女ではなかったけど」

「ジェニーです。それが、ジェニーはあいにく病気で」

「それにマドモワゼル・カメリアは？　彼女も病気ではないでしょうね？」

「残念ながら、そうなんです。どうやらはしか《ミーズルズ》が流行《はや》っているらしくて」

それから数分間、英語の病名が理解できないフランス人のために、イヴはなんとか説明しようと奮闘し、ようやく彼が納得の表情を浮かべた。「ああ！　はしか《ラルジョール》ですか！」頭を振る。

「かわいそうな《ラ・ボーヴル》マドモワゼル・カメリア。それは大変だ」

彼の顔に浮かんだひどく心配そうな表情に、イヴはいささか驚いた。彼女とフィッツが冗談めかしたとおり、ルヴェックとカメリアのあいだになにか特別な感情が生まれつつあるのだろうか？　そうでないことをイヴは祈った。従妹がふたりともとんでもない恋に落ちたとわかれば、伯爵はいったいどんな顔をすることだろう。

「それじゃあ、今度はだれがぼくの気球を見ていてくれるのかな」ムッシュー・ルヴェックはつづけた。「これまではマドモワゼル・カメリアが約束してくれてたんだけど」

イヴは笑いそうになった。「あなたの気球ならなんの心配もいらないわ。納屋に運びこんであるから。なにもかもあなたの言ったとおりにするよう、カメリアがちゃんと見ていてくれたわ」

「ええ、でも、そこからぜったいに動かさないようにするとか――上になにも置かないようにするとか、かならず気をつけると彼女は言ってくれたんだ。納屋にはいろいろと道具も置いてあるでしょう」ルヴェックは頭を振り、気球が納屋に置かれているあいだに起きかねない惨事の数々を思い描いた。

「たぶん、あとでミスター・カーが納屋まで行って確認してきてくれると思います」イヴはためらうことなくネヴィルを引きあいに出した。「彼は今日、あなたのところに来ると言っていました。どんなことをしてほしいか、話をしてはどうかしら」

「ええ。そうだね、そうするよ」ルヴェックはありがたく受けとめた。

「少なくとも、彼はフランス語を話せるし」

ルヴェックはにんまりと笑い、いかにもフランス人らしいしぐさで肩をすくめた。「酒の席での歌は、たしかによく知ってるね」そこで息をつく。「彼が来てくれるのは大歓迎だ。

脚を骨折していると、どうにも退屈で」

「ええ、そうでしょうね。本でも持ってきましょうか？　紙と鉛筆とか？」

彼は首を振った。「メルシー。それはもうマドモワゼル・カメリアが持ってきてくれたよ。ぼくはあまり紙や本に興味がなくて。外に出ているほうが楽しくないですか？」

「たしかに。ああ、そこに呼び鈴があります。なにかご用があったら、それを鳴らしてくださいな」

イヴは小間使いの仕事を多少なりとも減らそうと考え、彼のトレーを取って部屋を出たところの床に置き、それからカメリアの部屋に向かった。ほんの少しドアを開け、なかを覗く。部屋は暗く、カメリアは眠っていた。起こしたくなくて、イヴは音を立てないようにドアを閉め、階下におりて家政婦のミセス・メリーウェザーのところへ行った。

カメリア同様、ミセス・メリーウェザーも熱があり、頭とのどが痛いらしく、腕と顔に発疹が出ていた。熱があるというのに彼女は起きあがって仕事をしようとし、自分がいないと邸内はどうなるのかとぶつぶつ言いつづけている。イヴは、自分が家政婦の仕事を精いっぱい引き受けるからと約束し、それで家政婦の不安もいくぶんはやわらいだようだったが――やはり邸の切り盛りなど貴婦人には無理ではないかと心配しているのが、イヴにもよくわかった。

ミセス・メリーウェザーとボストウィックの厳しい管理のもと、この邸はまるでみずから呼吸しているかのようにうまく機能しているとイヴは思っていたが、どうやら召使いたちは自分たちで率先して動くというよりは、家政婦の威厳——と鋭いチェックのおかげで働いているのだとわかった。だから大変な状況に陥ったいま、的確な指示を絶妙のタイミングで出してくれる人物を失って、現場は大混乱に陥った。彼らに必要なのは落ち着いた態度と迷いのない答えだとイヴは見てとった。どちらも自分でなんとかできそうだ。ミセス・メリーウェザーがなにをどうやらせたいか、召使い当人から聞きだすことでたいていの質問には対処できたし、それ以外のことは常識の範囲内でなんとかなるだろう。

しかしそういうことをこなしていたら、ほぼ午前中が終わってしまった。午後早くにカメリアのところに戻ると、そこにはリリーがいて、冷えたラベンダー水でカメリアの顔をぬぐっていた。リリーが姉のそばについているのを見て、イヴはほっとした。カメリアのためだけでなく、イヴの目がないとリリーはその機に乗じてネヴィルと一緒にいるのではないかと不安に思っていたからだ。

「具合はどうかしら?」イヴはそっとリリーのそばに寄った。

「熱が高いわ。わたしがここに来てからもほとんどずっと眠っているの。午前中はベッツィが、二階で伏せっている小間使いたちの面倒も見つつ、姉さまに付き添っていてくれたわ。だからなにか食べて、少しやすんできてって、下に行かせたのだけど。彼女が戻ってきたら、わたしはミスター・カーとムッシュー・ルヴェックのところへ元気づけにいこうと思ってるの」

「ありがとう。ご苦労さま」

「いいえ、ぜんぜん。カメリア姉さまが心配だっただけだから」リリーは額にしわを寄せて姉を見やった。「病気なんてしたことがなかったのに。こんな姉さま、見たことがないわ」

「かならずよくなりますとも。カメリアは強くて若くて──健康で心も強いもの。はしかなんかに負けやしないわ」

リリーが口もとをゆるめた。「わかってる。すぐによくなるわよね」

「もちろんよ」かすれた声がベッドから聞こえ、ふたりとも振り返ってカメリアを見た。目を開けたカメリアが、弱々しく微笑む。

「ああ、カメリア姉さま、少しは気分がよくなった?」リリーが尋ねた。

「悪くはなってないわ。でも、のどがとんでもなく痛い」

リリーはベッド脇の水差しからコップに水を注ぎ、カメリアに飲ませた。

「ああ、いやだ」カメリアが言った。「体に力が入らないわ。どうしてここはこんなに暑いの?」

「熱いのは姉さまよ」リリーが言った。「部屋じゃなくて、姉さまが熱いの」

そのとき外の廊下で悲鳴があがり、つづいてものが割れる音がした。リリーがドアに駆け寄って開け、イヴもあとにつづいた。小間使いのベッツィがいて、そばにトレーが落ちていた。小さな陶器の水差しも転がっていたが、奇跡的に割れずに倒れているだけで、淡い色の液体がこぼれていた。

「だれよ、あんた！」ふたりがドアを開けたところでベッツィがそう言っていた。彼女の前にいたのは、小間使いと同じくらいおびえた様子の若い男だった。「ここでなにをしてるの？」ドアが開く音で勢いよく振り返ったベッツィは、安堵の表情を浮かべた。「ミセス・ホーソーン、ミス・バスクーム。廊下にこの知らない男がいて。ほんとうに申しわけございません。びっくりしてしまって」

彼女はしゃがみ、散らかった床の上を片づけはじめた。

「けど、おれはゴードンだぜ」若い男がすがるように言った。「ここには来たこともあるのに」イヴとリリーに向きなおると、困惑顔になる。「で、あんたたちは？」

その若い男は、白いシャツと純白の襟巻き以外は黒ずくめの格好だった。茶色の髪はわざと乱れた感じを装い、ひと房の巻き髪を器用に額に垂らしている。

リリーは好奇心もあらわに彼を見つめ返した。「見覚えのある顔ね」と声をかける。「サー・ロイスと初めて会ったとき、一緒にいた人じゃない？　ただし、服装はいまとずいぶんちがっていたけど。あなたは覚えていないかもしれないけれど、酔っぱらってふらふらしてたでしょう。あなたも従兄なのよね？」

男は顔をさっと赤らめ、恥をかいたかのような目つきでイヴを見た。「失礼、マダム」

「リリー、若い娘がそんな話を口にするものじゃありません」

「でも、ここにはわたしたちしかいないでしょう」リリーはおだやかに答えた。「知らない人に話したりはしないわ。でもこの人が酔っぱらってるのを見たのはわたしだし、この人は酔っぱらっていた当人なんだから、ふたりともとうに知ってることでしょ？　知らなかったのはあなただけ。でも知らなかったからって、頭ごなしに怒ったりしないわよね？」

「そうね、でもあなたの従兄さん――でいいのかしら？――彼はあなたの率直な話し方に慣れていないんじゃないかしら」イヴは若い男性を見やった。

「ごめんなさい。紹介が先だったわね？」リリーが言った。「イヴ、この人はゴードン――あ、ファミリーネームは知らないわ。ユーフロニアおばさまの息子でしょう？　それともフィライダおばさまだったかしら」

「ミスター・ゴードン・ハリントンです」ゴードンがおじぎをした。「お見知りおきを」そしてリリーに言い添える。「ユーフロニア・ハリントンの息子だ」

「だと思ったわ」

「あのめかし屋さんね」カメリアが部屋の奥から言った。

ゴードンはぎょっとしたようで、ドアのほうに移動して部屋の奥を覗きこんだ。

「しゃれ者さん。パイレーツを蹴った、あのばか男の知りあいでしょ」カメリアはベッドで半身を持ちあげた。

ゴードンの眉がつりあがる。「海賊《パイレーツ》を蹴った？　おれはそんなこと……」

「ちがうわ、パイレーツ。犬の」

「はあ？」ますますわけがわからないようだが、ゴードンが二の句を継げぬうちに廊下の先でドアがひらき、ネヴィル・カーが歩いてきた。

ネヴィルは廊下の一団を見て足を止めた。しばし眺めていたが、ふと目を見ひらくと声を張りあげた。「これは！　ゴードン？　おまえか？」

きびすを返したゴードンの顔に、安堵の表情が広がった。「カー！　こいつは会えてうれしいな。いったいどうしたことだい？　玄関にだれも出てこないから、しかたなしに黙って入ったんだけど、召使いもいないと思ってたら、この小間使いと鉢合わせして大声出されて。そしたら、あなたたちレディと行き当たって――」イヴとリリーに申しわけなさそうな笑みを投げ、さらに部屋の暗がりにいるカメリアのほうに警戒心のにじんだ目を向けた。「でもあいにく、従妹だとも知らなかったんだよ。いや、会えてとてもうれしい」勢いよくネヴィルに向きなおる。「この先の部屋にフランス人がいるのを知ってたか？」

「ああ」ネヴィルは答え、ぶらぶらと近づいてきた。

「彼は気球に乗ってここまで来て、脚を折ったのよ」リリーが解説した。

「ああ、なるほど」ゴードンはおざなりに返事をし、従妹は頭がおかしくなったのかと言うような目で見た。

ネヴィルがくっと笑った。「ほんとうの話だぞ」一団のところまでやってきて、部屋のなかに頭だけ入れる。「具合はどうだい、ミス・カメリア?」

「ここはものすごく暑いわ」とカメリア。

「ええ、そうよね。少し眠ったほうがいいわ」イヴが言った。「もうわたしたちは向こうへ行くから。ベッツィ……」まだ床にうずくまっている小間使いを振り返る。「それが片づいたら、ミス・カメリアに付き添ってもらえる?」

イヴはカメリアの部屋のドアを閉めた。「わたしたちは客間に行きましょう。リリー、ベルを鳴らしてお茶の用意をさせて」

「いったいどうしたんだい?」ぞろぞろと客間に向かう一同にゴードンが訊いた。「みんなはどこに? あの彼女は病気なのか?」

「ミス・カメリア・バスクームのこと? そうよ、あいにく、はしかにかかっているの」

「はしか!」ゴードンの目が顔から飛びだしそうになった。「なんてこった。おう。いやはや」

「おまえ、はしかにかかったことはあるか、ゴードン?」ネヴィルが訊いた。

「わからない」ゴードンはあきらかに不安になっているようだ。「母上に訊いてみないと。でもそりゃあ——かかってるはずだと思う」

「だといいが」

一同が客間に落ち着くと、リリーはベルを鳴らして紅茶の用意を言いつけ、ネヴィルはゴードンに言った。「おまえ、いったいどうしたんだ？　小間使いがおまえのことをわからなかったのも無理はない。おれだって、おまえだとわからなかったぞ」

「そんなに変わってないさ」ゴードンはどこか弁解がましく言った。「あの小間使いは新顔なんだろ」

「もう何年も勤めているわ。本人からそう聞いたもの」リリーが教える。「あなたこそ、あの子のことがわからなかったの？」

ゴードンは奇異なものでも見るような顔をした。「え、いや。でも……彼女は使用人だろ？」

リリーがぽかんと彼を見つめ返す。

「悪いな、ゴードン」ネヴィルがゆったりとした口調で言った。「あいにくミス・バスクームは、人と使用人との区別ができるほど長く貴族ってものをやってないんだ」イヴは忍び笑いを嚙みころしたが、ゴードンはただぽかんとネヴィルを見つめるばかりだ。ネヴィルはため息をついて言った。「いや、気にするな」

「たしかに前とはちがって見えるわ」リリーが言った。「前は黄色い上着に、ライラック色と白のストライプのズボン――あ、いえ、それはあの……」申しわけなさそうな視線をイヴに投げる。

「まったくだ。葬式でもあったのか？」ネヴィルが言葉をつなぎ、ゴードンの重苦しい格好に視線を走らせた。「それとも、つましいクエーカー教徒にでも宗旨変えしたとか？」

「いや、まさか。おれはただ——いや、もうああいうくだらないことをやってる暇がなくなっただけさ。あれは若気の至りというか。個人的な悲劇をごまかしてただけだっていうか」うつむいたゴードンは、つらそうな表情をしていた。

ほかの三人はつかのまぼんやりと彼を見ていたが、リリーが言った。「悲劇って？　お葬式なんかなかったって言ったように思うけど？」

「それはない」ゴードンは少しいらだたしげに言った。「だから、人生一般の悲劇ということさ。ここにいた人間が、次の瞬間にはもういない、ぱっとはじけておしまい。一巻の終わり」

「まったく」ネヴィルが口の端をゆがめる。「バイロンみたいだな」

「そのとおり。天才は花咲く前に逝《い》ってしまった。先週、彼の苦悩に寄せて叙情詩《オード》を書いたんだ」

「つまり、おまえは詩を書いてるということか？」ネヴィルは口に手を当て、瞑想《めいそう》しているようなポーズを取った。

「そうとも、この数週間というもの、まさしくおれのなかからどんどん湧きでてくるんだ。自分の才能に気がついたときから」

「なるほど。で、どうしてまたそういうことになった？」

「そりゃあ、詩の女神《ミューズ》に出会ったとたん、悟ったのさ」

「ああ」ネヴィルが訳知り顔でうなずく。

「ミス・エミリー・パーゲッターだ」

「ジャスパー・パーゲッターの妹じゃないだろうな？」

ゴードンは熱心にうなずいた。「そうなんだ！　まさしく女神のような女性じゃないか？

彼女のおかげで知らなかった世界に目を向けることができたんだ」

「おまえに詩でも朗読してくれたか？　おれも前に朗読されそうになったが、逃げた」

「おれも最初は逃げようとしたんだけど」ゴードンが打ち明ける。「でも、できなかった。ラングトンが立ちはだかっていたもんで。そうしたら彼女が朗読しはじめて、おれは魂を奪われるような彼女の顔を見ているうち、これまでの人生でどんなに自分がまちがっていたかを悟ったんだ。つまらないことに日々を浪費して、どんなにばかだったか」

ネヴィルが返すはずだった言葉は消えた。その瞬間、フィッツがつかつかと入ってきたからだ。「ああ、ここにいたか。お茶の用意はもう言いつけてあるのかな。管理代行人のところから帰ってきたばかりなんだが。気の毒に、彼も倒れてしまって――」ようやくゴードンの存在に気づき、はたと足が止まった。「これはどうした！」

「やあ、フィッツ」ゴードンが立ちあがった。

フィッツはつかのま彼を見つめ、それから尋ねた。「おいおい、葬式でもあったのか?」

「同じこと考えてやがる」ネヴィルが言った。「だがどうやら、われらがゴードンはまじめにおなりになったようだ。酔狂や虚飾の世界は慎むことにしたんだと」

「はあ……」フィッツは巧みにネヴィルから視線をはずしていた。「おまえ、なんだ、聖職者になる修行でもしてるのか?」

ネヴィルがむせた。

「ちがうわ、彼は恋をして、詩人になろうと決めたらしいの」リリーが横から解説した。

「そうなると」フィッツは視線をひとめぐりさせた。「紅茶よりも強いものがいりそうだ。そうだろう、ネヴィル?」

「まったく同感」

紅茶が運ばれ、酒もついてきた。どうやらゴードンの新しい生き方に、〝禁酒〟は含まれないらしい。彼もほかの男性に加わってシェリー酒に口をつけた。

「ロンドンのレディが気に入ったというんなら、このウィローメアに来るなんておかしくないか」フィッツが従弟に言った。

ゴードンが顔を赤らめる。「気に入ったどころの話じゃないよ、フィッツ従兄さん」

「女神なんだとさ」ネヴィルが言い添えた。「そうだよな、ゴードン?」

「ああ、もちろん」すんなりと理解を示してくれるネヴィルに、ゴードンはうれしそうだ。

「それならよけいロンドンにいそうなものだが」フィッツが言った。

ゴードンは落ち着きなく身じろぎした。「いや、それが……」

「お母上には彼女のことを話したんだろうな？」とフィッツ。

「ええっ、まさか！　おれだってまだ正気は保ってるぞ」

フィッツは肩をすくめた。「おまえとその彼女との結婚をお母上に反対されて、オリヴァーを頼ってきたのかと思っただけだ」

「ステュークスベリーに？」母親のことを持ちだされたときとそう変わらぬ、おののいた顔をゴードンはしていた。「いやいや、まさか」

「まあ、どうせ、いまはここにいないが」

「知ってる」ゴードンがうっかり口をすべらせた。「このあいだロンドンで見かけたからな」

フィッツは疑わしげに目をすがめた。「まさか、あいつがおまえをここによこしたのか？」

「話もしてないよ」頭でもおかしいんじゃないかと言いたげな顔で、ゴードンはフィッツを見た。「見かけただけだ。ありがたくも彼はべつの方向を見てたから、おれは反対方向に逃げた」

「なるほど。つまり、兄がいないから、おまえはウィローメアに来ることにしたわけか」

「そのとおり」

フィッツはうなずいたが、それ以上は追及しなかった。さらに数分ほど話をしてから、ネヴィルがゴードンを部屋まで案内しようと言うと、リリーもすかさず手伝いを申しでた。イヴはわざわざそれをやめさせるようなことはしなかった。従兄のゴードンを案内して、甘い雰囲気になることもないだろう。

「ムッシュー・ルヴェックにも紹介してやろう」ネヴィルが言い、部屋を出ながらゴードンの背中をはたいた。「フランス人だ。色恋と詩については詳しいと思うぞ」

彼らの足音が遠のいていくと、フィッツは椅子に座ったままひざにひじをついて前かがみになり、両手で頭を抱えた。「厄災つづきだ」

イヴはくすくす笑った。「彼はそんなに厄介なの？」

「きみはゴードンを知らないから」フィッツがむっつりと言う。「あいつがここに来たのにはなにかわけがある。ロンドンでオリヴァーを見かけたとたん、飛びだしてきたんだ。なにかやばいことになったんだろう。あいつの母親はつねに息子の首根っこを押さえている――どうしてかは一目瞭然だろう？　あいつは昔から、まったくいい加減なやつだ。それで結局、困ったことになるとぼくかロイスに泣きついてくる。いつもなら金をやって追いはらうところなんだが、今回はあいつもはしかのウイルスにさらされてしまったから、そんな人間を世間に放りだしちゃいけないと、きみは言うんだろう」

「わたしが言わなくても、あなたはそんなことしないでしょう？」イヴが微笑む。

フィッツは彼女を見た。とたんに、いらだちはどこかに消えてしまった。彼も笑顔になってイヴのそばに行って隣に腰をおろし、彼女の両手を握った。「ぼくはなんてばかなんだろう、ゴードンなんかの話をして時間を無駄にするとは。きみのことを一日じゅう考えて、会いたいと思っていたのに」彼女の手を持ちあげ、熱烈な口づけを落とす。

イヴのなかで欲望がふつふつと湧いた。彼女だってフィッツのことを考えていた。彼のキスを、ふれる手を、骨まで溶けそうな激情を思いだしていた。一日じゅうなんとか押しこめられていた渇望が、はじけるように顔を出す。どうしようもなく、彼にキスしてほしくなった。

やわらかなため息がイヴの口からもれた。フィッツがまた彼女の手にキスを落とし、それから手を裏返してそれぞれの手のひらにも唇を押しつけた。

「あまり慎重な行動とは言えないと思うけれど」イヴがつぶやく。

「わかっている。だが、どうにもならない」小さくうめくとフィッツは彼女を引っぱりあげてひざに乗せた。イヴのうなじを抱え、本気の口づけをした。

おもむろにフィッツが頭を上げたのは、しばらく時間がたってからのことだった。「くそ。こんなことはいけないのに」

フィッツはイヴを自分から離して立ちあがり、数歩うしろにさがった。イヴは両手の指を組んで震えをごまかし、彼を見ていた。自分の気持ちがなにもかも顔に出てしまっているのではと思う。でも少なくとも、もしいまだれかが入ってきても、ふたりのあいだにはそれなりの距離があった。

勢いよく振り返ったフィッツの顔はけわしく、あごにも力が入っていた。「いまいましいはしかのせいで、なにもかもめちゃくちゃだ。おまけにゴードンまであらわれて」

「そんなにたいそうなことかしら？」

「ああ、まるきり状況が変わってしまう。ゆうべのぼくらは、たしかに慎重にならないといけなかったが、もしなにかがもれたとしてもそこまで悲惨なことにはならないはずだった。彼らはネヴィルは思慮深くて信用できるし、リリーとカメリアはどこまでも義理がたい。彼らはききみを傷つけるようなことをもらしたりはしない。召使いだって信用がおける。なんにせよ、こはロンドンとちがって、多少うわさがたっても困りはしない。だが、ゴードンがいるとなると！　悪いやつじゃないが、良識がない。あいつにはどんな弱みも見せられない。もしあいつがなにか疑いを持ったら、ぼくらがロンドンに戻る前に街じゅうに知れわたっていると思う。ゴードンがここにいるとなると、一分の隙も見せるわけにいかないぞ」フィッツはため息をついた。「どうしようもない。あのいまいましい従弟がここにいるかぎり、ぼくらは……ふたりきりになってはいけないんだ」

自分の心の沈みように、イヴは自分でも驚いた。ゆうべより以前の暮らしと同じ毎日に戻るだけだというのに。これほど気になるはずもないことなのに。それでも、こんな幸せな気分を知ってしまったいまとなっては、それをどうにも手放したくない自分がいた。

「それがいちばんでしょうね」イヴはそう言いながら、落胆を隠そうと必死だった。「これから数日のあいだは、やらなければならないことが多くてリリーとネヴィルに付き添ってもいられなくなるわ。だからわたしたち、自分の……その……軽率な行動に気を取られないでいるほうがいいだろうし」

「〝軽率〟なんかじゃない」フィッツは大またで部屋を横切ると身をかがめ、イヴの座っている椅子のひじかけに両手をついて、まっすぐ彼女の瞳を覗きこんだ。「ゆうべぼくらのあいだに起こったことは、そんな生ぬるい言葉であらわせるものじゃない。ゴードンがいなくなったら、かならず、ああいう夜をもっともっと重ねよう」

15

　翌日のイヴは、忙しさに拍車がかかった。厨房の使用人がさらにふたり、一階担当の小間使いがひとり、はしかで倒れたからだ。召使いの看病はベッツィひとりに限定し、イヴは時間の大半をカメリアの看病に当て、料理人や執事と邸内の用事について相談するときだけカメリアのそばを離れた。日に何度かリリーが姉のところに顔を見せ、さらにルヴィックの様子をときおり見にいく役目も引き受けてくれた。

「ゴードンとも話をしようとしたんだけど」リリーがイヴに話す。「でも、変わった人なの。おかしなことばかり口走って、ネヴィルはそれを笑って。でもほんと、あのふたりって、ばかみたい。ゴードンときたら詩のことばかり話すから、本が読みたいのかもしれないと思って本を貸してあげようとしたら、まるでヘビでも渡されたみたいな顔をされたわ」

「たぶんあなたの従兄の彼は、本を読むというより、なにかに感動していたのかもね」

「それにゴードンたら、昨日はムッシュー・ルヴェックをものすごく怒らせて、カップを投げつけられたのよ」

「まあ。そんなにムッシュー・ルヴェックを怒らせるなんて、なにをしたの？」

「わたしはあまりよく聞いてなかったの、死ぬほどつまらなかったんですもの。ゴードンが雲の上を飛ぶ話をしていて――ほら、詩のなかでどうこうってことよ――そうしたらムッシュー・ルヴェックは、彼がほんとうに空を飛ぶことに興味があるんだと思ったんでしょうね。気球や風の流れの話をしはじめたの。わたしはさっぱり覚えてないけど。ゴードンが退屈したのも無理ないと思うわ。でもそのときにね、彼は言うに事欠いてムッシュー・ルヴェックに、自分は〝魂の飛翔《ひしょう》について話しているのであって、気球で飛びまわる話ではない〟なんて言ったのよ。気球なんかひとつも関係もないって」

イヴは思わずくすくす笑ってしまった。「ムッシュー・ルヴェックがカップしか投げなかったのが驚きだわ」

「ほかに手の届くものがなかったからよ。でなきゃ、ほかにも投げてたわ。カメリア姉さまがあれを見られなかったのが残念」リリーは向きを変えてベッドで眠る姉を見やり、心配そうに額にしわを寄せた。「姉さま、だいじょうぶだと思う？」

「今日は少しいいはずよ。発疹はひどいけれど、熱は下がってきているようだし、眠りも楽になったみたい。目を覚ましてかゆみが出るようなら、発疹につける鎮静液もあるわ」

リリーはうなずいた。「わたしはだいじょうぶ。だから少し横になってやすんで。フィッツ従兄さまから、あなたを疲れさせないようにって言われているの」いったん言葉を切り、探るようにイヴを見る。「フィッツ従兄さまは、あなたには少しやさしいみたい」

心ならずもイヴの頬はまっ赤になった。「なんですって？　そんなはずないわ」

リリーはいたずらっぽく笑ったが、なにも答えなかった。ベッド脇の椅子に向かったが、腰をおろしかけて顔をゆがめ、声を張りあげた。「いけない！　忘れてたわ」

リリーはスカートのポケットに手を入れ、真四角の白い紙を取りだしてイヴに渡した。「一階の玄関ホールのテーブルにあなた宛ての手紙があったから、持ってきたの」

イヴはぎくりとして心臓が跳ねた。リリーがいぶかしげな顔をするが、イヴはどうにか体を動かして手紙を受けとった。「ありがとう」

文字に目が行く。やはり前と同じ、力強い男性的な筆跡だ。イヴはリリーに作り笑いをして立ち去った。あとになって振り返れば、リリーにじゃあねと声をかけたかどうかも定かではなかった。

ひとりきりになれる自室に着くと、イヴは手紙をあけた。

おまえの夫は盗人《ぬすっと》だ

最初の一行が目に飛びこんできて、イヴは息をのんで口を手で覆った。無理にでも読みすすめていく。

おまえが身につけている時計が、盗人である証拠だ。わたしは彼の罪を世間に知らしめることができる。有力者であるステュークスベリー伯爵が、盗人の未亡人を付き添い婦人に雇っておくと思うか？　おまえが見せびらかしている時計が盗品だと知ったら、伯爵はどうするだろう？　いや、じつはホーソーン少佐は軍から罷免される間際で、そんな不名誉にあずかるよりも死を選んだのだと知れたら？　彼の落馬が〝事故〟だったと、おまえは本気で思っているのか？

イヴはベッドの端に座りこみ、動揺を抑えようとするかのように、おなかに手を当てた。ブルースが、盗人？　そんなことありえない。ブルースはいつだって、わたしの知るかぎり最高に高潔な人だった。そう思っているのはわたしだけではない。部下からも、同僚からも、上官からも彼は尊敬されていた。いくら浪費家で金遣いが荒くても、それをごまかすようなことはなかった。だれかをだますようなこともしたことがない。賭け事の借金はすぐに返していた。なにか約束をすれば、かならず果たした。

ブルースが盗人だなんて信じられないし、信じない。面目を失って軍から追いだされそうになっていたなんて。ありえないし、考えられない。

どういうわけかみずから命を絶った、という話のほうがまだ信じられる。婚姻の床入れを最後まで果たせないことは、彼をずっと苦しめていた。自分は役立たずだと感じ、自分の状況を恥と思っていただろう。無謀とも言える馬の乗り方も、命知らずなほどの勇敢さも、ほんとうは真の男である証明として自分の命をみずからの手で終わらせようとしていたのではと、イヴは思うことがあった。もし手紙に書かれていたようなことをしでかしていたのなら……もし世間に大恥をさらして心酔する軍から罷免されようとしていたのなら、石壁の上にさしかかったときに鐙《あぶみ》を蹴って、鞍から転げ落ちたこともありうるかもしれない。馬は無事だという確証さえあれば、進んで死を受けいれていただろう。けれどわざと落馬するというのは、お世辞にも確実性のある方法とは言えない。ブルースならよくわかっていただろうから、きっと銃を選ぶはずだ。

そう思うと胸が締めつけられ、涙がこみあげた。いいえ、やはり信じられない。それにブルースがそういった状況にあったはずがない。物を盗んだなんて。自分の名をけがすようなことになっていたなんて。もし彼が悩んだり苦しんだりしていたら、自分にはわかったはずだ。夫の身に起きていることが、そんなに見えていないなんてことはありえない。

そうよ、とイヴは思った。手紙を書いた人物は、でたらめを書いたにちがいない。

でも、どうして？　わけがわからない。最初の手紙はわたしに出ていけと言った。二通目はブルースが罪を犯したことを匂わせ、時計を手放せと書いてあった。そして今回は、ブルースを盗人呼ばわりし、彼がなにをしたかステュークスベリー伯爵に明かすと脅している。

しかしなにかをよこせとか、イヴになにかをしろと要求しているわけではない。たいていだれかを脅すときには、なにかを得ようとするものだ。それなのにこの手紙は、ただわたしを脅すことだけが目的のように思える。

そして、たしかにその目的は達せられていた。手紙を書いた人物が、疑っているとおりのことをステュークスベリー伯爵に告げるか、ブルースのことをうわさにして伯爵の耳に入ったら、わたしにとっては身の破滅だ。うわさの真偽がどうであれ、そんなことは関係ない。うわさが偽物だと証明するのは至難の業だし、よしんばできたとしても、うわさが立ったという事実だけでも一生ついてまわる。付き添い婦人にとってもっとも大切なものは、世間の評判だ。ゴシップをささやかれるような未亡人に、社交界に出る娘をまかせる親はいない。伯爵もきっとわたしをクビにするだろう。そうすればわたしは一生、父親の家で暮らすしか道がなくなる。ウィローメアを去るのだと思うと、イヴは胃がよじれるような思いがした。ここの美しい庭を、もう二度と歩けない。あの立派な図書室で一、二時間ほど気ままに時間をつぶすこともできない。リリーやカメリアにも二度と会えない――そしてフィッツにも。

その瞬間、イヴはこの数週間でどれほど自分がここを好きになっていたか、そしてバスクーム姉妹がいかにすんなりと自分の心に入りこんでしまっていたか、初めて気づいた。フィッツのことは……いまは考えないほうがいいだろう。

でも、彼女になにができるのだろう。こんな手紙をよこした人間と、どう戦えばいいのだろう。相手がだれなのかも、目的がなんなのかも、まったくわからない。あの時計はべつだん愛用しているわけではないから、手放してもかまわないと言えばかまわない。けれど手放したとして、手紙を書いた人物はどうやってそれを知るのだろう。それに、人でなしの要求に屈することには、やはりどうしても抵抗があった。それはとりもなおさずブルースを裏切り、夫にかぶせられた汚名を信じてしまうということになりそうで。

イヴは手紙を手に取ると前の二通と時計とまとめ、抽斗の奥深く、ナイトガウンの下に押しこんだ。それから窓辺の椅子に腰かけ、外を眺めて考えをまとめようとした。だれがそれほどブルースを嫌うだろう？　いや、もしかしたら嫌われているのはわたし本人なのかもしれない。けれど、そこまで激しく自分を嫌う人間など心当たりがない。サブリナにはあきらかに嫌われているが、いくら意地悪な彼女といえど、知りあって間もない相手に対してこれは極端すぎるように思う。ひょっとして、たとえば昔ブルースが鍛えた兵士が、ずっと恨みつらみを抱えていたとか？　他人から怒りを買うような決断を夫がしたことがあるのは、まちがいないだろう。何年ものあいだ恨みを忘れずにいる人間だっているかもしれない。

しかし、どうしていまごろになってそれを持ちだしてくるのかがわからない。それに、ブルースが亡くなる直前にわたしに贈ってくれた時計と、いったいなんの関係があるのだろう。

手紙のことをフィッツに話すことができたらどんなにいいかと、イヴは思った。話したら彼はきっと笑って、わたしも笑顔になるようなひとことをくれて、不安をやわらげてくれるだろう。フィッツはそういう人だ。不安や問題を、なんとかなるくらいにまで小さくしてくれる。きっとわたしにキスして、抱きしめて、胸に頭をもたれさせてくれて、そうしてなぜだかすべてがよい方向に行くのだ。

けれどフィッツのところに行って相談することを考えながらも、そんなことができないことはわかっていた。彼は伯爵の弟だから、彼をとんでもない立場に追いこむことになる。過去にこんなスキャンダルがあったと伯爵に知れたら、そんな付き添い婦人はクビにせざるをえないから、フィッツは兄からわたしの秘密を隠しとおさなくてはと考えるだろう。わたしか、家族かを選ばせるようなことはさせられないし、なにより彼がどちらを選択するのか、自分が知りたいかどうかわからなかった。

それに、亡くなった夫のことをそのような形でべつの男性にさらすというのは、イヴには受けいれがたかった。フィッツは夫のことを知っていたわけではない。手紙の送り主が書いたとおりの人物だと決めつけてしまうかもしれない。わたしはブルースを愛し、十年間誠実に尽くしてきた。いまフィッツに対してどれほどの思いがあろうと――その思いがなんなのか、わからないけれど――フィッツがブルースを悪《あ》しざまに言うのは耐えられそうもなかった。

そうよ、フィッツに相談するなど論外だわ。そしてほかに相談できる人もいない。リリーやカメリアにこんなことを背負わせるわけにはいかないし、このウィローメアで多くの仕事を抱えているいま、時間を取ってヴィヴィアンを訪ね、自分の厄介ごとを吐きだすこともできない。自分ひとりでなんとかしなくてはならないのだ。あいにく、どうすればいいのか考えが及ばないけれど。

この数日、邸のなかは混乱を極めていたが、イヴはいつもどおりの日常を崩すまいと努力していた。そうすることが、バスクーム姉妹のためになるはずだ。それに、ほかの人たちにとってもそれがいいような気がしていた。軍人の妻として暮らした年月で、イヴは伝統と規律の大切さを学んでいたから。

イヴは手と顔を洗い、髪をとかして、いつものシンプルなまとめ髪に結いなおした。いくぶんさっぱりとした気分を味わいながら階下におりて、ふだんアフタヌーン・ティーを飲む客間に向かった。窓のひとつの前でネヴィルがたたずみ、外を眺めていたが、イヴが入っていくと振り向いた。

「ああ、ミセス・ホーソーン。ごきげんよう」

「ミスター・カー」いまでもネヴィルにはどういう態度を取ればいいのかわからない。彼は楽しい人だ。ちがう状況でなら、彼とおしゃべりするのは楽しかっただろうと思う。けれどリリーのことがあって、いつも彼には用心していなければならないような気持ちになってしまう。

「ふたりきりでお話ができたらと思っていました」ネヴィルのほうがふいに言った。

「そうなんですか？」イヴは驚き、少し警戒して彼を見た。

ネヴィルはかすかに笑った。「そんな不審そうな顔をしないでください。ご迷惑をかけるようなことはしませんから」

「ミスター・カー……」

「どうか、最後まで聞いてください。あなたによく思われていないことは知っていますし、その理由もフィッツから聞きました」ネヴィルはイヴの顔を、言い訳もごまかしも感じられないまっすぐなまなざしで見つめた。「ぼくはこれまで男として、最高の部類に入るような人間ではなかった。それは認めます。過去に自分のしたことは、もう変えられない。でももう昔の自分でないということは、はっきり言えます。ぼくはリリーのことを心から、強く思っています。彼女を愛しているんです、ミセス・ホーソーン。だから彼女を傷つけることだけはしたくない。これから彼女のことを、ぼくよりも勝る男が愛することもあるでしょう。彼女が愛されないわけがない。でもぼくは、だれよりも彼女を幸せにする努力をすると、約束します」

イヴはため息をついた。「本気でおっしゃっているのだということはわかります。でもリリーとどんな関係を結ぶにせよ、支障があるのではありませんか？」

ネヴィルの顔が暗くなった。「ええ、でも望みは捨てていません。話しあいさえできれば――」ゴードンが入ってきて、ネヴィルはもごもごと悪態をついた。

いまはだめだ。ネヴィルはイヴにおじぎをして離れるしかなかった。正直、イヴはほっとした。ネヴィルに同情は禁じえないけれど、自分にはどうすることもできない。わたしが最優先するのはリリーであり、リリーがどうなるかということだ。そしてなんにせよ、わたしにはなにも言えない。イヴにできるのは、すべてをフィッツにゆだねるということだけ。

イヴはゴードンを迎え、三人で腰をおろしておしゃべりをした。リリーが大急ぎで飛んでくるころには、ちょうどボストウィックが従僕をひとり従えて紅茶のトレーを運んできた。

「遅れてごめんなさい」リリーはかわいらしく頬を染め、ソファのイヴの隣に座った。「カメリア姉さまが目を覚ましたから、ほかにしてほしいことがないか、確認してから出てきたの」

「具合はどう?」ネヴィルが訊いた。

「よくなっていると思うわ。さっき目を覚ましたときは、たしかに前より熱が下がったような気がしたの。顔色も前ほど赤くないし、声もふつうに近くなっていて」

「それはよかった。すみやかに回復するよう祈ろうじゃないか」

ゴードンがあたりを見た。「フィッツは? 彼は来ないのか?」

「今日の午後は小作人のところを馬でまわっているわ」イヴは答えた。「お茶の時間までには帰れないだろうって」

「どういうことだい? どうしてフィッツがそんな仕事までしてるんだ?」ゴードンは嘆か

わしいとでも言いたげに訊いた。「ここにいるあいだに狩りができると思っていたのに」

イヴはなんと返せばいいのかわからなかった。「いまはちょっとした緊急事態ですわ、残念ながら。ミスター・タルボットはお兄さまの代理をしていらっしゃるし、管理代行人も病に倒れてしまったものだから」

ゴードンは肩をすくめた。「ステュークスベリーがいないからって、ここはべつに崩れやしないのに」

「そうそう。フィッツはどうしたかと思うほど分別くさくなってね」ネヴィルも同意した。

「おまえ、どうにかしてやれよ、ゴードン」

「無理だろ」ゴードンは真顔で答えた。「おれのことなんていつも眼中にないんだからな」

イヴはゆるみそうになる口もとをこらえながら、身を乗りだしてリリーからカップを受けとった。そのとき、玄関のほうから話し声がした。だんだん大きくなってくる男性の声。丁重ではあるが断固とした声に、女性の声がなにごとか言い返している。話し声はより大きく、甲高くなっていき、とうとう聞きとれるまでになった。

「申しわけございませんが、お嬢さま——」

「わたしにそういう口をきかないで！」女性の声が鋭く返す。

イヴはぎょっとしてリリーを見やった。そしてドアのほうを見ようとして、ゴードンの顔に視線が止まった。彼の顔は青ざめてこわばり、ゴードンはティーカップを目の前に突きだしていた。

「あの、そちらは――」男性の声は従僕のポールだと、イヴは気づいた。

「わたしに指図しないでって言ってるでしょ！」女性の声には聞き覚えがない。甲高くてきつい声だ。しゃべり方はレディのものだが、偽物くさいなにかが漂っている。「だから、ミスター・ハリントンは喜んで会ってくださるはずなの。さあ、もうじゃましないで。理由もなしに彼のフィアンセの行く手を阻むなんて！」

ゴードンの口から泣きそうな声がもれ、部屋にいるほかの三人の目がぐるりと彼に向けられた。ゴードンは目の前の小さなテーブルにあるソーサーに音を立ててカップを置いたかと思うと、ぱっと立ちあがった。顔面蒼白《そうはく》で目をむいた顔は、猟犬に追われるウサギを思わせた。どんどん足音の近づくドアのほうをちらっと見ると、必死の形相で今度はあたりを見まわした。矢のように部屋を突っ切り、前庭に面した天井まである窓の下部分を押しあけ、枠をまたいで外に出る。

リリーとイヴは、ゴードンが出ていった窓をあっけにとられて見ていた。声をあげたのはネヴィルだ。「はっ、こいつはまた」そう言って笑いだした。

女性客と従僕が珍妙なダンスでも踊るかのような勢いで入ってきて、リリーとイヴは視線をそちらに向けた。従僕は女性と向きあう形で後ずさりしつつ、女性の行く手を阻んでいるが、そんな従僕をまわりこもうと女性は右へ、左へと、襲いかからんばかりの勢いで迫っている。

イヴの目には、女性客は自分と同じくらいの年に見えた。つまりゴードン・ハリントンよりは数歳年上ということだ。しゃれた青のボンネット帽から覗く髪はふわふわとした金色の巻き毛で、顔立ちはかわいらしい。バラのつぼみのような唇、つぶらな青い瞳、そして小さくとがった鼻。畝《うね》のある少女趣味の白いコットンドレスには青いリボン飾りやひだ飾りがひらひらとたくさんついている。しかし驚いたことに、ドレスの襟もとはかなり深くくれ、胸もとがだいぶあらわになっているが、それを覆うスカーフもひだ飾りさえもない。ピンク色の唇や赤く染まった頬は、明らかに自然の色味というより化粧によるものだった。青いケープは肩のうしろに押しやられ、白の短い手袋、そして青と白のリボン飾りがついた日傘で装いをまとめている。少々厳しいことを言うと、まるで杖《つえ》を持っていない女羊飼いのようだとイヴは思った。

「申しわけございません、奥さま、お嬢さま」困りきった従僕がイヴとリリーを振り返って言う。「取り次ぎをお待ちいただくよう、こちらのレディにご説明したのですが――」

「入れてくれないのよ！」女性は声を張りあげ、これを好機とばかりに従僕をまわりこんだ。胸のあたりを両手でわしづかみにし、すがるような目をネヴィルに向けた。「生まれてこのかた、こんなに驚いたことはないわ。わたしがこんな扱いを受けたと知ったら、いとしいゴードンがどんなに心を痛めるか」

イヴが従僕にうなずき、従僕はおじきをして背を向けた。彼の足音が邸の奥へと軽やかに遠のいていく。

「たしかに、あいつはすでに相当、心を痛めていたようだったが」ネヴィルが重々しく答えた。「ええと、申しわけないのですが、ミス……」

「ああ！ ごめんなさい」女性客は小さくうふふと笑い、手袋をはめた小さな手を片方、恥ずかしそうに口に当てた。「名前を申しあげるべきでしたわね。ゴーディには、いつもおまえは抜けていると言われてるんですの」

「そうなんですか？」リリーが言った。「それはとっても失礼ですわね」

丁重な物言いのなかにも辛辣な響きをイヴは聞きとり、リリーが彼女にいい印象を持たなかったことがわかった。そう、イヴと同じように。

女性客はわずかに当惑したようにリリーを見た。「え？」

「抜けているだなんて。わたしだったら文句を言うわ」

リリーを見る女性客の淡いブルーの瞳に、一瞬抜け目のない表情がよぎったことにイヴは気づいた。すぐに元どおりのうつろな目に戻ったが。「まあ、ちがうの、ゴードンってそういう人なの。彼なりの小さな愛情表現よ」

「ふうん」リリーはあいまいに返事をした。

「わたしはエリザベス・ソンダースです」女性客はふたたびネヴィルに向きなおり、照れ笑いしながら言った。「あなたがゴーディの従兄かしら。お会いできてうれしいわ」ネヴィルに手を差しだす。

「そう見えますか？」ネヴィルの眉が少し上がったが、一歩前に出て彼女の手を取り、申しわけ程度のおじぎをした。「あいにく、ぼくは若きハリントンとはなんのつながりもありません」

「あ、あら、わたしったら」女性客は問いかけるようにイヴとリリーに視線を送ったが、ネヴィルはイヴにもリリーにも女性を紹介しようとはしなかった。刻一刻と濃厚になるイヴの疑いが、それで確信に変わった。ミス・ソンダースはレディなどではない。

　うつむき加減の視線から口もとに浮かぶ恥ずかしそうな甘い笑みまで、いかにも若くて内気なそれらしさをミス・ソンダースは身につけていたが、それでも彼女にはどこかやたらと図太いところがあった。若いレディは従僕を押しのけて無理やり入ろうとはしないし、婚約者の名前を見知らぬ他人の前で愛称で呼んだりもしない。それになにより、彼女は知らない男性に自己紹介し、自分から握手の手を差しだした。たしかにそれと同じことを、イヴがいま付き添っている姉妹たちも——少なくともイングランドに着いたばかりのころ——やってしまったことは知っている。けれどもリリーとカメリアには初々しく純真なところがあるが、エリザベス・ソンダースにはそれがまったくない。それにバスクーム姉妹はどちらも、イングランドから来たばかりのころでさえ、彼女のように胸をあらわにしてもいなかった。

ネヴィルが紹介をしてくれなくても、ミス・ソンダースはひるまなかった。とにかくまずはリリーに、次にイヴに向かい、自分の名前をくり返して手を差しだした。

もちろんリリーは自分の名前を言って握手で応えてはいたが、これまでイヴが見たことのないような他人行儀な様子だった。リリーはきっと、この女性客はどこかまともでないと感じているのだろう。イヴはただうなずいて、ごきげんようと返しただけだった。相手がこちらを値踏みしているのがわかる。かと思うと、ミス・ソンダースは歯をむきだしにして、微笑みのつもりだろうかと思われる顔を見せた。そして勧められるのを待たずにぶらりと椅子に近づき、腰をおろした。

「それで、ゴーディからわたしと婚約したと聞かされたときには、さぞかし皆さん興奮したでしょうね」

「まあ、そうだろうな」ネヴィルが答えた。「話を聞いていたら、ね」

「えっ？」ミス・ソンダースは驚いた顔で両手をさっと頬に当てた。「そんな、ひどい！ひとことも伝えてないなんて！ ああ、あの人にお仕置きしなくちゃ。あのわんぱく坊やはどこ？」まるでゴードンが椅子のうしろにでも隠れているというように、彼女はあたりを見まわした。

「ついいましがたまでいたんだけど」ネヴィルの目が愉快そうに輝く。

「見つけたらすぐにお説教ね。見てらっしゃい」

「ええ、そうしますよ」ネヴィルはきっぱりと言った。

「あなたとゴードン従兄さまは、婚約されて長いの？」リリーが訊いた。

「あ、いえ。急に申しこまれたものだから。彼のお母さまがなんとおっしゃるか考えると恥ずかしいわ」

「ユーフロニアおばさまはご存じないの？」リリーの眉がすうっと上がった。

「知っているのは、まだあなたがただけだと思うわ」とミス・ソンダース。

「でもわたしたちも知らなかったし」

「いまは知ってるでしょう」

「あの、ところで」イヴが立ちあがった。「ミスター・ハリントンが不在でお目にかかれないのはとても残念ですけれど、このままでは埒《らち》が明きませんので」リリーに向きなおる。

「お従兄さまを捜しにいったらどうかしら」

「わたしが？　それともあなたと一緒に？　でも、どうして？　ポールが見つけてくれるんじゃないの？」

「わたしたちが捜したほうが、ずっといいと思うのだけど」イヴはリリーに断固とした顔を見せた。大胆なミス・ソンダースをどうすればいいのかはまったくわからない。しかし彼女とリリーにおしゃべりをさせておけないことだけは、はっきりしていた。

リリーの表情が意固地に固まりかけ、イヴは反抗されるのではとあやぶんだ。けれどもそのとき足音が聞こえ、フィッツが執事を従えてドアに姿をあらわした。彼はさっと部屋に視線をめぐらせ、状況を見てとった。

「客人がいるようだな」おだやかな口調でフィッツが言う。

「ミス・ソンダースと申します」客が言い、立ちあがってフィッツのほうに進みでた。「ゴードン・ハリントンのフィアンセです」

「そうなのですか?」フィッツの冷淡な瞳が彼女を見返す。「彼の両親には寝耳に水だと思いますが」

ミス・ソンダースはうふふと笑ってはにかんだように口に手を当てた。「申しわけないけれど、そのようですわ。だれにも言っていなかったのはわたしたちが悪いのですけど、とても急なことだったので。わたしのゴーディは直情的だから」

「まさしく。〝あなたのゴーディ〟は未成年者で、結婚するには両親の許可が必要だ。そしてもしあなたがゴードンの母親を知っていれば、それが受けいれられるべくもないのはわかるのでしょうが」

ミス・ソンダースの目がきらりと光った。「自分の息子が純真な乙女に言い寄っておきながら責任逃れをしただなんて、お母さまも世間に知られたくはないでしょうに」

「おばも含め、だれかがそんなつくり話を鵜呑みにすると思っているのなら、きみも見かけより初心なんだな」

「約束してくれたのよ！」それまでとは打って変わって、ミス・ソンダースは感情をあらわにした。「言ってくれたのよ――家も馬車も、なにもかもそろえてくれるって。すべて《ア・カルト・》まかせろ《ブランシュ》って。なのに、急にあんなとんでもない文学かぶれの女を追いかけはじめて。いきなり四六時中、詩をまくしたてて、わたしを無視して。用意すると言ってくれていた家はどうなってしまったの？　わたしがもらったのはこんな安っぽいブレスレットだけよ」腕を掲げて振り、輪になった真珠を見せつける。「このまま逃げるなんて許さないって言ってやったのよ！」

「もういい」フィッツの歯切れのいい声はぞっとするほど冷たく、まなざしも同じく凍るようだった。さしものミス・ソンダースも少し青ざめ、なにを言おうとしていたにせよ口を閉ざした。「ミスター・ハリントンがなにを約束したにしろ、していないにしろ、ここで話すのはお門違いだ。ミセス・ホーソーンやわたしの従妹の前でするような話ではない。ボストウィックに書斎まで案内させる。ミスター・ハリントンについては召使いを捜しにやったから、戻り次第、話しあおう。わたしたちだけで」

フィッツはドアのほうに手を振ると、執事がやってきてミス・ソンダースのかたわらに立った。奥歯を嚙みしめた彼女は、もしや拒否するのではとイヴには見えたが、流れるように部屋を出ていった。いきなりだったのでボストウィックが遅れをとり、あとを追った。

イヴとリリーはフィッツを見た。

「フィッツ従兄さま、いまのとんでもない女《ひと》はどなた？」リリーが尋ねた。「ゴードン従兄さまとほんとうは婚約していないのよね？」

「いくらゴードンでもそれほど愚かではないと、心底思っているんだが。だからきみはね、かわいい従妹どの、彼女には会わなかったことにしてくれたまえ」

「それは無理よ」リリーが反論した。「それと、ア・カルト・ブランシュってなあに？　どうして彼はあの人に家を用意するなんて約束したの？」

フィッツはどこか困った顔で、イヴを見た。「ミセス・ホーソーン……」

イヴは笑いそうになるのをこらえた。「さあ、リリー。もうお茶をすませてしまいましょう」テーブルの上の冷めた紅茶のカップを手で示す。

「でも……」リリーが言い、フィッツを見た。「フィッツ従兄さまとお話ししたいのに」

「そう。でもね、フィッツ従兄さまのほうは、それこそ遠慮なさりたいことじゃないかしら」イヴがにこりと笑って彼を見やる。

「あいかわらず鋭いね、きみは。さて、ご婦人がた、しばしのお別れだ。カー？」ネヴィルのほうに向く。

「いま行く」彼はいそいそと立ちあがり、紳士ふたりは連れだって部屋をあとにした。

「なによ、これじゃ蚊帳《かや》の外じゃない！」リリーが叫び、腰に両手を当ててふたりの出ていったドアをにらみつけた。「自分たちでぜんぶ話をつけるつもりね」

「なんともはた迷惑だこと」

「まったくよ。わたしだって話に交じりたいのに」リリーがふと口を閉じて考える。「わたしがほんとうに聞きたいのは、フィッツ従兄さまがゴードンになんて言うかよ。そうでしょう？」

イヴの顔もにやけずにはいられなかった。「ええ、まあね。でもミスター・ハリントンのプライバシーは尊重しなければ」

「そうね。でもフィッツ従兄さまはゴードンになんて言うつもりか、ネヴィルにはぜったい教えるはずよ」

「ミスター・カーにはもうわかっているかもね」

リリーはお茶菓子を選んでぱくりとかじり、口を動かしながら思案した。「ミス・ソンダースは殿方のお相手をする女性なのよね？」

「リリー！　いったいどこからそんな知識を仕入れたの？　もしやミスター・カーが――」

「まさか。そういう方面のこととなると、ネヴィルも古くさいことこのうえないのよ。おかしなものよね、ゴードン従兄さまが言うには、ネヴィルは放蕩者《ほうとうもの》で通っているらしいのに。まあ、フィッツ従兄さまも同じだって言ってたけれど、ネヴィルは女性にだらしないんですって。そのほうが性質《たち》が悪いわよね」

「少なくとも、彼はそういうことを若い女性に言わないだけの分別はあるのね。ゴードンとさらに窓の近くに寄った。「機嫌が悪そう」

「あっ、ゴードンが出てきたわ」彼が大あわてで出ていった窓から外を見ていたリリーは、さらに窓の近くに寄った。「機嫌が悪そう」

イヴもリリーのそばに来て立った。ゴードンが大またで芝生の上を玄関に向かっていて、そのうしろからけわしい顔をしたポールがやってくる。「無理もないわね。これから大目玉をくらうのでしょうから」

「婚約していないのに、どうしてミス・ソンダースはそんなふりをしたのかしら。ゴードン従兄さまが応えてくれると思ったのかしら」

「彼女はたぶん、彼に恥をかかせたかったんじゃないかしら。いろいろと約束をしてくれたって言ってたでしょう？」

「家を用意する、とか」とリリー。

「そうよ。でもほかの人のいる前では、ぜったいにこういう話はしないでね」

「だいじょうぶ。でもカメリア姉さまがよくなったときに話すことがたくさんできたわ！」リリーがくすくす笑う。「こんな楽しいことが起きてるときに病気で寝ていたなんて、姉さまはさぞくやしがるでしょうね」

「ええ、まったくね」

「話のつづきだけど。ゴードンが約束を守らなかったから、彼女は婚約したふりをして約束を守らせようと思ったのかしら」

イヴは肩をすくめた。「わたしはそう思うけれど。彼のご両親のところへ行くと言ったのかもしれないわね。それで彼がだめだと言ったか、そんなことできもしないくせにと言ったか。だから、彼と正面からぶつかることにしたんでしょう」

「そんなことをするために、はるばるウィローメアまでやってきて？」

「ユーフロニアおばさまがどんなかたか、少しでも知っていたら、彼女とやりあおうなんて思わなかったでしょうけど」

「そうね」リリーが小さく身震いした。

「それに、交渉の手だてを失うことになったでしょうね。ミス・ソンダースはゴードンに対して、恥をかかせるぞという脅ししか手持ちの札がない。彼の両親の前で一度恥をかかせたら、もうそれ以上の脅しはかけられないわ」

「でも、世間に言いふらして大きな醜聞にしてやるって、彼女はほのめかしてたじゃない」

「言いふらす相手がどこにいるというの？　ハリントン家の人間と彼女は別世界に住んでいるのよ。それに、彼女のような女性がゴードンのフィアンセだと言いはったとして、だれが本気で耳を貸すかしら？　ゴードンに対して彼女ができるのは、せいぜい母親といざこざを起こさせるくらいよ。だから彼女は親族のところまで来たのよ。母親の邸で自分がなにをするか、ゴードンにわからせたくてね。それで彼が怖《お》じ気《け》づいて、なにか形になるようなことをしてくれないかと思ったんでしょう」

「ところが、彼は怖じ気づいてウサギみたいに逃げだした、と」リリーが忍び笑いをした。

窓から飛びだしていった青年の姿を思いだし、イヴもつい頬をゆるめた。

ふたりは席に戻ってまたお茶を飲んだが、数分後には窓からミス・ソンダースが自分の馬車に戻っていくのが見えて、窓辺に引き寄せられた。

「フィッツ従兄さまがなにがしかのお金を渡したと思う?」リリーが尋ねた。

「かもしれないわ。彼女の様子は……うれしそうでもないけれど、腹を立てているというのでもないわね。フィッツの言葉を借りれば、ゴードンがまた厄介ごとに巻きこまれるのを助けてやった、というところかしら」

「今日ばかりは、助けたいとも思ってなかったようだけど」リリーは意味ありげに身を震わせた。「ボストウィックと一緒にさがれと彼女に言ったときのフィッツ従兄さまは、すごくこわかったわ。あんなにこわい顔もできる人だったなんて、知らなかった」

「そうね。いまこのときばかりは、ゴードンになりたくないわね」

16

ゴードン・ハリントンになりたくないと思ったのは、イヴだけではなかった。くだんのうら若き青年は伯爵の書斎で力なく椅子に腰かけ、親指の爪を嚙みながら、いまいましさと不安の入り混じった暗澹《あんたん》たる気持ちで従兄を見ていた。

「どうしてそんなに叱られるのかわからないよ」ゴードンは泣き言を言った。「あのばか女がここまで追いかけてくるなんて思わないだろ？」

「ばか女？　どちらかと言えばずる賢い女だと思うが。とんでもないばかっぷりを披露したのは、おまえのほうだ」フィッツはデスクの端にもたれて足首を組んでいたが、ゆったりと構えているわけではなかった。ブルーの瞳は氷のようで、従弟の目を射るようににらんでいる。

「どうしてそんな石頭になっちまったんだ？　あなたもロイスも、女とはさんざんつきあってきたくせに」

「おれは守るつもりのない約束などしたことはない。いや、守れない約束か？　おまえは二十メートル先のカードを撃ち抜く腕もなければ、あのけばけばしい女に家を買ってやる甲斐性もないくせに。女遊びをするなとは言わない。一ダースの女を相手にしたっていい。だが――」やおらフィッツは背筋を伸ばし、一歩前に出てゴードンの上にそびえるかのように立った。「浮ついた考えなしの行動のせいで、この家に商売女を呼び寄せるようなまねは許さん。ミス・バスクームやミセス・ホーソーンと同じ部屋に踏みこませるようなまねはな！」

ゴードンは、ひくっとつばを飲みこみ、口をひらこうとした。

「言い訳などしなくてもいい」フィッツは勢いよく従弟から身をひるがえした。「ここ数年は、たしかにおまえのためにならないことをしてきた。窮地を救ってやったり、尻ぬぐいをしたり。ロイスとおれはおまえを憐れんでいたんだ。悪さがばれてあのユーフロニアおば上にこっぴどくやられるかと思うと気の毒でな。だが結果的に、おまえになにも学ばせずにきてしまった」

「母上に話すつもりじゃないだろうね？」ゴードンは顔面蒼白になった。目が飛びだしそうだ。

「ああ。少なくともいまは。しかしこれからおれの言うことをちゃんと聞かないと、すべてをおば上にぶちまけるぞ」

ゴードンは食い入るように従兄を見つめ、口をぱくぱくさせていた。「でも……でも……」

「おまえにやってもらうことがある。おれがミス・ソンダースに払った金額を、びた一文欠けずに返すこと」

「なんだって？」なんとか声は出たが、ゴードンの声は少なくとも一オクターブは高くなっていた。「でも、どうやって？」

「お父上からもらう小遣いのなかから返せばいいじゃないか。生活費をもらってるだろう」

「ああ、でも、ぜんぶ使っちまう」

「そうか、それならこれからは、おれがミス・ソンダースに払ったぶんをそのなかから返していけ」

「どうして彼女にそんな大金をやったんだよ」

「おまえが彼女に約束したからだ。紳士は約束を守るものだ。約束した相手が国王であれ、掃除夫であれ……商売女であれ。守るつもりがないのなら、最初から約束するな。そういう行いが改まらなければ、信用できない男という風評が立つぞ」

「でもそんな金、惜しくもなんともないだろ。腐るほど持ってるくせに」

「だがおまえには金輪際、やるつもりはない。おまえもご両親から湯水のようにとは言わないが、じゅうぶんな額を与えられているはずだ。おれも一度に返せとは言わない。しかし賭け事や酒はしばらく慎んで、毎月少しずつおれに返せ。いいな？」

「ああ」ゴードンは腕を組み、あごを胸につけた。

「それから今晩、リリーとミセス・ホーソーンに謝罪すること。ふたりの視界にあの女を入れてしまったんだから」

ゴードンの目がまた飛びでそうになったが、フィッツにひとにらみされて、ぼそりと言った。「わかった。謝罪する」あごを上げ、殉教者のような声音で言った。「それがすんだら、この邸からおいとまするよ。ここでは厄介者のようだから」

「いや、だめだ。おまえははしかの菌にさらされているから、行く先々でまき散らすようなことはさせられない。だが、ここにいるあいだは手伝いをしてもらうぞ」

「手伝い？　どういうことだい？」

「使用人が数人、はしかで倒れているし、二階にも二名、病人とけが人がいる。ムッシュー・ルヴェックをベッドから移動させるときに人手が必要だ」ゴードンは反論しかけたが、フィッツは片方の眉をつりあげた。「ネヴィルは、彼の介抱をしても品位を落とすことになるとは考えていないようだぞ」

「わかった、わかった。手伝いますって」

「ときどき彼のところでおしゃべりしたり、トランプでもして遊んでやってくれ。病気が落ち着いたら、大学に戻って勉学に励め。いや、少なくとも二度と退学にならないようにしろ。借金を返しおえるまでは、賭博場や繁華街《ヘイマーケット》にも出入り禁止だ」

「はあ！　こんな日が来るとは思ってもみなかった」ゴードンはむっとした様子で立ちあがった。「ステュークスベリーがもうひとりできあがっちまった」

「ステュークスベリーならまだましなほうだろうが」

「昔はいかしたやつだったのに」ゴードンは忌々しげに言った。「いったいどうしちまったんだよ」

フィッツは長々と相手を見つめた。「たぶん、おれも大人になったんだろうな」

翌日、料理人から提案された献立をイヴが小さな居間で検討していると、ボストウィックがやってきてウィリンガム大佐の来訪を告げた。驚いて顔を上げたイヴは、一瞬後ろめたさを感じた。ここ数日のてんやわんやで、大佐が近くに来ていることをすっかり忘れていたのだ。

「どうぞお通しして」彼女は執事に言った。「あの、大佐は邸ではしかが出ていることをご存じなのよね？」

執事はうなずいた。「はい、奥さま。邸の者たちのご容体をお尋ねになられておりました」

少しして大佐が入ってきた。イヴは前に出て握手の手を差しだした。「大佐。ようこそおいでくださいました」

彼はイヴの手の上にかがんでおじぎをしたが、軍隊仕込みのきっちりとした身のこなしに、重々しい顔つきだった。「お元気そうでよかった」

「はい、ありがとうございます。ですがカメリアはかわいそうに、はしかで伏せておりまして、使用人も数名がかかってしまいました。どうやら村じゅうに広がっているそうですね」

「ああ、そう聞いています」

「滞在されているお邸は、いかがですか」

「こちらと似たようなものです。数人が伏せっております。レディ・ヴィヴィアンとハンフリー卿とわたしはだいじょうぶですが、気の毒に、レディ・サブリナがかなりの重症でして」

「それは大変なことで」

「ええ。しばらく混乱しておりました。先日こちらの晩餐会から戻ってすぐ、奥さまが倒れられて、わたしが部屋までお運びしなければなりませんでした。じつを言うと、奥さまはその……はしゃぎすぎただけだと思っていたのですが」

大佐の言葉は、サブリナがまた彼の気を引こうとしていたらしいことをやんわりとほのめかしているように思えた。なよやかに大佐の胸に倒れこむなんて、彼女の使いそうな手だ。

「ですが翌日の午後に熱を出されまして、いまはどうやらいたるところに発疹が出ているようです」

「まあ、大変」つい生まれてしまったちょっと意地悪な喜びを、イヴはきっぱりと振りはらった。とても笑うことなどできない。さすがに不謹慎すぎる。はしかは大人になってからかかると、とんでもなく痛いことがあるし、危険なことさえある。それでもどうしても、あのきれいな顔いっぱいに赤い発疹が出て、サブリナが怒り狂っているところが想像されてならなかった。

「そうなんです。どうやらレディ・ヴィヴィアンはお帰りになる予定だったらしいんですが、レディ・サブリナが倒れたもので予定を変えて残り、レディ・サブリナの看病をなさっています」

「まあ、そんな」イヴはぎゅっと口を引き結んだ。それはあんまりだ。ヴィヴィアンがレディ・サブリナの世話係のようになっているなんて。

「ええ」大佐の重々しい表情は、グレーの瞳がきらめいているところを見ると、見せかけだけらしい。「なかなかすさまじいものでしてね。今朝は奥さまの部屋からやたらと物の割れる音がしていましたよ」

イヴは思わず吹きだしてしまい、あわてて口を押さえた。大佐も笑ったが、すぐに真顔に戻り、彼女のほうに身を寄せた。

「ミセス・ホーソーン、顔色が悪くてお疲れのようにお見受けします。無理をしていなければいいのですが。働きすぎは体に毒ですよ。このようなあなたを見るのは忍びない。人にこき使われて、くたくたになって」

「とてもおやさしいのですね、でもくたびれてなどいませんわ。それに少しくらい仕事の範《はん》疇《ちゅう》を越えてお手伝いするのもやぶさかではございません。ステュークスベリー卿は雇い主として公明正大で寛大なかたですから、このような緊急事態ではわたしも喜んで自分の役目を果たしたいと思っております」

「ええ、そうでしょうとも」大佐は微笑んだ。「ですがどうでしょう、お庭を一緒にまわっていただけるよう、お願いしてもよろしいでしょうか。少し肌寒いですがよいお天気です。散歩でもすればあなたの頬も色づきそうだ」

「それは楽しそうですね」

イヴはボンネット帽と薄手のマントを取ってくると、ふたりで庭に出た。大佐の言ったとおり天気がよく、太陽が照って秋の肌寒さがやわらいでいた。

「お誘いくださってありがとうございました」イヴは笑顔で言った。「いい気分転換になりますわ」

「あなたが困っているのを見ていられないのです」ウィリンガム大佐はきまじめな顔で彼女をじっと見おろした。「ほかにもお心を痛めていることがあるのではありませんか？　お仕事のことだけではないはずです」

イヴは鋭い指摘に少々驚き、ちらりと彼を見やった。大佐がとくに勘が鋭いとか神経の細やかな人だとは思わなかった。これまで親切にはしてくれたが、どちらかと言えば無骨で、かえって気を遣わされることも多かった。しかしいま、厳しい軍人とはちがう一面を持っているのかもしれないとわかって、イヴは少し申しわけなくなった。

前日に受けとった手紙や、それからずっと抱えている不安や、だれにも打ち明けられずにいる思いに考えをめぐらせる。でもウィリンガム大佐はブルースを知っていた。夫がどんな人間だったかわかっている。手紙で書かれていたような罪を犯しているはずがないことを、だれよりも知っている。大佐は今回のことを慎重に考え、これからわたしがどうすればいいのかを決める力になってくれるだろう。

とっさにイヴは口にしていた。「そうなんです、じつは手紙を受けとりまして……ブルースのことで」

「少佐のことで？」大佐の眉がつりあがった。「どういうことかな？　彼の友人から、とか？」

「いいえ。その反対に近いですわ。ちょっとここでお待ちいただけますか、すぐに持ってまいります」

「いいですとも」大佐は困ったような顔をしたが、うなずいて承知した。

イヴは急いで部屋に上がり、隠してあった場所から手紙を取りだし、あわてて庭へ戻った。大佐は花のないバラの茂みのあたりをうろうろしていたが、彼女が近づく音で振り返った。

「もう少し先まで行きましょう、座って手紙を見ていただけますわ」イヴは前方を手振りで示した。そのまま進んで格子づくりの細長いあずまやまで来ると、人目につかないベンチに腰かけ、大佐に手紙を渡した。

大佐は手紙が届いた順に、慎重に目を通し、読みおえるとたたんで、しばらくあらぬほうを見つめていた。「ブルースも不憫《ふびん》な」ようやく大佐の口から言葉がもれ、ため息が出る。イヴに向きなおった顔には悲しげな笑みが浮かんでいた。「かわいそうなイヴ。ずっと知らないままでいてほしかったのに」

イヴは腹を殴られたかと思った。「え？　なにをおっしゃっているの？　それがほんとうのことだと？」

「あなたのご主人は、いいやつでした」大佐が真剣な顔で言う。「だから悪いことをしようなんて気持ちはこれっぽっちもなかったと思います。だが彼は、金の使い方を知らなかった」

「ええ、それは知っています、でも――」

「賭け事の借金があった。だいぶ高額だと人づてに聞いていました。しかも借金の返済のための金を稼ぐのに、胡散《うさん》臭い仕事をするようになったとも。強盗まがいのことまで」

イヴは言葉もなく大佐を見つめた。自分の耳で聞いたことが信じられない。「それはまちがいのないことなんですか？　それとも、ただのうわさ？　あの時計は盗んだものだと、夫があなたに認めたんですか？」

「ブルースから話を聞いたわけではありません。あまりにふがいないと自分で思っていたんでしょう。だが、信用のおける面々から聞いた話です。彼が亡くなる前、あなたもなにか異変に気がついていたのでは？」

イヴは過去を振り返り、思いだそうとした。たしかに亡くなる前日か前々日あたり、ブルースは口数が少なくなり、沈んでいるようにさえ見えた。けれどもほんとうにそうだったのか、それとも大佐の話に感化されただけなのか、よくわからない。

「夫は自ら命を絶ったのだと思いますか？」イヴは絞りだすような声で訊いた。

「わかりません。彼を愛していたわたしたちとしては、在りし日の姿を心に残しておくべきではないでしょうか。亡くなる直前の姿や、ありもしなかった想像だけの姿を描いてはなりません。もし彼が盗みをはたらいていたとしても、自分を見失っていたのです」

イヴはひざの上で握りしめた両手を見つめた。大佐を見ることができなかった。そう、自分は大佐に腹を立てているのだ。ブルースを信じてくれない大佐を。ブルースが盗みをはたらいて名誉をけがしたと思っている大佐を。ただの八つ当たりだとわかっている。きっと、あれこれとうわさになっていたのだろう。大佐が信じてしまうような、信憑性《しんぴょうせい》のあるうわさだったにちがいない。

「ここに書かれた時計というのも、彼が盗んだものかもしれないな」大佐が言った。

「でも〝愛する妻へ〟と書いてあるんです」イヴは蚊の鳴くような声で言った。「だから……わたしの誕生日に贈ってくれるつもりだったと思って」

「親愛なるイヴ」大佐は身を乗りだし、慰めるように彼女の手を両手で包んだ。「そんなに悲しまないで。あなたがつらそうにしているのは見ていられない。力になりましょう。その時計をあずかって、処分しますよ——川にでも投げ捨てて」

「いいえ！」イヴの胸が締めつけられた。「できません。彼が盗んだなんて信じられません」

「だが、だれかべつの奥方への言葉が彫りこまれただけかもしれない」大佐はやさしく諭した。「あなたの名前は書いてありましたか？」

イヴはかぶりを振った。「いいえ、でも——」

「ブルースにそんな高価なものを購《あがな》う金があったかどうか。金に困っていたことを考えればなおさらだ」大佐がつづける。「どうか思い悩まないで。わたしがそれをあずかったほうが、あなたもほっとするのではないですか？　この手紙の差出人も、そう思っているような気がするが」

「でも言いなりになるなんていやです！」イヴの頭に血がのぼった。「こんなふうに脅されるなんて。手紙の差出人はブルースの名をけがして、わたしの人生をつぶしたいんです。ぜったいに負けられません。夫の思い出に対する冒瀆《ぼうとく》になってしまいます」

「だが、世間にこんなことが知れたら困るでしょう」大佐が言った。その声がかすかにいらだちを含んでいるように聞こえたのは、気のせいだろうか。「伯爵に話されたらどうします？　あるいは社交界に広められたら？　そうなればあなたは終わりです。そんなことになるのを見たくはありません」

「わたしもです」イヴも同意した。「あなたのおっしゃるとおりかもしれません。言われたとおりにするのが現実的だと思います。でも、そうしても脅しをかけられていることに変わりはありません。うわさが広まるのも、止めることはできません。それに、時計を処分したことが、どうやって手紙の送り主にわかるというのでしょう。そもそも、どうして処分させたいのか？　わけがわかりません。最後の手紙では、時計を手放せとも書いてありませんわ」

「たしかに」大佐はしばし無言だった。「もちろん、あなたが決めることです。もう少し考えてみてもいいかもしれません。もちろん、わたしはいつでもできるだけお力になります。声さえかけていただければ、できるかぎりのことをいたしましょう」

「ありがとうございます、大佐」イヴは弱々しい笑みを向けた。「お差し支えなければ、わたしはもう少しここにいてから入ります」

「いいですとも。頭を整理なさらなければならないでしょうから。わたしはひとりで帰れますよ」ウィリンガム大佐はふたたび彼女の手を取っておじぎをし、立ち去った。

イヴは目を閉じ、あずまやの一部である木のラティスに頭をもたせかけた。アドバイスを聞きいれなかったわたしに、大佐は少しむっとしていたのではないだろうか。冷静に判断すれば、そうするのが賢明だったことはまちがいない。

けれど、どうしても手紙に書かれていたブルースの話を信じることはできなかった。彼が盗人などであるはずがない。自分の名をけがすことに、それほど無関心だったなんてありえない。それに自殺もありえない。自分がいなくなったあと、妻のわたしをひとりでスキャンダルにさらすなんて。ブルースはそんな愚劣な人ではなかった。それなのにかつての上官は、彼が盗人で自殺したかもしれないと思っているなんて、そんなのはつらすぎる。

涙がまなじりからあふれ、頰を伝って落ちた。自分の名が踏みにじられたと知ったら、ブルースが感じるであろう心の痛みが、イヴの胸をも締めつけた。だから彼女までブルースに背を向けることはできない。

「どうした、泣いているのかい、イヴ?」フィッツの声がやさしく頭上から降ってきた。彼の手がイヴの頰をかすめ、涙の跡をぬぐっていく。

「きゃ!」イヴは目をぱっとひらき、背筋を伸ばして、あわてて頰を押さえた。「ごめんなさい。だれかいるとは思わなくて」

「ぼくだけだよ。心配ない」フィッツも同じ木のベンチに腰をおろし、イヴの顔を覗きこんで少し眉根を寄せた。「どうしてこんなところで泣いていた? もしかしてカメリアの容体が悪くなったのかい?」

「いいえ、そんな、そういうことではないの。それどころかリリーの言うとおり、カメリアは順調に回復していると思うわ」

「じゃありリーとネヴィルのことかな? それなら、手助けできる方法を思いついたような気がするんだが」

「ほんとうに？」イヴは興味津々で彼を見た。「どんな方法？　どうするつもりなの？」

　フィッツは肩をすくめた。「うまくいったら話すよ。でも、いま大事なのは、どうしてきみが心を痛めているか、だ。だれかにいやなことをされたのか？」眉をきゅっとひそめる。

「あのばかゴードンが気に障ることを言ったのだったら、あいつをひどい目に遭わせてやる」

「ちがうの」イヴはくすくす笑い、なだめるようにフィッツの腕に手をかけた。「かわいそうなミスター・ハリントンを叱らないであげて。今日はもうずいぶん懲《こ》らしめられたでしょうに、わたしには汚い言葉のひとつも口にしないで。それどころか、午後にはムッシュー・ルヴェックに本まで読んでくれたのよ。でも」慎重に言い添える。「期待どおりのはたらきができたのかどうかはわからないけれど。ムッシュー・ルヴェックが〝このばか！〟なんて叫んでいるのが聞こえたもの」

　それを聞いてフィッツがにやりと笑った。「それなら、〝ゴーディ〟がルヴェックの部屋にいたのはまちがいなさそうだ」そこで真顔になり、彼女の手を取った。「じゃあ、ぼくのおばかな従弟が原因でないのなら、どうしてきみが心を痛めていたのかな」

　イヴは逡巡《しゅんじゅん》した。手紙のことはフィッツには言わないと決めていた。フィッツに言うのがよくないと思った理由は、たくさんあったように思う。けれどいまフィッツを見ていると、どれひとつとして思いだせない。この世界のだれよりも、自分はフィッツをいちばん信頼しているのだとイヴは気づいた。

「少し前に手紙が届いたの」ついに言った。言葉を口にするあいだにも、胸のつかえがやわらいでいくような気がした。それまでに届いていた手紙の説明もし、ポケットから三通の手紙を出してフィッツに渡した。

彼は一通一通に目を通したが、じょじょに表情がけわしくなっていった。イヴはブルースがなじられると思って身がまえた。けれど手紙を読みおえたフィッツは、最後の手紙を握りつぶして言った。「これらの手紙を送ってきたろくでなしの首を絞めあげてやりたい」

イヴはほっとして、わずかに顔がゆるんだ。「それは最善の対処法とは言えないわ」

「いったいだれが、こんなふうにきみを苦しめようとするんだ?」フィッツは話をつづけた。「サブリナは底意地が悪いし、きみの美しさをねたんでいることもはっきりしているが、いくら彼女でもこんなあくどいいたずらをするとは思えない。いったいなんの目的があって?」

「わからないの。いったいだれなのか見当もつかないし、なにがしたいのかもわからない。お金を要求されているわけでもないわ——されても渡せるようなお金はないけれど。時計をよこせとさえ言っていない。わたしが持っているもののなかでいちばん高価なものなのに。ただ処分しろと言っているだけだわ」

「わけがわからないな」フィッツも同じ意見で、頭を振りながらもう一度最後の手紙に目を走らせた。

「ほんとうの話かどうかも、ずっとわからないままよ。ブルースがほんとうにそんなことをしたのかどうか。彼はお金にはだらしない人だった。どうしようかと頭を抱えたこともあったわ。でも彼にとって、名誉は命そのものよりも大切だったと思うの。そんな人が盗みなどするかしら？　みずから命を絶ったりするかしら？」フィッツを振り仰いだイヴは、突然、彼の答えを聞きたいと思っていることに気づいた。

「ぼくはきみのご主人に会ったことはないから、彼のことはなにもわからない。きみとの結婚を選んだ、すばらしい感性の持ち主だということしか」フィッツはにこりと笑い、彼女の手を自分の口もとに持っていった。「でも、きみはご主人を愛していた」

イヴはうなずいた。「ええ」

「堕落した弱い男を、きみが愛するとは思えない。だから、ぼくはブルースがこういうことをしたとは思わない」

「ああ、フィッツ！」突然、自分の心を太陽が照らしたかのような心地がした。イヴは彼の腕に飛びこみ、口づけた。

自然とフィッツの腕に力がこもり、それからしばらく、ふたりだけの世界にのめりこんだ。やっと唇が離れると、イヴはあたたかく満たされた気持ちで彼の胸に寄り添った。

「そんなふうに言ってくれて、ほんとうにうれしい」イヴは言った。「とても、とても、うれしいの」

彼の胸から顔を上げるイヴの耳に、よく響く低い笑い声が届いた。「ぼくもうれしいよ。ぼくの答えは合格だったのかな？」

「いいえ」イヴがにこりと笑う。「合格とか不合格とかの話ではないわ。でもあなたがさっき言ってくれたとき、わたしは自分と同じようにあなたにも信じてほしいんだって気づいたの。ブルースは盗人でも、ろくでなしでもないんだってことを。上官の大佐でさえ、うわさのほうを信じていたんですもの」

「大佐？　ウィリンガムのことかい？　彼になんの関係があるんだ？」

「訪ねてきてくださったのよ。そのときなにか様子がおかしいと思われたみたいで、それで大佐に手紙を見せたの。だからポケットに持っていたのよ。ブルースが賭け事の借金を返すために盗みをはたらいているといううわさがあったことを、大佐から聞いたわ。手紙に書かれたとおり、夫が自殺したといううわさまであったと」

フィッツは鼻を鳴らした。「どうりで、あの男のことがどうも気にくわなかったはずだ」彼女を抱きしめる腕に力をこめ、彼女の髪に唇を押しつける。「きみがいとしい。いまはどうしても冷静でいられない」

「わかるわ」イヴの口からため息がもれた。こんなふうにフィッツと寄り添っているのは、とても心地よくて、あたたかくて、心安らいで——そして、そう、ほんの少しだけ刺激的だ。

もう一度キスできたら、と思う。彼の腕のなかで身を横たえて、たしかな鼓動に耳を寄せていたい。

脚のあいだで熱がくすぶりはじめた。体がぞくぞくして、期待がつのる。あの一夜だけでは足りない。ぜんぜん足りない。ふたりが愛を交わしてからまだ一週間とたっていないのに、まるで永遠の時間のように思えた。イヴは両脚をぎゅっと閉じ、そこに生まれた痛いような小さなうずきを逃がしながら、今夜足音をひそませて廊下を忍んでいけないだろうかと考えた。もしフィッツの部屋まで行ったら、彼は追い返さないような気がした。そんな勇気が自分にあるだろうか？

イヴは無理やり体を引きはがし、彼の隣に座りなおした。スカートと髪をなでつけながら、暴れだしそうな心も必死で抑えこもうとする。

イヴに向けられたフィッツの目はあたたかく、彼も彼女を離したくなかったということを物語っていた。「こんなに長いあいだきみにふれられないなんて。きみのことばかり考えて、夕食の席での会話にもついていけないくらいだ」

「このごろはみんな早い時間にやすんでいるから。もしかしたら……」

フィッツが手を伸ばして彼女の手を取り、指と指を絡めた。「誘っているのかい」しばし口を閉ざし、彼女の手の甲を親指でなでる。「でも、だめだ。きみを危うい目には遭わせないと誓ったんだ。あのいまいましいゴードンは、最悪のタイミングで階下におりてブランデーを取りにこようと思うかもしれない。しかもぼくに腹を立てているから、チャンスがめぐってきたら嫌がらせをするに決まっている」

ため息をついてフィッツは彼女の手を遠ざけ、立ちあがった。「いまやるべきことは、きみのほかの問題について考えることだ」

「手紙のことね」イヴはうなずき、落胆の気持ちを抑えこんだ。「あなたの言うとおりだわ。わたしもずっと考えてきたけれど、いまだにわけがわからないの」

「ホーソーン少佐をよく思っていない人間はいるだろうか？」

「いたかもしれないわ。兵士に命令を下すときには、かならず意見の合わない者や恨みを持つ者が出てくるものよ。訓練を受けた人たちとか。夫をねたんだり、不当に追い越されたと思った人たちとか。でも、おおむね人には好かれていたわ。夫に恨みを持っているかもしれない人を考えてみようとしても、思い浮かばないの。もちろん、だれかに脅されていたとしても、夫はわたしには話さなかったでしょうけれど。わたしに心配をかけまいとして」

フィッツはうなずいた。「ご主人の死についてはどうだろう。つらいことだとは思うが、事故でなかった可能性は？」

「自殺したということ？」イヴが訊く。

「どちらかと言えば、ぼくはだれかがご主人に害をなしたかもしれないと考えているんだが」

「えっ」イヴの瞳が大きく見ひらかれる。一瞬考え、首を振った。「いいえ、それはないと思うわ。何人かの友人が夫と一緒だったの。高い塀の上にいるとき鐙を踏みはずして、鞍から落ちたと聞いたわ。落馬して首の骨を折ったと。装備を点検しても、おかしなところはなかったんですって。そんな状況を狙って用意するなんて、できそうもないし」

「とにかくわかっているのは、事故だったということ。この時計をご主人がきみに贈ったということ。そしてだれかが、時計は盗まれたものだと言ってきて——その目的もわからないこと」

イヴはうなずき、間を置いてから口をひらいた。「ほんとうは、夫から時計を贈られたわけではないの。あとで見つけただけ。初めて見る時計だったけれど、婦人用なのはまちがいなかった。だからふたを開けたら、なかに〝愛する妻へ〟と刻印が入っていて。夫が亡くなった数日後がわたしの誕生日だったから、誕生日のプレゼントだと思ったの」イヴが眉をひそめる。「だから、わたしのための品だったかどうかはわからないわ。でも、そうとしか考えられないでしょう?」

「どうだろう。でも、やはりきみへのプレゼントだったのはまちがいないだろうね。しかし少佐が金を出して買ったものではないとしたら? カード博打でだれかがご主人に負けて取られたものの、返してほしくなったとか。あるいは少佐に売りはしたが、あとで惜しくなったとか」

「そういうこともありうるわね」イヴは眉間にしわを寄せた。「でもそれなら、わたしのところへ来て説明して、買い戻したいと話をすることもできたはずだわ」

「そうするだけの金がなかったのかもしれない」フィッツは顔をしかめ、また彼女と同じベンチに腰をおろした。「しかしそれほど取り返したかったのなら、すぐに盗みだせばよかったんじゃないだろうか。当時、きみの家には大勢の人間が出入りしていたんだろう?」

「ええ、そうなの。とてもたくさんの人が訪ねてきて、手伝いを申しでてくれたわ。だからこっそり時計を捜すこともできたと思う。ときには寝室まで入ってきた人もいたわ。軍服やらなにやらを取りに。でもさすがに寝室は簡単にいじれる場所ではないでしょう」

「つまり、時計を見つけようとはしたが、見つからなかったと」

「そしてわたしは父の家に戻ってしまった。でもだれであれ、もっと早くにこういう手紙を書くことはできたと思うの。なぜいままで書かなかったのかしら?」

「わからない」

「それに、もし時計を取り戻したいのなら、どうして最後の手紙にそのことを書かなかったのかしら? 手放せとか、処分しろとかまで言っていたのは、どうして? 自分が時計を手に入れようが入れまいが、わたしが持っていなければそれでいいと言っているみたい。だから、まずレディ・サブリナのことを考えてしまったの——手紙に強い敵愾心《てきがいしん》が感じられたから」

「敵愾心以上のものがこれにはあるような気がする。この手紙の送り主は時計を取り戻したいのではなくて、人の目にふれてほしくないだけなのだとしたら？　きみはリリーとカメリアに付き添って、ロンドンの社交シーズンに出かける予定だろう？　きみが田舎のお父上の家にいたら時計はだれの目にふれることもなかったが、ロンドンでは人の目に留まるかもしれないと思ったんじゃないだろうか」

「つまり、もし時計を売ったり、借金の形に取られたりしてはならない状況なのだとすると、わたしが身につけているのをだれかに見られたらそれがわかってしまうということね」

フィッツはうなずいた。「あるいは、時計はほんとうに盗まれたもので、真の持ち主に見られるかもしれないから、とか」

イヴはぎくりとして彼を見た。「でも、あなたはブルースのことを信じてくれたんじゃあ――」

「ああ、ホーソーン少佐が盗《と》ったと言ってるわけじゃない。彼は盗まれた時計を売りつけられたとか、盗まれた品が賭け事の借金の担保になっていたのを手に入れたとか」

「でも時計を身につけているのはわたしよ。盗んだ人にはなんの不都合も起きないはずでしょう？」

「そいつは、少佐がどうやって時計を手に入れたか、きみに話していないことを知らないのかもしれない。だれが少佐に時計を売ったか、あるいは譲ったか、きみが知っていると思っているのかも。だがそいつは、きみをこわがらせたり脅したりしようとした。そしておそらく、自分から疑いをそらそうとしている。もしホーソーン少佐が盗みをはたらいたというわさがすでに広まっていたら、いくらきみが時計は彼が買ったものだと言っても、だれも信じないだろう？」

イヴはうなずいた。「それなら筋が通るわ。きっとブルースが死んだあとにその人がうわさを流したのね。だからウィリンガム大佐も、手紙の内容はほんとうだと思った——それでもわたしは、そんなうわさを信じた大佐を許せないけれど。でもその人は、どうしてわたしがロンドンに戻るということを知っているのかしら」

「社交界は情報が早いからね。ヴィヴィアンが友人に送った手紙にきみのことも書いたんだろう。きみの継母や、サブリナも然《しか》り。結婚式のときにはここに大勢の人が集まって、きみが姉妹の付き添いをする話も出ただろうし。彼らが家に帰ったあと、友人に話せば……」

「そうね、あなたの言うとおりだわ。大勢の人が知っているわよね」イヴは一瞬言いよどんだが、口をひらいた。「邸に忍びこんで、小間使いをびっくりさせた男は、もしかして——」

「きみの時計を探していたかもしれないって？」フィッツが言葉を引き取った。目を細めて考えこむ。「どうだろう。そうかもしれない。ただ、あのときは——」

イヴが興味深そうに見る。「あのときは？　だれかを疑っていたの？」

「直接、知っている人間じゃないんだが」フィッツはため息をついた。「カメリアとリリーの継父かもしれないと思った」

イヴの両眉がつりあがった。「あのふたりに継父がいたなんて知らなかったわ」

「ああ。あらゆる点で厄介な男なんだ。ジェニーの説明が、姉妹から聞いていた継父の特徴とよく似ていてね。そいつは前に、姉妹に悪さをしようとした。それにリリーとカメリアが、意味ありげに顔を見あわせていたし」

「ええ、それはわたしも気づいたわ。でもふたりに訊いたときは、だれだかわからないと言っていたから」

「その男は、姉妹にとって恥なんだよ。社交界デビューしようというときに、あらわれてほしくない人物だ。結婚式に乱入しようとしたのは、オリヴァーから金をせしめようとしたからじゃないかと思っていたし、また舞い戻ってきたのは、今度はリリーとカメリアを当てにしたんじゃないかと。村に人を送って、やつを捜させたりもしたんだが。少しばかり金をやって警告して、国に追い返すつもりだった。しかし、やつはどこにも見当たらなかった。だから、もしかしたらオリヴァーがもう手を打ったのかもしれないと思っていた。でもいまになってみると……彼ではなかったのかもしれないな」

「でも、もしわたしに手紙を送ってきている人物だとしたら、まったく見当もつかないわ。だって、村でも怪しい人はだれも見つからなかったんでしょう？」

「そうだ。でもそのときには彼がすでに立ち去って、あとは郵便でなんとかしようとしたのかもしれない。だが、ひとつわれわれに有利な点がある。手紙の送り主は、きみが時計を処分するようにと願うだけでは満足しないと思うんだ。かならず確かめたいはずだ。つまり、差出人はどんな方法であれ、またきみに連絡をとって、その時計を手に入れようとするだろう」

「また盗もうとすると？」

「おそらく。だから万一のために、今後は使用人たちに警戒させておく。だが手紙の主はまたきみに手紙を書いて、時計をどこかに持ってこいとか送れとか言ってくる可能性がおおいにある。そういう行動に出たら……」フィッツは意地悪そうな笑みを浮かべた。「つかまえてやるまでだ」

17

それからしばらく、イヴはずっと忙しく、脅しの手紙やそれを送ってくる人間のことを考える余裕もなかった。カメリアはまだ光をまぶしがってはいたが、じょじょに回復しつつある。あいにくベッドでおとなしくしているのはつらい性分なのに、まだ体が弱っていて熱もあるので起きあがることはできない。そういうわけで、イヴは空いた時間のほとんどをカメリアのベッド脇に座ってすごし、彼女をおとなしくさせたり楽しませたりしていた。リリーもときおり姉を慰めにきたが、リリーは姉の好きにさせておくのに慣れていて強く出られないため、イヴはあまり長いことリリーひとりにカメリアをまかせておかないよう気をつけた。

カメリアについていないときはミセス・メリーウェザーの様子を見にいったが、家政婦はカメリアほどすんなりとは回復していなかった。家政婦が倒れて以来、その仕事の多くをイヴが肩代わりし、ほかに倒れた使用人の容体や世話についても把握するようにしていたので、イヴには自由な時間がほとんどなかった。

付き添い婦人としてリリーにしっかりついていられないことが、ずっと気がかりなままだった。リリーは毎日二、三時間、病気の姉に本を読んだりおしゃべりしたりし、使用人の負担を軽くするため、はたき掛けの仕事も分担してくれた——それはリリーの親切心から出たことだったから、イヴは伏せっているミセス・メリーウェザーには内緒にしておいた。でないと家政婦が断固として首を縦に振らない心配があったからだ。またリリーはルヴェックのところにもときおり顔を見せていた。

しかしそのほかの時間は、リリーがどこに——いや、だれと——一緒にいるのか、イヴは知らなかった。フィッツはほとんど外に出て小作人の手助けをしたり、地所の管理人の代わりを務めたりしていたので、リリーとネヴィルについていられるのはゴードンだけだったが、ゴードンがそういう役目に向いているとはとても思えなかった。ところが驚いたことに、ゴードンは約束どおりフィッツの役に立った。とくにルヴェックの面倒はよく見てくれたのだが、他人の生活に関心を持つタイプではなかったらしく、空いた時間はほぼ図書室にいて詩を書いているか、部屋で詩的な思索にふけっていた。

というわけで、リリーとネヴィルはほとんどふたりきりだった。リリーがルヴェックの部屋を訪れるときでさえ、ネヴィルが一緒なのではないかとイヴは思っていた。ネヴィルがリリーを誘惑するとはイヴも本気で思ってはいないが、もうすぐ結婚する男性にリリーが深く心を奪われてしまうのではないかと心配だった。

その心配が強まったのは、ある朝、イヴがカメリアの部屋に入って、カメリアとリリーが声をひそめながらも激しい口調で言いあっているのを見たときだった。ほんのふたこと、みことしかイヴには聞こえなかったが、あるひとことが耳に飛びこんできて、氷の欠片をぶつけられたかのような気がした。「……ネヴィルと結婚するの」

カメリアは顔を紅潮させ、目もぎらつかせ、半身を起こしていまにもベッドから飛びだしそうに見えた。イヴはとにかく張り詰めた場の空気をなんとかしようと、リリーにボンネット帽と外套《がいとう》を取ってきたらと提案した。

「お庭を散歩しようかと思っていたのよ」イヴはにこりと笑って言った。「カメリアは少しやすんだほうがいいから。ねえ、気分はどうかしら？」カメリアに向きなおる。

「だいじょうぶよ」カメリアが頑固そうにあごを突きだす。「寝なくたっていいわ」

「たしかに、もう飽き飽きしているでしょうね」イヴは同情せずにいられなかった。「でもね、体をやすめれば早く治るわ。あなただってできるだけ早く元どおりの元気な体になりたいでしょう？」

「そうなのよね」カメリアは不本意そうに、妹が出ていったドアを見やった。

イヴは彼女の腕にやさしく手をかけた。「だいじょうぶよ、カメリア。リリーはちゃんとわたしが見ているから」

ちらりとイヴを見たカメリアの顔は、物思いに沈んで不安げだった。カメリアが妹の秘密をもらせないことはイヴにもわかっているから、根掘り葉掘り聞きだすつもりはない。とはいえ、カメリアが妹を心配しているのはあきらかだった。

「あの子はいつも夢みたいなことばかり言って」カメリアがつぶやく。

「そうね。でも心配することはないわ。フィッツとわたしがちゃんと見ているから。あなたは体を回復させることだけを考えて」

カメリアはため息をついた。「それと、このとんでもないぶつぶつを消すことと。わたしったら、まるでヒョウみたい」

「ヒョウはとても美しい動物だわ」

カメリアは思わず頬をゆるめた。「わたしはいつもの自分のままでいられたら、それでいいの」そこで眉根を寄せ、一瞬、いつになく弱々しい表情を浮かべた。「ねえ――その、ぶつぶつが消えないなんてことはないわよね？　まさか――」

「跡が残るということ？　そんなことはないと思うわ。あなたは一生懸命、ひっかくのをがまんしてくれたから。あの鎮静液、少しは役に立ったでしょう？」

そのまましばらくカメリアと楽しくおしゃべりすると、いつしかカメリアも落ち着き、少し眠れるかもしれないと言いだした。イヴはそっと部屋を出て、自分も帽子と外套をつかむとリリーを捜しにいった。リリーは温室で、いくつもある窓のひとつからふさぎこんだ様子で外を見ていた。ふいに振り返り、イヴの顔を探るように見たあと、きびすを返してかたわらの小さな台から帽子と手袋を取った。

外の空気は肌を刺すように冷たいので、外套のあたたかさがありがたい。庭の散歩にウールのマントが必要になる日もそう遠くないだろう。ふたりはしばらく無言で、うねった小径をぶらぶらと歩きつづけた。イヴは、気がかりな話題を持ちだしたものかと思案していた。結局、あまり小細工はせずに言いたいことを言ってしまおうと、単刀直入に切りだした。

「リリー、あなたとミスター・カーは、なにか計画しているの?」

「姉さまがしゃべったのね?」リリーが振り返り、きらりと瞳を光らせてイヴを見た。

「カメリアが? いいえ、彼女があなたを裏切ったりしないことは、よくわかっているでしょう。でも彼女が動揺していたのは一目瞭然だったし、あなたの言った言葉が少しだけ耳に入ってしまったの。わたしは知らなくちゃならないのよ、リリー。ミスター・カーはあなたに求婚したの?」

「ええ!」リリーは挑むようにあごを上げた。「そしてわたしは受けいれた。彼はわたしを愛してくれているわ。そしてわたしも彼を愛しているの」

「でもリリー、彼にはほかに将来を約束した人がいるのよ」

「彼はその人には求婚していないわ。彼のご両親に決められていただけでしょう。ネヴィルは彼女と結婚したいなんて思ったことは一度もないの。だけど結婚は承諾した。将来、自分が恋に落ちることなんてないと思っていたから。求婚さえしたことのない相手と結婚して縛られるなんて、理不尽だわ」

「でも、双方ともに了承しているのよ」

「ネヴィルの話では、彼女のほうも彼と同じで結婚したいとは思っていないって」

「そうかもしれないわ。でも、何年ものあいだ決まったものと思われてきた縁組を破談にしたら、ロンドンじゅうのうわさになることだけはたしかよ」

「あら、ちょっとしたスキャンダルくらい覚悟してるわ」リリーは浮き足だった様子で答えた。「でもそれだって、結局はおさまるわ。ネヴィルが言うには、次のスキャンダルができたらすぐに人の口にはのぼらなくなるって。社交界でどう思われようが、わたしはちっとも気にしないわ。だれひとり知らない相手なんだし、向こうだってわたしを知らない。そんな人たちのうわさを、どうして気にしなくちゃいけないの？　わたしは気にしないわ。ネヴィルと一緒になるの。それが具合が悪いというのなら、しばらくコネチカットに行って暮らそうと言ってくれているわ」

のんきなリリーの言い草に、イヴは息が止まりそうになった。これほどひらきなおっている相手にどうぶつかればいいのだろう。「でも、ミスター・カーのお父さまはどうするの？　ご子息にはむかわれて、喜ぶことはないはずよ。お父さまが亡くなるまでは、爵位も地所もお父さまのものよ。あいにく財布の紐《ひも》はお父さまが握っていらっしゃるわ」

「わたしは贅沢《ぜいたく》な暮らしなんかしなくてもいいの」リリーが真剣な顔で言った。「ネヴィルのお父さまだってわかってくださるわよ。それにいずれにしろ、ネヴィルにはおじいさまからの遺産があるんですって。飢えて死ぬようなことはないわ」

「リリー、よく考えて！」思ったよりもきつい口調になってしまい、リリーのあごがいっそう頑固そうに引き締まるのがわかった。まるで数分前のカメリアと同じだ。イヴは声をやわらげた。「ねえ、リリー、あなたはまだ未成年よ。ステュークスベリー伯爵が後見人なの。スキャンダルになるとわかっていて、彼が結婚を許すと思う？」

「いざとなったら出ていくわ」リリーのかわいらしい顔に嵐のような激しさが宿った。

「駆け落ち？　まさか、そんな……」

リリーが動きを止め、くるりとイヴに向きなおった。「みんな、世のなかで最悪なことみたいに言うのね。でも、そうじゃないわ！　最悪なのは、愛のない人生を送ることよ。わたしの母さまも駆け落ちしたけれど、母さまは一度だって後悔しなかった。母さまと父さまは幸せだったわ。爵位や財産や、そんなものなにもなくても関係なかった。ふたりにはお互いがいたから。ネヴィルとわたしみたいに」

「あなたはスキャンダルなど気にならないかもしれない。でも、カメリアのことは気になるはずよ」

「姉さまは、いまはどうかしているだけ。どうしてあんなに反対するのかわからないわ。ふだんはカメリア姉さまが姉妹のなかでいちばん剛毅《ごうき》なくせに」

「カメリアは、あなたが一生苦しむような間違いをしないかと心配しているのよ。でもわたしはね、あなたのことだけじゃなくカメリアのことも考えているの。あなたはさっき言ったようにコネチカットに行ってしまって、口さがない人たちから遠く離れた場所で、夫とともに嵐を乗り切るのかもしれない。でもここに残されたカメリアは、スキャンダルにまみれた社交シーズンを耐え忍ばなければならないのよ。スキャンダルはあなたの家族全員の身に降りかかるわ――マリーとサー・ロイス、フィッツ、そして伯爵にも。とりわけカメリアは傷つくわ。ミスター・カーがレディ・プリシラを袖にすることももちろん悪いことだけれど。でも、もしあなたたちが駆け落ちしたら……誹謗中傷がやむことはないでしょうね」

「カメリア姉さまはそんなこと気にしないわ。姉妹のなかでもいちばん剛毅だって言ったでしょう」

「そして、妹を守るためならいちばんに身を投げだすのよね。あなたは本気でカメリアが、妹の悪口を言われても黙って聞いて、食ってかからずにいられると思うの？〈アルマック舞踏会〉のお局《つぼね》さまとつかみあいなんか始めたら、社会から抹殺されるのよ。カメリアなら自分のことなど考えもしないってわかるでしょう？　彼女は大事な人のためならなんでもするわ」

リリーの自信がぐらついた。「でも……そんな必要ないわ。そんなことはしないでって、わたしから言うわ」

イヴはリリーに対して、ただ片方の眉をくいと上げてみせただけだった。リリーが目をそむける。イヴはそのまま押しきろうと、リリーとの距離を詰めて、彼女の腕に手をかけた。「あなたがお姉さんもほかのだれも傷つけようなんて思っていないことはわかっているわ。お願いだから駆け落ちはしないと約束して。伯爵が戻られるまで待って、話しあいましょう」

リリーの瞳が焦りの色を帯びた。「いいえ、だめよ。オリヴァー従兄さまには話せないわ。だって——いいえ、冷たい人だとは思わないけれど、少しこわいんだもの」

「話をするときはミスター・カーにも同席してもらうわ。彼だって、あなたひとりを伯爵に向かわせたりしないはずよ」

その言葉にリリーは少しほっとしたように見えたが、やはりためらいは残った。「でも……」

イヴは最後のひと押しに出た。自分の問題を盾にリリーに揺さぶりをかけるのは気が引けたが、切羽詰まっているのだ。リリーが破滅に向かって突き進んでいくのを、黙って見ているわけにはいかない。たとえリリーの言うとおり、彼女の両親の人生が駆け落ちしてなお、とても幸せなものであったとしても、マイルス・バスクームとフローラ・バスクームの場合は逃げた先がアメリカで、そのあとのスキャンダルなど耳に入らないところで子育てをすることができた。スキャンダルに耐えて乗り切ったのは、残された家族のほうだ。けれどもネヴィルの場合、慣れ親しんだ爵位と社交界を放りだすことはないだろう。リリーは残りの人生を、プリシラ・シミントンのフィアンセを奪った女として送ることになる。レディ・カーとなったあとでさえ、世間は彼女をつまはじきにし、つねに後ろ指を指されるだろう。リリーはきっと傷つく。そして、こんなふうに直情的でありながらも心根のやさしいリリーは、家族に迷惑をかけたことにもまた傷つくだろうと、イヴにはわかっていた。

「リリー、お願いだから待って」イヴは懇願した。「あなたがいなくなったら、わたしはどうすればいいの？　カメリアはまだ伏せっているし、ミセス・メリーウェザーも回復していないわ。わたしには山ほど仕事があるのに、あなたがいなくなるかもしれない心配をしていたら、なにも手につかないわ」そこで言いよどむ。リリーが駆け落ちしたら、まちがいなくカメリアの付き添い婦人もやめさせられるとは、とても言いだせなかった。いちばん大事な仕事を失うことになる、とは。

ほっとしたことに、リリーはうなずいた。「みんなの具合がまだ悪いうちは、どこにも行かないわ。カメリア姉さまやあなたを、そんなふうに置いていったりしない。約束するわ」

「ありがとう」イヴは少し息が楽になった。少なくともこれで、リリーとネヴィルの計画をどうすればやめさせられるか考える時間ができた。

その日の日中はいつもの仕事をこなし、夜を待った。邸ではしかが流行って以来、時間を短縮した夕食のあとで、皆が客間に集まることはなくなっていた。リリーは二階に上がり、カメリアが寝るまでそばについていた。フィッツはネヴィルやゴードンとポートワインを飲み、それから兄の書斎に行く。残るふたりはルヴェックの部屋に寄ってから自室にさがることが多い。イヴはだいたい、病人全員の様子を見てまわったあと、執事と少し相談をする。そして最後に、書斎までフィッツに会いにいって、一日を終わらせるのがふつうになっていた。

あまり賢明なことではないと思う。フィッツとふたりきりになると、もっと一緒にいたいという欲望がますます燃えあがるだけのような気がする。それでもやめられなかった。こうして彼に会いにいくのを、一日じゅう楽しみにしていた。フィッツと数分間ともにすごすことで気持ちが上向くし、彼の存在だけが彼女の心の空洞を埋められる。それほどフィッツが自分の人生のなかで不可欠なものになっているのが、イヴは少しこわかった。いつか彼のいない人生がずっとつづいていく日が来る――そんな未来など、考えるのもいやなのに。

しかし今夜は、ただ彼と一緒にいられるという純粋な喜びよりももっと現実的な問題があって、ふたりの時間を心待ちにしていた。リリーのことで彼の手を借りたかった。姉妹の秘密を従兄にばらすなんて、あまりやりたくないことだ。それにリリーにそのことが知れたら、もう許してもらえないだろう。しかし自分はフィッツとちがって、リリーの歯止めになれる力がないし、ネヴィルに対しての影響力もない。それにそろそろわかってきたのだが、フィッツは困ったときにとても頼りになる人だ。

書斎に入っていくと、フィッツはデスクでなにかを読んでいた。近くの椅子に上着と襟巻きが投げだしてあり、ベストのボタンもはずしている。ブランデーが一インチほど入った丈の低い丸っこいグラスが、前に置かれていた。フィッツはデスクに両ひじをつき、両手を髪に突っこむようにして頭を抱え、広げた帳簿に目を通していた。ドアがきしんで閉まる音に頭を上げた彼は、両手をおろすと同時にうれしくてたまらないという笑みを浮かべた。「イヴ」

つられて笑みを返すイヴの胸が、彼の姿を見てあたたかくなる。フィッツの髪が少し乱れているのがかわいらしく、きれいな顔に少年のような趣が宿ったが、立ちあがって彼女のほうに足を踏みだしたすらりとした長身の体軀には、少年らしさなどまったくない。男性の力強さと優雅さがにじみでている。シャツの襟もとが数インチは開いていて、Vの字に胸もとがあらわになり、イヴの目はその肌に吸い寄せられた。自分の指と唇にふれたあの肌がどんな感触だったか思いだす。あたたかくて、ほんのりしょっぱくて、その下の筋肉はかたく引き締まっていた。

心を強くして、イヴは頭を切りかえた。「こんばんは、フィッツ」

彼は両腕でふわりと彼女を包み、自分の胸に押しつけた。ほんのつかのま、その腕のあたたかさと心地よさにイヴはうっとりと身をゆだねた。

「こうできるのを、一日じゅう待っていたよ」フィッツがつぶやく。「今日の午後、庭から戻ってくるきみを見かけたら、疲れて心配そうな顔をしていた。外に飛びだして抱きしめずにいるのがひと苦労だった」

「来てくれたらよかったのに」イヴがすり寄り、彼のウエストにしっかりと抱きつく。

「なにがあった？　なにかぼくにできることは？」フィッツは彼女の頭のてっぺんにキスを落とすと、暖炉の前にある椅子にふたりで歩いていった。

「できれば助けてほしいの。今日、リリーと話をしたわ。わたしが思っていたよりも状況は悪かったの」

「どういうことだ？　いったいなにがあった？」ふたりは椅子に腰をおろしていた。フィッツは彼女を放し、鋭いまなざしを向けた。

「ミスター・カーが、彼女に求婚したわ」

「なんだって？」フィッツの大声が響いた。体はこわばり、両腕も体の脇で動かなくなっている。「ネヴィルが彼女に求婚した？」

「リリーからはそう聞いたわ。スキャンダルも辞さないと」

「オリヴァーが許すはずがない」

「それでも、ふたりを止められないと思うわ」

彼の眉が弓なりにつりあがった。「まさか駆け落ちするつもりなのか？」

「リリーはもうその気よ。ミスター・カーの気持ちはわからないけれど。でも彼女は、自分の両親も駆け落ちをして、とても幸せだったと言っているの」

フィッツは鼻を鳴らした。「ああ、そうだろうともさ。アメリカで食うにも困るような生活をしながら娘四人を育て、養うためにろくでなしと再婚する羽目になって。ぼくのおばは、さぞや娘にそんな人生を望んでいるだろうさ」

「リリーはとにかく夢見がちな子よ、きっとお母さまもそうだったんでしょう。しかもバスクームの姉妹には頑固な一面があるわ」

「みんな、気ままで頑固ということか」フィッツが奥歯を嚙みしめ、腹立ちで目の色を暗くした。「だが、ぼくが責めているのは彼女じゃない。彼女はまだ十八だ。社交シーズンも経験していない身だ。ああくそ、ネヴィルがそんな下劣なやつだったとは」

フィッツはくるりときびすを返し、部屋を行ったり来たりしはじめた。「あいつを呼ぼう。いや、この邸からたたきだしてやる。だがまずは、当然の鞭打《むちう》ち刑からだ」

「そんなことをしても、リリーの評判をよくすることにはならないわ」イヴが冷ややかに指摘した。「それに、駆け落ちを止められるわけでもないし」

「いざとなればリリーを部屋に閉じこめる」顔をゆがめてフィッツがおそろしいことを言う。

イヴは口に手を当てて忍び笑いをこらえた。

「笑っているのか？」

「ごめんなさい。なんだか出来の悪いお芝居に出てくる横暴な父親みたいなんだもの」

フィッツは彼女をにらんだが、すぐに口の端をゆがめ、うめきとも笑いともつかない声を吐きだしたて力を抜いた。「だろうな」崩れるように椅子に座り、ため息をついて頭をもたせかけた。「ネヴィルがここまで話を進めていたとは思わなかった。なるほど——あいつは自分が恋に落ちるなんて思ったことがないんだ。それがいま、彼女なしでは生きていけない自分に気づいた。くそ。あいつに孤独な運命を宣告する役目なんて願い下げだな」そう言ってイヴを見る。「あいつは本気で彼女を愛しているんだと思う」

イヴもうなずいた。「そして、リリーも彼を愛しているんだわ。彼の婚約話さえなければ、悪い縁組ではないはずなのに。リリーはまじめでお堅い男性と結婚して幸せになれる子ではないわ。ミスター・カーなら、いつも刺激的でいられるでしょう」

「そうだな。だが、スキャンダルの心配を抜きにしても、あのふたりがどうやって生活していく？　あいつの父上は、これだけの年数を重ねたあとでプリシラを袖にするなんて、お許しにならないだろう。それにレディ・シミントンも——」意味ありげに身震いする。「だめだ、もしネヴィルがリリーと結婚したら、とんでもないスキャンダルになる。カー卿は息子と縁を切るだろう。オリヴァーも怒り狂って——ただしもちろん、ふたりを路頭に迷わせるようなことはないだろうが——。しかしプリシラの社交界デビューには完全に暗い影が落ちてしまう。みんなフローラおば上の昔の駆け落ち話を持ちだすだろうし」

「ほんとうに申しわけないわ」イヴの目に涙があふれだす。「わたしがしくじったのよ……リリーだけでなく、あなたたちみんなに迷惑をかけてしまった。もっとしっかりリリーを見ていなくちゃならなかったのに」

「いや。なにを言うんだ、いとしいイヴ……」フィッツは身をかがめて彼女の手を取った。「そんなふうに思わないでくれ。ぼくらは皆、オリヴァーも含めて、あの姉妹の付き添いがどれほどむずかしいことかわかっていた。マリーとローズの目がなくなったいまは、なおさらだ。しかもこんな危機的状況に見舞われているときに、彼女を四六時中見ていろなんて、だれにも言えないさ。そうだ、だれかに責任があるとすれば——当人であるあのふたりはもちろんだが——それはぼくだ。きみはぼくに、あらかじめ注意してくれた。あの時点で、すぐにネヴィルを帰しておくべきだったんだ。あいつを信用したのがまちがいだった」

イヴは彼の手を握りしめた。「あなたのお兄さまは、こんなに寛大ではないでしょうね」

「ぼくに大目玉をくらわせるだろう、まちがいない」フィッツは彼女の手を放し、椅子にもたれた。「だが、まだ負けを認めたわけじゃない。あのふたりもまさか今夜、駆け落ちしようというんじゃあるまい」

「ええ。邸が混乱した状況にあるうちはなにもしないと、リリーも約束してくれたわ。ここにいて力になってくれるって。はしかがおさまるには二週間ほどかかるから、遅れて倒れた人たちも含めて考えると、すくなくともあと一週間はだいじょうぶ」

フィッツはふっと笑い、いたずらっぽく瞳を輝かせた。「それなら、まだ策を練る時間はある」

「なにか考えがあるの？」イヴの顔が明るくなった。

フィッツは肩をすくめた。「数日前に最初の手は打っておいた。まあ、うまくいくかどうかはわからないが」

「なに？　いったいなにをしたの？」

フィッツはにやりと笑った。「言えない。形になってあらわれたら、わかるよ」

「そんな人を煙《けむ》に巻くような言い方はしないで！　教えてくれたっていいでしょう！」

フィッツはくくっと笑った。「いや、きみは知らないほうがいい。そのほうが、きみの反応がずっと自然になるから」

「まあ！　なんてしゃくにさわる人かしら」そう言いながらも、イヴは胸のなかの不安がやわらいでいくのを感じていた。もしかしたら、なにもかも最後にはうまくいくのかもしれない。フィッツと一緒にいるときは、なんともたやすくそんなふうに思うことができる。

「まあ、ぼくはずっとそんなふうに言われつづけているよ」フィッツが立ちあがる。「なにか飲み物でも？　シェリー酒はどうかな？」

返事を待たずにフィッツは酒を並べたキャビネットに行き、金色の液体をグラスに注いだ。ふたりはとりとめもなくその日のことを話しながら酒を飲んだ。イヴはカメリアと彼女の回復具合について話し、つづいてなかなか回復しない家政婦の話もした。彼のほうは、隣の敷地に入りこんだ雌牛のことでいがみあう、二軒の小作人の話をした。

「疲れているみたいだ」フィッツがイヴに言った。「働きすぎだよ」

「それほどでもないわ」イヴがかすかに微笑む。「一日のほとんどを、カメリアのベッド脇に座ってすごしているのよ。本を読んだり、おしゃべりしたり」

「で、そのほかのときは、残る邸の問題をなにもかも片づけようとかけずりまわっているわけだ。そんな問題、ぼくがなくしてあげられたらいいのに」

「たしかに、手放すことができたらとてもうれしいでしょうね」イヴが返す。「でも、あいにくそれはできそうにもないの」

フィッツはグラスを置いて立ちあがると、イヴのうしろにまわりこみ、彼女の両肩に手をかけて肩をもみはじめた。両手の指をすべて使って、筋肉のこりをほぐしていく。かたさがほぐれてきて、イヴはなんとも言えない心地よさに吐息をもらした。フィッツの手が首に移ったあと、また肩と背中の上部に戻ってくる。

「ほら、立って」彼が言い、イヴが従う。

フィッツの手が彼女の背骨をおりていく。体がほぐれ、筋肉がゆるむのをイヴは感じた。悩まされていた心配や不安が、疲れとともにゆるゆると流れでていく。骨までとろけそうになり、イヴは力強い彼の手にもたれかかって体をあずけた。体の奥で熱がパチッとはじけ、脚のあいだを熱くして、全身の血管を流れてゆく。奥深くで脈が強く打ちはじめ、胸がふっくらと、そしてその先端がかたくなる。彼にふれられたくて、胸がうずく。重みの増したふくらみを、前と同じように両手ですくってほしい。先端を親指で感じてほしい。

「ああ、フィッツ……」頭を彼の胸にもたせかけたままのけぞると、彼の腕がうしろからまわってきてウエストを抱えられた。

首筋にフィッツが鼻先をこすりつけ、彼の唇の動きが彼女の肌をうずかせる。彼女の名前を小声で呼びながら首の横側をたどり、張り詰めた筋をついばむ。彼の両手がするりと上がって彼女の胸を包む。待ち望んでいた感触に、イヴの口から震える吐息がもれた。脚のあいだのうずきが増し、どくどくと脈打つ。彼に奪ってほしい。床に倒され、男性的なかたい体に組み伏せられたい。自分のなかに彼を感じて、彼で自分をいっぱいにしたい。彼の腰に脚を絡ませて、ぎゅっと引き寄せるところを想像する。

奥の階段で足音が聞こえ、静かな邸に大きく響いた。フィッツはイヴから手を離してさっと身をひるがえし、弾丸のような速さでドアに行った。錠前を手にしたが鍵が見つからず、小さく悪態をついてドアノブに手をかけ、じっと立って耳を澄ませる。一瞬のち、ドアを開けて頭を突きだすと、廊下の端から端へ目をやった。

振り返ったフィッツは、うしろ手でドアを閉めた。「だれかが厨房に行ったようだ」ドアに背中をつけてイヴに向きあう。「ばかだった。鍵の在処《ありか》さえわかっていないとは」

フィッツは大またで部屋を戻り、上着を椅子の背から取って身につけた。イヴはおさまりきらない体の熱がまだ全身でうずくのを感じながら、彼の動きを見ていた。

「わたしの部屋の鍵なら、持っているわ」イヴが大胆なことを言う。

フィッツの目がきらりと光ったが、彼は首を振った。「だめだ。どうか煽らないでくれ。きみが傷つくようなことはなにもしないと誓ったんだ。邸には人が多すぎる。あちこち行ったり来たりしている。ゴードンだって、兄のポートワインを狙って真夜中にひょっこり階下に顔を出しかねない」

イヴは口もとをゆるめた。「わかっているわ。あなたの言うとおりよ。ただ……」

「もうすぐだよ」フィッツは部屋を突っ切り、イヴの両肩をつかんだ。顔を上げるイヴに向かって、もう一度くり返す。「もうすぐ、こんなこともすべて終わる。忌々しい客もいなくなる。そうしたら、きみはぼくと……」最後まで言うことなく身をかがめ、キスをした。一瞬ながらも激しい口づけを。そしてフィッツは一歩下がった。「もう行ってくれ」

イヴはドアまで行って開けると、フィッツはいま一度廊下を確認し、脇に寄ってうなずいた。イヴはドアをすり抜け、振り返ることなく廊下を進んだ。

翌日、カメリアはずっとよくなったように見えた。もう熱もなく、ふれた額はひんやりとしていたが、逆に体のだるさが実感できるのか、前よりうるさく言わずに眠って体をやすめた。そこでイヴは席をはずし、何日も放ったらかしだった手紙を何通か書こうと思った。ヴィヴィアンに、彼女の体調や〈ハルステッド館〉の皆の体調を尋ねたい。しかしその前にリリーを捜して、手紙を書きながらおしゃべりでもしようと思ったのだが、見つからなかった。もしかしたらネヴィルと一緒に庭にでも出ているのでは、と思った。午後いっぱいかけてふたりを捜して庭を歩きまわってもよかったのだが、それをしていったいなんになるというのだろう。だからイヴは客間のデスクに腰を落ち着け、手紙を書きはじめた。

外の物音に顔を上げた彼女は、長い馬車道を邸に向かって近づいてくる、古めかしい大きな馬車を見て驚いた。見覚えのない馬車だ。ハンフリー卿でも、ステュークスベリー卿がロンドンに乗っていった洒落《しゃれ》た馬車でもない。しかしだれであろうと、客人が馬車をおりて邸に入る前に止めなければならないことはわかっていた。さもないと、客人をはしかの菌にさらしてしまう。

イヴは立ちあがって部屋を出た。もう少しで玄関のドアというところで、フィッツがあわてた様子で廊下をやってきて彼女を止めた。

「いいんだ、出ないで」低いがよく通る声でフィッツが言う。

「でも、お客さまが――」

フィッツは人さし指を唇に当てて静かにという身振りをし、もう片方の手で彼女の手首をつかんだ。そして慎重に、ドア脇の細長い窓から外を覗くと、うしろに下がって大きな笑みを浮かべた。

「やっぱりだ！」感嘆の声をあげ、くるりとまわれ右をして、イヴの手を引き廊下を戻る。

「フィッツ！　どういうこと？　お客さまがだれだか知ってるの？」

「われらが救世主、だといいんだが」角を曲がり、温室のほうへさっさと歩いていく。「ぼくらはべつのところで忙しくしていて、玄関のノックは聞こえないことにしよう」

「はしかの菌にさらすことになるかもしれないのに、お客さまに入ってきてほしいというの？」

「ぼくは悪いやつだからね、ご存じのとおり」楽しげにフィッツが言う。「座ろうか？」大きなシダ植物のそばにある、座り心地の悪そうな錬鉄製のベンチに案内し、自分は長い窓のひとつにもたれた。「ああ、ネヴィルとリリーが帰ってきたね。あいつ、少し気が立っているようだが」フィッツの笑みが大きくなる。

まるでクリームをなめているネコみたい、とイヴは思った。口をひらいて質問しようとしたそのとき、遠くで人の話し声が聞こえた。かと思ったら、廊下に女性の大声が響きわたった。「フィッツヒュー！　フィッツヒュー・タルボット！」

不安がフィッツの顔をよぎった。「少々やりすぎたかな」

ドアのほうに向きを変えたとき、外から足音が聞こえた。女性ふたりがつかつかと部屋に入ってきて、そのうしろにボストウィックがつづいている。彼は文字どおり両手を握りあわせていた。イヴは驚いて客を見つめた。声の大きさからして、大柄な女性を想像していた。しかしあらわれたのは、小柄な中年の婦人だった。豊かな茶色の髪を複雑な髪型に結いあげているが、両のこめかみにそれぞれまっ白な髪がひと筋ずつ走っているのが印象的だ。服装も、暗緑色の絹のボンネット帽からキッド革のふくらはぎ丈のブーツまで、とても洒落ている。しかしその顔には、居丈高な声音によく似合う、横柄な表情が深く刻まれていた。

その婦人のうしろから、同じようにほっそりとした体つきだがずっと若い女性がついてきた。大きな茶色の瞳をした彼女はそれなりに魅力がないわけではなかったが、自分をよく見せようという努力をなにもしていなかった。眼鏡をかけているせいで瞳がぼんやりとした印象になり、髪もうなじでひとつにまとめているだけだ。歩くときもずっとうつむいて、前を歩く婦人をときおり不安げに見るくらいだった。

「これはいったいどういうことなの？」年かさのほうの女性がフィッツに食ってかかった。「このわからず屋の執事ときたら、わたしたちを邸に入れようとしなかったのよ。いったいいつから、わたしたちはウィローメアで疎まれるようになったのかしら？」

ボストウィックがうめき、いっそう手を握りあわせた。「いいえ、そのようなことはございません、奥さま……」

「お母さま……」若い女性のほうが顔を赤くし、いたたまれないというようなにフィッツを見やった。「彼にそんなつもりはなかったと思うわ」

「ウィローメアのもてなしがこんな状態になったとあれば、先代の伯爵さまはお墓のなかでのたうちまわっていらっしゃるんじゃないかしら」年かさの女性は娘の言ったことなど無視して、全力でまくしたてた。「レジナルドは紳士でしたよ。オリヴァーもそうだとずっと思っていましたが、若い人たちときたら礼儀がなっていないようね」

フィッツは大またで前に出て、気安い感じで言った。「これは申しわけございません。もちろん、あなたさまはいつ来ていただいても大歓迎ですよ。きっとボストウィックは、邸のみならず、この地域一帯ではしかが流行っていることをお教えしようとしたのでしょう。ボストウィックはあなたさまのご健康を案じただけと思われますが」

婦人は唇をぎゅっと引き締め、フィッツの説明などまったく信用ならないとでも言いたげに、小さく〝ふん〟と言った。そのとき、テラスに面したドアが勢いよくひらき、一同の注目を集めた。ネヴィル・カーが、すぐうしろにリリーを従えて飛びこんできた。

「フィッツ、いましたか――」ネヴィルの視線がフィッツを通りこしてドア近くの一団に向かうや、突然立ちどまったものだから、リリーは彼の背中にぶつかってしまった。

「ネヴィル、やっとお会いできてうれしいわ」とげとげしさたっぷりに婦人が言う。

ネヴィルはどうにか落ち着きを取り戻し、口をつぐんで礼儀正しくおじぎした。「レディ・シミントン。プリシラ。これは驚きました」

18

ネヴィルの言葉で、ふたりの女性が部屋に入ってきたとたんイヴのなかで頭をもたげた疑問が確信に変わった。しかしリリーのほうは、うろたえて甲高い声を小さくもらした。

「ええ、まったく」おだやかに言ったフィッツを、ネヴィルがうろんな目でちらっと見る。フィッツはレディ・シミントンと彼女の娘に向きなおり、よどみなく言った。「ミスター・カーはもちろんご存じでしょうが、わたしの従妹のミス・リリー・バスクームと、ミセス・ホーソーンを紹介させてください。リリー、ミセス・ホーソーン、こちらはレディ・シミントンとお嬢さんのレディ・プリシラだ」

イヴは前に進みでてふたりの女性にひざを折った。リリーもショックを受けただろうに、立派にひざを折って丁重な挨拶を口にしたのでイヴはほっとした。レディ・シミントンは冷ややかにうなずいただけだったが、娘のほうは恥ずかしそうににこりとし、握手の手を差しだした。

「お目にかかれて光栄です」プリシラがもごもごと言った。「こんなふうに押しかけて申しわけありません。とくにいまは、お邸で病人が出ているというのに」

「なにを言ってるの、プリシラ。わたしたちなら、もうはしかはやったでしょう」彼女の母親が言う。「わたしたちはだいじょうぶですよ」自分たちの訪問がウィローメアの住人に及ぼす影響については、どうでもいいようだ。

プリシラは顔を赤くし、あわてて顔をそむけた――恥ずかしかったのは自分のせいか母親のせいか、イヴにはわからなかったが。

「ですが」ネヴィルが話に割って入った。「今回はだいぶ強力なやつみたいですよ」

レディ・シミントンはまじまじと、流れる水すら凍りつかせそうな表情でネヴィルを眺めた。「どんなに強力でもね、ネヴィル、はしかは一度きりしかかからないのよ」

「たしかに。ですが大勢の使用人が伏せっている。こちらの邸はだいぶ人手が足りなくなっています。いつものようなおもてなしはできかねると思いますが」

「おまえは、ぼくのもてなし精神を見くびるつもりか？」フィッツが楽しげに瞳を躍らせながら訊く。

「まさか」ネヴィルはきつくとがめるようなまなざしをフィッツに返した。「おれはただ、レディ・プリシラとレディ・シミントンは村の宿に行かれたほうが、ずっと好みに合う部屋で快適にすごせると言っているだけだ」

「そうよ、お母さま。そうしたほうが――」プリシラが口をひらいた。

「宿ですって？」レディ・シミントンのあごが上がり、まるで豚小屋にでも泊まれと言われたかのような口調になった。「いくらはしかが蔓延《まんえん》している最中でも、村の宿よりはウィローメアのほうがよいに決まっているでしょう。まったく、ネヴィル、そのわざとらしい言い草はひかえるようになさい。それにプリシラ、あなたも彼の軽率な発言にいちいち賛成しなくてよろしい」魔物かと思うような爛々《らんらん》と光る目で娘をねめつける。「始まりがそんなふうだと、のちのち結婚してもずっとそのままですよ」

プリシラは、いまや見苦しいほどまっ赤になっていた。「でも、わたしはまだ——」言いかけてやめ、顔をそむけて両手を体の前できつく握りあわせる。

「すぐにお部屋を用意させます、奥さま」イヴはレディ・シミントンに言った。ほんとうは、はた迷惑な婦人に待ちぼうけでも食わせてやりたいところだったが、プリシラが気の毒すぎて、場をやわらげずにはいられなかった。「ボストウィック？」

イヴは執事に視線を投げ、次いでリリーにも送った。ふたりとも見るからにほっとした様子で、彼女について部屋を出た。イヴとボストウィックは廊下で手早く相談した。そして執事は厨房と使用人たちのいる場所に向かい、イヴとリリーは大急ぎで二階の部屋に行った。

「あのかたがレディ・プリシラ？」リリーはイヴと並んで小走りになりながら、息を切らして訊いた。「ネヴィルが——求婚することになっている？」

「そうよ」イヴはリリーを見やった。「つらいわね、リリー。きっと動揺していると思うけれど、でも――」

「いいの。本来なら――もっとひどい目に遭わなければならなかったはずでしょう?」リリーの若々しい顔は、前日よりもさらに不安げだった。「彼女は、その、いい人みたいだわ」

「そうね、たしかに。お母さまのほうは強引なかただけれど」イヴはリリーを自分の部屋に入れ、衣装だんすまで行ってかばんをすべて取りだした。

「ええ、ほんとうにね」リリーは抽斗を開けて手早くイヴの服を出し、ベッドの上に積みあげ、イヴがそれをかばんに詰めていく。「でも――さっきあなたがボストウィックに言ったことだけど――ほんとうにこの部屋をあのふたりのために空けるつもりなの?」

イヴはうなずいた。「そうしないと筋が通らないわ。この部屋なら掃除はすんでいるし、いちばんいいお部屋のひとつだわ。あなただって、そう言ってたでしょう。それに、隣はマリーが使っていた部屋だから、隣もはたき掛けとシーツの取り替えくらいですむし。そうすればレディ・プリシラとお母さまが隣同士の部屋を使えるわ。ほかでは伯爵さまのお部屋がいちばん上等のお部屋だけれど、もちろんあそこにふたりのどちらかを案内するわけにもいかないし」

「でも、あなたはどこへ行くの?」リリーが尋ねた。「なんだか理不尽よ」

「子ども部屋に移るのがいちばんいいと思うの」

「子ども部屋?」

「ええ。わたしのような使用人がお邸のかたたちと同じ棟にいるなんて、レディ・シミントンがお許しになるはずがないでしょう？　それに突きあたりのお部屋ではよくないと思うの。ミスター・カーとミスター・ハリントンは、夜遅い時間によくムッシュー・ルヴェックのお部屋にいらしているようだから。だから、わたしにとっていちばん静かでいちばん向いている部屋は子ども部屋なのよ。そんなすねた顔をしないで、リリー。わたしならいいの、短いあいだだし」

「でも、わたしはいやだわ。そもそも、どうしてあのふたりがここにいるの？　ただなんとなく遊びにきたとは、とても思えないわ」

「それはわたしも同感よ」シミントン母娘《おやこ》がやってきたときにフィッツの顔に浮かんだ、してやったりというような表情については、黙っておくことにした。「レディ・シミントンはミスター・カーをここまで追いかけてきたんじゃないかしら。たぶん先に彼の領地まで訪ねていって、それを知って彼はここに逃げてきたんだわ。レディ・シミントンは彼がウィローメアに来ていることを突きとめて、追いかけてきたのよ」

「それはすごく厚かましいんじゃないかしら」

「おとなしいかたではないのでしょうね」

「かわいそうなネヴィル――あんな人が義理のお母さまになるなんて！」

「そうね。そのせいでミスター・カーはますます求婚できなくなるでしょうね」

「彼は求婚なんてしないわ！」リリーが激高した。「いままでだって、一度もちゃんと求婚したことはないのよ」

「事情はあなたもわかっているはずでしょう。レディ・プリシラのほうは、うるさく言うようなかたではないように見えるわ——どちらかと言えば抑えつけられている感じね、そう思わなかった？　お気の毒に」イヴはリリーをそっと盗み見て、言葉をつづけた。「でもお母さまのほうが、彼を縁談に縛りつけて放さないのでしょう」

「ひどい人だわ。あれじゃあ、かわいそうよ、娘さんはあんなに……あんなふうに……」

「虐げられている？」イヴは口にしながら、いっそうつらそうな表情をしたリリーを見て、ちくりと胸を痛めた罪悪感を押しこめた。「レディ・プリシラは、ミスター・カーとの結婚をかなり心待ちにしているのではないかと思うの。あのお母さまの手の内から逃れるためだけにでも。でももちろん、そんなことは彼が結婚する理由にはならないけれど」

「そう、そうよ」リリーが弱々しく同意する。

イヴの持ち物を詰めるのに、そう時間はかからなかった。隣の部屋に小間使いが入り、準備をしている物音が聞こえる。従僕がイヴの荷物を移動させるのを待つかたわら、リリーとイヴも部屋をととのえはじめた。はたきをかけてシーツを替え、ほどなくするとふた部屋とも新たな訪問客を迎える準備ができた。

リリーはカメリアのところに行ってシミントン母娘の来訪を知らせ、イヴは子ども部屋のある棟に向かった。大きな邸ではたいてい子ども部屋はべつの階にあるのだが、ここでは長年かけて本棟に建て増しされていった棟のひとつにある。そういうつくりこそが、ウィローメアの雑然とした居心地のよさの所以《ゆえん》だ。

寝室が並ぶ廊下の途中、短い通路が左へと伸びている。その通路の突きあたりに閉じたドアがあり、開けるとそこは階段の踊り場になっている。ここを右に向かって階段をおりたら、巨大な厨房だ。しかしイヴは階段を上がり、子ども部屋のある棟へと渡った。厨房や配膳場の上あたりにつくられたそこは、めったに使われることはない。

イヴは最初のドアの前で止まった。家庭教師用の部屋だ。廊下に沿ってずっと並ぶ子ども部屋と同じように、ここもイヴが使っていた部屋に比べればせまく、家具も少ない。それでも寝心地のよさそうなベッド、衣装だんす、洗面台、抽斗式のたんす、そして細長い庭を見わたす窓辺には椅子まで置かれていた。

イヴのトランクとかばんはベッドの足もとにあり、ふたりの小間使いがせっせと掃除している。埃よけのカバーははずされてたたまれ、いま小間使いはマットレスをひっくり返そうとしていた。まだしばらくかかりそうだったので、イヴはにこりと笑って短く礼を言うと、部屋を出て、厨房へと階段をおりていった。案の定、料理人は急に増えた来客に神経をとがらせていた。

「あのご婦人相手じゃあ、なにもうまくいきませんよ」料理人がイヴに不満をこぼす。「あのかたは前にもいらしたけど、いつも文句ばかりで——これは冷たすぎるとか、あれはぱさついてるとか。ひと皿も突き返されずにすんだお食事なんて、ないんでございますよ。それにわたしたちが考えている献立なんて、あのご婦人はぜんぜんお気に召さないはずです」

「レディ・シミントンだって、病気のせいで料理の品数を減らしていることくらいわかっていただかなくては」イヴは自信のなさを感じさせないように強く言った。

料理人は憂鬱そうな顔でかぶりを振った。「あのかたは、だんなさまのおもてなしがどんなに貧相か、みんなにふれまわりますよ。ステュークスベリーのだんなさまに恥をかかせられません」

「ステュークスベリー卿は、非常事態に料理の品数が減るのを恥と思われるほど、道理のわからないかたではないわ。どうしてもと言うのなら、二、三品増やしてちょうだい——デザートかスープでも。レディ・シミントンのお好きなものは？」

「なにもありません」

イヴは思わずくすりと笑った。くだんの婦人に会ったいまとなっては、料理人の言葉は真実にほかならないと知っていた。「とにかく、いまあるだけの時間と人手で、できるだけのことをしてくれればいいの。あのご婦人のご機嫌をよくするのはミスター・タルボットにまかせておいて」フィッツは使用人たちに慕われていることを、とうの昔にイヴは知っていた。

料理人はうっすらと笑みを浮かべた。「それができるとしたら、フィッツさましかおられません。あのかたは木に止まった小鳥たちでさえ呼び寄せられますよ。ほんとです」

イヴはいくらか気分転換をして料理人のもとをあとにし、執事を捜した。どうやらボストウィックは、新しい客が訪れたのは自分の根性を試されているのだと考えることにしたらしく、最高級の銀器を磨きながら右へ左へと指示を飛ばしている。手助けは必要なさそうだと安心して、イヴはフィッツを捜しにいった。彼は書斎にいた。兄の椅子にもたれて天井をにらんでいた。彼女が入ってきた音で顔を上げ、はじかれたように立ちあがった。

「イヴ……あ、いや、ミセス・ホーソーン。くそ、もっと気をつけないと。レディ・シミントンは頭のうしろにも目があるといううわさだからな――それにたぶん、目ももうひと組」

「それでも、彼女がここにいるのはあなたのせいのような気がするのだけど」

フィッツは人さし指を自分の唇に当てた。「ネヴィルに聞かれるとまずい。すでにここに来て、さんざんわめいていったんだ。ぼくがレディ・シミントンを来させたんだと思いこんで」

「ちがうの？」イヴは微笑んだ。「昨日、あなたが手を打ったと言っていたのと関係があるように思えてならないんだけど」

フィッツがにやっと笑い、彼女の言葉を裏付けた。「ヒントをくれたのはゴードンだ」

「ゴードン？」イヴは信じられないというようにおうむ返しに言った。

「ああ。あいつがここにやってきたとき、ぼくはかなりいらついていた。きみとふたりになりたいという望みをことごとくつぶされるのがわかっていたから。だがそのおかげで、思いがけない客が恋の進展をどれだけ阻んでくれるか、教えられたというわけだ」

「それで、レディ・シミントンにここへ来ていただくよう手紙を書いたの？」

「ぼくはネヴィルが来ると書いただけだ」フィッツが瞳をきらきらさせて言う。「それと、彼女と娘さんもいつでもウィローメアに来てくださいと書いたような気もするが——まあ、オリヴァーが戻ってきたときにまだ彼女がいたらなんと言われるか、考えるだにおそろしいが。でも彼女がエサに食いつくかどうかはわからなかった。はしかが出たということは、ちゃんと書いておいたからね」

「あきらかに、そんなことはレディ・シミントンにとってはなんの問題でもなかったようね」イヴはひとつ間を置いた。「これで、なんとかなると思う？」

フィッツは肩をすくめた。「これくらいしかとっさに思いつかなかったんだ。裏目に出て、薄倖《はっこう》の恋人たちが夜の闇にまぎれて行ってしまう可能性もあるが」

「リリーは出ていかないと約束してくれたから、だいじょうぶだと思うわ。もちろん、彼女もレディ・シミントンには唖然としていたけれどね」

「無理もない」

「でも、リリーもレディ・プリシラのことは気の毒に思ったようだわ。こんな策を思いつくなんて、あなたはほんとうに頭がまわるのね。以前ならリリーにとって、ネヴィルのフィアンセはただの想像上の人物でしかなかった。でも実際に見知っている相手となれば、傷つけるようなことはずっとしづらくなるわ。リリーはやさしい子だから」

「ネヴィルはそういうやり方が気にくわないようだけどね。レディ・シミントンとプリシラが部屋に上がったと見るや、ぼくのところへ来て、やり方が汚いだの誠意や思慮に欠けるだの、さんざんののしっていったよ。レディ・シミントンと少し一緒にいたら、ぼくも常識が欠如しているというのはどういうことをいうんだろうと考えてしまったけど」

「彼は、あなたがふたりに手紙を書いたことを知っているの？」

フィッツはかぶりを振った。「さいわい、あいつからはふたりを招いたんだろうと責められた。ぼくは手紙に招待の文言などはっきり書いてはいないから、心おきなく否定できたよ。あいつはまだ疑っているけど、レディ・シミントンかあいつの父上が、結婚式に来ていた客からあいつがここに来ていることを聞いたかもしれないという可能性は、否定できないだろう？」

「あのふたりが来たことで、彼の気持ちは変わるかしら？」

「きみが言ったように、他人よりも顔見知りを傷つけるほうがむずかしい——その人物が目の前にいれば、なおさらだ。あいつはそれなりにプリシラのことを好きなんだと思う。それにもし自分が駆け落ちすれば、プリシラに罪はなくとも、母親の怒りの矛先が娘に向かうことも知っているんだよ」フィッツはひねた笑みを浮かべた。「もちろんいまとなっては、ぼくがレディ・シミントンを追いだしたくなる前にネヴィルが計画をあきらめるかどうかが問題だ」

ウィローメアではしかが猛威をふるって以来、夕食はふだんよりずっとささやかなものになっていた。品数が減り、それほど手のこんでいない料理に変わり、食事をする側もそれに合わせていつもより気楽にふるまうようになった。食事の時間が早まり、服装もひかえめにした。しかしレディ・シミントンはもちろん、シルクのイブニングドレスにダイヤモンドをきらめかせておりてきた。

彼女は集まった一同に視線をひとめぐりさせると、片眼鏡をくいっと上げて最大限の演出をした。「んまあ、フィッツヒュー、どうしたこと？　晩餐にふさわしい正装までしなくなったの？」

彼女の表情は、衣服をまとうことをいっさいやめたのかと尋ねたかのようだった。

「ええ、ご容赦のほどを、レディ・シミントン。ご説明が遅れてすみません。すっかり失念しておりました。ですが病気の発生と人手不足で、装いを簡素にしているのです」

「それもしかたのないことですが、日ごろの品位を落としてはなりません。野蛮人との区別がつかなくなるでしょう？　スコットランド人やアメリカ人と同じになってしまいます」

「わたしはアメリカ人ですが」リリーが言った。

「ああ、そうだったわね」年配のレディ・シミントンはいかにもの視線をリリーに投げ、フィッツに向きなおった。「ステュークスベリーがここにいたら、ショックを受けたと思いますよ」

「かもしれません」フィッツがおだやかに返事する。「ですが、実際はいないのですから、このままでいくしかないのではありませんか」

プリシラが申しわけなさそうな笑みを、皆にさっと向けた。イヴが思うに、この令嬢はきっと今晩じゅう、同じことを何度もする羽目になるのだろう。レディ・シミントンは目につくものすべてにあら探しをせずにはいられないようだった。ゴードンの姿勢と、リリーのデザートスプーンの使い方を正す。ボストウィックが一心に磨いていた、テーブル中央の飾り皿を月並みだと言い、料理が似たり寄ったりだとこぼす。品数も少ないし、肉料理のソースがまずいと口にする。料理人の予想どおり、とりあえずは食べる気になった料理ふた品も厨房に戻した——ひと品は冷たすぎ、もうひと品は塩が足りないと言って。

一秒ごとに口数が減っていいたたまれない表情になっていくプリシラが、イヴは気の毒だった。こういった経験のなにもかもが、この令嬢にとってどれほど恥ずかしいことだろう。ネヴィルに求婚をいやがられて逃げられ、それでも母親に引き連れられて、ネヴィルに無理やり求婚させようと追いかけるのにつきあわされて。ここに到着したときなど、邸に入りこもうとする母親をただ黙って見ているしかなかったようだ。わずかな思いやりさえあれば、いまここで訪問客など重荷を増やすことにしかならないと、わかりそうなものなのに。

そんな母親に立ち向かうことのできないプリシラは、どこかよそに行ってしまいたいと思いながら、ただ母親の代わりに謝るしかないのだろう。リリーとネヴィルのあいだに芽生えているものに、プリシラは気づいているのだろうかとイヴは思った。イヴの目には一目瞭然だが、それはおそらくこれまでの過程を見てきているからかもしれない。

プリシラがリリーとネヴィルを見たときの反応をうかがおうと、イヴはプリシラを見守っていた。驚いたことに、プリシラはほとんどネヴィルを見ていなかった。恥ずかしいからなのかと最初は考えたが、食事が進むにつれ、この状況はほんとうにおかしいのではないかと思いはじめた。ネヴィルが話せばプリシラはそちらを見るし、彼が気の利いたことを言えばそっと微笑みもする。けれど、ゴードンやフィッツの場合でも同じ反応だった。もっと言えば、テーブルについただれにでもきちんと目を向けるし、見せる関心の大きさもさまざまだった。そして、ときおりネヴィルを申しわけなさそうな顔で見やっていた。

食事が終わったときにはほっとした。はしかが出てから、食後に客間で集まって談笑する習慣がとぎれているのは、ありがたかった。おかげでイヴとリリーは、レディ・シミントンとその令嬢とともに夕べのひとときをすごさずにすむのだ。

イヴとリリーはふたりに礼儀正しく笑みを浮かべて会釈し、二階へ上がった。まずカメリアの部屋に寄った。彼女は順調に回復しており、イヴは夕食どきの話でリリーが姉を楽しませるのにまかせ、自分は伏せっている使用人をまわっていった。回復の遅かったミセス・メリーウェザーもようやく熱が下がり、回復の兆しを見せていた。

イヴは軽く鼻歌を歌いながら自室に戻った。服を脱いで顔を洗い、少し時間をかけていちばんすてきに見えるナイトガウンを選ぶ。腰をおろし、いつものように髪をほどいてブラシを通した。淡い金の髪を絹糸のごとく肩に垂らし、ガウンをはおって本を手に取る。ふだんなら、階下に戻って書斎でフィッツと話をするのだが、今夜はやめておいた。

足早に子ども部屋に向かって階段をのぼってくる足音が聞こえたとき、不思議には思わなかった。すぐにフィッツがドアから顔を覗かせたが、その表情はけわしかった。

「こんなところでなにをしている？」

「あなたも夜を楽しめばいいのに」イヴは本を脇に置いて立ちあがった。

「どうして子ども部屋に移ることをぼくに言わなかった？　いや、いいんだ、理由ならわかっている――ぼくに反対されると思ったんだろう。ああ、イヴ、きみがレディ・シミントンとプリシラのために部屋を空ける必要などなかったのに」

「それが道理だわ」イヴは数歩、彼に近づいた。「レディ・シミントンはよいお部屋でないと納得しないでしょうし、廊下の奥でムッシュー・ルヴェックと並ぶお部屋はおいやだと思うわ。かといってステュークスベリー伯爵のお部屋にご案内するわけにはいかないし、レディ・プリシラと隣りあったお部屋がいいでしょう」

「プリシラのほうはどうだかわからないぞ」

イヴは口もとをゆるめた。「かもしれないわ。でもレディ・シミントンが黙ってはいないでしょう」

「だろうね。だが、きみが部屋を空けなきゃならないわけじゃない」

イヴは肩をすくめた。「わたしの部屋は隣が空いていたし、どちらのお部屋もとてもいいお部屋よ」

「それならネヴィルとゴードンを動かそう。レディふたりはそこに入ってもらえばいい。きみが不自由な思いをすることはない」

「雇われ人が最高の部屋を使って、お客さまにそれよりも劣るお部屋をあてがうなんて、おかしいわ」イヴが指摘する。

「きみは雇われ人なんかじゃない！　ぼくは――」もつれるように立ちどまり、怒りをにじませた顔をしかめる。「こんなところにきみが移ったなんて、いやなんだ」せまく質素な部屋を、さげすむように見まわす。

「それほど悪くもないわ」イヴはゆったりとした足取りでフィッツの横を通り、ドアに行った。「それに、ほかからずいぶん離れているし。もしかしたらあなたは気づいていなかったかもしれないけれど」

イヴはドアをそっと閉め、鍵をまわして彼に向きなおった。色香の漂う笑みがゆっくりと彼女の唇に浮かぶ。

「イヴ……いったいきみはなにを言おうとしているんだ?」

「子ども部屋はほかの寝室から離れていることに気づいたの。廊下を進んでドアをくぐり、六段の階段をのぼらなければここには来られない。ほとんど、ちがう棟にあるようなものよ。孤立した部屋と言っても過言ではないわ」そう言いつのるイヴの手が、ガウンのサッシュの結び目に伸び、ゆっくりとほどいてゆく。

フィッツの目が彼女の指の動きを追い、頬に赤みがさした。結び目がほどけ、彼女の手がガウンの合わせをつかんでひらき、うしろにすべらせて肩を抜く。彼の目の前で、ガウンが彼女の腕をすべりおちていく。イヴはガウンをつかんで脇に放り投げた。フィッツの視線がゆっくりと彼女の肢体をおりる。薄布の下にうっすらと透ける曲線。胸のあたりでひときわ色濃く浮かびあがる先端。

「だめだ」フィッツの口からのろのろともれた声は、少しかすれていた。「いけない。ぼくは言ったはずだ――誓ったんだ――きみが世間のゴシップのたねになるようなことはしないと。この邸には人が多すぎる」

「でも、だから子ども部屋がいいのよ」イヴは彼を見て、ナイトガウンのいちばん上の結び目に手をかけた。「ここまではだれもやってこない。だれにもわからないわ」フィッツの胸が上下するのが見える。その動きが、さっきよりも速い。彼の瞳が光を増し、両手が体の横でこぶしを握っている。イヴは次の結び目をほどいた。「ここではふたりきりよ、フィッツ。わたし、もう待ちくたびれたの」

最後の結び目がほどけ、ナイトガウンの前が大きくはだけて、イヴの素肌がウエストまでさらけだされた。胸のふくらみに、シンプルなコットンの布地が斜めに掛かっている。半ばさらされた部分が、まだ奥に隠れた部分への想像をかきたてる。

フィッツの顔には欲望がむきだしになっていた。筋肉が張りつめ、彼女が大胆な動きでさらけだした肌から目がそらせない。「くそ、ぼくはそうじゃないとでも思っているのか？人生の半分も待たされた気分なのに！」

「それなら、わたしを抱いて」イヴはすなおな気持ちを口にした。「ほかの人のことなんてどうでもいいの。どこにいようが、だれであろうが、どんなことを思っていようが。わたしはただ、あなたに抱いてほしい。いま、ここで」

それだけ言うと、イヴはナイトガウンを床に脱ぎ捨てた。フィッツは声にならない声をあげ、上着をばさりと脱ぎながら、わずか二歩で彼女の前に立った。彼女をかき抱き、深く長い口づけをする。数日間の満たされなかった思いが、余裕のない抱擁にほとばしっていた。フィッツのベストのなめらかなサテン生地に、イヴの乳首がそっとこすれる。衣服をまとったままの彼の体にむきだしの肌がふれるのが官能的で、退廃的で、とうに欲望のくすぶっていたイヴの体はいっそう煽られた。

胸にこすれるサテンの感触に刺激され、イヴはかすかに身をよじった。そんな彼女をフィッツはさらにきつく抱き寄せ、彼女の背中に両手をすべらせて腰までたどりつき、くぼみに指先を食いこませた。唇は彼女の頬、耳、のどへと移り、熱を持ったベルベットのような感触でさらに首筋をたどっていく。そして鎖骨を通り、肩先から背中へと、唇と歯と舌が総動員される。彼の口がふれたところは、どこでも火がついたようなありさまだった。全身を貫く情欲に、イヴは翻弄された。

彼にふれたい。両手で彼の肌を感じたい。味わって、探求したい。彼への欲望は体の奥深くから痛いほどうずいて、どくどくと脈打って、とどまるところを知らない。いったん体を引いたイヴは、のどの奥で息をしながら、彼のベストのボタンに手を伸ばした。震える指でボタンを上からはずしていく。ほんとうは引きちぎりたいほどの衝動を、懸命にこらえて。

フィッツもあきらかに、ふたりを隔てる布地を早く取り去ってしまいたそうだった。襟巻きを引っぱって脇に投げ、肩を揺すってベストを脱ぐ。シャツの上のボタンをあっという間にいくつかはずし、最後は頭から抜いて脱ぎさった。靴を蹴って脱ぎ、ひざ丈ズボンのボタンに手をかけたとき、むきだしになった広い胸にイヴの手が置かれ、指の動きが鈍る。胸をなでられて、ついに動きが止まった。

イヴは身をかがめ、フィッツの胸の中央に口づけた。フィッツが身震いし、彼女の髪に両手を絡ませる。イヴはそのまま唇をはわせ、つい先ほどフィッツにされたのと同じようについばんだり味わったりした。彼の背中の引き締まった筋肉を両手でなで、かたい背骨をなぞり、脇にまで手をすべらせる。もっと彼を感じたい。彼のすべてがほしい。

イヴは彼のズボンの前まで手をすべらせ、唇を胸にはわせたままボタンをはずしていった。ズボンを押しさげ、彼のお尻を両手で包むと、ズボンが足もとまで落ちた。彼のものが、ぐんと突きでる。イヴは口もとをほころばせ、初めての夜、どんなにここを両手で包み、彼のもっとも秘めた場所を知りたいと思ったか思いだした。

いまこそ、そのときにしたかったとおり、片手で彼のものを握りこんだ。やわらかくてすべらかな肌の感触と、芯のあるかたさにはっとする。指先でさらに下の敏感なところをなで、ゆるやかな曲線をなぞると、フィッツがびくりとして息をのんだ。けれど彼女が顔を上げて見ると、彼は首を振った。

「だめだ、やめないで」フィッツが欲望に濡れた瞳をしてつぶやいた。「やめないでくれ」

イヴはやさしい愛撫を再開し、指をフィッツの脚のあいだに差しいれた。彼の息が速く、激しくなり、両手は彼女の髪のなかでこぶしを握った。イヴは彼をなで、くすぐって脚をひらかせ、内ももを指先でなぞった。

フィッツがうめくようにイヴの名を口にし、彼女の顔を両手ではさんで上向け、口づけた。むさぼるように激しく、体にほとばしる激情のままに彼女を求める。両腕を彼女の下にまわして抱えあげると、イヴも喜んで従い、彼の腰に両脚をまわして絡めた。彼にしがみつき、首に抱きつき、先ほど彼が彼女に溺れたのと同じように、彼に溺れた。

フィッツはズボンを脇に蹴り、イヴをベッドに運んでいくと、いくら手に入れても足りないとでもいうような口づけを交わしながら、もろとも倒れこんだ。ベッドの上を転がり、キスして、愛撫して、ぎりぎりのところまで快感を高まらせては一度唇を離し、また新たに高めなおしていく。先ほどとは反対に、今度はフィッツがイヴを口で追い求める。どんどん下へと唇は移り、とうとう彼女の脚を割ってあいだにすべりこんだときには、イヴも驚いてびくりとした。

息を荒くするイヴを見あげ、フィッツはにやりと笑った。「いやかい？ 試してみたくない？」

イヴは驚きに目を丸くしていたが、そのあいだにも彼の言ったことが全身にこだまし、くすぐったいような感覚で煽っていく。「わたしは司祭の娘よ」

フィッツがくくっと笑った。「司祭の娘こそ最高だと、聞いたことはないかい？」彼の指がなめらかでやわらかなひだをなぞり、イヴの体に快感を走らせる。「熱心に学ぶからね」

敏感な肌をなおも指でいじられ、イヴはうめき声をあげ、せわしなくベッドに脚をこすりつけた。身の内でうずきが集まり、たまってくる。「ねえ……」思わずつぶやいた。

彼女の内ももに口づけた彼の唇が、笑みを浮かべているのがわかった。その唇が太ももを伝い、さらに近づいてくる。緊張が走る。体がうずく。熱い思いが燃えたぎる。それでも不安は残っていた。そのとき彼の唇が脚のあいだにある小さなかたい蕾にあてがわれ、舌が魔法を紡いだ。イヴはあえぎ、両手と両のかかとをベッドに押しつけて、快感に背をしならせた。

欲望がらせんを描いてうねりをあげ、どこまでもふくれあがり、もう耐えられないというところまで来ても、まだ求めずにいられない。それはついに快感の嵐となってはじけ、イヴは絶頂の波にさらわれた。ぐったりとして急に力が入らなくなり、満ち足りた感覚でいっぱいになる。

けれどフィッツがまた彼女の脚のあいだに身を置き、今度はなかに入ってきて満たされると、彼を深く受けいれたいまこそ、完全な悦びを知るときだとわかった。彼がしっかりとした力強い動きで律動をはじめると、驚いたことに、また彼女のなかで快感が集まりはじめた。まさか、まただなんて、ありえない。けれど容赦なく快感にのまれ、もうなにも考えられなくなった。感じることしかできない。熱いものが体内でどんどん張りつめていき、イヴはフィッツの体に脚を絡ませてすがりついた。そしてとうとう、目のくらむような嵐が、またもやはじけて彼女をさらった。フィッツが身を震わせて叫ぶ。きつく抱きあって嵐をやりすごすうち、いつしかふたりは至福なる忘却の彼方《かなた》へと落ちていった。

19

翌朝は、どんなものも——朝食の席につくレディ・シミントンの姿でさえも——イヴの心をくもらせることはなかった。さいわい、横柄な年配のレディはフィッツ以外に話しかけるつもりはないらしい。イヴはフィッツの近くに座ったり話しかけたりすることはおろか、彼を見ることさえしないよう気をつけていたので、会話に引きこまれないのは御の字だった。

代わりと言ってはなんだが、プリシラのほうを向いて、部屋は問題ないかと尋ねた。プリシラは恥ずかしそうに微笑んだ。「ええ、なにも。すてきなお部屋です。でも、あそこはあなたのお部屋だったのだとか。わたしのために空けてくださらなくてもよかったのに。べつのお部屋でも、ぜんぜんかまいませんでした」

「どうかご心配なく。なんの問題もありませんでしたから。レディ・シミントンと隣りあったお部屋がよかったでしょうし」

「ええ、そうですね」プリシラは気のない返事をした。従僕がイヴに紅茶を注ぐのを待って、また口をひらく。「こんなときに伺って、あなたがたによけいなご面倒をおかけしてしまいました」

イヴは笑みを返した。「きちんとしたおもてなしもできず、申しわけなく思っています。これから数日間は、このあたりにいても退屈でしょうけれど」

「できればお手伝いしたいのですが」プリシラが勢いこんで言った。

「お客さまに働いていただくなんて、ミスター・タルボットが反対しますわ」

「いいえ、ほんとうに、そうしたいんです。わたし――なにもせずにじっとしていられない性分ですし、おしとやかなおしゃべりも苦手ですし。家にいるときは、いつもなにかしらやっているんです。お願いですから、なんらかの形で病気のかたのお役に立たせてください。だいぶ回復されたかたに本を読むとか、まだ具合が悪いかたならそばについているとか」

「もしやフランス語はおできになるかしら？」

「あ、ええ、できます」プリシラの顔が明るくなった。「料理人がフランス人なのですか？」

「いいえ。患者さんのひとりがそうなの。でも、彼ははしかではないのだけれど」イヴはルヴェックがウィローメアにやってきたいきさつと、脚を骨折して二階のベッドで暇をもてあましていることを話した。

「まあ、お気の毒に」プリシラが思いやりたっぷりに言った。「それはさぞ退屈なさっているでしょうね」

「ときどきミスター・カーがごきげんを伺ってくださってはいるようね。前はミス・バスクームのお姉さまのカメリアが彼のお部屋に寄っておしゃべりをしてくれていたのだけれど、彼女が伏せってしまってからは毎日が少し味気ないのではないかしら」

朝食後、イヴはプリシラをルヴェックの部屋に連れていった。ルヴェックも食事を終えたばかりでベッドに半身を起こし、つまらなそうに本をめくっていたのだが、客人を目にすると少しばかりうれしそうな顔をした。しかしプリシラがはにかみながら「ごきげんよう《ボンジュール》、ムッシュー・ルヴェック」とあいさつすると、矢継ぎ早に長々とフランス語でまくしたてはじめた。しかしネヴィルやフィッツとちがい、プリシラは外国語の集中砲火にもひるまなかったようで、ようやくルヴェックがひと息入れたときにフランス語で返事をし、それでまたルヴェックは満面の笑みを浮かべたのだった。

イヴは彼の部屋をあとにし、日課に取りかかった。気づくとすべてが楽になっていた。今日はどんな仕事も大変に感じないのは、自分のなかで幸せな気持ちがあふれそうになっているせいだろうか。けれども彼女の肩の荷が軽くなっているのはたしかだった。

カメリアはずいぶんよくなっているし、ミセス・メリーウェザーも同じだ。もう一週間ほど新しい病人は出ておらず、収束が見えてきたように思いはじめた。そして少々意外だったが、プリシラがひじょうに役に立ってくれているのだ。冗談半分で手伝いを申しでてくれたと思っていたわけではないが、すぐに仕事に飽きてしまうか、横暴な母親に止められてしまうだろうと思っていた。

ところがプリシラは、ずっと気球乗りの部屋を訪れつづけていた。部屋の前を通りかかったとき、ふたりの楽しそうな話し声が聞こえたことも一度や二度ではない。一度、ルヴェックの様子を見に部屋を覗いたときなど、プリシラとネヴィルだけでなく従僕まで一緒だったこともある。従僕は椅子を逆さまにし、車輪のついた小さな板を椅子の脚に取りつけようとしていて、ルヴェックがそれを見ながら指示を出していた。彼が英語に詰まると、プリシラがすぐに通訳した。

「ああ、マダム・ホーソーン」ルヴェックがドアのところにいるイヴに気づいてにっこり笑った。「発明中ですよ、ほらね?」

「そのようですね。それは——車椅子《バースチェア》かしら?」イヴは何度かバースで車椅子を見かけたことがあったが、そのときに見た車輪が三つの乗り物はいま目の前でつくられているものよりずっと大きかった。しかも目の前の車椅子には傘のような屋根までついていて、天気が崩れても守ってくれる。

「なかなか気が利いているでしょう?」プリシラは目を輝かせ、美しいと言ってもいいような表情を見せた。「ムッシュー・ルヴェックが設計図を描いたんですけど、ネヴィルに手伝ってもらって屋根裏を探して、古いおもちゃの馬車から車輪を拝借しました」

ネヴィルがいるからプリシラはこんなに光り輝くような顔をしているのかしらと、イヴは思った。そして少しかわいそうになる。ネヴィルがここにいるのはプリシラのそばにいたいからではなく、プリシラのそばにいないといつでもレディ・シミントンから娘と一緒にいるよう指示が入るからなのだ。

シミントン母娘が来てから、ネヴィルは狩られた獲物のような風情を醸しだすようになった。どこに行こうと、レディ・シミントンがそこにあらわれる。どうして彼の居所をそれほどずっと把握しているのか、イヴは不思議だった。ネヴィルが夫人を避けるために、邸の奥にある使用人用の階段をこっそりおりていたり、イヴが寝起きしている子ども部屋の棟の階段を使っていたりしているのを何度も見かけた。午後はほとんどフィッツと乗馬に出かける。レディ・シミントンから追われない、数少ない活動のひとつだからだ。

しかしネヴィルに対する同情を、イヴはきつく抑えつけていた。レディ・シミントンのそういうやり方のおかげで、うまくネヴィルをリリーに近づけずにいられる。ここ最近は、リリーはほとんどの時間をカメリアとすごしており、たまにネヴィルと一緒にいるときでもほかにも若い人がいた。

車椅子を手に入れたルヴェックは、自分の部屋よりも二階の小さな居間ですごすことが多くなった。しっかり固定した脚ごと体をベッドから車椅子に移してもらうにはネヴィルやゴードンの手を借りなければならないが、そのあとはプリシラやリリーでも簡単に車椅子を押して居間に行ける。ふと気づくと、いつのまにかネヴィルは以前よりプリシラやルヴェックといることが増えていた。そこにリリーもよく交じり、だいぶ元気が出てきたカメリアを連れてくることさえあった。見るからにレディ・シミントンにおそれをなしているゴードンは、どうやらプリシラとネヴィルが一緒にいるところでは夫人がめったに姿を見せないことに気づいたらしく、一団に加わるようになった。結果的に、シミントン母娘が来てから数日で、居間は活気ある社交の場となった。

彼らがおしゃべりやゲームをしている部屋から、どっと笑い声が沸くことがよくあった。イヴが覗いてみると、母親がそばにいないときのプリシラはずっと楽しそうで、肩ひじ張らずにいるのがよくわかった。リリーもまた、おしゃべりしたりゲームに参加している姿が生き生きしていた。けれども日がたつにつれてリリーは沈みがちになった。プリシラやネヴィルに視線を向けることが増え、そういうときは光が失せたような暗い表情をした。イヴの胸は痛んだ。リリーは本気でネヴィルを想っているのに、気持ちだけではかならずしもうまくいかないのだと思うと、胸が張り裂けそうだった。

あきらかに苦悩しているリリーを見て、イヴは幸せな自分が少し後ろめたかった。リリーが苦しい恋に涙しているのに、自分は浮かれ、毎夜フィッツの腕に抱かれている。昼間は彼と距離を保って無関心を装っているが、夜ごとふたりは愛の悦びを余すところなく追い求めていた。体を重ね、そのまま手脚を絡ませておだやかに眠り、目が覚めればまた肌を合わせる。情熱のほとばしるままに、無我夢中で楽しくて、睡眠不足になろうとかまわなかった。

イヴはできるだけ自分の幸せな気分を隠そうとした。とくにリリーの前では。けれども日がたつにつれ、もしかしたらリリーはイヴの言動すら目に入っていないのではないかと思うようになった。リリーはひとりでいることが多くなった。ネヴィルがフィッツと乗馬に出ているときは、ひとりで庭に入って散歩する。ある日、イヴがふとハーブ園に面した窓の外を見ると、リリーがひとりでベンチに座っていた。前にネヴィルと一緒にいるところを見かけた場所だ。あまりにも意気消沈したリリーの様子に、イヴはのどにこみあげるものを感じた。

外套と帽子を手早く身につけ、ハーブ園におりた。イヴが近づくとリリーが顔を上げ、あわてて目もとをぬぐって必死で笑みを浮かべようとした。

「リリー」イヴは話しかけた。「あなたが見えたものだから。ひなたぼっこをするにはいい時間だわ。とても気持ちがいいわね?」

リリーはうなずき、ごくりと大きくのどを鳴らした。「そ、そうね」イヴに顔を向けたが、目に涙が光っていて、あわててそらす。

「かわいいリリー……」イヴは隣に腰をおろし、彼女の手を取った。「つらいのはわかるわ」

リリーはかぶりを振ったが、涙をこらえることはできず、とうとうポケットからハンカチを取りだして目もとをぬぐった。「ああ、イヴ――」小さな涙声。「どうすればいいのかわからない。こんなの、ひどくてもうめちゃくちゃ!」

「わかるわ」イヴは手をぎゅっと握りしめた。「そうよね。とんでもなく理不尽だわ」

「ネヴィルを愛しているの。心から!」リリーは食い入るようにイヴを見つめた。「まだ若すぎて、自分の心なんて見えていないとあなたは言うんでしょう。でも、彼を愛しているのはたしかなの。もう彼しか愛せないの！」

「そういう気持ちになるのはわかるわ」

「思いすごしじゃないの！」抗うようにリリーがあごを突きだす。「いままで真剣に人を好きになったことがないからって、本気で好きかどうかわからないわけじゃない！」

「ミスター・カーを愛しているというあなたの気持ちは疑っていないわ」イヴははっきりと言った。「あなたが本気なのはわかるの。彼があなたを愛していることも」

「そうよ、わかるでしょう？」リリーの顔が一瞬輝いたが、あっという間に元どおり暗く沈む。「でも、そんなことはどうでもいいの。なにも変わらないんだもの。レディ・シミントンはぜったいに彼をプリシラと結婚させるつもりよ。レディ・シミントンは、かならず自分の思うとおりにする人だわ」

「たしかに、たいていの場合はそうね」

「彼女、ネヴィルをつけまわしているのよ」リリーが顔をしかめる。「彼がどこに行ってもあらわれるわ。彼はもう頭がおかしくなりそうだって。わたしは何日も彼に会えないし！あ、まわりに人がいない状態でってことだけれど。もうひどすぎる」

「わかるわ」

「でも最悪なのは――彼女が好きだってことよ！」

「え？　レディ・シミントンが？」イヴはびっくりして訊いた。

「まさか、ちがうわ。レディ・シミントンは悪魔のところにでも行っちゃえばいいと思うけど――そう、本気で。レディが口にするようなことでないのはわかっているけれど、ほんとうにそう思う」リリーはため息をつき、ベンチにもたれかかった。「好きなのはレディ・プリシラよ。好きになんかなりたくなかったのに。好きにならないようがんばったのに。でも、彼女はとんでもなくやさしいの。ムッシュー・ルヴェックの気球旅行のあんな話もぜんぶ聞いてあげて、つまらなそうな顔ひとつしないの。退屈してるにちがいないのに」

「あなたよりああいうお話がおもしろいと感じているんじゃないかしら」

リリーはどことなく疑うような目でイヴを見たが、話をつづけた。「それにレディ・プリシラは、けっこうおもしろくて楽しい人だったりするのよ。少なくともお母さまのいないところでは。彼女がかわいそう。あんな母親と一緒に暮らさなきゃならないなんて。レディ・シミントンがレディ・プリシラにどんな口をきいているか、聞いたことはある？　ひどいのよ、なのにかわいそうなレディ・プリシラは言い返すこともできないの。でも、すごくいやがっているのはわかるの」

「そうでしょうね。レディ・シミントンと暮らさなくてはならないのは、とても気の毒だわ」

「でも、抜けだせないわけではないのよね？」リリーが悲しげに言った。「ネヴィルと結婚すれば離れられるわ。彼女にひどい母親がいるのはわたしのせいではないけれど、ネヴィルが彼女と結婚しなかったら、それはわたしのせいだわ」

「いいえ、それはネヴィルの責任よ」イヴは言わずにいられなかった。

「そうね。でも、もしわたしがいなかったら、ネヴィルは彼女と結婚していたわ。求婚を迫られて逃げだしてきたことは知っているけれど、それでもゆくゆくは求婚したはず。ただわたしは、彼と結婚したくてたまらなくて——そんな縁談、こわれてしまえばいいと思ってしまうの。でもそうすると、レディ・プリシラのことが浮かんでくるの。ひどいスキャンダルのなか、ひとりぼっちで置き去りにされている彼女が。なにひとつ彼女のせいではないのに。ただの名前しか知らない存在だったときは、こんなじゃなかった。でもいまは彼女のことを知ってしまったわ。彼女からネヴィルを奪うのは残酷よ。もしわたしがだれかにネヴィルを奪われたらと思うと、気持ちがわかるの」リリーの灰色がかったグリーンの瞳が、きらりと光った。「わたしならどうにかなってしまうと思う。打ちのめされると思う。ネヴィルのような人を失うなんて——そのうえ、なにも自分に非はないのに彼に捨てられて、物笑いの種にされるなんて——考えるのもいや」

「そうね。それに彼女は母親からどんなことを言われるか」

「きっとなにもかもレディ・プリシラのせいにするのよ。そしてレディ・プリシラは、一生あの女《ひと》に縛りつけられる！　レディ・シミントンが義母になるとわかっていて結婚する男性なんて、いやしないわ」

「たしかにそれは考えなければならないことかもね」イヴも同意した。

「でも、彼をあきらめようと思うたび、耐えられなくなるの」リリーは涙声になった。「これから先、彼がいなくてどう生きていけばいいの？　ああ、わかってる、新しい人があらわれるって言うんでしょう？　カメリア姉さまもそう言うの。でも姉さまはわかっていないのよ。恋したことがないんだもの。あなたは――あなたにはわかるでしょう？　人を愛して、そして――」リリーはうろたえて口をつぐんだ。「ごめんなさい。つらいことを思いださせるつもりはなかったの」

イヴは首を振った。「ううん、いいの。だいじょうぶよ。あなたの言うとおり。わたしは夫を愛して、そして亡くした。そういう心の痛みは知っているわ。つらくなかったとか、ブルースが死んでも寂しくなかったとか、取り残されたような気持ちにならなかったとか、そんなふりをするつもりはないの。泣いたわ。寂しかったわ。思いだしたくないほどつらかった。でも、あなたのお姉さんの言うことは正しいわ。ときがたって、わたしは立ちなおった。あなたも立ちなおるわ。簡単ではないけれど、悲しみも永遠にはつづかない。そして、また人を好きになることもできる」微笑んだイヴの胸に、あたたかさが広がっていく。「ほんとうよ。かならず好きになれるわ。もしかしたら、それまで感じたことがないくらいに」

そこまで言ってイヴははっとした。うっかり言いすぎたかもしれない。そっとリリーを盗み見たが、リリーはこちらを見てもいなかった。自分の悲しみにくるまれて、地面を見つめている。

「寂しさがまぎれるくらいになれるってことは、知ってるわ」リリーが言った。「母さまが死んだとき、そうだったもの。でもそれとはちがうの。そうでしょう? ネヴィルは死ぬわけじゃない。永遠にいなくなったりしない。ときには顔を合わせることもあるわ。合わせなくても、彼がまだそこにいることはわかっている。でもその隣にいるのは自分じゃない。レディ・プリシラと一緒にどこかのお邸にいて、彼女と人生を歩んでいるんだって知らされるの。彼にはレディ・プリシラへの愛情さえ芽生えるかもしれない。彼のうわさが耳に入る、彼のことを知る。ただ、わたしにはもう彼となにも分かちあうことなどないだけ。それって、つらすぎるんじゃないかと思うの。耐えられないわ!」

リリーの瞳にみるみる涙があふれ、頬を伝っていく。

「ああ、リリー」イヴは彼女を抱きしめ、頭と頭を寄せあった。

イヴは言いたかった。なにも気にせず、ネヴィルとの幸せをつかみとりなさい、と。でも、できなかった。関わる人すべてにとって、とんでもないスキャンダルになることはわかっている。たとえリリーにどれほど社交界の人々と向きあう覚悟ができていても、現実にそうすることはどれほど大変か、思い知るだろう。そして泥沼のスキャンダルに家族すべてを引きずりこむことが、どれほど無責任なことか。とくにカメリアは初めての社交シーズンをひかえているのだ。

イヴはため息をつき、リリーの背中を軽くたたいてやりながらぽつりと言った。「いまに状況はよくなるわ。きっと」

リリーが去ったあとも、イヴはしばらくハーブ園にいた。ここのところ、ひとりになってゆっくり考えごとをする時間もなかった。そのほうがよかったのだろう。フィッツと自分がしていることを深く考えずにすんだから。もし考えてしまっていたら、彼とともに突き進んでいるこの刺激的で向こう見ずな道が、世間での自分の立場や自分の心にとって、あまりにも危険だと答えを出していただろう。リリーに言ったまた人を好きになれるという言葉は、なにも考えないうちに思いがけず口をついて出てきたものだった。それでも口に出したとたん、まさに真実だとイヴは思った。自分はまた人を愛しはじめている。しかも一度目よりもっと強く、もっと心をはずませて。

ただ問題は、好きになりかけている男性にはわたしと結婚する意思も、ともに人生を歩むつもりもないことだった。それは最初からわかっていた。けれどもだからと言って、もしその恋に終わりが来ても――いや、終わることはわかっている――そのときに平気でいられるわけじゃない。なにもかもじゅうぶんに承知していながらこの関係に足を踏みいれたということは、ただ、関係が粉々に砕けたときに泣いたり嘆いたり、フィッツを責めたりはできないというだけだ。行き着く先はわかっていた。それでもわたしは、うかつにも足を踏みだしてしまった。

太陽が傾き、イヴの座っている場所には影が落ちて、もうすぐお茶の時間だと気づいた。まあ、いいじゃないの、とイヴは思った。暗いことを考えてもしかたがない。この先どういうことになろうと、将来を心配するよりもいまを楽しむほうがいいに決まっている。

テラスにたどり着かないうちに、フィッツの姿が見えた。彼がけわしい顔つきでこちらに近づいてくる。彼の手にある白い正方形の紙に気づいたとたん、どうして彼が自分を捜していたのか合点がいった。フィッツは彼女の前で止まり、いまではもう見慣れた文字の書かれた手紙を差しだした。

「これが玄関ホールのテーブルに置かれていた」イヴの手が正方形の白い紙を受けとると、フィッツはその腕をつかみ、テラスの端の椅子まで彼女を連れていった。

イヴは手紙を開封したが、手が震えていないことにびっくりした。どういうわけか、こわくないのだ――フィッツがそばにいると、こわくない。彼女は素早く文面に目を通した。

「同じような内容だわ――ブルースが〝盗人〟だとか〝汚点〟だとか。ひどいスキャンダルを巻き起こしてやるとか。ステュークスベリー伯爵が盗人の妻や自殺のことを知ったらどう思うか、って」

「このいまいましい悪党を捕らえて罰するべきだと思うだろうさ」フィッツが言った。「まちがいない」

「でも、ほら、新しいことも書いてあるわ。時計の問題からわたしを〝解放〟してやる、ですって。〝明日の午後一時に庭のあずまやまで時計を持ってこい、そしてドアの内側の床に置いていけ〟って。だれにも内緒で」

「は！」フィッツは顔が裂けるのではと思うほどの大きな笑みを浮かべ、左手をばん、と激しくテーブルに打ちつけた。「ちゃちで下劣なならず者め、策に溺れたな」

イヴは頬をゆるめた。「なにか考えがあるのね」

フィッツは身をかがめ、だれが見ているかもわからないのに、イヴの唇にしっかりとキスをした。「そう思ってくれていい。ぼくの陣地で策を弄しようなんて、ほんとうにばかなやつだ。だがもちろん、もしきみがだれにも知らせず、やつの指示に従っていたとしたら、うまくいったのかもしれない。離れたところで小型望遠鏡を手にして、きみが時計を置いて帰るのを見張っていればいいんだから。あずまやのまわりにだれもひそんでいないことは、見ていればわかるだろうし」

「でも……」

「でも、あずまやのなかまでは、見ていてもわからない。少なくともドアのすぐ内側くらいまでしか見えない。だからぼくは、あずまやのなかの奥まったところで待っていることにする。夜明け前に行けば、まだそいつも来て見張ったりしていないだろう――まあ、どうせ暗がりのなかではぼくがいても見えないだろうが」

「あなたひとり？」イヴはぎくりとして尋ねた。「フィッツ、だめよ、そんなことは！」

フィッツは包みこむような笑みを見せた。「ごろつきのひとりくらい、ぼくの手に余ると思う？」

「仲間がいたらどうするの？　ふたり組かもしれない。もっといるかも」

「ああ、でもぼくは拳銃を二挺持っていくし。とはいえ、きみの言うとおりかもしれないな。ネヴィルを連れていくよ。ほんとうのことを言うと銃は使いたくないんだ——少しばかりわれを失って、心臓を打ち抜いてしまうかもしれないから。そうすると尋問できなくなる。ネヴィルを連れていったほうがよさそうだな。もしふたり組でも、とっつかまえて縛りあげてやる。こんな無謀な脅しをかけるのに、団体で押しかけてくるとは考えられないからね」

せいぜいふたりまでしかありえないという意見には、イヴもうなずかざるをえなかった。それに相手がひとりだろうがふたりだろうが、ネヴィルとフィッツで勝てないとは思えない。フィッツの銃の腕前を考えれば、なおさらだ。でも……。

イヴは眉根を寄せた。「なんとも簡単な話に聞こえるけれど」

フィッツがふっと笑った。「最善の策というのは、たいていそんなものさ」

翌日の午後、昼食を終えたあと、イヴはまだ不安を抱えながら邸を出た。フィッツは前の晩、まだ早いうちに彼女の部屋から出ていった。笑顔でこう言いながら。「今夜は少し眠っておいたほうがいいからね」当然、彼が夜明け前に邸を出てから、これまで彼には会っていない。ネヴィルの姿もないため、レディ・シミントンが昼食の席でその話を持ちだし、とがめるような目つきでテーブルを一瞥した。

昼食が終わってイヴが抜けだそうとしたとき、テラスに出るドアのところでリリーにつかまった。彼女はネヴィルの姿が見えないことを心配していた。彼はフィッツと狩りに出たのだろうとイヴは言い、一生懸命にリリーを安心させようとした。その話はあながち嘘でもない。しかしリリーから逃れるのはむずかしかった。これから散歩に行くのだと言うと、彼女も一緒に行くと言いだした。

「だめよ！」ぎょっとしてイヴは首を振った。リリーが計画をもらすとは思わないが、いま事の次第をすべて話している時間はない。すでに遅れぎみなのだ。庭の小径を突っ切って急がなければならない。

リリーは妙な顔つきでイヴを見た。「イヴ……どうかしたの？」眉をひそめる。「なにか起きているのね？　フィッツもネヴィルもそれに関わっているんでしょう」

イヴはまごついてリリーを見つめた。「いいえ、リリー。お願いよ。行かなくちゃならないの」リリーが抗議しようと口をひらいたのを見て、イヴはあわててかぶりを振った。「ほんとうに。遅れているの。あなたに話すことはできないわ。だれかが一緒に来たら、すべてを台なしにしてしまうの。お願いだから信じて。わたしを。わたしたちを。あとですべてを話すから。約束する」

リリーはかたくなにあごを突きだしていたが、これだけ言った。「かならずよ。ああもう、頭がおかしくなりそう」

リリーは向きを変えてすたすたと歩み去り、イヴはドアを開けてすべるようにテラスに出た。階段を軽やかに駆けおり、いちばんの近道をあずまやに向かってできるだけ早足で進んだ。ウエストにピンで留めつけた時計に手をやる。時計を持っていることを敵に知らせるには、それがいちばん手っ取り早いと思った。

あずまやに着いたイヴはいったん足を止めて時計をはずし、ドアの内側に入って数フィートのところの床に時計を置いた。部屋の隅には視線をやらないようにする。そこではネヴィルとフィッツがベンチにゆったりと腰かけていた。視界の端でふたりの姿はとらえられるものの、もしあらかじめふたりがいることを知らなかったら気づいたかどうか。フィッツの言ったとおりだった。冬のあいだは鎧戸《よろいど》がおろされるので、あずまやのなかは暗い。

イヴは外に一歩踏みだし、あたりを見まわした。もちろん、そうするのが自然だ。そうしなかったら、きっと犯人は不審に思うだろう。彼女はうつむいたまま足早に邸に戻った。

予想どおり、リリーが待っていた。廊下でイヴをつかまえたリリーは彼女の手を取り、書斎に連れていった。書斎に入ると、驚いたことにカメリアが暖炉の前の椅子に腰かけていた。カメリアの発疹はすべて消えており、ここ二日ほどは起きて動いてもいたが、まだきちんと衣服をまとって階下までおりてきたことはなかったのだ。

「まあ」イヴは笑顔になり、カメリアに近づいて手を取った。「起きている姿を見られてうれしいわ。まだ階下にまでは来られないんじゃないかと思っていたのよ」

「もう気分はいいの。ほんとうよ」カメリアはきっぱりと言った。「もっと早くおりてくることもできたんだけど」

「でも、二階で食事を取ったほうがきっと姉さまのためになると思う、って言ったの」リリーが言い添える。

「ああ、なるほどね」イヴはしたり顔でうなずいた。「でも今日は二階で待ちぼうけを食わされるのがいやだったのね」

「そのとおりよ」

イヴはあたりに目をやった。「でも、どうして書斎なの?」

「二階だとほかに人がいるでしょう。まわりに人がいたら、あなたはなにも話してくれないってわかっているから。それに客間や音楽室に行ったら、レディ・シミントンと鉢合わせするかもしれないでしょう。だから……」リリーがまるで書斎をごらんなさいとでも言うように、両手を広げた。

「そうよね」

「さあ」カメリアの椅子の隣にある低いスツールに、リリーもちょこんと腰をおろした。

言葉を濁しても意味がないことは、イヴにもわかっていた。なにか悪巧みがおこなわれているのを姉妹が気づいていなかったのが、不思議なくらいだ。

イヴは手紙のことをふたりに話した。何度も読み返していたから、ほぼ一言一句思いだせる。姉妹は疑問を口にしたが、ほとんど答えられないものばかりで、やはりイヴと同じ結論を出した。数週間前に邸に侵入した男が、手紙の差出人にちがいないと。

「でも、おかしすぎるわ」カメリアが眉をひそめて言った。「いったいだれがこんなことを？　わたしたちはてっきり——あ、いえ、リリーとちょっと心配していたんだけど——」

カメリアの向かいの椅子に座っていたリリーが、体を起こして叫んだ。「コズモね！」

「そう。つまり、そういうことだと思っていたんだけど、そんなことがあるかしら？　どうしてあいつが——」

「嘘！」リリーがかぶりを振ってドアを指さした。その場に凍りついて目をむいている。イヴとカメリアは、リリーの視線を追って振り返った。

ドアのところに立っていたのはフィッツだった。彼よりも数インチほど背の低い中年男の腕を握っている。労働者ふうのむさ苦しい衣服を着た男は、うしろ手に両手を縛りあげられていた。茶色の帽子をかぶっているが、そこから乱れてはみだしている髪は砂色で白髪交じりだ。

「だから、コズモよ」リリーがつづけた。「そこにいる」

「ぜんぶ聞かせて」

20

カメリアがぽかんと口を開けたがすぐに勢いよく立ちあがり、こぶしを握りしめて猛然とドアに向かった。「ちょっと！　あなたがここでなにをしてるのよ？」

「おい、そんなに怒るなよ。なあ、カメリア」見知らぬ男が泣き言を言う。

「なれなれしく名前を呼ばないで！」腕を引いて両のこぶしを振りあげたカメリアは、鬼のような形相だ。「元の場所へ殴り飛ばしてあげればいいかしらね」

「すばらしい意見だよ、従妹どの」フィッツがおだやかに言って男の腕を放し、代わりにカメリアの腕を取った。「だが、いま痛めつけるのはフェアじゃない。そいつは手を縛られてるだろう？」

ネヴィルがフィッツと入れ替わって男の横に立ち、うしろ手でドアを閉めた。そして男を背もたれのまっすぐな椅子まで行かせ、体を押して座らせた。それから振り向き、空いたほうの手を伸ばす。そこにはイヴの青いエナメルの懐中時計が握られていた。彼はイヴのところに行き、時計を渡した。

「ありがとう」イヴがにこりと笑って時計をポケットに入れる。

「どういたしまして」ネヴィルは、さっとおじぎをした。「まあ、たいしておもしろくもない獲物だったが。そいつ、フィッツに銃を向けられたとたん、手を上げて降参したんだから」

「でしょうね」カメリアが苦々しい顔で言った。「そいつが殴れるのは女だけだもの」

「おまえは殴ったことはないだろう、カ——」カメリアの顔を見て、賢明にも口を閉ざす。

「そんなことをしたらナイフを持ちだされるってわかってたからでしょう」

「カメリア姉さま、座って、お願い。体にさわるわ」リリーが姉のウエストを抱え、座っていた椅子へと連れ戻した。

「なるほど、やはりぼくの思ったとおりだったか」フィッツがリリーとカメリアに言った。

「この男がきみたちの継父だね。コズモ・グラス」

「そうよ」リリーもまた、汚いものを見るような目で男を見た。「認めたくもないけれど、ほんとうのことだからしかたないわ。どうして彼がここにいるの？」そう言って継父に向きなおる。「どうしてここに来たの？　どうしてミセス・ホーソーンの時計を盗んだりしたの？」

「なにも悪いことはしちゃいない」コズモは抗議した。

「時計を拾いあげたところをつかまえたんだぞ」フィッツが指摘する。

「おれは仕事をしただけだ。ここに来て時計を取ってこいと言われて金をもらった。あっちの小さい建物のなかに置いてあるからって言われて、そのとおりだったから。おれの仕事は時計を拾って持って帰るだけだ。そんなつまらないものをどうして盗まなきゃならないんだ」

「あんたは盗人で、嘘つきで、一日たりともまともに働いたことがないからじゃないの？」カメリアが語気も荒く言い返した。

コズモが目を細め、ほんのつかのまだが凶悪な顔つきになった。だが、次の瞬間にはそんな表情も消え、あわれな声で言った。「なあ、カメリア、そんなつれないこと言わねえでくれよ。いままでずっと飯を食わせて、着るもんも与えてやって――」

「わが従妹どのたちとの関わりは口にしないほうが身のためだぞ」フィッツがコズモの言葉をさえぎった。「金をもらって時計を回収するという美しい話を聞かせてもらったわけだが。もうひとつ聞かせてもらおう。この邸に押し入ったのも、金をもらったからか？　そのときにも時計を盗めと言われていたのか？」

「どこにも押し入っちゃいねえ！」

「おまえを見た小間使いを呼んできても、ほんとうにいいんだな？」フィッツが訊いた。

「あれがおまえだったことは、全員わかってる。結婚式の夜にここに侵入しようとしたのも、おまえだな」

「ちょっと待ってくれ、おれはどこにも押し入ろうとなんざしていない！」コズモは憤慨して背筋を伸ばした。「娘が結婚するところを見ようとしただけだ。おれのかわいいマリーだ。ほんの小さなころから育ててきたのに、最高に幸せな日にさえ姿を見せようとはしてくれなかった。父親なら当然のことをしたまでだ」

「母さまがまかりまちがってあんたと結婚したとき、マリー姉さまは十四歳だったわ」リリーが反発した。「マリー姉さまはあんたに育てられてなんかいない。わたしたちのだれひとり。あんたはただ姉さまにあの酒場を切り盛りさせて、お金を奪っていただけじゃない」

「マリー姉さまか伯爵さまにお金をせびることができるんじゃないかと思って、結婚パーティに来ただけなんでしょう」カメリアが言い添える。「そんなこと、みんな知ってるのよ。だからもう嘘をつくのはやめなさいよ。どうしてその時計を狙ってたの？」

「おれがほしいわけじゃねえ！」

「どうしてあんな手紙を書いた？　どうしてミセス・ホーソーンを脅したりした？」フィッツがつかつかとコズモに迫り、氷のようなブルーの瞳でそびえるように上から見おろした。

「そんなことはしてねえ！」コズモは椅子に座った体をすくませて精いっぱい背もたれに押しつけ、肩を丸めて身がまえた。

「あの」リリーが考えこんだ様子で言った。「いま言ったことについてはほんとうだと思うんだけど」

「なんだって？」フィッツが振り返る。

「手紙を書いてないってところ。手紙の内容はわたしたちもイヴから聞いたわ。それでなんというか、コズモにしてはできすぎているような気がしたの」リリーが姉を見る。「そう思わない？」

どこかしぶしぶながら、カメリアはうなずいた。「この子の言うとおりよ。コズモの書いたものなら見たことがあるわ。あれだけまとまりのある長い文章なんて書けていたためしがないもの」

「ほら！　な？」コズモが勝ち誇ったように笑う。

「それに」イヴが割って入った。「時計を盗むためだけにぐずぐずとこのあたりに残っているなんて、意味がないわ。そもそも時計のことをどうして知っているのかわからない。あんなものよりずっといいものが、このお邸にはたくさんあるのに」

「そうだな」フィッツはそらおそろしいものを感じさせる笑顔で、コズモを見おろした。「今回の件の首謀者ではなく、影の薄い従犯者だということは信じてやろう」

「従犯者？　悪いことはなにもしてねえぞ、金をもらって頼まれた仕事をしただけだ」

「金で雇われた暗殺者にも同じことが言えるだろうな」フィッツは答えた。「おまえになんの罪もないとは言えん。おまえが仕事を請け負ったと言っている相手はだれだ。どうしておまえに時計を盗ませようとした？」

コズモのやせこけた顔に、ずる賢そうな表情が広がった。「それを教えたら、いくらくれる？」

「なんだと？　ぼくと取引しようというのか？」

「こうなっちまった以上、もう依頼主に顔向けできねえだろ？　つまり、おれは約束されたものを受けとれねえ。だが人間は生きていかなきゃならねえ。だろ？」

フィッツはコズモをしげしげと見ていた。「おまえというやつはあきれてものも言えないな。こちらにとってたしかなのは、おまえが一度ならず二度までも、この邸に押し入ろうとしてまで時計を盗もうとしたことだけだ。重罪ばかりだぞ、ミスター・グラス。窃盗。強盗未遂。恐喝。イギリスの監獄で一生を終えることもできる。あるいはオーストラリアに送られるかもしれない。そのほうがいいか？　もちろん、牢獄船の出航を待つあいだに命を落とすこともあるが」

「おれをお上に突きだすことなんかできねえさ」コズモは自信ありげに言った。「そんなことをしたらスキャンダルだ、従妹の継父が監獄に放りこまれたなんてなあ？　あんたらみたいな気どったやつらのことはわかってんだ。面倒は起こしたくないってな」

「ああ、そうとも」フィッツは身をかがめ、コズモの座った椅子のひじかけを両腕でつかんだ。「おまえの言うとおりだ。だから通報はしない。それより地下室に閉じこめてやる。通常の地下食料庫の下に、秘密の地下室もあるんだ。何百年も前につくられた代物が。飢えるまでそこに閉じこめてやろう。だれにも声は聞こえない。ああ、そうだ、このあたりには池《ターン》もたくさんあるな。やたらと深いのが。さっさと縛りあげて石でもくくりつけて、ターンに投げこむという手もあるぞ。おまえがいなくなって悲しむ人間もいないんだろう?」

　コズモ・グラスが目をむき、顔が青ざめた。「あ——あの女の名前は知らねえ」

「だれのことだ?」フィッツが訊く。

「あの女?」イヴと姉妹が驚いて声をそろえた。

「ああ。おれを雇った貴族の女だ。あの女——いや、たいていは女の小間使いが連絡係だったが。おれのところにやってきて指示を出して、金を払っていく。口の悪い女だったぜ、そいつは。だが一度、初めて女主人のところへ連れていかれた。そしたら女主人から、マリーの結婚式の日に邸に入ろうとしていたおれを見かけたとか言われたんだ。だがあの日、おれは追い払われた。おれは最後にかわいい娘にひと目会いたかっただけなのに。そう女主人に言ったら、わかるわって言われてさ。そこんちの敷地内には羊飼い用の小屋があって、そこで寝泊まりすればいいって場所を教えてくれた。食い物や飲み物もくれたから、あとは女からの指示を待つだけだった。それからは小間使いを使いに送ってくるようになって、どこへ行けとか、なにをしろとか言われた。だけどこの前は、おれが時計を持って帰らなかったもんだから、金を払ってくれなかった。あんたたちが乗馬に出かけてるのに、まだ人がいっぱいいるなんて思わないだろ?」コズモはやたらと傷ついたようなそぶりを見せた。

「そんなことはどうでもいい」フィッツがいらだたしげに言った。「その貴族の女について聞きたい。外見はどんなだ？　どこに住んでいる？」

イヴにはもう答えがわかっているような気がしたが、息を詰めて待っていると、コズモ・グラスが言った。「金髪だ、そこにいるあんたみたいな」そう言ってイヴを指さす。「すげえべっぴんで、上品ぶってやがるんだが、目が冷たい。ほんとだぜ。あっちのあの大きな邸に住んでんだ」

「サブリナね」イヴの口からため息混じりの声がもれた。「なんてこと、ほんとうにサブリナだったのね」


三十分後、イヴとフィッツは〈ハルステッド館〉に出かけた。どうしても一緒に行くと言って聞かないリリーとカメリアを説き伏せるのに、フィッツは全力を出し尽くしたが、ネヴィルの力添えなしには、ふたりを説得させることはできなかった。それからフィッツはボストウィックを呼び、従僕二名にコズモ・グラスを地下室へ閉じこめさせるよう言いつけた。

「ワイン貯蔵庫じゃないほうへ」と注意も忘れない。

縛りあげた男をウィローメアの地下室に閉じこめなければならないことなど、そう毎日あることでもないのだが、ボストウィックはそんなことはおくびにも出さずただうなずき、コズモを部屋から連れだした。

「彼をどうするつもりなの？」しばらくのち、馬車がまわされるのを待ちながら、イヴがフイッツに訊いた。

「ターンに投げこむことはしないかな。そそられる考えではあるけど。オリヴァーにまかせるさ。彼はたぶん、あの悪党をアメリカ行きの船に乗せるだろう。あの男の言ったことは当たっている。あいつがこのあたりをうろついて、バスクーム姉妹の継父だとふれまわるようなことは――監獄のなかでも外でもさせたくない。だが地下室に数日閉じこめてやれば、またここに来ようとは思わないだろう。あいつが地下にいるあいだに、ぼくの射撃の腕を見せてやってもいいかもしれない」

「まさか、頭の上のリンゴを撃ち抜いたりしないでしょうね？」

「おいおい、なんて物騒なことを言うんだ！　カメリアのそばに長くいすぎたんだな。ぼくはろうそくの火を一発で消すとか、そういうたぐいのことを考えていたんだよ。たいていはそれくらいでじゅうぶん効き目がある」

ハンフリー卿の邸に向かう道すがら、ふたりはサブリナがコズモ・グラスを雇って時計を盗ませようとした理由について話しあったが、まともな答えは出てこなかった。

「結婚式の夜に彼を見かけて、便利な道具だと思ったんじゃないかしら。だれにも顔が知られていなくて、彼女ともつながりのない人物で」イヴが思案する。「でも、どうしてあの時計がほしかったのかしら？　それに、どうしてあんな手紙を書いたの？　そもそもどうしてブルースが時計を持っていると知っていたのかしら」

フィッツはかぶりを振った。「わからない。彼女は頭がおかしくなっているんじゃないかと思えてきたよ。もちろん、ロイスへの仕打ちがあって彼女のことは嫌っていたが、それがなくてもずっと、彼女は冷たくてなにをするにも計算高いと思っていた。頭がおかしいわけじゃなくて。でも今回は……まあ、言い分を聞くしかないな」

結局、言い分は聞けそうになかった。執事があわてて客間に通してくれたものの、奥さまは近ごろわずらわれたご病気でまだ伏せっておいでで、まだベッドを離れられないのでございますと、声をひそめて告げられた。執事はいったん客間を離れ、しばらくしてヴィヴィアンが流れるように入ってきた。少し疲れているように見えたが、大きく顔をほころばせ、両手を伸ばしてふたりを歓迎した。

「イヴ！　フィッツ！　会えてとてもうれしいわ。ものすごく久しぶりね」イヴとフィッツが座ったソファと直角に置いてある椅子に、ヴィヴィアンは腰をおろした。「お互い数分で行き来できるところにいるのに手紙でやりとりしているなんて、おかしいわよね。すごく訪ねていきたかったんだけれど、少しばたばたしていて」おどけた表情をしてみせる。「あなたがたもそうだったんでしょう？　カメリアの具合はどう？」

「ずいぶん元気になったわ、ありがとう。今日なんかきちんと身づくろいをして階下におりてきたの」イヴが話す。「でもじつを言うとね、ヴィヴィアン、わたしたちが会いにきたのはレディ・サブリナなのよ」

ヴィヴィアンの眉が驚きにつりあがった。「たしかに執事のチャムウィックはそう言っていたような気がしたけれど、なにかのまちがいだと思いこんでたわ」

「ちがうの、ほんとうに彼女と話をしなければいけないのよ」

「でも、まだ具合が悪いのよね。だいぶ症状がきつかったから。まだベッドで伏せっていて、人に会える状態じゃないわ」

「そうなのか？」フィッツが訊いた。「それほど悪いのなら、どうやってイヴに脅迫状を送っていたんだろう？」

ヴィヴィアンが目を丸くした。「なんですって？　脅迫状？」

「ああ。これだ」フィッツが上着に手を入れて手紙を引っぱりだし、ヴィヴィアンに渡した。

ヴィヴィアンは困惑顔でイヴを見やったが、手紙を受けとって目を通しはじめた。眉が表情豊かにつりあがり、ヴィヴィアンはときどき顔を上げながら読み進んだが、口をひらいたのはすべて読みおえてからだった。

「どういうことかしら」ヴィヴィアンはフィッツからイヴへと視線を移した。「どうして話してくれなかったの？」

「話そうかとも思ったのだけれど、最初はたいしたことじゃないと思って放っておいたの。そのうちみんなが病気にかかって、あなたに会いにこられなくなった。あまりに突飛な話で手紙にも書きにくかったし」

「でも、どうしてだれかがこんな非難をしてくるの？　どうしてサブリナだと思ったの？　たしかに彼女は意地の悪いところがあるけれど、こんなありもしないブルースの話を広める理由があるかしら。それに、どうして彼女があなたの時計をほしがるの？　そんなに特別なものなの？」

「それがわたしにはよくわからないの」イヴは時計をポケットから取りだし、ヴィヴィアンに渡した。

「きれいな時計だけれど……」ヴィヴィアンがちらりとイヴを見る。「サブリナの好みではないと思うわ」

「古風よね」イヴも同意する。「どうしてサブリナがほしがるのか、まったくわからないわ」

そしてイヴは、夫が亡くなってから時計を見つけた経緯を説明した。

ヴィヴィアンは考えこんだ様子で時計を裏返し、裏ぶたまで開けてなかの刻印を見た。

「なんとなく見覚えがあるような気がするんだけど」眉根を寄せたものの、肩をすくめた。

「あなたがつけているところを見たんでしょうね。でも、どうしてサブリナがさっきの手紙に関わっているとあなたが思うのか、やっぱりわからないの。ああいうものを書くくらい性格が悪いことは認めるけれど、でも正直言って、彼女の筆跡ではないと思うわ。どちらかと言えば男性が書いたもののようでしょう？」

「サブリナが関わっていると考えたのは、今日この時計を取りにきた男性を罠《わな》にかけてつかまえたからなの。でもその人はあきらかに利用されただけだった。彼の口から、サブリナに雇われたと聞いたのよ。彼女の名前は知らなかったけれど、金髪で、大きな邸に住んでいる美人だと言ったから、サブリナ以外には心当たりがなくて」

「なんてことかしら。そんなことをたくらむ元気なんかなかったはずなのに。彼女はまだベッドで伏せっていて、わたしの知るかぎりちらとも離れていないわ。わたしと小間使い以外は部屋に入れていないし。顔じゅうに発疹が出ているのをだれにも見られたくないのよ」

「つかまえた男は、連絡を取るのは小間使いだったと言っていた」フィッツが言った。「小間使いに指示を与えて、男に伝えさせていたのかもしれない」

「最初の手紙は、だれもはしかにかからないうちに届いたわ。筆跡もちがうでしょう？　おそらくそれはサブリナが書いて、そのほかの手紙は彼女がだれかに書かせたものではないかしら」

廊下に足音が聞こえ、すぐにウィリンガム大佐があらわれた。にこりと笑い、部屋のなかへと入ってきた。

「これはミセス・ホーソーン。よくいらっしゃいました。ミスター・タルボットも」大佐はイヴにさっとおじぎをし、フィッツと握手をしてから腰かけた。

フィッツは見るからに表情がよそよそしくなったが、挨拶は丁重にすませた。挨拶の言葉を返さなかったのはイヴのほうだった。ヴィヴィアンもフィッツもブルースの無実を信じてくれたというのに、ウィリンガム大佐はあんなひどい話を鵜呑みにしたことが、どうにも思いだされてしかたがなかったのだ。いえ、ちがう、鵜呑みにしたどころではない。大佐は、手紙に書いてあることは真実だと言ったのだ。不信感がイヴのなかでうごめきだした。

「ウィローメアではなんの問題もなくおすごしなのでしょうね」大佐が慇懃につづけた。

「いいえ」イヴが答えた。その声があまりにもそっけなくてよそよそしく、ヴィヴィアンもフィッツも驚いて彼女を見た。「また手紙を受けとりました」

「えっ?」ウィリンガム大佐は驚いたようだった。「いや、それはさぞいやな思いをされたことでしょう。その手紙、拝見いたしましょうか?」

「その必要はありますの?」イヴが語気も荒く言い返す。

ヴィヴィアンの瞳が大きく見ひらかれ、フィッツも身をかたくしたのがイヴにはわかった。

「なんですと?」大佐はわずかに戸惑った表情を浮かべてイヴを見つめた。

「手紙には、時計を渡すようにと書いてありました」イヴがつづける。「ですから手放したのですが、時計を取りにきた人物をフィッツがつかまえてくれたのです」

ウィリンガム大佐はフィッツを見やり、またイヴに視線を戻した。「そうなのですか? しかし、それはすばらしい知らせなのでは? では、悪党を監獄送りにしてやったというわけですな?」

「いいえ。じつを言うと、その男はいまウィローメアにいます」フィッツが氷のような瞳で大佐を真正面から見据えた。「すでに男の口から、サブリナが裏で糸を引いていたことは聞いています。男を解放する前に、もっと話が聞けるでしょう」

「レディ・サブリナが？」ウィリンガム大佐は仰天したようだった。「いやはや、なんとも、その犯人はたわごとを並べたてているだけにちがいない。レディ・サブリナはこの二週間、ずっとはしかで伏せっていたのでしょう、ねえ、レディ・ヴィヴィアン？」

「どうして男が嘘をつく必要があるでしょうか」フィッツが反論した。「男は彼女がだれなのかも知らなかったのに」

大佐は肩をすくめた。「犯罪者がなにを考えるかなどわかりませんよ。ホーソーン少佐のでたらめな話を広めたように、レディ・サブリナにも同じことをしたかったんじゃありませんか」

「あれがでたらめな話だというなら、どうしてあなたは真実だなんておっしゃったのですか」イヴははじかれたように立ちあがった。怒りのせいで数インチは背が高くなったように感じ、燃えるような瞳で夫の元上官を見おろした。「あの話はほんとうのことだと、あなたはおっしゃったじゃないですか。ブルースは盗みをはたらいていたと」

「そういううわさを聞いたとは言いました」大佐も立ちあがり、なだめるようにイヴに片手を伸ばした。

「フィッツに話したときも、つい先ほどヴィヴィアンに話したときも、ふたりはブルースのそんな話を信じませんでした。なのにあなたは——ふたりよりも夫と親しかった……いえ、だれよりも夫をよく知っていたはずのあなたは——でたらめな話を信じた！　そしてわたしにもでたらめをくり返した！　レディ・サブリナがでっちあげた話なのだとしたら、そんなうわさがあなたの耳に入るはずはないでしょう？」

「いったいなにを言っている？」大佐はぎょっとしてイヴを見つめた。

「手紙の筆跡は男性のもののようでした」フィッツが静かに口をはさんだ。いつのまにか彼も立っていて、大佐のほうへ一歩近づく。

「嘘をついたんですね？」イヴは詰め寄った。「ブルースがあの時計を盗んだのだと、わたしに信じさせようとしたんですね。夫は盗人で臆病者《おくびようもの》なんだと。そして夫は自殺したのだと！　どうして？」

「きみのためだったんだよ、イヴ。ほんとうだ」大佐がいきなり感情をあらわにした。「どうか信じてくれ。きみに嘘をつくのはつらかった。あんなにつらいことはなかったよ。だが、きみにブルースの真の姿を知らせるのは耐えられなかった」

「わたしを守るために嘘をついたというの？」イヴの声には軽蔑の響きがあふれていた。「どうして？　いったいなにが真実なの？　わたしの夫が盗人であることにしたほうがましなほどひどい真実って、なんなの？」

ウィリンガム大佐はため息をついた。深刻な顔で視線をひとめぐりさせ、またイヴに戻す。

「ああ、こんなことを言わなければならないのはほんとうにつらいのだが、きみがご主人にもらったと思っている時計は、ほんとうはレディ・サブリナのものなんだ。彼女のご主人のハンフリー卿が彼女に贈ったものだ。それを彼女は、自分の気持ちのしるしとして愛人に与えたのさ。その愛人というのがホーソーン少佐だった」

一瞬、部屋は静まり返った。しかしイヴは一歩前へ出て、勢いよく手を振りだし、大佐の頬を思いきりたたいた。「嘘よ!」

ウィリンガム大佐の顔がにわかに色づき、彼がとっさに片手を引いた。フィッツがあわてて彼とイヴのあいだに踏みこみ、大佐のあごにこぶしを打ちつけた。大佐がうしろによろめき、大きな音をたてて床に倒れる。フィッツはなおもこぶしを固めて振りあげ、彼にのしかかるように立った。

大佐は首を振った。「いや、きみとやりあうつもりはない。わたしが殴られたのは当然のことだ」ゆっくりと立ちあがり、イヴのほうに向いた。「申しわけなかった。もちろん、きみに手を上げるつもりなど毛頭なかった。嘘つき呼ばわりされてとっさに体が動いてしまっただけだ。しかし手を上げるべきではなかった。ご主人のほんとうの姿を知らされて、つらいと思う。彼は心からきみを愛していたよ。しかしレディ・サブリナは……人を丸めこむのがうまい女性だから」

「そうでしょうとも。あきらかに、あなたは丸めこまれてしまったようですね。あなたが嘘をついていることは疑う余地もないわ。夫は彼女とも、だれとも関係を持っていなかった。持っていたのはあなたなのでしょう？　男女の関係についても時計のことも、すべて——親友の奥方と関係を持っていたのはあなただったのよ！　彼女が時計を贈った相手は、あなただった。活字を使った一通目の手紙はおそらくサブリナがつくったのでしょう、筆跡をごまかすために。でも、彼女はあなたに知らせたのね？　あなたに贈ったはずの時計を、わたしが身につけているのを見たと。もしかしたら、どうしてわたしが持っているのかと問いつめたのかもしれない。だからあなたは、ここまでやってきたんですね。旧知の友をたまたま訪ねたような顔をして。でもほんとうは、彼女が時計を取り戻すのを手伝うためだった。あとの手紙を書いたのはあなたでしょう。そのあと、さりげなくわたしの前にあらわれて、わたしが手紙のことを打ち明けるのを待った。ブルースが時計を盗んだのだと、わたしに信じさせるために。あなたはわたしが動揺して、あなたに時計を渡すだろうと思っていたのね。そう思いこんでいたから、自分の筆跡をごまかすことさえしなかった」

次々と非難の言葉をぶつけるイヴに、大佐は鼻をふくらませて顔をまっ赤にして立ちあがった。とうとう、言葉が堰《せき》を切ってあふれだす。「そうとも！　そのとおりだ、こんちくしょう！　カード賭博に負けてブルースに時計を取られた。あのときわたしは金に困っていて、賭けの担保にしていたんだ。翌日には取り戻すつもりだったのに、ブルースはあの落馬事故で死んでしまった。だからそっとしておくことにした。なにも起きないと思っていた。それなのにきみが、時計を身につけて、こともあろうにここにあらわれた」長々と息を吸って吐きだす。言葉を継いだときには、少し落ち着いた声になっていた。「たしかにわたしのしたことはほめられたことではないし、きみが動揺したり傷ついたりしたのなら非常に申しわけなかったと思う。だがわかるだろう、その時計を身につけたきみが、ここでうろうろしているのを放っておくわけにはいかなかった。もしハンフリーがそれを目にしたら——」

「どうして話してくれなかったんです?」イヴが訊いた。「どうしてこんな過激な行動に出たの? 正直に話してくれていたら、これほどの騒ぎにはならなかったのに」

「話したかった。だから手紙など書く必要はないと、彼女にも言ったんだ。きみならわたしたちを売るようなまねはしないと思っていた。しかしサブリナは、もしきみが真相を知ったらレディ・ヴィヴィアンに話すだろうし、そうするとレディ・ヴィヴィアンはきっと弱みにつけこんでくるからと」

「そんなサブリナみたいなこと、しないわよ!」ヴィヴィアンが荒々しく言った。「ハンフリーおじさまを傷つけるようなこと、なにもするわけがないでしょう!」

「いったいなにごとかな?」ドアから陽気な声がした。「わたしの名前が話に出ていたようだが?」

全員が振り返り、声を失った。ハンフリー卿がドアのところでやさしげに笑っている。彼は部屋に入ってきて、皆に座るよう勧めた。

「どうしてみんな立っているのかな？　ほらほら、座って。お客さまがいるなんて、ほんとうにうれしいものだ。ずいぶんと久しぶりだよ。今回のはしか騒動はまったくいただけない。かわいそうに、サブリナはまだ寝こんでいるんだよ」フィッツと握手をし、さらに進んでイヴの手も取る。そこで動きを止め、彼女が手にしている時計に目を瞠った。「なんとこれは！　どうしたことだ？　きみが見つけてくれたのかね？」

「あ、あの」イヴが焦ったようにヴィヴィアンを見やり、さらにフィッツを見る。

「なんと運がよいものか」ハンフリー卿は笑顔でつづけた。時計に手を伸ばす。「さわってもいいかい？」イヴが無言でうなずくと、彼は彼女の手のひらから時計を取って掲げ、しげしげと見た。「ああ、やはりまちがいない、アマベルの時計だ」

「だから見覚えがあったのね！」ヴィヴィアンが大声をあげた。「アマベルおばさまがいつも身につけていらしたんだわ！」

「そうだよ。この時計をそれは気に入っていたからね」年配のハンフリー卿がにこやかに思い出に浸る。「残念ながら、家の宝石類に交じって保管されていたものだから、数年前にサブリナがなくしてしまったのだよ。あのとき妻はとてもうろたえてね、見つかったと知ったら喜ぶだろう。いったいどこにあったのかね？」彼は返事を待つことなく、笑顔で時計のふたを開けた。「ほら、ね？　なかに刻印がしてあるんだ。〝愛する妻へ〟と。そしてなかには髪の毛をひと房収めてある。秘密の空洞にね」

ハンフリー卿が時計の裏側にあるほんのわずかな隙間に親指の爪を入れたので、イヴは目を丸くした。小さすぎてこんな隙間には気づかなかった。彼の爪が、刻印の入ったなめらかな金の板をこじあける。秘密の空洞には茶色の髪の毛がひと房入っていたが、その上に幾重にも折りたたまれた正方形の小さな紙切れもあった。ふたが開いた拍子に、その紙が飛びだして床に落ちた。

ハンフリー卿を食い入るような目で見ていた大佐がいきなり飛びついたが、フィッツがそれをさえぎり、イヴがかがんで紙切れを拾った。

「おや、なんだろう？」ハンフリー卿がけげんな顔で言う。「紙切れなど入れた覚えはないんだが」

「書きつけですわ」イヴが紙を伸ばし、あせたインク文字にさっと目を通す。「ひとこと言い添えますと、この書きつけの筆跡はあなたがいま持っているその手紙の筆跡にとてもよく似ているわ、ヴィヴィアン」

ハンフリー卿はわけがわからないままだったが、フィッツとヴィヴィアンはそろってウィリンガム大佐を見た。

「なんの書きつけかな？」ハンフリー卿が訊く。「だれが入れたのだろう？」

「おそらく亡くなったわたしの夫が入れたのだと思います」イヴがすかさず言った。「告白文のようですわ、ウィリンガム大佐が書いて署名をしたものかと。夫が亡くなる二日前の日付が入っています」

「告白文だと！　なんの告白だ？　どうしてそんなものが時計のなかに？」

「ウィリンガム大佐によると、長年にわたって生活のために、多くのものを不正に手に入れてきたとあります。収入ではまったくまかないきれずに」とイヴ。「さらにカード賭博での八百長と、軍の資金の着服についての告白が。罪状はかなりたくさんありますね」

「なんということだ！」ハンフリー卿がショックを受けて友を見つめる。「ロバート！　ほんとうなのか？」

「ああ！」大佐は吠《ほ》えた。「ほんとうだとも！　あのいまいましいホーソーンめ！　やっぱりあいつのせいで身の破滅だ」いちばん近い椅子に座りこむ姿は、まさしくがっくりという言葉を体現していた。「時計がわたしのものでないことを、彼はわかっていた。見るからに婦人用だからな。それにほかの不正の現場も押さえられた。前々から怪しんでいたらしい――連隊の資金が消えたり、物資がわたしの友人のあいだで行方不明になったりするのを。しかも勘づいていたのはそれだけじゃない、わたしの不――」肩にフィッツの手が置かれ、ふいに口をつぐんだ。彼を見あげ、そしてハンフリー卿を見やる。大佐はまたうなだれた。「彼は時計を返してくれなかった」大佐が話をつづける。「時計がだれのものかしゃべらせて、持ち主に返すつもりだったらしい。わたしがすぐに退役すれば、だれにも話さないと約束してくれた。連隊の名誉をけがしたくなかったのだろう。彼がいちばん心を砕いていたのはそのことだった。友であるわたしがどうなるか——そのあとわたしがどう生活していけばいいのか、わたしはどう申しひらきすればいいのかなど二の次だった。その告白文を書かされ、辞職しなければ公表すると言われた。彼はそれを時計のなかに入れて、わたしが辞表を提出するまで持っていると」

「ブルースが亡くなったとき、あなたはさぞやほっとしたのでしょうね」イヴは冷ややかに言った。「それとも、あなたが手を下して死期を早めたのかしら?」

「まさか、そんな!」大佐は驚愕して彼女を見た。「あのばか野郎を殺すつもりなどまったくなかった。ブルースは馬に無茶な乗り方をして、自分で命を縮めたんだ。どんな壁でも越えられると勘違いしやがって」大佐は奥歯を嚙みしめ、わずかに挑発的な光を瞳にこめた。「だが、たしかにやつが死んだと聞いたときはほっとした。助かったと思った。きみはなにも知らなそうだったしね。やっと息がつけた気分だった。あとは時計を取り戻すだけだ。当時、きみの家に行くたびに捜せるだけ捜したが、見つからなかった。最後にはあきらめた。だれにも見つからないほど、やつが巧妙に隠したのだと思った。きみはご両親のもとに戻ったから、いまいましい時計は司祭館でひっそり埋もれてくれるのではないかと……」

「それなのに、わたしがここへやってきた。ハンフリー卿の住まいからほんの数分のところへ」イヴが言葉をつないだ。

「そうだ。もし時計がハンフリー卿の目にふれたら、わたしは終わりだと思った」

ハンフリー卿はたたずんだまま大切な時計を握りしめ、友を見つめていた。「ほんとうなのか、ロバート?」声が弱々しく、急に老けこんだようだった。顔には友に裏切られた苦痛が刻まれている。「きみはアマベルの時計を盗んだのか?」

「ちがう、そんなんじゃない!」ウィリンガム大佐が目をぎらりと光らせて立ちあがった。彼がありのままを口にするのではないかとイヴは息をのんだ。ハンフリー卿の若い新妻と関係を結んでいたことを。「わたしは――」

しかし言葉が出てこないうちに、フィッツが前に進みでて大佐の手首をつかみ、背中にひねりあげた。フィッツは声を低くしたが、近くにいたイヴには聞こえた。「気をつけろ。監獄に入りたくなければ……」

大佐は顔をゆがめた。「ああ。わかっている。そうだ、わたしがその時計を盗ったんだ。以前ここを訪れたとき、床に落ちているのを見つけてね。サブリナが落としたにちがいないとわかっていたが、黙っていれば、時計がなくなったですむと思った」

「なんということだ。わたしはきみという人間を少しもわかっていなかったのだな」ハンフリー卿はぼんやりと部屋を見まわした。「アマベル……」

「ハンフリーおじさま」ヴィヴィアンがあわてておじのそばに寄り添い、彼の腰に腕をまわした。彼女の瞳に涙が光っているのがイヴの目にも見えた。「おじさまのお部屋に上がりましょう? チャムウィックがおいしい熱々の紅茶を運んでくれるわ。紅茶になにか少し入れてもいいわね？」

　ふたりして向きを変えると、ヴィヴィアンはなだめる言葉をかけつづけながら、おじをドアから廊下へと連れだした。残された三人は、階段をのぼる足音が聞こえるまで無言だった。そうしてやっとフィッツは大佐の腕を放し、まわりこんで正面から向きあった。

「これからのことを話す」刃のように鋭く手厳しい声で言う。「この紙切れはぼくが保管する。ウィローメアの金庫に入れるから、取り戻せるなどとは一瞬たりとも考えるな。ぼくの言うとおりにしなければ、この告白文を世間に公表する。いいな？」

　恨みがましそうに大佐はうなずいた。「ああ」

「よし。おまえは退役し、田舎に隠遁《いんとん》する。今回のことをだれにも、ひとことももらせない場所へ。レディ・サブリナには二度と手紙を書いたり会ったりしてはいけない。ハンフリー卿に申しひらきしたり、自分を正当化しようとしたり、どんなやり方であろうと人のいい彼にまたつけこもうとするのは許さない。それからホーソーン少佐やミセス・ホーソーンについて、否定的なことはひとことたりとも口にするな。ほんのわずかでもスキャンダルめいたことが耳に入ったら、どこが出所か突きとめて、行動を起こすぞ。さあ、二階へ行って荷造りをしろ。午後にぼくが帰る前に、この邸から消えろ」

　ふてくされたように口を曲げた大佐がうなずき、立ちあがって部屋を大またで出ていった。イヴはつかのま立ちあがって彼のうしろ姿を見ていた。しかしすぐにフィッツに向きなおった瞳は、涙で潤んで光っていた。

「ありがとう。ああ、フィッツ、終わったのね」

フィッツが両腕を広げる。イヴは小さなすすり泣きをもらし、その胸に飛びこんだ。

21

イヴとフィッツがしばらく待っていると、ヴィヴィアンがおじを従者のやさしい手にゆだねて階下に戻ってきた。

「おじならだいじょうぶだと思うわ。でも今回のことはずいぶんショックだったみたい」ヴィヴィアンは心配そうに言った。「サブリナがおじに隠れて不貞をはたらいていたことには、驚きもしないけれど」ため息をつく。「でもウィリンガム大佐のことは、わりと好きだったのに」緑の瞳が光った。「なんて恥知らずな人かしら。涼しい顔をしてここに座って、ハンフリーおじさまのお友だちのような顔をして、あなたがたともお友だち面をして、裏では……もしまた社交界に顔を出したら、かならず後悔させてやるわ」

「わたしたちみんなをだましていたのね」イヴが言う。

「ぼくは最初から気にくわないやつだと思っていたよ」とフィッツ。

ヴィヴィアンはくすりと笑い、ふざけたような表情を投げた。「ふうん。それはどうしてかしら」

あわててイヴが言葉を継ぐ。「わたしはとても親切で思いやりのある人だと思っていたけれど。でもブルースが亡くなったあと、よく立ち寄って手を差しのべてくれていたのはすべて、ブルースの持ち物を調べたかったからだったのね」

「なによりばかなのは、こんなに大騒ぎをしなければ、だれも時計に気づかなかっただろうということよ」ヴィヴィアンが言った。「わたしなんて、あなたが身につけていたのを見た覚えもないもの」

「めったにつけていなかったから。わたしのたいていのドレスには重すぎるの。それに、もう流行遅れだし。レディ・サブリナと初めて会ったときに身につけていたのが運の尽きだったわ」

ヴィヴィアンは顔をしかめた。「二階に行って、あの魔女の髪をひっつかんでベッドから引きずりだしてやりたいわ。こんなことをしでかしておきながらおとがめなしだなんて、頭に来るじゃない。でもハンフリーおじさまにばれるようなことはできないし。彼女と結婚したのが失敗だったということは、おじさまもわかっていると思うの。あの時計のことを話す口ぶりから察するに、まだアマベルおばさまを想って心を痛めてらっしゃるわ。でもサブリナの裏切りは、やはりおじさまにとって大打撃だっただろうけれど」

「世間に知れるようなことはないさ」フィッツが断言した。「ウィリンガムもサブリナも、吹聴《ふいちょう》してまわるほど愚かでもないだろう。知っているのはきみと、イヴと、ぼくだけだ。

ぼくらはだれもなにも言うわけがないし」

「カメリアとリリーは？」イヴが訊いた。「あのふたりは、脅迫状に関して裏で手を引いていたのはサブリナだと知っているわ。もちろんうわさを立てたりするふたりではないけれど……」

「だが、若いふたりに聞かせるような話でもないんじゃないかな」フィッツが考え深げに言った。「ふたりにはただ、サブリナが悪趣味ないたずらをきみに仕掛けたんだとでも言っておけばいい。そう聞いて疑うこともないと思うが」

「サブリナがわざわざやってきて、ちょっとかわいらしく謝罪でもしたらなおさらね」ヴィヴィアンの瞳が輝いた。「まかせて。かならずそうさせるわ」

数分後、ウィリンガム大佐が老執事のチャムウィックと従僕のひとりに付き添われ、階下におりてきた。なにか言いたげにイヴのほうを見たが、フィッツがすかさずあいだに割って入った。大佐は肩をすくめ、邸をあとにした。フィッツは、ヴィヴィアンが用意させた馬車に彼が乗りこむまで見届けた。

そのあと、フィッツとイヴが自前の馬車でウィローメアに戻る途中、フィッツが言った。「御者には、大佐をランカスターまで送り届けるよう命じた。道中で放りだして自力で帰らせようかとも思ったが、きみの近くにいてほしくないのでね。あいつがきみを脅かすようなことをしたのが許せない。ほんとうは監獄に放りこんでやりたかった」そこでため息をつく。

「だが、悪事を証明できるかどうか、わからなかったからね」

「きっとできなかったわ。カメリアとリリーの継父の存在を秘密にしたままではね。それにサブリナのことも。そんなの、とんでもない大スキャンダルだわ。そうなったらお気の毒に、ハンフリー卿は……」イヴはフィッツの肩に頭をもたせかけた。「彼を追いつめてもいいことはないわ。とにかく終わってうれしいの。ありがとう」

「なんのお礼だ？」

「なにもかも――わたしを信じてくれたこと、ブルースを信じてくれたこと、あなたのしてくれたこと、すべてに」

フィッツはふっと笑い、身をかがめてイヴの額に口づけた。「ほかにやりようはなかったさ。きみにひとりで戦わせる男だなんて思われたくないからね」フィッツはまたキスしたが、今度は唇だった。ゆっくりと唇を重ねるうち、イヴの全身に覚えのある熱がじわじわと広がっていく。フィッツは頭を上げてつぶやいた。「いつだってきみのそばにいるよ」

彼に肩を抱かれ、イヴはすり寄った。彼の腕のなかはこんなにもあたたかく、ほっとする。彼の言葉が本心だと信じることができたらどんなにいいか。いつだってそばにいてくれたら、どんなにいいか。でも、こんなはかない恋物語は終わるときがくる。終わらないはずがない。フィッツは結婚するような男性ではない。でもいまは、そんなことは考えずにいよう。終わりはきっと、もうすぐだろうから。

いわ」


「イヴ……」フィッツが言いかけて、やめた。「いや、いまここで言うのはよそう」

不安の震えがイヴの体を駆けぬけた。「そうね」と返事をする。「あとで……またあとでい

外出にずいぶん時間を取られたせいで、ふたりはお茶の時間を逃したばかりか、夕食のための身支度をする時間さえほとんどなかった。ふたりがいなかったために、二階で若者の一団とお茶をする羽目になったレディ・シミントンは、不機嫌きわまりなかった。

「いったいどういうつもりか、考えも及ばないわ、フィッツヒュー。あんなフランス人をこの邸に置いてやるなんて」夕食の席で彼女が言った。

「脚を折っているものですから」フィッツがものやわらかに返した。「外に放りだしたりできませんよ」

「でもね、彼のことはだれもなにも知らないのでしょう」レディ・シミントンはつづけた。

「それにフランス人なんて、言動が軽薄すぎるのよ」

「彼はとても知的なかたですわ」プリシラが口をひらき、皆を驚かせた。全員の目が自分に向いていることに気づいて赤くなったものの、小さく息をのんでつづける。「彼はあらゆる場所に行ったことがあって、たくさん……」母親から刺すような視線を向けられ、びくりとひるんだ。「いろんなことをご存じなの」

「それがなんだというのです、両親がどこのだれなのかもわからないのに」レディ・シミントンがぴしゃりと言い返した。娘の小さな抵抗をはねつけ、またフィッツに不満をぶつけだす。「こんなに長いこと邸を空けてどこへ行っていたというのか、想像もつきませんよ、フィッツヒュー。客をもてなす態度とは、とても思えませんね」

「来訪されることがわかっておりましたら、もてなしもしやすいのでしょうが」ネヴィルが指摘して友を見やる。「もちろん、一部の人間は早めに知っていたようですがね」

「先代の伯爵の時代には、ウィローメアはいついかなるときも客を迎える準備が万端ととのっていましたよ」レディ・シミントンが冷淡な声で返事をする。

こういった感じで夕食の席での会話はつづいた。イヴはとにかく砲撃を避けるのに必死だった。カメリアでさえ、はしかで倒れてから階下で食事をするのが初めてのせいもあり、レディ・シミントンの攻撃に立ち向かおうとはしなかった。

「前もって知らせておけばよかったわね」食事が終わったあと、階段を上がりながらカメリアがイヴに言った。「リリーはあの人にぞっとしているの。お茶の時間、レディ・シミントンのせいでみんながいやな思いをしたのよ」ため息をつく。「でもわたしも疲れていて、なにも言い返せなかったわ」

「そんなこと、当然よ」イヴはカメリアのウエストに腕をまわした。「まだ起きあがれるようになって間もないんですもの。心配しないで。これからレディ・シミントンに言い返すチヤンスはたくさんあるはずだから」

カメリアが微笑んだ。「そうでしょうね。なんとなく、彼女の滞在が長引きそうな気がしているのだけど」

「ミスター・カーがなじむまで、いったいどれくらいかかることか」

カメリアがうなずいた。「かわいそうなリリー。あんなにつらそうで。さっき廊下でネヴィルとひそひそ話しているところを見たわ。ふたりとも……必死な顔をして。わたし、一生恋なんかしないと思うわ」

イヴは彼女を見やった。「でもね、カメ――」

カメリアがかぶりを振る。「とんでもない厄介ごとばかりみたいだもの」

イヴは口もとをゆるめた。「ときにはそうかもしれないわ。でも、とてもすばらしいものでもあるの。お姉さまのマリーがサー・ロイスと結婚されてどんなに幸せか、考えてみて」

「そうね。でもそこに至るまでにつらいことがたくさんあったわ。ほんとうにそれだけ苦しむ価値があったのかどうか、ときどき疑わしく思うくらい」

しばらくのち、イヴは自室で髪にブラシを当ててフィッツがドアをノックするのを待ちながら、同じことを自問していた。ほんとうにそれだけの価値があるのだろうか。こうして数時間の幸せな時間をこっそり手に入れるだけで満足なの？　この関係がつづかないことはわかっている。もうすぐ伯爵も帰ってくる。客も帰っていく。ウィローメアにはふだんの生活が戻る。夜にわたしの部屋を訪ねてくることも、つづけられなくなるだろう。顔を合わせる時間はどんどん減っていく。そしていつか、フィッツは刺激的なロンドンへ戻るのだろう。顔を合わせるそしてそのとき、この関係は終わる。

イヴはヘアブラシを置き、鏡に映った自分を見た。自分に嘘はつけない。わたしは心から、狂おしいほどにフィッツを愛してしまった。そんなつもりではなかった。最初は、恋だの愛だのは切り離し、あとで苦しむことのないように楽しさと悦びだけを経験するつもりだった。自分がなにをしようとしているか、自覚はあるつもりだった。もはや自分は乙女ではなく、情事に身をまかせられるくらい大人になったはずだ。激情というものを知り、男が女にもたらす悦びを経験しても、欲望を愛情とはきちがえるような子どもじみたことはしないつもりだった。

それなのにわたしはこうして、独身を謳歌《おうか》する男性を愛してしまっている。面倒が少ないから未亡人を情事の相手に選ぶような男性を。彼はやさしい。でも、熱くもなれる。ゆっくりと時間をかけ、わたしが叫びたくなるほど煽りながら愛を交わすこともできれば、欲望のままに激しくわたしを攻めたてることもできる。にもかかわらず、たとえ愛を交わしている最中でも、彼は一度もわたしを愛していると言ったことはなかった。フィッツは人生を楽しむ人だ。楽しく生きたい人だ。人生を深刻に考えたりはしない。それは最初からわかっていたこと。それ以外になにかを求めるなんて、まったくばかげている。自分の心を捧げるなんて、愚かすぎる。

ドアノブが音もなくまわり、ドアが開いた。フィッツがすべりこんでくる。すでに上着とベストは脱いでいた。襟巻きもなく、シャツのボタンは上から三つまで開いている。イヴは頬をゆるめて立ちあがった。先ほどまでの不安は消えていた。これから始まる夜への甘い期待しか、心に入る余地がなかった。いまだけはフィッツはわたしのもの。そしてわたしは彼のもの。ほかのことはどうでもいい。

フィッツはうしろ手でドアを閉め、イヴを抱き寄せた。「こうすると、ほんとうに気持ちがいい」彼がつぶやきながら彼女の髪に鼻をすり寄せる。「きみを抱きしめていられたら、もうほかにはなにもいらないと思うときがあるよ」フィッツは頭を上げ、楽しげな瞳で彼女を見おろした。「そういう妄想がいつも目の前をちらついているんだ」

ふたつの唇が重なり、互いの体を抱きしめあう。欲望に駆られた性急なものではなく、これからたっぷり時間があるとわかっているから焦りもない。そっとやさしく重なる唇、甘い動き。フィッツは彼女の顔、耳、のどへと唇を移しながら、ドレスのボタンをはずしていった。ドレスの脇から彼の手が侵入してゆっくりと布地を押しやり、胸のやわらかな肌をなでる。ドレスが彼女の腕から足もとへと落ちていった。イヴは一歩動いてドレスをまたぎ、また戻って彼のシャツのボタンをはずした。そうしながら彼の顔を見あげる。見返してくる彼の瞳は、熱く欲望にたぎっていた。シャツのボタンがすべてはずれると、イヴは彼の腹部に両手を当て、するすると上へすべらせた。彼の瞳がさらに熱っぽさを帯びる。

「イヴ……息が止まってしまうよ」フィッツが身をかがめる。「もう――いや、だから……早く――」

外で鈍い物音がして、さらにくぐもった悪態の声と焦ったささやき声がつづいた。フィッツはきびすを返して部屋を突っ切り、わずかにドアを開けて隙間から覗いた。

「なんてことだ！」思いきりドアを開け放ち、ものすごい勢いで廊下に出ていく。

若い女性の悲鳴と男性の悪態が聞こえた。イヴはフィッツのあとから部屋を出ていきかけて、シュミーズとペチコートしか身につけていないことを思いだした。ガウンをつかんではおると、サッシュを結んで廊下に飛びだした。

フィッツに追いつくころには、彼はもう階段を半分ほどおりていて、踊り場にいるネヴィル・カーとリリーとにらみあっていた。リリーはボンネット帽と外套を身につけ、明かりをいちばん弱くしたランタンを片手に持っている。もう片方の手には小さなかばんがあった。さらにかばんがもうひとつ、ネヴィルの足もとに置かれているが、いま彼はフィッツと向きあっていた。空いた両腕はいつでも動かせる状態で、フィッツの顔を油断のないまなざしで見つめている。彼もまた外出用の格好をし、幾重にもケープのついた外套を着こんでいた。足もとのかばんの上には帽子が載っている。

「よくも嘘をついたな！」激怒したフィッツの声は冷酷だった。「リリーを傷つけるようなことは絶対にしないと誓ったくせに。駆け落ちしようというのか！　世間のさげすみと侮蔑にさらすというのか。スキャンダルは一生、彼女についてまわるんだぞ」

「おれがついている。おれが守る」

「〈アルマック舞踏会〉で彼女を認めさせることができるというのか？　偉ぶった口うるさいばあさん連中からつまはじきにされるのを、止められると？　ぼろぼろになった評判を元に戻せると？　無垢な娘をたぶらかしやがって、おまえのその罪は消えないぞ」

「おまえに責められる筋合いはない！」ネヴィルは声を荒らげた。「そんなおきれいな人間のつもりか？　自分を見てみろよ」彼の視線がフィッツからイヴへと飛び、ふたりの乱れた着衣をこれ見よがしににらみつける。フィッツのシャツは前が開いてだらしなく垂れ、イヴはガウン姿で髪も肩におろしていた。「みんなの目をごまかせたとでも思っていたか？　みんなが寝静まってからここへ忍んできていることに気づいていないとでも？　毎晩、愛人の腕に抱かれていたおまえが、よくもおれに説教できたものだな？」

フィッツが突進し、ネヴィルのあごをこぶしで殴りつけた。ネヴィルはうしろによろけて音を立てて倒れ、かたわらにあったかばんがごろごろと階段を転がって落ちていく。リリーが悲鳴をあげてネヴィルのほうに行きかけたが、ネヴィルは起きあがって一瞬のうちにフィッツに襲いかかっていた。パンチと悪態の応酬。ふたりの男がやりあう。床に体を打ちつけ、踊り場を転がる。

「だめ！　ネヴィル！　フィッツ従兄さま！　やめて！」リリーがなすすべもなく、ランタンを持ったまま遠巻きにしている。

軍人の妻だったおかげで男同士のけんか騒ぎにもう少し慣れているイヴは、きびすを返して自分の部屋に走っていった。すぐに戻ってきたときには、洗面器のそばにあった水差しを手にしていた。男ふたりに近づいた彼女は、水差しを逆さまにして殴りあっている男の上から中身をぶちまけた。

水滴を飛びちらせて男ふたりが離れ、いっせいに振り返ってイヴをにらんだ。そのとき、大きな声が響いた。「学生みたいに床でつかみあいとはなにごとですか！　まあ、あなたたちふたりならさもありなんというところですが」

階段にいた四人はゆっくりと、邸の本棟とつながる廊下のほうに顔を向けた。騒ぎのなかで、ひらいたドアの向こうに人だかりができていることにはまったく気づいていなかった。レディ・シミントンが先頭に立ち、そのかたわらにプリシラ、反対側にカメリアがいて、ゴードンがすぐうしろに隠れるように立っている。全員、ガウン姿だ。あきらかにこの騒ぎで目が覚めたのだろう。彼らのうしろには、小間使いや従僕の姿もちらほら見える。さらにべつの召使いの一団が、下の階段の上がり口で大きな目を開けてなにごとかと見あげていた。

イヴの心は沈んだ。邸じゅうの目が注目している。どれほどの醜態をさらしているか、よくわかっていた。イヴはもうベッドに入るというような格好で、フィッツは半ば肌をさらしている。リリーとネヴィルはふたりとも見るからにこれから外へ出るという服装で外套を着こみ、ランタンを持っていた。かばんのひとつは踊り場に、もうひとつは階段の下まで落ちている。どんなに鈍い人間でも、この乱闘の前にふた組の男女がなにをしていたのかくらい察しがつくだろう。

「あなたがたは家の恥です、ふたりとも」レディ・シミントンはいまや完全に勢いづいていた。腕を組んで胸を張り、片方の眉をつりあげて、さげすみの表情を浮かべている。獲物に襲いかかるような視線をネヴィルに向けた。「さてと、ネヴィル、なにか言うことは？」

「はあ」ネヴィルはふらつきながらも立ちあがり、弁舌をふるおうとした。

その隣にフィッツが並んだ。ふたりとも情けない有り様だ。髪はびしょ濡れで水が滴り、ネヴィルのあごには血がにじみ、フィッツの薄いローンのシャツは体に貼りついている。

「大変失礼いたしました、ミセス・シミントン」フィッツは優雅なおじぎをしてみせた。

滑稽な光景だということはイヴにもわかっていたが、それでもその優雅さにはだれもが見《み》惚《と》れずにいられなかった。気性の激しい、さしものレディ・シミントンでさえ、口の端がゆるむのは抑えられなかったようだ。

「まったくですよ」彼女が言った。「ですが、いまわたしが気になるのは、あなたの謝罪ではありません。ミスター・カーの謝罪です」ネヴィルに向きなおる。

「ぼくからも失礼をおわびいたします」ネヴィルもフィッツに劣らぬ完璧なおじぎをした。

「申しわけありません、タルボットとは……カードの勝負をしていて、ちょっと言い争いになりまして」

「カードねえ。そうでしょうとも。あなたがたの服装を見れば、ちゃんとわかります」レディ・シミントンはさげすみの表情をちらつかせた。「ですがわたくしは、殴りあいのことを言っていたのではありませんよ。それに、わたくしに謝るのも筋違いです。今夜あなたがたがひどい仕打ちをしたのは、プリシラでしょう」彼女は娘の背中をぐいと押しだし、プリシラは一歩前によろけた。

「お母さま！　やめて！」プリシラは苦しげに母親を見た。「ネヴィル、ごめんなさい。べつにあなたは――」

「いいえ、いけません。ここでなにが起きているのかは、火を見るよりあきらかです。この男は、そこのふしだらな小娘と駆け落ちしようとしていたのですよ」

リリーが鋭く息をのみ、カメリアが叫んだ。「ちょっと待って！　いったい何様の――」

しかしレディ・シミントンは気にも留めず突き進んだ。「侮辱です。プリシラとわが一族全体に対する愚弄行為です」

「レディ・シミントン、ここで責めたてる必要はありませんよ」人好きのするいつもの笑顔で、フィッツが愛想よく言った。

「これは、ミスター・カーとわたくしの娘の問題です」レディ・シミントンはフィッツに言い張った。「彼にも自分の務めはわかっているはずです」勢いよくネヴィルを振り返り、すさまじい目でにらみつけた。「ネヴィル、あなたはもう何年もプリシラを宙ぶらりんの状態で放っておいたのですよ。この子の思いはわかっているでしょう。まわりのだれもが願っていることです、あなたのお父さまも含めて」

「父の言いなりになるつもりはない！」ネヴィルは激高した。「あなたの言いなりにも、ほかのだれでも」

「ずいぶんと熱いこと。でも面目というものを少しは保ってほしいものです。あなたの名に恥じない気がまえをね。プリシラのことを少しは思いやってちょうだい」

「お母さま！　やめて！」

「自分は紳士だとお思いなら、約束を大切になさることね。あなたはプリシラに求婚しなければなりません。いますぐに」

「やめて！」その場にいた全員が驚いたのは、声をあげたのがプリシラだったからだ。「わたしに求婚などしないで、ネヴィル。わたしは求婚してほしくないの」くるりと向きを変えて母親に対峙《たいじ》する。頭のてっぺんからつま先まで震えていたが、プリシラの瞳は澄んでいて、奥歯を噛みしめながらも言葉を継いだ。「わたしはネヴィルとは結婚しません」

だれもが――レディ・シミントンでさえ――言葉を失ってあ然とした。全員の注目を浴びて少し頬を赤らめたプリシラが話をつづける。「ごめんなさい、ネヴィル」小さく笑ってまた彼に向きなおった。「あなたを悪く思っているわけじゃないの。あなたのことは好きよ。ずっとそうだった。あなたはやさしかったから」

「でもプリシラ……」ネヴィルがかぶりを振った。「どうしてそう言わなかった？　結婚したくないなら、どうしてそう言わなかったんだ？」

「あなたとは結婚しようと思っていたわ。あなたを愛してはいなかったけれど、将来だれか愛する人ができるなんて思わなかったから。それに、その、あなたがいちばんの解決策じゃないかと思ったのよ」横目でそっと母親を盗み見たそのしぐさが、言葉よりももっと雄弁に、彼女がなんの解決策を必要としていたかを物語っていた。「あなたのことは、ほかの男性より好きだった。さっきも言ったけれど、あなたはやさしかった。それに少なくとも、母が気に入る人はたいてい退屈だったけれど、あなたはちがった。それに、わたしと同じくらいあなたも乗り気じゃないように見えた。ほんとうに、あなたが悪いんじゃないのよ、ただ……ただ、あなたと結婚してあなたのお邸に腰をすえて、子どもを育てて年老いていくのがものすごく……つまらなく思えたの。ごめんなさい」

ネヴィルがあまりに呆《ほう》けた顔をしているのを見て、イヴはもう忍び笑いをこらえるしかなかった。プリシラの発言であきらかにネヴィルはものも言えなくなっていたが、プリシラの母親はそれほどの打撃は受けていなかった。

「頭がおかしくなったの？」レディ・シミントンの声が廊下に響きわたった。「ネヴィルと結婚しなかったら、あなたはどうなると思っているの？　もうだれからも申しこまれないわ。一生独身よ。しかもこんな恥辱を……こんな……」

「恥辱などありませんよ」ネヴィルが静かに言った。「お嬢さんから断ったんです。なんだかんだと言っても、レディには男性を断る権利があるのですから」

レディ・シミントンは耳を貸さなかった。突き刺すようなまなざしで娘を見る。「プリシラ、よく考えなさい、一生に一度のことよ。このチャンスを逃したら、もう次はないのよ。さあ、どうするの？」

「彼女はわたしと結婚します」

レディ・シミントンが勢いよく振り返る。そこには、車椅子に乗ったバーソロミュー・ルヴェックの姿があった。


イヴは階段に座りこんだ。つい先ほど、プリシラが前に進みでて母親と対峙したとき、これ以上驚くことはないと思った。ところがいまの宣言は、その驚きを上まわった。フィッツも彼女の隣に腰をおろす。

「こういうことになってるなんて、なにか気づいてた？」フィッツが小声で言う。

イヴはかぶりを振った。「いいえ、なにも。ただ、わたしは――その、もしかしたらカメリアが――」ちらりとそちらを見やる。そのカメリアも、ほかの皆と同じく驚愕の表情を浮かべてルヴェックを凝視していた。

「バーソロミュー！」プリシラが声をあげ、車椅子に駆け寄ってそばにひざをついた。「どうしたの？　自分ひとりで、どうやって車椅子に乗ったの？」

「大変だったけど、でも……なんて言うのかな？　火事場の馬鹿力？　きみひとりで戦いの矢面《やおもて》に立たせるわけにはいかなかった」

「プリシラ！」レディ・シミントンが一歩、前に出た。「立ちなさい。自分がなにをしているかわかっているの？　すっかり正気を失ってしまったの？」

「ちがうわ！」プリシラは立ちあがって母親に面と向かい、ルヴェックの手を握った。「いまやっと正気になったのよ。ううん、やっと勇気が持てただけかもしれない。わたしはムッシュー・ルヴェックと結婚します。ふたりで一緒に世界じゅうを旅するの。気球に乗って、彼の調査をお手伝いするわ。そして——ああ、これ以上は想像もつかないくらい刺激的な人生になりそう！」

「そんなたわごとは、いますぐにおやめなさい。こんな男と結婚などできるわけがないでしょう。わたしが許しません」レディ・シミントンの頬がまっ赤に染まり、おそろしげな瞳を向ける。

「お許しなどいりませんわ、お母さま。さっきお母さまがおっしゃったように、わたしは殿方に望まれる年齢などとっくにすぎています。自分で選んだかたと結婚するわ」

「でも——その男は気球乗りでしょう。それにフランス人だわ」レディ・シミントンが最後の一撃を仕掛ける。「どんな家の生まれかもわからないのに」

「彼という人はわかっています」

レディ・シミントンは、娘をぼう然と見つめていた。プリシラが向きを変えて言う。「ごめんなさい、ネヴィル、でもあなたならきっと、いいよと言ってくれると思って」

「いい、だって？」ネヴィルの顔に満面の笑みが広がった。「プリシラ、すばらしいことだよ！」ははっと笑い、振り返ってリリーを抱きあげ、彼女を振りまわした。リリーも笑い、彼の首にしがみついて、くらくらするほど振りまわされていた。ネヴィルは彼女をおろすや、片ひざをついて彼女の手を取った。「ミス・バスクーム、どうかぼくとの結婚を受けてくださいませんか」

リリーは星のように目をきらきらさせて彼を見おろした。「ええ、もちろんです。そんなこと、わかりきっているでしょう？」

ネヴィルは跳ねるように立ちあがり、大げさにキスをして、フィッツに向きなおった。

「これでもう文句はないよな？」

フィッツは笑顔になり、友の肩をたたいた。「おれにはなにも言うことはないが、ほら、おまえが納得させなくちゃならない相手はおれじゃなくてオリヴァーだ」

男の人って不思議ね、とイヴは思った。数分前まで床で転げまわって殴りあっていたのに、ふたりともまた大親友に戻っている。

そこからは、皆がいっせいにしゃべりはじめた。カメリアは妹のところに行って抱きしめ、イヴもあとにつづいた。召使いたちは興奮ぎみにおしゃべりし、レディ・シミントンは再度、娘の説得に乗りだした。かなり騒々しくなったところで、いきなり犬の吠える声が背後の空気を切り裂いた。だれもが驚いて振り返ると、完璧な装いに身を包んだ紳士が立っていた。そしてその足もとには、白黒のみすぼらしい犬がいる。

「深夜の到着となったから、歓迎されるとは思っていなかったが」ステュークスベリー伯爵のおだやかな声が響いた。「出迎えの者くらいはいると思っていた」

「オリヴァー!」フィッツが跳ねたように立ちあがる。「これは願ってもないところに帰ってきてくれた」

「ステュークスベリー」さすがのレディ・シミントンもうれしそうにさえ見えた。「あなたなら、すべてをまともな方向に軌道修正できるでしょう。この田舎者が——」ムッシュー・ルヴェックを手振りで示す。「わたくしの娘をたぶらかして——」

その言葉にいっせいに声があがり、だれがなにを言っているのかさっぱりわからなくなった。オリヴァーの顔に苦痛の色がよぎる。しかし犬のほうは、騒ぎに浮かれ、一生懸命ぐるぐるまわって吠えだした。とうとうオリヴァーは握りが金でできたステッキを上げ、床をドン、と打ち鳴らした。

一瞬で場が静まり返る。「どうも」オリヴァーは弟を見た。「フィッツ、書斎に来てくれ。おまえならこちらの——お客さまがたがいらした経緯を説明できるのだろうな。ボストウィック、悪いが軽食を頼む。ほかの皆は、もうやすめ。では、おやすみ」

それだけ言うと、オリヴァーは背を向けて歩きだした。召使いたちはそそくさと散り、ボストウィックはうしろから皆を追いたてた。フィッツはすまなそうにイヴを見やり、兄のうしろにつづく。ほかの皆もばらけはじめた。イヴは少し腰をおろしたまま、まわりの動きを眺めていた。が、息をついて立ちあがり、部屋に戻った。

伯爵が戻ったいま、もう恋物語は終わったのだ。

翌朝になっても、イヴの不安は少しもやわらがなかった。ウィローメアからはもうお払い箱になるのだろうと、そんな思いばかりが浮かぶ。自分がついていながら、リリーがほかの女性と婚約している男性と駆け落ちする寸前だったなんて、伯爵が知ったらあきれるだろう。リリーとネヴィルの結婚を伯爵がどう決着をつけるにせよ、わたしを雇ったのは完全な失敗だったと判断するはずだ。しかも昨夜から広まっているであろうわたしとフィッツのうわさを耳にしたら、一刻も早くわたしをカメリアから遠ざけるはず。

だから朝食をとりにいこうとしていたときに従僕が近づいてきて、食事がすんだらすぐに伯爵の書斎へ行くよう告げられたときは、驚きもなかった。そのような呼びだしを受けて、食事などのどを通るはずもない。トーストを少しかじり、紅茶で口を湿らせながら、テーブルにはゴードンの姿しかないことにほっとしていた。彼ならたいてい自分ひとりでしゃべっていてくれるからだ。

まもなくイヴはひとこと断って席を立ち、廊下の奥にある伯爵の書斎に向かったが、胃のあたりが不安でかき乱されていた。小さくノックをし、伯爵の返事を聞いてから入室する。彼は立ちあがって微笑み、椅子をどうぞと手振りで示した。

「ああ、ミセス・ホーソーン」

「ステュークスベリー卿」イヴはデスクの向かいにある椅子に腰をおろした。自分から話を切りだして終わらせたほうがいい、とイヴは思った。「お帰りになったところであんな騒ぎをお見せして、申しわけありませんでした」

「思っていたより少し人数が多かったが、なにせこの面子《メンツ》だからね、尋常じゃないことにも……そろそろ慣れてきた」

「さぞやわたしにがっかりされたことでしょう」イヴは背筋を伸ばしてまっすぐに伯爵を見た。「リリーの指導につきましてご期待に添えなかったことは、よくわかっております」

驚いたことに、オリヴァーはくくっと笑った。「ミセス・ホーソーン、事態がいま以上に悪くならなかったのは、ひとえにあなたの努力のおかげだと認識していますよ。リリーとカメリアを相手にするのは、どんな付き添い婦人でも生半可なことではない。しかも、ほかにも心を砕かねばならないことがあったのだから——気球乗り、はしか、思わぬ客人とね。正直言って、よくここまですべてに対処してくださったと、あなたの手腕に舌を巻いているのですよ」

「ほんとうに？」イヴは目を丸くしてオリヴァーを見た。もし相手がステュークスベリー伯爵でなければ、からかわれているのではないかと思ったことだろう。

彼はうなずいた。「もちろんです。フィッツが説明してくれました。まったく、あいつがネヴィルをさっさと帰しておけばよかったんだ。いや、恋の生まれる可能性を予見しなかったわたしに責任がある。ロンドンに行く前に、ネヴィルを帰しておくべきだった。だが、真実の愛にのめりこんだリリー・バスクームには、われわれのだれも太刀打ちできなかったでしょう。ともかく、あのふたりには祝福を贈りました。ネヴィルよりまじめな男では、うちの従妹どののお気に召さないだろうし。あいつの名と財産はたいしたものだ。障害もなくなったことだし、彼のお父上も結婚を認めてくださるでしょう。お父上がいちばん気にかけていらっしゃるのは、ネヴィルがもめごとを起こさずに結婚することですから。タルボット家と縁続きになるのは、彼もやぶさかではないはずだ」

「まあ。そうですか……それなら、とてもうれしいですわ」イヴはひと呼吸した。「でもレディ・シミントンは、その、反対なさるのでは？」

オリヴァーがかすかに笑った。「レディ・シミントンなら説得すればわかっていただけると思います。あなたをお呼びたてしたのは、そういうこととは関係ないんです。長くお引き留めしてはいけないな、フィッツがロンドンに発《た》つ前に話をしたいでしょうから。だが、この数週間、あなたがしてくださったことにお礼を申しあげたかったのです。邸で何人もほかの患者が出たあと、あなたがどれほど支えてくださったか、がんばってくださったか、フィッツに聞きました。そこまでしていただけるとは、だれも思わなかったほどの働きをしてくださった。どうかお礼を言わせてください」

「そんな」イヴは、急に血が通わなくなって凍りついたかのような唇で、よくしゃべることができたと自分でもびっくりした。フィッツがロンドンに行ってしまう？　脳内でそれだけががんがん響いて、伯爵の感謝の言葉もほとんど頭に入らなかった。「身に余る光栄です」

イヴが立ちあがり、オリヴァーも立つ。自分がなにを言っているのかもよくわからないいま、倒れる前に早くここから出てひとりになりたいと思いながら書斎を辞した。出るとすぐに向きを変え、邸の裏手に急いだ。

伯爵はあきらかに、フィッツがロンドンに行く前にイヴと話をすると思っていた。フィッツはそういう人だと、イヴにもわかっていた。紳士だから、別れの言葉もなく行ってしまうようなことはしない。きちんと行くことを告げ、ふたりの関係が終わって残念だとか言うのだろう。きっと、とても好きだったと言ってくれるはずだ。礼儀を尽くしてすてきな贈り物まで残していくかもしれない――たとえば宝石の入ったブレスレットとか。

そんなことに、イヴはとても耐えられそうになかった。衝撃が大きすぎて、感情が自分でも抑えられない。いまの彼女には邸を離れ、どこかひとりで座って考えられる場所に行くことしかできなかった。ずたずたになった心をかき集め、フィッツと顔を合わせられるだけの準備ができるところへ。

裏口からするりと出ると、テラスの階段をおりて庭へ入った。いま着ているドレスでは少し肌寒かったけれど、ショールや帽子や手袋を取りには戻れない。できるだけ遠くへ、できるだけ早く行ってしまわなければ。

こんなにショックを受けているなんて、ほんとうにばかみたい。こういうときが来ることはわかっていたのに。ただ、これほど急だとは、いきなりだとは思っていなかった。フィッツの腕に包まれて、あたたかくて、安心しきっていたのはつい昨日のことだ。それなのに今日はもう、彼はロンドンに戻る。わたしを残して。

イヴはハーブ園のほうに向かった。そこにはきっと、小さな日だまりとやすらぎがある。けれどハーブ園のベンチに腰をおろしたとたん、ここにつづく小径の砂利を踏んで近づいてくる足音が聞こえた。振り向いた彼女は、ほかに出入口のないこの場所を選んだ自分に腹が立った。いまからだれかと顔を合わせざるをえない。ここを離れるにしても、少なくとも気安い挨拶のひとことくらいは交わさなければならない。ちょうど出るところだったふりをしようと前かがみになったところで、そのだれかが入ってきて、すぐにも彼女は出ていかねばならなくなった。

門をくぐって入ってきた人物に、イヴの心は沈んだ。フィッツだった。

「こんにちは、フィッツ」イヴは気持ちを引き締めた。「ごめんなさい。もう出るところなのよ」

フィッツの眉がつりあがる。「いま来たばかりだろう。きみのあとを追ってきたんだ」

イヴは微笑もうとしたが、小さく震えてしまっているのが痛いほどわかった。「ええ、そうなの。ショールもかけないで来るんじゃなかったわ。戻って――」

それに応えるかのように、フィッツが上着を脱いで彼女の肩にかけた。「ほら。これでいいだろう？」

ちっともよくないわ！　イヴはそう叫びたかった。まるで彼の腕に抱かれたみたいに、彼の香りとあたたかさに包みこまれてしまうなんて。けれど彼女はなにも言えなかった。いまにも涙がこぼれそうだった。イヴはうなずいて顔をそむけ、必死で感情を押しこめながらベンチに戻った。

ベンチのところまで行くと振り返り、胸を張って正面からフィッツと向きあった。自分は昔から臆病者ではなかったはず。だからいまさら、そうなるつもりもない。ありったけの勇気をかき集め、イヴは言った。「あなたの言いたいことはわかっているわ」

「ほんとうに？」フィッツが笑顔になる。「どうだろうとは思っていたんだけどね。昨日の馬車のなかでも、ゆうべも、言おうとしたんだが、ほかのことにあれこれ気を取られてしまって」

彼の言った場面を思いだしたイヴは、あのときに話してくれていたらもっと楽に聞けたのだろうかと思った。けれど、いつ言われたとしても、苦しまずにいられたはずがない。こんなにも気楽そうなフィッツの姿に、イヴは胸を突かれた。

「あなたがロンドンに発たれるということは伯爵さまにうかがったから、すぐにわかったわ。もちろん、驚くようなことでもなかったし」のんきそうな彼と温度差をつくらないよう、さりげない口調を装う。「田舎で退屈してしまったのでしょう？　仕事をまかされてさえいなければ、もっと早く戻っていたんでしょうね」

フィッツが眉根を寄せてイヴを見る。「もっと早く？　いったいなにを言っているんだ？　どうしてぼくが――」

「お発ちになる前に話をしようと思ってくださったことは、感謝するわ。いつものとおり、思いやりがおありになるのね。でも、わたしも大人よ。先のことは、始まったときからわかっていたの」

「ほんとうに？　それならきみは、ぼくよりずっと物事がよく見える人なんだな」フィッツが表情をゆがめた。「きみはいったいなんの話をしているんだ、イヴ？」

「あなたはロンドンに戻る。お――お遊びはおしまいということよ。あなたはもとの生活に戻って、前へ進むの」

「なんだって？　いったいどこからそんな考えが出てきたんだ？　オリヴァーがそんなことを言うはずはないし。それともそれが、ぼくに求婚をやめさせるきみの手なのか？」

顔から血の気が引き、手足も冷えていくのをイヴは感じた。「き、求婚？」

フィッツはあわてて腕を伸ばして彼女を抱え、ベンチに座らせた。「そうだ、求婚だ。だからロンドンに行くんだよ――大主教さまから結婚の特別許可証をいただいてくるために。予告を出して三週間も待つつもりはない。できるだけ早くきみと結婚したいんだ」そこで息をつき、ためらいがちにつけ加える。「いや、きみが結婚を承知してくれればの話だけど」

イヴは震える手を自分の口もとに持っていった。「ああ。そんな。あなたがロンドンに行くのは、そのためなの？」

「そうだ。だがロイスの失敗談を教訓に、相手のレディに申しこまないままひとりで先走るようなまねはするまいと思っていた。だからきみと話がしたかったんだ」フィッツはため息をついた。「なのに、ここへ来てもうしくじってしまった。まだ求婚もしていないのに」

「まあ、そんな。こうなってしまったのはわたしのせいだわ」イヴがきっぱりと言い、懸命に笑みを浮かべた。「ねえ、求婚するのに遅すぎるなんてことはないわ」

フィッツがにやりと笑い、彼女の前で片方のひざをついた。「イヴ・ホーソーン、どうか、わが妻となっていただけないでしょうか」

イヴは笑えばいいのか、泣けばいいのか、彼の首に抱きついて〝はい！〟と叫べばいいのか、わからなかった。けれども思い浮かんだそういうすべての選択肢を、とっさにきつく抑えこみ、こう訊いた。「昨夜の騒ぎがあったから、こういうことになったの？　わたしの名誉を守るために、自分を犠牲にするつもりなの？　そういうことならしてほしくないし、してもらう必要もないわ。あなたの重荷にはなりたくないの。わたしは――」

フィッツが手を上げ、彼女の口をふさいだ。「イヴ、たしかにぼくは、自分の愉しみのことしか考えず、好き勝手に人生を送ってきた。だが、きみの名誉やネヴィルのいやみを気にして求婚しているんじゃない。きみがどうしようもなく好きで、きみが妻でない人生なんてあと一分たりともがまんできないから、求婚しているんだ」彼女の口から手をどける。「さあ、きみの返事は？」

「ああ、フィッツ！」涙がこみあげてのどが詰まりそうで、イヴはうまくしゃべれないかと思った。「わたしが好き？　ほんとうに？」

「ああ！　そうとも、きみを愛している。心から。いつまでも。言葉に尽くせないほど」

「それならイエスよ！　ええ、あなたと結婚するわ！」イヴは彼の胸に飛びこみ、首に抱きついた。

フィッツが思いきり口づけてから彼女をおろし、またすぐに抱き寄せて唇を重ねる。長いこと時間がたってから、ようやく彼は一歩さがり、イヴの顔を見おろした。

「でも、きみの口からはまだ聞いていないな、イヴ。きみはぼくを愛しているのかい？　それとも、この颯爽《さっそう》とした美男子ぶりと莫大《ばくだい》な財産のためだけに結婚するのかな？」

イヴは小さく笑った。「そういうものも、もちろん少しは好材料になるけれど。でもね、フィッツ、わたしはほんとうに、どうしようもなくあなたを愛しているの」彼女はフィッツの両手に自分の両手を重ね、胸に引き寄せて彼の瞳を見あげた。彼のやさしい瞳がやわらかな光を放ち、感情の高まりと将来への期待に満ちあふれていることは、すぐにわかった。

「愛しているわ」イヴが告げる。「心から。いつまでも。言葉に尽くせないほど」

「それなら、もう一度キスを」フィッツは彼女を、ふたたび腕のなかに閉じこめた。

エピローグ

ひかえめな結婚式だった。村の小さな教会で、参列者はレディ・ヴィヴィアン、ネヴィル、そしてフィッツの親族だけ。ヴィヴィアンとリリーが盛大な式をしようと言ったときにイヴが指摘したとおり、やはり彼女は未亡人であり、しかも特別許可証による結婚なのだから。

「そのぶんすべての力を、リリーの結婚式に注いでちょうだい」イヴはふたりに言った。伯爵はリリーの結婚に許可を出したものの、式を挙げるのは次の誕生日を迎えるまで待つようにと申しわたしたのだ。

「それはありがたいけれど」リリーが瞳を輝かせる。「でも、だからといって、あなたがすてきな結婚式を挙げられないってことにはならないわ」

ところが教会の小さな控えの間で待機する段になって、ヴィヴィアンもリリーも会場に文句のつけようがないことを思い知った。

「完璧だわ」リリーが瞳を輝かせてイヴに言った。「ろうそくも、セイヨウキヅタも、参列者席にかけられたリボンも――なにもかもほんとうに完璧よ。それに、あなたにぴったり。

「あなた、とてもきれいよ」

ほんとうにイヴは美しかった。いた。ほっそりとした彼女の体は、空色《セルリアンブルー》のドレスに包まれていた。長袖のパフスリーブは肩の部分にカットが入ったデザインで、肩から先は手首までぴたりと腕にフィットしている。金のレースのオーバーペチコートは両脇でうしろに引かれ、下の青いサテン生地を覗かせている。うしろの裳裾《もすそ》は短めで、一フィートほど裾を引くようになっていた。丁寧にととのえられた金色の巻き毛には、ドレスと同じ青の洒落た小さな帽子がピンで留めつけられ、網状の短いヴェールが顔の上半分を隠すことなく顔まわりを包んでいる。

イヴは手持ちのドレスのなかで上等なものをウエディングドレスにすればいいと思っていた。しかしフィッツとヴィヴィアンがどう手配したのかわからないが、わずか五日でロンドンから結婚の特別許可証を携えて戻ってきたフィッツは、マダム・アルスノー作のドレスと帽子の入った包みまで持ち帰ったのだ。

「きれいよ」ヴィヴィアンが前に出て、友の頬にキスを落とした。「最初の結婚のときより、もっときれい」そこで口を手で押さえる。「いけない！　こんなことを言うのは不謹慎だったかしら」

「さあ、どうかしら」イヴはくすくす笑った。「でも今日はなにがあっても、不謹慎なことにはならないと思うわ」

控えの間のドアが開き、カメリアが飛びこんできた。グレーの瞳を輝かせ、頬をピンクに染めている。もともとほっそりしている体がさらに細くなっていることを除けば、ずっと体調が悪かったようには見えない。

「こちらの準備は万端よ」カメリアが言った。「早く礼拝堂《チャペル》を見せたいわ、イヴ。とてもすてきなの」

結婚式は、教会堂の右にある小さなチャペルでおこなわれることになっていた。教会のほかの部分からはアーチ状の柱で隔てられた場所だ。おもに洗礼のときに使われ、参列者席もわずか数列のみで、親しい者たちだけでおこなわれる儀式にはぴったりの落ち着ける部屋だった。その部屋が、何本もの白いろうそく、セイヨウキヅタの花冠、イヴのドレスの色と同じリボンで飾られていた。

「皆さん、いらした？」イヴが尋ねると、カメリアがうなずいた。

「みんなそろっているわ。フィッツも祭壇で待っているし。ああ、彼のすてきなことといったら！」カメリアもものすごい勢いでイヴに駆け寄り、抱きしめた。「こんなに早くあなたも行ってしまうなんて、信じられないわ」

「あなたの社交シーズンが始まるときには、わたしもロンドンにいるから、心配しないで。ひとりにはしないわ」

「いますぐ、みんなでロンドンに行ければいいのに」リリーがやるせない顔で言う。

「わたしはここも好きよ」とカメリア。「ウィローメアなら、ずっといてもいいわ」

「ここにレディ・シミントンがいても？」リリーが片方の眉をつりあげる。

「それはだめ」カメリアが言い返す。「レディ・シミントンがいるのはお断りよ。でも、あの人たちも一週間後には帰るのでしょう。そのころにはムッシュー・ルヴェックもまた旅に出られるって、お医者さまが言ってらしたじゃない」

「ああ、助かった。オリヴァー従兄さまって、ほんとうにすごいわね。あのレディ・シミントンに結婚を承諾させたなんて信じられないわ」

「ステュークスベリーはやり手だから」ヴィヴィアンが、ふふふと笑った。「飴《あめ》と鞭の手法を使ったんじゃないかしら。ムッシュー・ルヴェックと結婚しなければプリシラがオールドミスになるのは確実だとかなんとか言っておいて、ムッシュー・ルヴェックの身元を調べてみたら彼はフランス革命以前の貴族の家の出で、伯爵の孫だったとか教えたのよ、きっと」

「まあ、ルヴェックは称号を名乗っていないようだけれどね。プリシラの母親にとっては、そこがくやしいところじゃないかしら」

「でも、そもそもどうしてオリヴァー従兄さまは彼の素性を調べていたのかしら」とカメリア。「彼がだれであっても、どうでもいいことでしょう？　ここの敷地内に不時着しただけの人なんだから」

「あのときはみんな、姉さまが彼に思いを寄せていると思ってたのよ」妹のリリーがにやりと笑って姉に言う。

「なんですって？　わたしが？」カメリアは呆気《あっけ》にとられた。「どうして？」

「彼にものすごく興味がある感じだったじゃない」リリーが言い返す。

「だから、もしかしたら彼を好きなんじゃないかって思ったの」イヴが言い添える。

「まあ、たしかに彼のことは好きだったわ。プリシラも好きよ。あのふたりね、気球を直したらわたしも乗せてくれるって言ったのよ」ひと呼吸置いて、イヴに言う。「でも、そういう意味で彼に興味を持ったわけじゃないわ。前にも言ったでしょう、わたしは恋をするタイプじゃないと思うって」

「まあ、まあ」ヴィヴィアンが両手を打った。「じゃあ、わたしたち――あなたとわたしはオールドミス確定かもね。クラブでもつくりましょうか。こちらのロマンティックなご婦人がたは入会不可ですからね」

「まあ。自分はロマンティックじゃないみたいに言って」イヴがヴィヴィアンに言った。

「だからこそ、あなたは結婚していないのよ――ロマンティックすぎるから。あなたたちはふたりともかならず結婚するわ。まだふさわしい相手に出会っていないだけよ」

　ヴィヴィアンはため息をついてかぶりを振った。「だれもが結婚するなんて思っているのは、恋する女だけよ。でもね、わたしについてはあなたの努力も無駄になりそうで申しわけないわ。カメリアはまだこれからだけれど、わたしはもう何年も結婚市場にいるのよ。運命の相手がいるのなら、とっくに見つかっているはずよ」

「出会っているけれど、気づいていないだけかもしれないわ」イヴがあくまでも言う。

ヴィヴィアンは目をくるりとまわして、ドアを手振りで示した。「こんなばかげた話はもうおしまい。あなたの愛する男性と、あなたが結婚する時間よ」

思わず笑顔になったイヴだが、急に緊張で胃がひっくり返りそうになってきた。友と一緒に部屋を出て、小さなチャペルに入る脇の入口へとまわった。イヴ以外の女性三人は静かにチャペルに入り、各自の席につく。そして、イヴはひとりで足を踏みいれた。

目の前に美しい光景が広がっていた。古風な趣のある石造りのチャペルが、いくつもの揺らめくろうそくの火に照らされ、大好きな友人たちが彼女の人生最大の日を見守ろうとしてくれている。そして、短いヴァージンロードの先には、司祭の隣に立つフィッツ。

正装の黒い上着とズボンの彼は、ありえないほどすてきだった。シャツの前にはたっぷりとしたひだ飾りがあしらわれ、襟巻きのひだにはルビーのピンがきらめき、カフスもそろいのルビーだ。けれど、もし彼がブーツと鹿革のズボンだったとしても、彼女にとっては同じくらいすてきに見えたことだろう。

フィッツがにこりと笑い、イヴの心臓が跳ねた。短いヴァージンロードを、彼に視線を据えたまま歩いていく。隣に並んで彼の手に手を包まれたときには、胃の緊張も消えた。

司祭が口をひらく。「親愛なる皆さま、われらはこうして神の御前《おまえ》に集い……」

最初の結婚式のとき、イヴは緊張しすぎて、言われたことをなにも覚えていなかった。でも今回はまったくちがう。一言一句を噛みしめ、口にしていくその言葉をひとつひとつ心に刻みつける。これがわたしの人生。わたしの愛。今日からは、永遠にすべてが変わるのだ。

フィッツが誓いの言葉を述べる段になると、彼は手をつないだままイヴに向きなおり、愛の光を放つ瞳で彼女の顔を見つめた。「我フィッツヒュー・アラン・エドワード・タルボットは、汝《なんじ》イヴ・チャイルド・ホーソーンを妻とし、今日このときより、良きときも、悪《あ》しきときも、富めるときも、貧しきときも、病めるときも、健やかなるときも、死がふたりを分かつまで、愛し、慈しむことを、聖なる神の定めのもとに誓います」

イヴもまた、おかしいほどに跳ねる心臓を抱えながらも、自分の誓いの言葉をはっきりと口にした。そのとたん、これ以上はないと思える速さで、司祭がふたりの結婚を宣言していた。

フィッツは彼女の小さく繊細なヴェールを持ちあげ、身をかがめてキスをした。その唇はあたたかく、やわらかく、イヴの体は悦びに震えた。

「愛しているよ、ミセス・タルボット」フィッツがささやく。「これからの一生は、きみを幸せにすることに使うつもりだ」

イヴはうれしくてたまらず、吐息だけの小さな笑いをもらした。「よろしく、お願いします」

彼の手に手を重ねると、フィッツはその手を口もとに持っていき、小さなキスを落とした。

そしてふたりは向きを変え、新しい人生に向かって足を踏みだした。

訳者あとがき

キャンディス・キャンプの三部作〈ウィローメア〉シリーズの第二弾『英国紳士のキスの魔法』をお届けします。

前作『英国レディの恋の作法』では、アメリカからイングランドへとやってきたバスクーム四姉妹の奮闘と、長女マリーとサー・ロイスの恋模様が描かれました。第二弾の本作は、そのマリーとサー・ロイスの結婚式を一週間後にひかえたあたりからのお話です。

サー・ロイスはイングランド貴族ステュークスベリー伯爵の義理の弟です。今回は、そのステュークスベリー伯爵オリヴァー・タルボットと半分だけ血のつながった異母弟、フィッツヒュー（フィッツ）・タルボットがヒーローとなります（フィッツはサー・ロイスとも半分血がつながっており、異父弟という間柄です）。

黒髪にブルーの瞳というフィッツは、三兄弟のなかでもいちばんの容貌を誇る美男子で体格もよく、会話がうまくてダンスと射撃の名手、そのうえ人当たりがよくて、社交界でも引っぱりだこの独身貴族です。けれども結婚には興味がなく、未亡人や女優などと浮き名を流し、イングランド随一の理想的な結婚相手とされながらも妙齢の令嬢とは深く関わることを避けています。無責任な放蕩者ではないけれど、人生は楽しければそれでいいというスタンスで生きている男性なのです。

そんなフィッツが今回、兄のオリヴァーから頼まれた仕事とは、バスクーム姉妹の三女カメリアと四女リリーのために新しく雇った付き添い婦人を迎えにいくというものでした。前作で長女マリーと次女ローズはめでたく愛する男性と結ばれましたが、残るふたりは予定どおり社交界にデビューしなければなりません。前作で雇われていたお堅い付き添い婦人ミス・ダルリンプルは、悪事に加担してお払い箱となったからです。

しかしカメリアとリリーは、一筋縄ではいかない言わば〝問題児〟。カメリアは銃やナイフの扱いにも長けた男勝りだし、リリーは恋に恋する夢見がちなロマンチストです。しっかり者で姉妹をまとめていたマリーやローズがいなくなったあと、そんなふたりを監督・教育するのは並大抵の仕事ではありません。

そんな大役をまかせるべく、新たな付き添い婦人の候補としてオリヴァーの幼なじみであるレディ・ヴィヴィアンが推薦した女性は、司祭の娘であり、軍人だった夫を亡くした未亡人でした。司祭の娘、未亡人、付き添い婦人を引き受けるような女性――とくれば、たいていは地味なドレスにひっつめ髪の、中年の堅苦しい女性と相場は決まっています。ところが、フィッツが迎えに出向いた先で会った相手は……。

未亡人であるにはちがいなかったけれども、イヴ・ホーソーンはフィッツの予想をことごとく裏切りました。〝水の精〟かと見まがうような美しさ、金糸のようなアッシュブロンドの髪、嵐の海を思わせる青い瞳、ほっそりとした体、そして柔軟で清らかでやさしい心の持ち主でした。

フィッツとイヴは、ひと目で惹かれ合います。

しかしふたりの関係は、雇い主の弟と使用人。しかもイヴにまかされた仕事は、これから社交界デビューする若い令嬢のお手本となること。激情のままに行動できるはずもありません。それでもウィローメアで生活をともにする状況にあっては、恋の火種がおとなしく消えるわけもなく……。

イヴは未亡人ですが、ある秘密を抱えています。その秘密を抱えたまま、まだ若いというのにもう人生をあきらめようとしている――けれどウィローメアに来たことで彼女の人生がどんな方向に動いていくのか、彼女の周囲で起こる不穏な事件も絡めて、ぜひ読んでいただきたいと思います。

また、ふたりを取り巻く面々がただの脇役で終わらない活躍を見せるのが、キャンディス・キャンプの真骨頂ではないでしょうか。彼女はユーモアとやさしさが根底に流れる世界で、どきどきするような熱っぽさを味わわせてくれる、名ストーリーテラーです。

個人的に、訳者は〈ウィローメア〉シリーズに登場する紳士たちに惚れこんでしまいました。かっこいい男たちが交わす男同士の会話がすてきです。今回は、三兄弟にさらにハンサムな友人ネヴィルと、前作でも登場したちょっと残念な従弟ゴードンが加わっています（ゴードンはいまひとつ、魅力に欠けますが……）。女同士の会話もいいけれど、男同士の遠慮のなさや、矜持と信条の感じられる言葉の応酬がいいのです。

男性の服装について、少しだけ補足しておきます。このお話のなかで出てくる「ひざ丈ズボン」とは、十七〜十九世紀始めにわたって男性が広く着用したもので、原語はbreechesです。また「襟巻き」としているのは、とくに十七世紀に男性が首に巻いて前で結び、端を垂らしていたcravatというスカーフ状のもののことです。

次回は、いよいよ真打ちステュークスベリー伯爵オリヴァーの巻です。じつは、登場する男性たちのなかで、訳者のいちばんのお気に入りです。どんなお話になるのか、とても楽しみです。

二〇一二年　七月

ザ・ミステリ・コレクション

英国紳士《えいこくしんし》のキスの魔法《まほう》

著者　キャンディス・キャンプ

訳者　山田香里《やまだかおり》

発行所　株式会社 二見書房
東京都千代田区三崎町2-18-11
電話　03(3515)2311［営業］
　　　03(3515)2313［編集］
振替　00170-4-2639

印刷　株式会社 堀内印刷所
製本　株式会社 関川製本所

落丁・乱丁本はお取り替えいたします。
定価は、カバーに表示してあります。

ISBN978-4-576-12109-3
http://www.futami.co.jp/